Für
Emilian

Du bist die beste Entscheidung meines Lebens.

SHS-Lehrbuch für Grundschüler

Clayton und Barnes, Grundlagen unserer superiororen Gesellschaft, Band I

Grobe Klassifikation der Gaben

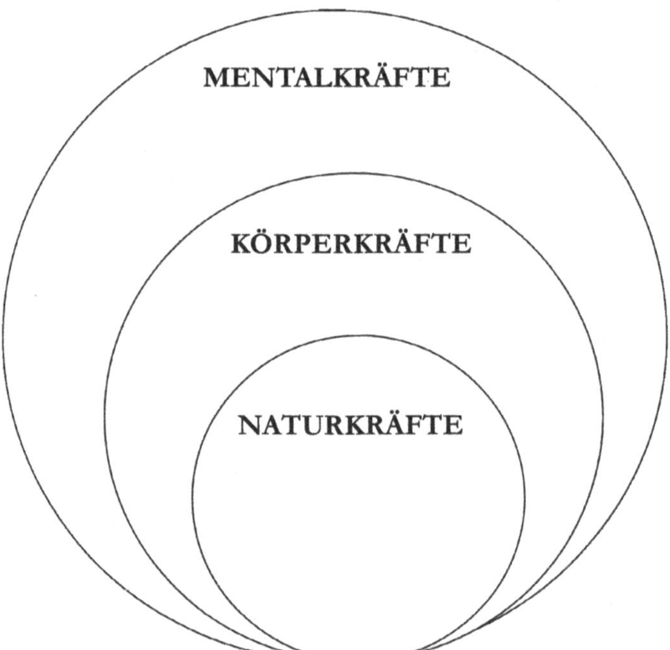

Abb. 26:
Vereinfachte schematische Darstellung der Superior-Gaben nach Wirkungskreis und -ursprung

Prolog

Salome

6 Jahre vorher

Der Gerichtssaal 105B des *Detroit Family Court* spiegelte Salomes Verfassung treffend wider. Kaputt und heruntergekommen – wie die gesamte Stadt. Risse dekorierten die ansonsten kahlen Wände und ein leichter Modergeruch kaschierte den Angstschweiß, der sich langsam, aber sicher unter ihren Achseln bildete.

Salome saß im Zeugenstand und nestelte an den Ärmeln ihres weißen Hemdes, das sie sich extra für die heutige Verhandlung besorgt hatte. Sie wollte seriös aussehen. Wie eine gute Mutter. Salome war eine gute Mutter – auf ihre Weise.

»Miss Zephyr«, sagte der Anwalt des Jugendamtes. »Ihre Akte ist nicht gerade übersichtlich. Allein in den letzten vierundzwanzig Monaten finden sich darin fünf Betrugs- und Diebstahlsdelikte. Würden Sie sagen, dass eine gute Mutter so etwas macht?«

Hilfe suchend sah sie ihren Anwalt an. Doch von dem jungen Pflichtverteidiger, den man ihr gestellt hatte, war nicht viel zu erwarten. Im Gegensatz zum Pitbull der Gegenseite. Er sah aus wie der Typ Mann, der als Kind gern Fliegen die Flügel ausgerissen hatte und es vermutlich heute noch tat, wenn er sich unbeobachtet fühlte. »Nein, und ich weiß, dass es falsch war. Aber es ging mir doch nie darum, Menschen zu schädigen, ich habe einfach nur versucht, mich und meine Tochter über Wasser zu halten.«

»Andere Mütter gehen arbeiten.«

Mühsam unterdrückte Salome ein Augenrollen. *Nicht provozieren lassen.* »Es ist nicht leicht, einen Job zu finden – ohne Ausbildung, alleinerziehend, ohne Familie, die einen unterstützt.«

»Die Welt ist sehr böse zu Ihnen, Miss Zephyr«, sagte der Pitbull mit unverhohlenem Sarkasmus, während er sich auf den Zeugenstand und Salome zubewegte. Seine Körperhaltung schrie *Angriff* und er genoss seinen Auftritt sichtlich. »Doch dafür, dass Sie Ihre Tochter in ihre Gaunereien mit hineinziehen, kann die Welt nichts. Bei zwanzig von insgesamt sechsundzwanzig aktenkundigen Delikten hat Ihre Tochter als Komplizin fungiert. Rechnungen prellen scheint Ihre gemeinsame Spezialdisziplin zu sein. Acht Restaurantrechnungen, vier Hotelrechnungen, sechs Tankrechnungen und jeweils einmal Friseur und Nagelstudio.« Bei den letzten beiden Punkten verzog er das Gesicht, als würden die Wörter einen unangenehmen Geruch verströmen. »Eine gute Mutter, Miss Zephyr«, setzte der Pitbull an und suchte den Augenkontakt und die Zustimmung des Richters, »… beschützt ihre Tochter vor Kriminalität und macht sie nicht zum Werkzeug dessen. Ihre Tochter ist vierzehn. Ein kritisches Alter. Leicht beeinflussbar. Aber glücklicherweise auch noch positiv formbar.« Abschätzig sah er sie an. »Innerhalb eines positiven Umfeldes, versteht sich.«

Salome wurde schlecht. So, wie er das sagte, hörte es sich an, als wäre sie ein selbstsüchtiger und verantwortungsloser Mensch. Und vermutlich war sie das auch. Aber nicht, wenn es um Amelia ging. Für sie hatte sie auf alles verzichtet. Hatte versucht, sie zu beschützen und sie beide durchzubringen – irgendwie. Über die Methoden konnte man sicherlich streiten.

Für Salome gab es jedoch nicht viele Alternativen. Man durfte nicht zimperlich sein. Nicht, wenn man aus ihren Verhältnissen kam. Nicht, wenn es um ihr Ein und Alles ging. Und genau darum ging es.

Wie einfach wäre ihr Leben gewesen, wenn sie damals *Nein* gesagt hätte. Wie einfach, wenn sie *Ja* gesagt und nach der Entbindung allein gegangen wäre.

Seit sie denken konnte, zog sie Probleme und Ärger an wie Motten das Licht. Doch den schweren Weg hatte sie nicht aus einer Laune heraus eingeschlagen.

Vielleicht hatte sie Amelia kein gutes Leben geboten, aber es war besser als das, was ihr vorherbestimmt war. Diese Leute waren ernsthaft krank. Psychopaten. Wäre sie noch einmal in der gleichen Situation, sie würde wieder so handeln. Für Amelia.

Salome hatte viele falsche Entscheidungen in ihrem Leben getroffen. Doch diese eine war die richtige. Und wenn sie etwas bereute, dann, dass sie nur ein Kind retten konnte.

Und nun drohte sie auch dieses zu verlieren.

Sie sollte jetzt etwas sagen, wusste aber nicht was.

Schuldbewusst blickte sie zu Boden. »Es tut mir unendlich leid. Ich weiß, dass es falsch war. Und ich verspreche, mich zu ändern und zu bessern.«

»Ein Dollar für jedes Mal, dass ich diesen Satz gehört habe …«, konterte der Pitbull und das Schmunzeln, das dieser Kommentar bei allen Anwesenden erzeugte, entging Salome nicht.

Sie biss sich auf die Lippen. »Aber es ist so. Ich habe einen Job. Sogar einen festen.«

Niemand schien beeindruckt, am wenigsten der Pitbull. »Ja, das habe ich gelesen. Sie kellnern.«

»Das ist nichts Schlechtes.«

»In einem Strip-Club.«

»Mich hat sonst niemand eingestellt. Und ich bringe da nur die Getränke an den Tisch.« Nervös zog Salome die Sitzfalten aus ihrer Bluse. Es lief gar nicht gut für sie.

»Stimmt, Miss Zephyr. Es ist vermutlich schwer, mit Ihrem Vorstrafenregister und Ihrer Drogenvergangenheit einen vernünftigen Job zu finden.«

Salome fühlte sich elend. Ihre gesamte Vergangenheit, jeder ihrer Fehler kam gerade zu ihr zurück wie ein Bumerang. *Bang!* So langsam verstand sie das Konzept von Karma. »Das mit den Drogen ist doch schon ewig her.«

Der Pitbull klatschte in die Hände. Ob vor Freude oder um sich mehr Aufmerksamkeit zu verschaffen, konnte Salome nicht sagen. »Sollen wir einen Drogentest anberaumen, um Ihrer Aussage mehr Glaubwürdigkeit zu verleihen? Gleich hier und jetzt?«

Verfluchte Scheiße. Salome blickte flehentlich zu ihrem Anwalt, der ihrem Verhör ungerührt beiwohnte, und räusperte sich.

»Haben Sie dafür eine richterliche Anordnung?«, fragte Salomes Pflichtverteidiger.

Der Pitbull wirkte genauso überrascht vom Eingreifen des Verteidigers wie Salome selbst. »Nein, das habe ich nicht. Ich wollte Ihrer Mandantin nur eine Möglichkeit geben, ihre Glaubwürdigkeit unter Beweis zu stellen. Möchten Sie uns von Ihren Besserungsabsichten überzeugen, Miss Zephyr?«

Salome würde den Test nicht bestehen. Nichts Schlimmes. Sie hatte nur ein wenig gekifft in den letzten Wochen. Die Situation, seit man ihr Amelia weggenommen hatte, war unerträglich. Und es war wirklich nur Gras. Sie hatte nicht wieder angefangen zu spritzen. Und würde das auch nie mehr. Und auch mit dem Kiffen würde sie aufhören, sobald Amelia wieder bei ihr war. »Nein, ich verzichte darauf.«

Die Miene des Pitbulls erhellte sich. »Das spricht für sich.«

»Einspruch«, rief Salome.

Der Richter sah sie an. »Worauf begründen Sie Ihren Einspruch, Miss Zephyr?«

Salome zuckte mit den Schultern, überlegte krampfhaft und versuchte, etwas Halbwissen aus Gerichtsfilmen zutage zu befördern. »Mutmaßung?«

»Stattgegeben.« Der Richter quittierte seine Aussage mit einem Hammerschlag.

Zornig blickte Salome zu ihrem Pflichtverteidiger. »Wäre das nicht Ihr Job gewesen?«

»Ja, Einspruch. Mutmaßung«, wiederholte er das Offensichtliche.

Pff. Das hier war aussichtslos.

»Keine weiteren Fragen, Euer Ehren«, schloss der Pitbull sein Kreuzverhör.

Der Richter nickte dem Pflichtverteidiger zu. »Ihre Zeugin.«

Verzweifelt sah Salome zu ihm. Sie hoffte inständig, dass er noch irgendetwas auf Lager hatte. Vielleicht kein Ass, aber wenigstens einen König. Oder eine Zehn …

»Keine weiteren Fragen, Euer Ehren«, sagte er stattdessen.

Sie würde ihre Tochter verlieren. Daran bestand nun kein Zweifel mehr.

Obwohl es keinen Sinn hatte, die Schuld hierfür bei anderen zu suchen, kochte Wut in ihr hoch.

Wenn jemand für diese Situation verantwortlich war, dann sie. Sie hatte zu viel falsch gemacht und nun würde sie dafür den höchsten Preis bezahlen, den es gab.

Und so gern sie ihren Ärger nur gegen sich selbst gerichtet hätte, etwas machte sie stutzig. Diese ganze Verhandlung war wie ein Suchbild. Und nun hatte sie den Fehler gefunden.

Warum saß *er* hier? Das ergab keinen Sinn. Er war es schließlich, der sie gewarnt hatte.

Das konnte nichts Gutes bedeuten.

Sie würde ihre Tochter nicht nur verlieren, Salome würde sie an *sie* verlieren.

Statuten der Superior Human Society (SHS)

Die 10 Regeln zur Anwendung der Gaben eines Superiors/einer Superia

(1)
Die Gaben eines Superiors/einer Superia sollten stets mit Bedacht und Sorgfalt eingesetzt werden.

(2)
Die SHS wünscht keine öffentliche Aufmerksamkeit.

(3)
Jedweder Einsatz hat mit äußerster Diskretion zu erfolgen.

(4)
Die Anwendung sollte stets der Durchsetzung der Ziele der SHS dienen.

(5)
Bei Gefahr für Leib und Leben eines Superiors/einer Superia dürfen die Gaben ohne jede Restriktion eingesetzt werden.

(6)
Sie dürfen nur zur Erreichung persönlicher Ziele eingesetzt werden, sofern kein Außenstehender dabei körperlichen oder seelischen Schaden nimmt.

(7)
Der Einsatz der Gaben gegenüber einem Superior/einer Superia darf nicht dem persönlichen Vorteil dienen.

(8)
Gegenüber einem Superior/einer Superia mit höherem Scoring dürfen die Gaben nur im Einvernehmen angewendet werden.

(9)
Jedweder Regelverstoß wird streng geahndet.

(10)
Das Oberhaupt der SHS wird als rechtmäßige und alleinige Instanz der Rechtsprechung im Bezug auf die Anwendungen der Gaben anerkannt.

Kapitel 1

Amelia

Wo um alles in der Welt war nur ihr Slip? Nicht, dass Amelia nicht ohne ihn gehen konnte oder der Verlust ihrer Unterwäsche sie schmerzen würde, aber hier wollte sie ihn nun wirklich nicht lassen. Amelia kniete sich hin und suchte unter dem Bett. *Nichts.* Abgesehen von den zwei benutzten Kondomen. Unschön, aber das Risiko, Marcus mit einer ausgeweiteten Suchaktion aufzuwecken, wollte sie definitiv nicht eingehen. Leise sammelte sie ihre übrigen Kleidungsstücke ein und schlich auf Zehenspitzen zur Tür. Sollte das lautlose Verlassen von Zimmern irgendwann einmal eine olympische Disziplin werden, dann wäre Amelia eine Medaille sicher. Sie blickte auf ihre Uhr und schlüpfte eilig in ihre Sachen.

Als Amelia auf die Straße trat, umwehte sie ein Hauch kalter Morgenluft. Sie schüttelte sich. Vor Kälte und wegen der letzten Nacht.

Marcus! Marcus aus dem Schwimmteam. Ihm lagen die Mädchen zu Füßen. Es gab dafür durchaus Argumente. Wobei, in Amelias Augen eigentlich nur eines – sein Oberkörper. Ansonsten fand sie ihn irgendwie schleimig, was nicht nur an seinen geschniegelten Haaren lag. Er war einfach der Prototyp eines Harvard-Schnösels. Ein *Rich Kid.* Sie hatte nur mit ihm geflirtet, weil diese dürre Theta-Tussi ihn so angehimmelt hatte und Amelia sie damit ärgern wollte. Mehr nicht. An irgendeinem Punkt des Abends war das außer Kontrolle geraten. Der Gin Tonic war daran vermutlich nicht ganz unschuldig.

Passiert.

Es war ja auch nicht so, dass sie *Rich Kids* diskriminierte. Sie erschienen ihr nur meist schrecklich eindimensional. Geld, wie man es ausgab und zur Schau stellte, bestimmte ihr Leben. Amelia mochte Menschen, die eine Geschichte hatten. Eine, in der es Probleme gab, die nicht mit Daddys Kreditkarte gelöst werden konnten. Das war eine von Amelias selbstzerstörerischen Vorlieben – fand Catherine.

Apropos Catherine.

Amelia zog ihr Telefon aus der Tasche. Ihr Display zeigte bereits sieben Anrufe und drei WhatsApp Nachrichten von ihrer Pflegeschwester an.

Ich hoffe, du kommst bald.

Wo bleibst du?

Und: *Alles okay?!*

Catherine würde sie umbringen. Die Benutzung eines Ausrufezeichens in ihrer Nachricht deutete stark darauf hin. Für Catherine war dies die schriftliche Form des Anschreiens und damit unschicklich. Die Lage war ernst.

Bin auf dem Weg, schrieb Amelia zurück und eilte barfuß quer über den feuchten Rasen.

Es war verhältnismäßig ruhig auf dem Campus. Ein paar kleine Grüppchen hier und da, vereinzelte Jogger und die obligatorische Besuchergruppe, die ihren Weg kreuzte. Wie so oft wurde diese von Laura, eine von Catherines Freundinnen, geführt. Empört sah Laura Amelia an.

»Was bist du nur für ein Vorbild für diese jungen Menschen?«

Amelia wusste, wie sie aussehen musste. Ihre braunen Locken waren zwar immer etwas wirr, gerade aber ziemlich *messy.* Dazu die Mascara-Reste unter ihren Augen. Viel Fantasie brauchte man für die Deutung nicht.

Ihr war das egal. Für Amelia war es eine Frage der Gleichberechtigung. Es war nicht so, dass Frauenorganisationen sie als Rednerin einluden. *Ein Skandal.* Aber ernsthaft: Für gleiche Bezahlung zu kämpfen war ehrenhaft, für das Recht, sich genauso zu amüsieren wie ein Kerl, aber verpönt? Warum Geld wichtiger sein sollte als ein selbstbestimmtes Leben, wollte ihr nicht einleuchten.

Amelia musterte Laura. Sie trug einen Harvard-Hoodie, der mit der Farbe der Backsteingebäude hinter ihr verschmolz.

»Im Gegensatz zu dir strebe ich es überhaupt nicht an, ein Vorbild zu sein. Deshalb muss ich auch nicht ständig so eine verlogene Show abziehen und lebe einfach das Motto der Uni.« Amelia deutete auf das Wappen von Lauras Pullover.

Veritas. Wahrheit.

Das Motto der Universität.

Dann wandte sie sich der Gruppe zu. »Glaubt mir, ich kenne ihren Vortrag. Er geht ungefähr so: *langweilig, langweilig, langweilig.* Aber lasst euch nicht einschüchtern. Auch in Harvard kann Studieren Spaß machen.«

Die Jungen reckten ihre Fäuste in die Luft und grölten »*Veritas*«, während die Mädchen tuschelten. Laura senkte den Kopf und murmelte etwas vor sich hin.

»Viel Spaß noch«, rief Amelia ihnen zu und lief weiter.

Sie musste sich nun wirklich beeilen. Catherine war bestimmt schon außer sich. Und ihren Zorn heraufzubeschwören, war keine gute Idee. Schließlich konnte Catherine allein durch die Kraft ihrer Gedanken töten. Sie könnte Amelias Blut zum Kochen bringen, ihr Herz aufhören lassen zu schlagen. Möglichkeiten gab es viele. Für gewöhnlich wandte ihre Pflegeschwester ihre Gaben jedoch nicht für etwas Profanes wie einen Rachefeldzug an. Das letzte Mal hatte sie das vor drei Jahren gemacht. Amelia war eigentlich mit Oliver Bannermann verabredet gewesen. Weil Catherine aber insgeheim für ihn schwärmte, verpasste sie ihr mit ihrer Gabe, die Körperfunktionen anderer zu kontrollieren, einen Durchfall. Amelias Date fand daraufhin mit der Kloschüssel und nicht mit Oliver statt. Rückwirkend betrachtet fand sie es lustig. Aber selbst damals vergab sie ihrer Schwester schnell. Sie war nicht der Typ, der lange nachtragend sein konnte. Catherine hingegen hielt sich das selbst ewig vor. *Diese Entgleisung.*

Seitdem hatte Amelia nie wieder erlebt, dass ihre Schwester die Kontrolle über sich verlor. Und sie hoffte, dass es auch heute nicht so weit kommen würde.

Noch während sie den Schlüssel ins Schloss steckte, öffnete Catherine die Tür von innen. Man musste ihre Pflegeschwester schon gut kennen, um zu wissen, dass sie sauer war, denn Catherine war ungemein beherrscht. Aber die Art, wie sich ihr Kiefer anspannte, ließ keinen Zweifel zu.

»Wo zur Hölle hast du gesteckt?«, fauchte Catherine sie an.

Beschämt senkte Amelia den Blick. »Es tut mir leid.« Tat es wirklich. »Aber so spät ist es doch noch gar nicht. Wir haben noch genug Zeit, um …«

Catherine ließ sie mitten im Satz stehen. Mit langen, schnellen Schritten durchquerte sie den schmalen Flur Richtung Wohnzimmer. »Ach, haben wir das, ja? Es ist elf Uhr. Ich hatte mit Pascal vereinbart, dass er seinen Laden von zehn bis zwölf für mich schließt, damit wir uns ungestört umsehen können. Und jetzt!« Das Sonnenlicht fiel durch die raumhohe Fensterfront auf Catherines Gesicht und zeichnete ihre Züge weich. Amelia konnte das jedoch nicht täuschen. Sie kannte ihre Schwester und das verräterische Zucken ihrer Schläfe. Ein falsches Wort und ihre Pflegeschwester würde anfangen zu weinen. »Es tut mir ehrlich leid. Aber wir können die Kleider doch genauso gut aussuchen, wenn wir nicht allein im Laden sind.«

»Natürlich können wir das. Ich kann ja auch selbst meine Maße nehmen und ein Kleid bei Amazon bestellen.«

Gott bewahre! Manchmal war ihr Catherine ein Rätsel. Wie konnte jemand, der jedes Wochenende in der Suppenküche aushalf, nur solche Meldungen vom Stapel lassen? »Du bist manchmal so versnobt«, sagte Amelia. »Aber weil das eine große Sache für dich ist, sehe ich es dir nach.«

»Und eben weil es eine große Sache für mich ist, hätte ich mich gern auf dich verlassen. Aber das war wohl ein Fehler. Dir war es ja anscheinend mal wieder wichtiger, einen Typen abzuschleppen.« Catherines harte Worte hallten durch den Raum. Selbst die Backsteinwände, die sonst jeden Lärm fraßen, verschluckten den Zorn, der darin schwang, nur zögerlich.

»Cathy«, sagte Amelia entschuldigend.

»Nichts Cathy. Sieh dich doch an. Ist dir das nicht peinlich?«

»Peinlich?«

»Na, dieser morgendliche *Walk of Shame* über den Campus.«

Amelia schnaufte. »Mir ist es nicht peinlich. Aber dir offensichtlich.«

Seufzend nahm Catherine auf dem weißen Sofa Platz. Sie verschränkte ihre Arme vor der Brust und sah Amelia fest in die Augen. »Natürlich ist es das, Amelia. Ich hoffe, es hat sich wenigstens gelohnt.«

»Geht so. Das zweite Mal war ganz okay.«

Lachend schüttelte Catherine den Kopf. »Ich wusste gar nicht, dass du zwei Mal mit dem Gleichen schläfst.«

»Ich auch nicht. Aber das erste Mal war so enttäuschend, das konnte Marcus mit seinem Über-Ego nicht so stehen lassen.« Amelia klopfte

Catherine spielerisch auf den Oberarm und ließ sich auf der Armlehne neben ihr nieder.

»Marcus? Der Schwimmer-Marcus?«

»Jep.«

Catherine riss ihre Augen weit auf. »Du weißt schon, dass er seine *Abenteuer* immer filmt und großzügig vorführt?«

»Ähm, nein.« Amelia biss sich auf die Zunge. »Stand das in deinem Pornhub-Newsletter?«

»Haha«, sagte Catherine und stemmte ihre Hände in die Hüften. »Ich weiß es von einer Freundin.«

»Kümmerst du dich drum?«

»Wieso sollte ich?«, fragte Catherine bitter und wandte den Kopf von ihr ab.

»Stell dir vor, du tust es nicht und das Ganze dringt an die Öffentlichkeit … unsere Eltern bekommen davon Wind … Und ich werde mit enttäuschten Blicken, aber noch viel schlimmer, endlosen Moralpredigten gestraft.« Amelia seufzte und sah zu Catherine. »Worauf würde das hinauslaufen?«

»Darauf, dass du bekommst, was du verdienst?«

»Es würde darauf hinauslaufen, dass ich schrecklich, schrecklich genervt bin. Eher angepisst. Und du weißt doch, wie ich dann so reagiere und zu ertragen bin, oder?«

»Mhm.«

»Und wen treibe ich mit meinen Launen dann immer in den Wahnsinn? Dich. Genau. Siehst du jetzt, worauf das hinauslaufen würde?«

»Miststück«, zischte Catherine. »Ich hasse es, meine Gaben einzusetzen, um deinen Mist geradezubiegen.«

Amelia stand auf, setzte sich auf den Couchtisch genau gegenüber von Catherine und legte ihren Hundeblick auf. »Und trotzdem wirst du es tun, oder?«

»Ja, aber nicht für dich. Sondern weil das irgendwann zum Skandal werden könnte. Nicht für dich. Für unsere Familie.« Catherine lächelte versöhnlich, setzte dann aber nach: »Und hör auf, dich ständig auf diesen Tisch zu setzen. Er ist ein handgefertigtes Unikat, ungeleimt aus dem Stamm eines Nussbaums gearbeitet.«

Amelia erhob sich. Die Nerven ihrer Schwester waren heute schließlich schon strapaziert genug. Sie nahm Catherines Hände in ihre und drückte sie sanft. »Danke.«

Catherine erwiderte die Geste und Amelia war froh, dass die Wogen wieder geglättet waren. »Ich springe nur schnell unter die Dusche und dann gehen wir dir das schönste Kleid in der Geschichte des *Maturity Feasts* aussuchen. In Ordnung?«

Catherine nickte. »Aber beeil dich.«

Amelia nahm sie in den Arm. »Mach ich.«

»Gut, du riechst nämlich fürchterlich«, sagte Catherine und kicherte.

»Das ist der Geruch von Sünde«, zwinkerte ihr Amelia zu. »Du kommst auch noch auf den Geschmack.«

Sie drückte ihrer Schwester einen feuchten Schmatz auf die Wange, den Catherine angewidert wegwischte, und verschwand dann ins Badezimmer.

Amelia parkte ihren *Maserati* auf dem Gehsteig vor dem *gorgeous4-gorgeous* und warf dem Parkboy ihren Schlüssel zu.

»Aber Vorsicht. Das Schätzchen ist neu.«

»Selbstverständlich«, gab dieser pflichtbewusst zurück.

Catherine blickte sie tadelnd an. Sie war verdammt gut darin, ihr ein schlechtes Gewissen zu machen. In diesem Punkt jedoch nicht. Ihr Cabrio war ein Traum. Der perlmuttfarbene Lack und das rote Leder. Es war genau die Mischung aus eleganter Aggressivität, in die sie sich verliebt hatte. Und das unsichere Auftreten des Parkboys gefiel Amelia gar nicht. »Aber …«

»Nichts aber«, sagte Catherine barsch und zog sie am Arm mit sich.

Es war nicht nötig, die Ladentür selbst zu öffnen. Eine Mitarbeiterin machte das für sie und unmittelbar danach wurden sie von Pascal, dem Inhaber des *gorgeous4gorgeous,* begrüßt. Catherine kannte ihn gut. Schließlich war sie häufig auf irgendwelchen *Chichi*-Veranstaltungen, für die sie ein Abendkleid brauchte. Und Pascal war der Mann ihres Vertrauens, wenn es darum ging, sie ins rechte Licht zu rücken.

Nachdem Catherine links und rechts ein Küsschen bekommen hatte, war auch Amelia an der Reihe.

»So, meine Hübschen«, sagte er und klatschte erfreut in die Hände. »Ich habe alles vorbereitet. Kommt mit mir nach hinten.«

Catherine und Amelia folgten ihm durch das Geschäft. Der Showroom war sehr minimalistisch und Kleiderstangen suchte man dort vergebens. Dafür gab es Schaufensterpuppen mit teils üppigen, teils gewagten Kreationen, Tische mit Stoffmustern und rundherum Videoleinwände, auf denen Models diverse Schnitte präsentierten. Erst im hinteren Teil des Ladens türmten sich die exklusiven Roben.

»Hast du alle Modelle hier, die wir besprochen haben?«, fragte Catherine.

Pascal sah sie mit gespielter Empörung an. »Natürlich, meine Hübsche. Aber glaub mir, du willst gar nicht wissen, was ich dafür alles machen musste.«

Amelia wollte es definitiv nicht wissen.

»Du bist ein Schatz«, hauchte Catherine ihm zu.

Das war er. Vor allem, weil er mit keinem Wort erwähnte, dass er seinen Laden inklusive Personal seit zwei Stunden sinnloserweise für sie beide geschlossen hatte.

Pascal schnippte zweimal mit den Fingern und eine seiner Assistentinnen eilte herbei. Sie schob einen Kleiderständer, der mit prachtvollen Roben bestückt war, vor sich her. Catherine grinste wie ein Honigkuchenpferd. In der Hinsicht war sie echt süß. »Gott, ich bin so aufgeregt«, entfuhr es ihr.

»Ich auch«, erwiderte Amelia. Und es war nicht einmal komplett gelogen. Sie war tatsächlich neugierig, was für ein Kleid sich ihre Schwester aussuchen würde. Wie zu erwarten war, stachen Amelia haufenweise pudrige Farbtöne ins Auge.

Catherine begutachtete den Berg an Kleidern. »Beginnen wir mit meinen Favoriten und arbeiten uns durch die Auswahl.«

Amelia ließ sich auf einen der samtigen Sessel sinken. »Klingt nach einem Plan.«

»Das hellblaue *Marchesa.*«

»Patricia«, sagte Pascal. Seine Assistentin holte das betreffende Kleid heraus und hängte es Catherine in die Kabine.

Ihre Schwester war auf der Suche nach einem Kleid für das *Maturity Feast.* Das Fest zu Ehren ihres einundzwanzigsten Geburtstags. Dem Tag, an dem sie ein vollwertiges Mitglied der *Gesellschaft* werden würde. Amelia fragte sich, was sie wohl veranstalten würde, wenn sie tatsächlich heiratete.

»Darf ich meinen Schönheiten ein Gläschen Champagner anbieten?«

»Gern!«, rief Amelia augenblicklich.

»Für mich nicht«, sagte Catherine. »Ich muss noch fokussiert sein. Und du solltest auch nicht zu viel trinken.«

Amelia nahm das Glas, das Patricia ihr entgegenhielt. »Ja, Mama.«

»Ich wünschte, du würdest das etwas ernster nehmen. Mir zuliebe.« Catherine verdrehte ihre Augen und verschwand in der Kabine.

Amelia wünschte sich, ihre Schwester würde das etwas weniger ernst nehmen. Nicht für Amelia, sondern ihr selbst zuliebe. Sie verstand nicht, wie sie sich so auf diesen Tag freuen konnte. Es war nichts falsch daran, sich auf seinen einundzwanzigsten Geburtstag zu freuen. Die meisten taten das jedoch, weil sie sich dann endlich offiziell betrinken konnten. Amelia würde es nächstes Jahr, wenn es bei ihr so weit war, auf jeden Fall ordentlich krachen lassen. Aber wegen dieser archaischen Zeremonie? Der Gedanke daran, potentielle Heiratskandidaten vorgestellt zu bekommen, rief bei Amelia Fluchtgedanken und Brechreiz hervor. Vorfreude sicher nicht. Aber Amelia betraf das ja auch nicht. Für jemanden mit so minderwertigen Gaben wie sie betrieb die *SHS* diesen Aufwand nicht. Zum Glück.

Für eine *Superia* mit Catherines Gaben wurden jedoch keine Kosten und Mühen gescheut, den perfekten Zuchtbullen zu ermitteln.

Die *SHS, die Superior Human Society.* Manchmal fragte sich Amelia wirklich, was das *Human* im Namen zu suchen hatte. Sie konnte an all dem nichts Menschliches finden. Und wenn man das *Human* wegließe, wäre man wieder direkt am Ursprung des Programms. Bei verqueren Ideologien und Rassenhygiene. Natürlich sprach man darüber nicht. *Unschicklich.*

Ob Amelia Catherines Euphorie nun verstand oder nicht, große Erwartungen führten unweigerlich zu großen Enttäuschungen. Und davor würde sie ihre Schwester zu gern bewahren.

Während Catherine in der Kabine mit Patricias Hilfe in Kleid Nummer eins schlüpfte, nippte Amelia an ihren Champagner. *Besser. Viel besser.* Der Vorhang zu Catherines Kabine wurde beiseitegeschoben und ihre Schwester trat in den Raum. Genau so hatte Amelia sich das

Kleid der Wahl vorgestellt. Catherine sah aus wie eine Disney-Prinzessin – einfach grauenvoll.

»Und?«, fragte Catherine erwartungsvoll.

»Hinreißend«, sagte Pascal und meinte es vermutlich auch so.

»Zu viel von allem.« Amelia seufzte und ließ sich tiefer in den weichen Sessel sinken. »Nächstes Kleid.«

Prompt erntete sie empörte Blicke von allen Seiten.

»Das ist alles, was dir dazu einfällt?«, fragte Catherine.

Natürlich hätte Amelia noch mehr auf Lager. Nur würde nichts davon die Sache besser machen. »Ja, nächstes Kleid.«

Enttäuscht wandte sich Catherine an Pascal und kündigte an, was sie nun probieren wollte. Sie schlüpfte in eine Reihe weiterer Kleider, die für Amelia alle mehr oder weniger gleich aussahen.

»Was stimmt denn damit nun wieder nicht?«, fragte Catherine und blickte auf ihr Kleid hinab. Es hatte eine rosa Korsage und einen weißen Rock.

»Was damit nicht stimmt? Du siehst aus wie ein Strawberry Cheesecake. Also ehrlich. Wenn ich ein Mann wäre, mich würde das in die Flucht schlagen.«

Catherine zog eine Schnute und betrachtete sich im Spiegel. »Du hast ja recht. Ich sehe aus wie eine Barbie und nicht wie eine Frau, die bald heiratet.«

Amelia erhob sich von ihrem Sessel und ging auf einen Kleiderständer zu, der nicht zu Catherines Auswahl gehörte. »Dann werden wir das Ganze mal etwas verkürzen.« Amelia zog ein rotes Kleid vom Ständer und hielt es Catherine hin. »Probier das mal an.«

»*Elli Saab*«, murmelte Pascal, während Catherine das Kleid mit einem skeptischen Blick entgegennahm.

»Schau nicht so. Wir brauchen jetzt mal was ganz anderes, um das Richtige zu finden.«

Pascal stand in Denkerpose neben ihnen und Amelia musste ein Lachen unterdrücken. Schließlich ging es nur darum, ein Abendkleid auszusuchen. Die beiden taten gerade so, als ginge es um die Rettung der Welt. Mindestens. »Meine Hübsche – ich glaube, Amelia hat recht.«

Catherine gab sich geschlagen. Als sie wieder aus der Kabine kam, trat sie unsicher vor den Spiegel. Das Kleid war der Wahnsinn. Es bestand aus mehreren Lagen roten Chiffon. Dabei wirkte es nicht bauschig, sondern fließend. Über das eng anliegende Oberteil ragte asymmetrisch eine Lage Stoff über die rechte Schulter. Gegengleich dazu gab ein langer Schlitz die Sicht auf ihre langen, schlanken Beine frei. Pascal und Patricia starrten Amelias Schwester mit offenen Mündern an. Auch Catherine selbst stand ein stummes *Wow* ins Gesicht geschrieben. Sie raffte den Stoff mit ihren Händen und drehte sich vor dem Spiegel. Strahlend und mit ausgebreiteten Armen ging sie auf Amelia zu. »Ammy, du bist ein Genie«, sagte sie und drückte sie an sich.

»Ich weiß«, erwiderte Amelia trocken. »Aber das«, sie zeigte auf ihr Kleid, »ist es noch nicht.«

»Was? Spinnst du? Das Kleid ist atemberaubend.«

»Ich weiß, deshalb werde ich es auch nehmen.« Denn ob sie dieser Viehschau nun etwas abgewinnen konnte oder nicht, aussehen wie das Aschenbrödel wollte sie neben ihrer schönen Schwester nicht. »Es ist so gar nicht *Catherine.*«

»Du bist ein Miststück. Wenn ich nicht so gut erzogen wäre, würde ich dir jetzt eine scheuern.«

Die Münder der Zuschauer standen immer noch offen. Nun allerdings nicht mehr vor Begeisterung.

»Krieg dich wieder ein. Ich sage das nicht, weil ich dir das Kleid *ausspannen* möchte. Es ist die Wahrheit.«

»Die Wahrheit? Und vor fünf Minuten war die Wahrheit noch, dass ich andere Dinge ausprobieren soll.« Catherines Augen verengten sich zu Schlitzen.

Unbeeindruckt ging Amelia zurück zu dem Kleiderständer, von dem sie das rote Kleid geangelt hatte, und sondierte weiter die Auswahl.

Ein Lächeln stahl sich auf ihr Gesicht, als sie das Kleid, dessen goldenes Funkeln sie angezogen hatte, zur Gänze erblickte. Zufrieden nickend zog sie es hervor. »Das ist es«, sagte sie und drückte es Catherine an die Brust. »Ja, genau. Das ist es, wonach ich gesucht habe.«

Nur langsam wandte Catherine ihren Blick zum Spiegel. Ihre Miene hellte sich langsam auf, als sie das Kleid betrachtete. Amelia war klar, dass sie es nicht zugeben wollte, aber sie war sich sicher, dass sich ihre Schwester genau in diesem Augenblick in das Kleid verliebt hatte.

»Das rote Kleid steht mir hervorragend«, sagte sie. »Von wem ist das hier?«

Scheißegal.

»*Oscar de la Renta*«, antwortete Pascal prompt.

»Gut, ich schlüpfe mal schnell rein.«

Klar. Amelia kannte ihre Schwester. Einen Fehler zuzugeben, war nicht gerade ihre Stärke. Es war vermutlich auch schwer, wenn man so perfekt war wie sie.

Als Catherine die Kabine wieder verließ, wussten alle, dass sie das perfekte Kleid für sie gefunden hatten. Es war in A-Linie geschnitten und um die Brust herum mit groben Blattgold-Teilchen bedeckt. Diese dünnten nach unten hin immer weiter aus, bis nur noch der feine cremefarbene Tüllrock zu sehen war. Es hatte das besondere Etwas, war aber immer noch *Catherine.*

»Ich weiß«, grinste Amelia. »Ich bin ein Genie.«

Catherine strahlte verlegen bis über beide Ohren, antwortete aber nicht.

»Das werte ich als ein *Ja.*« Amelia wandte sich an Pascal. »Also, dann einmal den Traum in Gold für meine Schwester und das Rote für mich.«

»Sehr gern«, antwortete er und nickte Patricia instruierend zu, die sich augenblicklich in Bewegung setzte.

»Und jetzt zieh dich wieder um, Schwesterherz. Ich habe noch was anderes vor.«

»Willst du dein Kleid gar nicht anprobieren?«, fragte Catherine.

»Nein, ich weiß, dass es mir passt und dass ich einfach umwerfend darin aussehen werde.«

»Amelia«, sagte Catherine in einem Tonfall, der nicht klar erkennen ließ, ob er tadelnd oder belustigt war.

Amelia zuckte mit den Schultern. »Ich bin ein Genie. Schon vergessen?«

»Und ein Miststück.«

»Ich hab dich auch lieb«, sagte Amelia schmunzelnd.

Die ernste Miene ihrer Schwester verwandelte sich in ein Lächeln. »Einigen wir uns auf geniales Miststück.«

Catherine legte ihren Kopf auf Amelias Schulter. »Ich hab dich auch lieb, Ammy.«

Statuten der Superior Human Society (SHS)

Über die Feststellung des Scorings eines Superiors/einer Superia

(1)
Das Scoring eines Superiors/einer Superia ist der messbare Wert seiner/ihrer Gaben und damit sein Wert innerhalb der SHS.

(2)
Das Scoring wird mittels DNA-Analysen im Rahmen der Status quo-Untersuchung festgelegt.

(3)
Die Status quo-Untersuchungen erfolgen bis zum 21. Lebensjahr monatlich.

(4)
Ab dem 22. Lebensjahr kann der Untersuchungsrhythmus auf jährlich umgestellt werden, sofern das Scoring binnen 24 aufeinanderfolgenden Monate konstant bleibt. Die Umstellung bedarf der Genehmigung der Leitung des Superior Medical Centers, kurz SMC.

(5)
Von dieser Regelung abweichende Untersuchungszyklen sind möglich, bedürfen aber der Genehmigung des Oberhaupts der SHS.

Kapitel 2

Amelia

Amelia hatte tatsächlich noch etwas vor. Nichts, worauf sie großen Wert legte, aber etwas, um das sie nicht herumkam. Die monatliche Untersuchung im *Superior Medical Center.*

Ein lästiges Übel.

Die *Status quo*-Untersuchungen waren nicht schlimm. Blutabnahme, manchmal eine MRT. Aber die halbjährliche *emotionale Disposition* war grauenvoll. Man wurde verkabelt und bekam schreckliche Szenen in den Kopf projiziert. Alles, um einen emotionalen Ausbruch zu triggern, der dazu führte, dass sich die Schalter für neue Gaben in der DNA umlegten. Diese Tortur war kein Kino. Es waren nicht nur die Bilder voller Schmerz, Trauer und Erniedrigung, die in Gestalt von Folter, Vergewaltigung, Hunger, Verrat oder Verlust erschienen. Denn sie waren auf keiner Leinwand, sie waren im Kopf. Es fühlte sich an, als würde man all das selbst erleben. Auch wenn man wusste, dass es nur eine Illusion war, sie ging einem doch sehr nahe. Und die wenigen schönen Szenen von Glück, Liebe und Lust glichen den Rest bei Weitem nicht aus. Das Einzige, was dazu fähig war, ihre Gefühle danach wieder zu erden, war Gin Tonic.

Seit Amelia zum Studieren von New York nach Boston gezogen war, waren die Besuche im *Medical Center* allerdings um einiges angenehmer geworden. Der Grund dafür war männlich und gut aussehend. Normalerweise interessierte sich Amelia nicht für Superior-Männer. Optisch gab es an ihnen nichts auszusetzen, ganz im Gegenteil. Amelia hatte wohl noch nie einen unattraktiven Superior gesehen, gleich welchen Geschlechts. Ob das am guten Genmaterial lag oder am Geld, konnte sie nicht sagen. Mit genug Geld war es schließlich einfach, gut auszusehen. Die besseren Klamotten, die coolere Frisur – Stil und Erscheinungsbild waren nun einmal käuflich.

Was sie an den Superior-Männern jedoch störte, war ihre Sicht auf das Leben. Für Amelia war das, was sie führten, kein richtiges Leben. Sie alle folgten einer Mission, arbeiteten an einem Plan. Insofern war Amelia froh, dass niemand sie dort ernst nahm. Ihre Gabe war schließlich minderwertig. Nicht die Gabe an sich, aber deren Ausprägung. Sie konnte den Zweifel eines Menschen ausschalten. Allerdings funktionierte das nur mit Körperkontakt und die Wirkung verflog in der Regel, wenn sie ihn wieder unterbrach.

Verglichen mit anderen Superior, war das nicht von Bedeutung. Amelia konnte gut damit leben. Schließlich hieß es, dass man für sie nicht den perfekten Fortpflanzungskandidaten suchen würde und sie nicht das intensive Schulungsprogramm absolvieren musste. So neidisch sie auch manchmal auf die Gaben anderer Superior war – diesen Preis hätte sie nicht zahlen wollen. Sie war nicht der Typ für so was.

Die SHS kam ihr manchmal vor wie eine Sekte. Nicht ganz unbegründet. Einerseits waren sie esoterische Spinner, mit dem Unterschied, dass ihre Spinnereien keine Spinnereien waren. Schließlich hatten sie all diese abgefahrenen Gaben. Aber sie diktierten ihren Mitgliedern unheimlich viel, mehr, als sich ein mündiger Mensch gefallen lassen sollte. Und in noch einem Punkt unterschieden sie sich von einer Sekte: Nicht nur ihre Anführer waren reich, sondern alle Superior waren es. Nicht einfach reich. Stinkreich. Ein Kinderspiel, wenn man mit seinen Gaben Menschen kontrollieren und steuern konnte. Die geistigen Fähigkeiten waren vermutlich deshalb auch am höchsten bewertet.

Die SHS war verdammt gut darin, jedem seinen Stellenwert zu zeigen. Sie taten das sehr direkt in Form eines *Scorings*, das die Gaben bewertete. Je höher, desto besser. Amelias *Scoring* als unterdurchschnittlich zu bezeichnen, wäre noch geprahlt. Ihre Gabe war wertlos für die SHS und somit auch sie selbst.

Amelia war ihr *Scoring* jedoch herzlich egal. Wenn sie sich etwas hätte aussuchen dürfen, wäre es eine körperliche Gabe oder eine Naturkraft gewesen. Teleportation hätte ihr gut gefallen. Oder ein Gewitter heraufbeschwören. Nicht weil man damit etwas anfangen konnte, sondern einfach, weil sie damit so viel Spaß gehabt hätte.

Leider konnte Amelia nichts von alldem. Und obwohl sie für die SHS so uninteressant war wie ein Stück Tofu für einen Löwen, bestellte man sie wieder und wieder hierher.

Ob sie das je wegen Sinnlosigkeit einstellen würden?

Man gewöhnte sich an vieles. Und vieles von dem, an das man sich nicht gewöhnen wollte, wurde durch Dinge, ohne die man nicht mehr leben möchte, kompensiert. Trotzdem, dieser Untersuchungsterror musste irgendwann ein Ende nehmen. Angeblich tat er das auch. Gerüchteweise.

Amelia blickte auf die verspiegelte Fassade des *Medical Centers. Heute nur Status quo. Nur Blut.*

Hoffentlich.

Sie betrat das Gebäude durch die gläserne Drehtür, presste ihren Daumen auf das Touchpad der Schranke und passierte die erste Schleuse. Dort gab sie dem Wachmann ihre Tasche und durchschritt die Metalldetektoren. Die Sicherheitsmänner nickten ihr zu und gaben ihr ihre durchleuchtete Tasche zurück. Man kannte sich. *Leider.*

Während sie auf den Aufzug wartete, suchte sie bereits nach dem Termincode auf ihrem Handy. Was genau in welchem Stockwerk untergebracht war, wusste Amelia nicht. Sie hatte sich bisher nur im zehnten und elften Stockwerk aufgehalten. Was, wenn sie es sich genau überlegte, komisch war. Schließlich hatte bis in den neunten Stock – sofern man es ins Gebäude geschafft hatte – jeder Zutritt. In alle darüberliegenden Stockwerke gelangte man nur über den Scan des Termincodes im Lift.

Der Scanner quittierte ihren QR-Code und brachte sie in den zehnten Stock, in dem ihr Termin stattfinden sollte. Glücklicherweise. Zehnter Stock hieß üblicherweise Blutabnahme.

Die Fahrstuhltür öffnete sich, ein Sicherheitsbeamter wartete dort im Flur auf sie. Er nickte ihr zu und geleitete sie zur mittleren Tür, die von Schwester Greta geöffnet wurde.

Sie lächelte. Wie eigentlich immer. Es war dieses unheimliche Lächeln, das stark an die *Hausfrauen von Stepford* erinnerte. Amelia versuchte sich vorzustellen, wie Schwester Greta jemandem die Nachricht vom Tod eines Familienmitglieds überbrachte. Wie sie auch dabei ihr emotionsloses, gruseliges Lächeln aufsetzte. Gut, dass das hier keine gewöhnliche Klinik war. Man wurde untersucht. Nicht behandelt oder operiert.

»Amelia«, begrüßte Schwester Greta sie. Der Klang ihrer Stimme war gewohnt sachlich, ganz anders, als man bei ihrem Erscheinungsbild erwarten würde. Doch er passte hervorragend zum kühlen Platinblond ihrer Haare.

»Greta«, erwiderte Amelia, während der vertraute Geruch von Desinfektionsmittel in ihre Nase drang.

Greta schritt den Flur voran und brachte Amelia in das Wartezimmer. »Setz dich doch schon einmal. Ich bin gleich wieder bei dir.«

Eine vertraute Unruhe machte sich in ihr breit. Amelia zog ihr Handy aus der Tasche und checkte mithilfe der Frontkamera Haare und Make-up.

Er würde sie nicht untersuchen, aber mit etwas Glück würde sie ihn sehen.

Nathan

Nathan blickte von seinem Computer auf, als er das Piepsen von Schwester Gretas Smartphone vernahm, die ihre nächste Blutabnahme ins System einbuchte. Er blickte auf sein Handy, das sich nun ebenfalls zu Wort meldete. Einerseits hasste er diese Dinger. Andererseits war er froh, dass sie für ihn Superior-Termine und -Pflichten koordinierten. So musste er keine unnötigen geistigen Kapazitäten dafür verschwenden und hatte seinen Kopf frei für die wichtigen Dinge.

»Schwester Greta«, sagte er. »Bitte bringen Sie mir direkt nach der Blutabnahme zwei Röhrchen von Amelia Zephyrs Blut und die Befunde, sobald sie aus dem Labor kommen.«

»Selbstverständlich, Dr. Hall.« Sie blickte auf ihre Armbanduhr. »Aber ich fürchte, es wird morgen werden.«

»Heute, Greta. Heute.«

Es war ihrem erstarrten Lächeln deutlich abzulesen, wie wenig sie von dieser Anweisung hielt. »Aber …«

»Sie schaffen das. Lassen Sie einfach Ihren Charme spielen.« Nathan achtete nicht auf Gretas Reaktion, sondern vervollständigte die Einträge in der Akte, die er vor sich offen auf dem Bildschirm hatte.

Die Tür zum Behandlungszimmer öffnete sich und Schwester Greta kehrte mit Amelia im Schlepptau zurück.

Amelia hob ihre Hand, deutete ein leichtes Winken an. Während sie die Türklinke noch festhielt, bog sie ihren Körper so, dass ihre Kurven wunderbar zur Geltung kamen, und schenkte ihm ein Lächeln. Wie eine Welle schwappte es von ihr durch den gesamten Raum, überflutete ihn mit ihrer Präsenz.

Nathans Aufmerksamkeit war nun ganz bei ihr.

»Oh, Dr. Hall«, sagte Amelia spöttisch. »Hat die SHS gerade einen Personalengpass oder wie komme ich zu der Ehre, heute von dir Blut abgenommen zu bekommen?«

Dieses kleine Miststück. Er zog seine Brauen nach oben. »Träum weiter.«

Sie verzog ihren Mund zu einer Schnute, löste ihren Körper geschmeidig von der Tür und sah ihn herausfordernd an. »Stimmt. Ich vergaß. Du übernimmst nur Untersuchungen, bei denen ich mich nackig machen muss.«

Nathan betrachtete Amelia, wie sie mit ihm flirtete, das Spiel, das sie spielten.

Alles daran war falsch. Und trotzdem genoss er ihre Gegenwart.

Sie zog ihn in ihren Bann. Ihre Ausstrahlung, ihr Sexappeal, es war schwer, sich dem zu entziehen. »Irgendwer muss sich ja opfern.«

Sie lachte auf, während Schwester Greta die Spritzen bereitstellte und so tat, als würde sie nicht zuhören.

Nathan schüttelte Amelia die Hand. Er achtete darauf, nicht näher als nötig an sie heranzutreten und ihre Hand nicht länger als nötig zu halten. »Ich melde mich bei dir, sobald die Ergebnisse da sind.«

»Irgendwer muss sich ja opfern.«

Nathan verließ den Raum und konnte sich ein Schmunzeln nicht verkneifen.

Mit gemischten Gefühlen machte er sich auf den Weg in das Büro von Dr. Erika Jensen. Er hatte gute Nachrichten, schlechte Nachrichten und Themen, bei denen sie wohl verschiedener Meinung sein würden. Nur zu gern hätte er dieses Gespräch vertagt, doch es stand ihm nicht zu, ihre Termine zu hinterfragen. Er klopfte zweimal an Erikas Tür.

Sie antwortete nicht. Er öffnete die Tür einen Spalt und sah hinein, ihr Büro war leer.

Merkwürdig. Erika war die Pünktlichkeit in Person. Noch nie hatte er erlebt, dass sie zu spät war, und das trotz ihrer Position. Er wollte gerade wieder die Tür schließen, als sie kam. Nathan hatte sie weder kommen noch gehen hören – diese Frau konnte sich beinahe übermenschlich leise anschleichen -, doch ihr Parfüm hatte sie verraten. Unaufdringlich, schnörkellos, frisch und ein Hauch maskulin. Ganz wie sie selbst. Er ging einen Schritt zur Seite, damit sie das Büro vor ihm betreten konnte.

»Nathan«, sagte sie. »Tut mir leid, wir müssen unseren Termin vertagen.«

»Das ist …«

»Der Rat hat eine Sitzung einberufen, zu der meine Anwesenheit erwünscht ist.« Sie schnaubte leise, während sie einige Akten auf ihrem Schreibtisch zusammensuchte. Erika war eine der wenigen im Center, die eine Vorliebe für Papier hatte. Dabei war sie, genau wie Nathan, gerade einmal vierundzwanzig.

»Gab es einen Zwischenfall, Erika?«

Sie sah ihn stirnrunzelnd an. »Nicht, dass ich wüsste.«

»Dann …«

»Dann bringen Sie mich auf dem Weg zum Fahrstuhl auf den aktuellen Stand unserer beiden Sorgenkinder.«

Beide verließen ihr Büro. Das Tempo, in dem sich Erika auf dem Gang zum Lift hin bewegte, war nicht gerade ideal zum Plaudern. Nathan kam das durchaus gelegen, seine Lust dazu hielt sich nämlich in Grenzen.

»Die Untersuchungsergebnisse von Dave sind meines Erachtens widersprüchlich«, begann Nathan gehetzt seine Ausführungen. »Anhand der DNA-Analysen konnte keine Veränderung zum letzten *Status quo* festgestellt werden. In der MRT allerdings konnte ich mit intensiveren Tests kleine Abweichungen feststellen. Ob diese jedoch auf einen Sprung hindeuten, ist fraglich. Ich könnte weitere …«

»Nein«, unterbrach sie ihn.

»Aber es gibt vieles …«

»Nathan«, fiel sie ihm ins Wort. »Ich möchte nicht, dass Sie Ihre kostbaren Kapazitäten für solche aussichtslosen Fälle verschwenden.«

»Wirklich?« Das würde ganz neue Möglichkeiten eröffnen.

Erika hob ihre Brauen und deutete ihm damit an, dass die Diskussion beendet war. »Und Amelia Zephyr?«

»Ist meines Erachtens auch ein Fall für die Kategorie aussichtslos.« Nathan versuchte seine Worte so teilnahmslos wie möglich klingen zu lassen.

Erika, die gerade am Lift angekommen war, drehte sich zu Nathan um und baute sich dominant vor ihm auf. »Das entscheide immer noch ich. Und Amelia Zephyr ist es nicht. Also, was gibt es Neues?«

»Sie gibt in ebendiesem Augenblick eine weitere Blutprobe ab. Ich würde meine Erkenntnisse dann nach den DNA-Untersuchungen mit Ihnen teilen.«

Erika Jensen musterte ihn mit zusammengekniffenen Lippen.

»Wenn Sie nichts dagegen haben«, sagte Nathan und hoffte, die sich gerade öffnende Fahrstuhltür würde das Gespräch beenden.

»In Ordnung. Parker wird einen neuen Termin mit Ihnen vereinbaren.« Sie betrat den Aufzug, wandte sich kurz noch einmal zu Nathan um und nickte knapp.

Etwas behagte ihm an dieser Sache nicht. Er hatte das Gefühl, dass er etwas Entscheidendes übersah. Und er wollte herausfinden, was das war. Warum sollte Dave ein aussichtsloser Fall sein und Amelia nicht? Dave war sogar ein wenig jünger als Amelia und ihre *Scorings* waren durchaus vergleichbar.

Abgesehen davon – er war von der Praxis der *emotionalen Disposition* im Allgemeinen nicht wirklich überzeugt. Sie lieferte wenig Ergebnisse, verursachte großen Aufwand und war auch für die Patienten nicht gerade angenehm. Es musste andere Wege geben, die Gaben zu aktivieren. Er hasste es, jedes Mal mundtot gemacht zu werden, wenn er das Thema anriss. Und jetzt auch noch diese irrationalen Fallklassifizierungen. Er würde sich noch Gehör verschaffen. Wenn nicht bei Erika, dann eben an anderer Stelle.

Eine Berührung riss ihn aus seinen Gedanken. Jemand hatte ihm auf die Schulter getippt.

Er wandte sich um und da war sie wieder. Seine Ablenkung vom Alltag im SMC. *Amelia.*

»Oh, Dr. Hall, wäre doch nicht nötig gewesen, dass Sie hier auf mich warten und sich vergewissern, dass ich beim Blutabnehmen nicht umgekippt bin.«

»Frauen wie du kippen nicht so leicht um.«

»Keine Ahnung, ob das jetzt ein Kompliment oder eine Beleidigung war. Aber ich kippe gleich um, wenn ich nicht endlich zu meinem Frühstück komme«, sagte sie und stemmte dabei ihre Hände in die Hüften.

Nathan blickte auf die Uhr. »Frühstück? Es ist vierzehn Uhr.«

»Die erste Mahlzeit des Tages, also definitiv Frühstück.« Amelia hatte ihren Mund leicht geöffnet und fixierte ihn mit ihren warmen braunen Augen. »Und was ist mit dir? Hunger?«

Er sah sie an, wie sie sich ihre Lippen benetzte. Er war Amelias Arzt! Er sollte sie nicht so ansehen. Es war nur so verdammt schwer, es nicht zu tun. »Ich habe schon gefrühstückt.«

»Ich hatte auch eher an ein saftiges Stück Fleisch gedacht.« Amelia fuhr sich mit den Fingerkuppen über ihr Schlüsselbein und sendete ihm schwer zu ignorierende Signale.

Es wäre so viel einfacher, wenn sie das lassen würde.

»Ein Steak.«

In seinem Inneren drohte eine Diskussion zu entflammen, der er sofort den Nährboden nehmen musste. »Dann würde ich an deiner Stelle schnell das Weite suchen. Die Cafeteria hier ist nämlich keine Offenbarung.«

»Ja, klar! Als würde ich hier freiwillig meine Freizeit verbringen.«

Was ist so schlimm an einem Frühstück? Nichts. Doch wenn er sie ansah, dann wusste er tief in seinem Inneren, dass er eigentlich nicht mit ihr frühstücken wollte. Viel lieber wollte er ihr die Bluse aufknöpfen, ihre wunderschönen Brüste berühren und sie … Doch das wäre unprofessionell. Hochgradig unprofessionell. Und wenn Nathan Hall irgendetwas nicht war, dann das.

Abgesehen davon musste er einen klaren Kopf bewahren. Seine Triebe waren hier zweitrangig. Um mehr ging es ihm bei ihr auch nicht. Ihr Körper war das Einzige, was ihn an Amelia Zephyr reizte. Sie war nicht der Typ Frau oder gar Mensch, mit dem er für gewöhnlich seine Freizeit verbrachte. Aber wenn sie nicht seine Patientin wäre, würde er sie auf der Stelle vögeln.

Amelia

Dieser Mann trieb sie noch in den Wahnsinn. *Was war das denn heute wieder für ein Auftritt? Dr. Hall & Charming Nathan.* Manchmal hatte sie wirklich das Gefühl, dass Nathan einen charmanten Zwilling hatte, der gelegentlich seine Identität annahm. So wie bei der Untersuchung letzten Monat. Bei der *emotionalen Disposition,* beim vollen Programm.

Es war kindisch, total bescheuert und wie Catherine wohl sagen würde, Teil ihrer selbstzerstörerischen Vorlieben, so zu denken. Aber so schrecklich die *emotionale Disposition* auch war, sie sehnte sich nach dem Nathan, der sich ihr immer dann zeigte. Es waren diese kleinen Gesten, die Vertrautheit, die zwischen ihnen herrschte. Das alles entschädigte nicht für die Qualen der Untersuchung, für die grauenvollen Bilder, die man ihr durch den Kopf jagte, für die Albträume, die sie mit sich brachten, und für die Tränen, die sie zutage beförderten.

Aber es tat gut. Und jedes Mal, wenn sie Nathan sah, wünschte sie sich nichts sehnlicher als dieses Gefühl, das er ihr gab … *wenn er sein charmanter Zwilling war.* Einfach alles, was er dann tat.

Wie er ihre Hand nahm, wenn er sie in *den Raum* führte. Wie er dicht hinter ihr stand, wenn sie dort ankamen. Das Gefühl seines Atems auf ihrem Hals. Wie er ihr half, den Untersuchungskittel auszuziehen. Die Art, wie er langsam mit einer Hand die Schleife löste und behutsam das Hemd über ihre Schultern streifte, bis es von selbst zu Boden fiel, seine Hände jedoch wärmend auf ihrer fröstelnden Schulter verweilten.

Wie er ihr zärtlich von oben nach unten über ihre Wirbelsäule strich, entlang ihres Reißverschluss-Tattoos. Wie er es verspielt mit seinen beiden Zeigefingern nachfuhr, als würde er ihn öffnen. Wie er sie an seinen Oberkörper drückte, wenn sie mit der Untersuchung fertig waren. Ihr über die Haare strich. Ihr mit seinen Fingerspitzen die Tränen aus dem Gesicht wischte. Entlang ihres Tattoos den imaginären Reißverschluss wieder schloss. Und dann, bis sie sich wieder beruhigt hatte, einfach nur hinter ihr stand und mit ihr im selben Rhythmus atmete.

Für eine einfache Blutprobe war der charmante Nathan wohl leider nicht zu haben. Und leiden, um einen Kerl zu bekommen?

Das war erbärmlich. Amelia würde sich eher die Hand abhacken als so tief zu sinken.

Gedankenverloren lag sie auf ihrem Bett und starrte zur Decke, die sie aus einer Laune heraus hatte blutrot streichen lassen. Es klopfte leise an ihrer Tür, und noch bevor sie *herein* gesagt hatte, öffnete sie sich einen Spalt und Catherine lugte hindurch. »Stör ich?«, fragte sie.

Amelia schüttelte den Kopf und klopfte neben sich aufs Bett.

Augenblicklich schlüpfte Catherine durch die Tür und ließ sich neben ihr nieder. »Alles klar?«

»Klar«, murmelte Amelia. »Und bei dir?«

Beide starrten zur Decke. »Klar.«

»Hast du dich um das Video gekümmert?«

»Ja«, sagte Catherine abwesend.

Wenn eines klar war, dann, dass nichts klar war. Und beide wussten, dass sie nicht darüber reden würden.

»Cathy«, setzte Amelia an. »Wir werden uns heute so richtig betrinken.«

»Ich weiß nicht.«

Amelia blickte auf den Boden. Neben ihrem Bett türmten sich ihre getragenen Kleider der letzten Wochen. Irgendjemand sollte hier dringend wieder mal aufräumen. »Ich schon.«

Catherine drehte ihren Kopf zur Mitte und sah Amelia an. »Habe ich eine Wahl?«

»Nein.« Amelia lachte. »Und es wird lustig.«

»Wenn du meinst.«

»Und ab Mitternacht darfst du uns sogar ganz legal Drinks kaufen.«

»Drinks kaufen«, prustete Catherine. »Seit wann kaufst du dir denn selber Drinks?«

»Auch wahr.«

»Außerdem«, Catherine schmunzelte. »Ich habe Angst, dass dir der fehlende illegale Kick fehlt und du mir dann mit deiner schlechten Laune meinen Geburtstag ruinierst.«

Amelia knuffte ihr mit dem Ellbogen in die Seite. »Ich freu mich.«

»Ich mich auch – merkwürdigerweise.«

»Ich dachte schon, du feierst mit deinen Freundinnen.«

»Morgen Abend. Es wird so eine Art *Birthday Maturity Shower Party.*«

»Klingt widerlich«, sagte Amelia. »Gut, dass du heute Abend noch einmal mit mir feiern gehst, bevor dein Leben morgen vorbei ist.«

»Mein Leben ist nicht vorbei. Es beginnt ein neuer Abschnitt. Einer, auf den ich mich schon seit vielen Jahren freue.«

»Wie aus dem Werbeprospekt.« Ausgesprochen klangen die Worte nur halb so verächtlich, wie Amelia sie empfand.

Catherine nahm Clifford, den alten weißen Stoffhund, von Amelias Bett in die Hand und warf ihn ihr an den Kopf. »Hör auf damit.«

»Der arme Clifford.« Amelia nahm den Hund, der neben ihr lag, und legte ihn auf ihre Brust. Clifford war eigentlich Catherines Hund gewesen. Als Amelia zu den Davis' kam, hatte sie ihn ihr geschenkt. Amelia war damals vierzehn und Catherine fünfzehn, und damit dem Stofftieralter schon entwachsen. Aber Clifford war Catherines Schmusetier aus Kindertagen. Sie sagte Amelia, dass er ihr immer geholfen hatte, wenn sie traurig war, und er ihr bestimmt auch helfen würde. Amelia fand das zuerst total kindisch. Erst als sie gemerkt hatte, wie viel Clifford Catherine bedeutete, kam das Geschenk wirklich an. Es war nicht der Hund. Es war die liebe einer Schwester, die Amelia mitten ins Herz traf.

Sie blickte Catherine fest in die Augen. »Cathy, versprichst du mir etwas?«

»Ja«, antwortete sie, ohne zu zögern.

»Wähle deinen *Aspiranten* nicht aufgrund des *Scorings.* Hör auf dein Herz und nimm den, für den es am heftigsten schlägt.«

Catherine nickte, doch es wirkte gequält.

»Wirklich, versprich es. Ich will nicht, dass du dich unglücklich machst, indem du den wählst, für den der Algorithmus dir Nachkommen mit den höchstgescorten Gaben ermittelt. Es sollte der sein, der dir weiche Knie verursacht. Der, dessen Nähe dich nervös macht und bei dem dein Herz zu flattern beginnt, wenn er dich berührt.«

»Wieso ist dir das so wichtig?«, fragte Catherine stirnrunzelnd.

»Weil du meine Schwester bist.« War es denn so schwer zu verstehen? Amelia wollte doch nur, dass ihre Schwester glücklich war.

Catherine lächelte matt. »Ich werde es versuchen.«

»Versuchen?«

»Ich kann es dir nicht versprechen, das weißt du. Aber ich werde es versuchen.« Sie sah sie ernst an. »Versprichst du mir auch etwas?«

»Was?«, fragte Amelia.

»Hör auf, so zu leben, als wäre dein Leben nichts wert.«

»Aber …«

»Lass mich ausreden«, unterbrach Catherine sie. »Ich weiß, du sagst, du hast Spaß am Leben und machst, was du willst. Aber so wie du lebt jemand, der schwer krank ist und nicht mehr lange hat. Niemand, der eine Zukunft für sich sieht – eine gute und lebenswerte –, verhält sich so wie du.«

Catherine verstand Amelias Art zu leben nicht, das hatte sie nie. Und umgekehrt konnte Amelia Catherines Sichtweise nicht immer nachvollziehen. Es lag wohl daran, dass beide so unterschiedlich aufgewachsen waren. Bevor Amelia zu ihrer Pflegefamilie kam, war ihr Leben nun einmal verdammt anders gewesen als das der behüteten Catherine. Das ließ sich nicht abstreifen wie ein Kleidungsstück. Es war ein Teil von ihr.

»Ich werde es versuchen«, sagte Amelia und presste Clifford, der immer noch auf ihrer Brust lag, fest an sich.

Catherine drückte ihre Hand und beide wussten, wie wenig ihre Versprechen wert waren.

Statuten der Superior Human Society (SHS)

Begrifflichkeiten und Zeremonien rund um die Maturantin (Teil 1)

(1)
Um den Fortbestand unter Gesichtspunkten konstanter Optimierung zu gewährleisten, wird eine ideale Kombination der Gaben und genetischer Merkmale angestrebt.

(2)
Aufgrund genetischer Erfahrungswerte werden die potentiellen Nachkommen mittels eines sogenannten Simulation Scorings prognostiziert und deren Nutzen für die SHS bewertet.

(3)
Jeder Superia, die das 21. Lebensjahr überschritten hat, werden drei von der SHS als optimal erachtete Partner, sogenannte Aspiranten, vorgeschlagen.

Kapitel 3

Erika

Erika stand am Fenster ihres Büros im vierzehnten Stock mit Blick auf die *Bostoner Waterfront*. Sie mochte diese Ecke der Stadt. Mittags saß sie dort gern auf einer Bank, sah aufs Wasser und aß ein Sandwich. Zumindest an den Tagen, an denen sie nicht vergaß zu essen. Oft gab es einfach wichtigere Dinge, die ihren Einsatz forderten. Erika hatte ihre Stirn an die kühle Scheibe gepresst und ließ die Lichter der Straße langsam vor ihrem geistigen Auge verschwimmen. Das *Xyto,* das sie vor ein paar Minuten mit ihrem Briefbeschwerer klein gemahlen und geschnupft hatte, begann langsam zu wirken. Sie liebte diese Droge. Sie selbst hatte sie mit vierzehn Jahren, während eines nicht enden wollenden Sommers, entwickelt.

Xyto war fantastisch. Es trug alles, was das Leben schwer machte, fort und ließ nur Leichtigkeit zurück. Und es machte unfassbar wach und aufnahmefähig. Sie hatte ihre bedeutendsten Arbeiten unter Einfluss von *Xyto* erzielt, und das Beste daran war: Das Down-Gefühl, wenn die Wirkung nachließ, war ein anderes. Man fühlte sich einfach nur müde und schlapp. Andere Amphetamine waren in diesem Punkt die Hölle. Insofern machte *Xyto* auch nur bedingt abhängig.

So ganz ohne konnte Erika nie, dazu lastete zu viel Druck auf ihr, den sie loswerden musste. Ihre Gabe des Emotionstausches konnte sie schließlich nur selten dazu nutzen, um sich eine positive Emotion anzueignen und eine negative abzugeben. *Zumindest offiziell nicht.*

Aber immerhin hatte ihre Gabe dazu beigetragen, dass der Senat in D.C. deregulierende Entscheidungen getroffen hatte, die der SHS und ihren Mitgliedern weitreichende finanzielle und administrative

Privilegien sicherte. Diese Erfolge hatten Erika innerhalb der SHS eine gewisse Sonderstellung verschafft, die sie nicht missen wollte. Ein Zuckerschlecken waren ihre Einsätze allerdings nicht. Und ohne *Xyto* wäre sie in diesen für sie emotional intensiven Phasen zugrunde gegangen. Aber es gab auch Zeiten, in denen sie die Dosis herunterfuhr.

Für Erika war es wie ein Zaubertrank, und immer wenn sie es herstellte, kam sie sich ein klein wenig wie eine Druidin vor. Natürlich teilte sie ihr Geheimnis nur mit wenigen. *Xyto* gehörte ihr. Sollten sich die anderen klugen Köpfe doch etwas Eigenes entwickeln. Die Forschungen, die sie interessierten, ließ der Superior-Rat schließlich auch links liegen. Und warum sollte sie Leuten helfen, die sie selbst ausbremsten?

Erika ging zu ihrem Schreibtisch und fuhr ihren PC herunter. Anschließend verschloss sie alles, was sich auf dem Schreibtisch befand, in ihrem Rollcontainer. Sie wusste, dass es etwas Zwanghaftes hatte, doch das Büro zu verlassen, ohne alles sauber zu hinterlassen, schaffte sie nicht.

Sie verschloss ihre Bürotür mit ihrer Keycard doppelt und machte sich auf den Weg in den Westflügel des fünfzehnten Stocks. Zimmer 1524. Behutsam öffnete sie die Tür, trat ein und setzte sich an die Kante des Bettes.

Pandora war wach, doch nahm Erika nicht wahr, sondern starrte wie so oft einfach an die Decke. Es ging ihr wieder schlechter in den letzten Wochen. Sie schien mehr und mehr in ihre eigene Welt abzudriften. Erika konnte es nicht abstreiten – Skys Therapie schien ihr zu fehlen. Und auch nicht abzustreiten war, dass er sie davor gewarnt hatte, sie nach Boston zu verlegen. Trotzdem hatte er sich bereit erklärt, einmal die Woche von New York nach Boston zu kommen, um nach Pandora zu sehen. Morgen war es wieder so weit. Danach würde es ihr hoffentlich wieder ein Stück besser gehen.

Manchmal, wenn Sky es öfter schaffte oder länger hier war, hatte Erika das Gefühl, wieder zu ihr durchzudringen. Selbstsüchtig oder nicht – sie brauchte Pandora bei sich. Das letzte Jahr war für sie die Hölle gewesen. Nachdem Pandora immer wieder in einen katatonischen Zustand gefallen war und auch Medikamente und Elektrokrampftherapie nicht mehr halfen, wurde sie nach New York verlegt.

Sky hatte sich ihrer angenommen und mithilfe seiner Gaben eine Therapie entwickelt, die gut anschlug. Die katatonischen Schocks, in denen ihr Körper komplett verkrampfte, verschwanden. Die Apathie, die Abschirmung ihrer Psyche, jedoch blieb. Sky sagte, es fühlte sich für ihn an, als wolle Pandora diesen Schleier einfach nicht fallen lassen, als wäre sie noch nicht so weit.

Erika drückte Pandoras Hand, um ihr zu signalisieren, dass sie hier war. Ihre Lider zuckten. Für die meisten Menschen war das weit von einer Antwort entfernt, für Erika war es genug.

Mit einem Seitenblick prüfte sie die Vitalwerte, die am Monitor angezeigt wurden. Liebevoll strich sie Pandora über die braunen gelockten Haare und die Wangen. Es fiel Erika schwer zu glauben, dass sie in diesem Zustand verweilen wollte.

Sie hatte Pandora geliebt. Liebte sie immer noch. Und sie würde sie niemals aufgeben. Es war schrecklich, dass ihre Versuche und Untersuchungen ihre große Liebe in den Wahnsinn getrieben hatten. Doch es war nötig gewesen und sie hatte den Kampf auch noch nicht aufgegeben. Erika würde sie retten, verbessern und zurück ins Leben bringen. Und der Schlüssel dazu war Amelia Zephyr.

Erika schäumte vor Wut, wenn sie darüber nachdachte, warum es bei ihr geglückt war und bei Pandora nicht. Und ihre Wut wuchs, weil Nathans Untersuchungen stockten. Sie hätte ihn am liebsten schon längst im hohen Bogen hinausgeworfen, doch sie wusste, dass es unklug wäre. Er war der Beste für den Job. Sein Wissen gepaart mit seiner Gabe war von unschätzbarem Wert für sie.

Vielleicht sollte ich ihn einweihen.

Amelia

Amelia stand in ihrem Ankleidezimmer, das deckenhoch mit erlesenen Kleidungsstücken, Schuhen und Taschen bestückt war. Es gab Zeiten, in denen ihr das viel gegeben hatte.

Als man ihrer Mutter damals das Sorgerecht abgesprochen und sie in die Obhut der Davis' gegeben hatte, verbrachte sie die ersten Wochen in einer Art Schockstarre. Weg von ihrer Mutter, weg von ihren Freundinnen und plötzlich inmitten einer Welt, in der sie sich einfach nur fremd fühlte. Doch ihre Pflegefamilie – und ganz besonders Catherine – hatte sich große Mühe gegeben, damit Amelia sich wie zu Hause fühlte. Und tatsächlich dauerte es nicht lange und Amelia hatte die Annehmlichkeiten ihres neuen Lebens zu schätzen und lieben gelernt.

Ihr ging es gut, sie war glücklich. Aber es gab auch die dunklen Momente, in denen sie es satt hatte, sich nach ihrer Mutter und ihrem alten, einfachen Leben sehnte. Und – obwohl es nicht ihre Schuld war, dass man sie von ihrer Mutter getrennt hatte – Amelia machte sich oft Vorwürfe. Während es bei ihr aufwärtsging, rutschte ihre Mutter immer weiter bergab. Im ersten Jahr ihrer unfreiwilligen Trennung war es noch nicht so schlimm. Es hatte an ihrer Mutter genagt – man sah es ihr an, aber sie schien voller Hoffnung, alles wieder zurechtrücken zu können.

Damals sahen sie sich einmal im Monat. Ihre Pflegeeltern hatten sie immer aus Detroit einfliegen lassen. Zu Beginn war das Amelias Insel der Normalität, auf die sie jedes Mal hinfieberte. Im Laufe des Jahres wurden die Treffen allerdings immer merkwürdiger. Amelia kam es vor, als würde sich ihre Mutter mehr und mehr emotional vor ihr verschließen. Erst dachte sie, es wäre ihre Schuld oder ihr neues Umfeld. Ihre Mutter schien nicht damit klarzukommen, was Amelia war und mit wem sie es zu tun hatte. Vielleicht stimmte es, was ihre Pflegefamilie ihr damals stets sagte: dass sie es ihr nicht hätte erzählen sollen. Das Wissen um die SHS schien ihre Beziehung zu verändern.

Erst als ihr erstes Jahr bei den Davis' vorüber war und es eine erneute Sorgerechtsverhandlung gab, wurde Amelia klar, wo das Problem wirklich lag. *Drogen.* Das Gericht hatte einen Drogentest angeordnet und ihre Mutter hatte ihn nicht bestanden. Man hatte Cannabis in ihrem Blut und ihrer Wohnung gefunden. Es waren keine großen Mengen, aber genug für eine sechsmonatige Haftstrafe und dafür, dass Amelia ein weiteres Jahr bei den Davis' bleiben sollte. Obwohl Amelia es ihr nie vorgeworfen hatte, entschuldigte sich ihre Mutter fortwährend dafür. Sie sagte, sie hätte es einfach nicht ertragen, dass man sie ihr genommen hatte.

Das Happy End dieser Geschichte ließ bis heute auf sich warten. Als sie wieder aus dem Gefängnis kam, ging es richtig abwärts. Ihre Mutter bekam keinen Job und fing wieder an, Drogen zu nehmen.

Dieses Mal blieb es jedoch nicht bei Cannabis. Ihr neuer Freund, der sie aushielt, vertickte *Crystal Meth* und versorgte auch ihre Mutter damit. Die Beziehung der beiden hielt, wie bei ihrer Mutter zu erwarten war, nicht lange. Was blieb, war ihre Abhängigkeit von der Droge. Es wurde immer schwieriger, den Kontakt mit ihr aufrechtzuerhalten.

Amelia hatte angeboten, ihr zu helfen – mehrfach. Ihre Mutter hatte stets abgelehnt und gesagt, sie würde schon alles wieder auf die Reihe kriegen.

Eine Lüge.

Alles, was sie bekam, war Ärger, und zwar richtig. Irgendwie war sie auf die bescheuerte Idee gekommen, *Meth* für ihren Ex zu verkaufen, um sich ihre Sucht zu finanzieren. Doch sie wurde erwischt. Mit drei Pfund *Meth.* Dafür gab es sechs Jahre, was für Drogenhandel vergleichsweise gering war. Ihre Mutter hatte Glück, dass ihre Pflegeeltern ihr einen guten Anwalt zahlten. Auch jetzt noch saß sie im Gefängnis. Mittlerweile im teiloffenen Vollzug. Sie arbeitete in der Gefängnisgärtnerei und durfte nachmittags mit anderen Häftlingen das Gemüse auf dem lokalen Biomarkt verkaufen. Sie war clean und wirkte glücklich.

Irgendwie hatte sie im Gefängnis nicht nur zum Gärtnern, sondern auch zum Glauben gefunden. Alle paar Wochen flog Amelia nach Detroit und besuchte sie dort. Sie selbst musste sich ein Lachen verkneifen, wenn ihre Mutter anfing, ihr die Botschaft Gottes zu verkünden. Es passte so gar nicht zu der Frau, die sie großgezogen hatte. Aber ihr schien es zu helfen. Und Amelia war froh. Schließlich hatte sie nun zu Recht Hoffnung, dass ihre Mutter es schaffen könnte, nach der Haft ein normales Leben zu beginnen. Diese Aussicht war Balsam für ihr schlechtes Gewissen. Schließlich waren Amelias Zukunftsperspektiven dank der finanziellen Unterstützung ihrer Pflegeeltern hervorragend.

An Tagen wie diesen sehnte sie sich nach ihrem alten Leben. Doch der Tag würde vergehen mit ein wenig Ablenkung – und Alkohol.

Amelia musterte lustlos die gut sortierten Kleiderregale. Ihr war heute nach nichts von alldem zumute. Zielgerichtet steuerte sie auf die blaue Box in der Ecke zu. Elizabeth, ihre Pflegemutter, wollte Amelias alte Sachen eigentlich schon kurz nach ihrem Einzug entsorgen. Sie hatte sie gerade noch retten können. Und eigentlich waren sie mehr ein Andenken als Teil ihrer Garderobe. Seit Jahren hatte sie nichts mehr davon getragen. Seltsam nervös hielt sie den Atem an und öffnete den Deckel.

Ein vertrauter Duft strömte aus der Kiste. Es roch nach zu Hause, nach *damals,* nach Schokoladenkeksen zum Frühstück, nach Lachtränen und nach Geldsorgen. Wie anders ihre Kleidung heute roch …

Amelia ließ ihre Finger durch die Schachtel gleiten, ertastete die Stoffe und ihre Beschaffenheit. Die Sachen waren ziemlich schäbig. Und trotzdem oder gerade deshalb war ihr heute danach. Sie nahm ein graues T-Shirt und eine verwaschene schwarze Jeans aus der Kiste und streifte beides über.

Obwohl Amelia nicht nach Gesellschaft war, sie hatte sich fest vorgenommen, an diesem Abend mit Catherine zu feiern und sie würde daran festhalten.

Der Appetit kommt beim Essen. Die Stimmung beim Feiern.

Barfuß glitt sie über die kühlen Fliesen des Badezimmers, das ihre beiden Zimmer miteinander verband. Schon in New York, im Haus ihrer Pflegefamilie, hatten sie ein gemeinsames Bad, das von beiden Räumen aus zugänglich war. Als sie hier in Boston einzogen, hatte Catherine dieses Detail so betont, dass Amelia glaubte, sie hätte explizit nach so einer Wohnung gesucht. Amelia konnte sich nicht vorstellen, dass Wohnungen mit exakt diesem Merkmal auf dem Campus reichlich gesät waren. Ungeduldig klopfte sie und steckte ihren Kopf durch Catherines Zimmertür. Ihre Pflegeschwester saß am Schreibtisch und arbeitete an ihrem Laptop. »Hey!«

»Hey, komm rein.«

Amelia schloss die Tür und lehnte sich mit dem Rücken dagegen. »Fahr deinen PC runter. Zieh dir was Schickes an. Und dann los.«

»Ich muss noch eben …«

Amelia zog eine Augenbraue nach oben.

»Schon gut. Ich schreib noch schnell die E-Mail fertig.«

»Wunderbar, dann gehe ich dir mal was zum Anziehen raussuchen.«

»Wieso das denn?«

»Weil du dir selbst bestimmt etwas schrecklich Langweiliges aussuchst.«

»Sagt die, die aussieht, als hätte sie einen Altkleidercontainer überfallen.«

Amelia warf Catherine einen vernichtenden Blick zu.

»Sind das etwa deine *alten* Sachen?«

»Sind sie dir peinlich?«, fragte Amelia provokant.

»Nein, tut mir leid. Es war nicht so gemeint.« Catherine hob entschuldigend die Hände, wandte sich zu ihrem Schreibtisch und tippte mit flinken Fingern ihre E-Mail.

Amelia marschierte in Catherines Ankleidezimmer und musterte die Schränke einmal quer. Ein pastellfarbener Albtraum. Rosa, Hellblau, Mint, Apricot, Weiß und ganz viel Beige. Das Merkwürdige war, dass die Sachen an der Stange aussahen wie Oma-Klamotten. Zumindest für Amelia. Doch angezogen standen sie Catherine unheimlich gut. Trotzdem, für ihr Alter waren die Sachen zu spießig. Nach etwas Suchen und einem kleinen Abstecher in ihrem eigenen Kleiderschrank wurde Amelia fündig. Eine weiße Skinny-Jeans und ein schwarzes cropped Top. Beides legte sie sich über den Arm und machte sich damit auf den Weg zurück in Catherines Zimmer. Dort legte sie die Kleidung aufs Bett und klatschte in die Hände. Grinsend wandte sich Catherine um und schloss ihren Laptop. Sie sah auf die ausgewählten Kleider und lachte. »Kannst du mir verraten, warum ich das tun sollte?«

»Weil du es mir versprochen hast.«

»Das ist jetzt ein Argument, das ich durchaus gelten lasse.«

»Stimmt. Pflichtgefühl. Darauf hätte ich eher pochen sollen.«

Catherine schnappte sich ein Kissen vom Bett und warf es nach Amelia. »Nicht frech werden.«

»Ich? Nie!«, sagte Amelia und legte dabei ihre rechte Hand auf die Brust.

Catherine schlüpfte in die Klamotten und sie zogen los. Erste Station des Abends war das *Gin Palace.* Es war teuer genug, um Catherine zu gefallen, aber trotzdem nicht versnobt. Menschen, die Geld hatten, aber es nicht zeigen mussten. Ambient Musik füllte den Raum – laut genug, um private Gespräche führen zu können, aber gedämpft genug, um nicht schreien zu müssen. Kornblumenblaue Sitzmöbel aus Samt, schwarze Böden und Wände sowie goldene Lampen zeigten auf dem ersten Blick die unaufdringliche Klasse dieser Location. Und es gab, wie der Name sagte, Gin in allen Variationen.

Sie hatten an der Bar Platz genommen. Amelia schlürfte genüsslich an ihrem *Hendrick's Gin Tonic* mit Gurke, als Catherine sie vorwurfsvoll ansah.

»Was?«

»Du weißt, was.«

»Ich weiß, was du denkst. Aber ich habe meine Kräfte nicht genutzt, um an Alkohol zu kommen. Also nicht die Kraft, an die du denkst. Ich habe nämlich noch eine andere coole Superkraft. Nennt sich flirten.«

Catherine lachte und nahm nun ebenfalls einen Schluck von ihrem Gin Tonic.

»Zwar gibt es für Flirten null Punkte im *Scoring*. Aber ich finde es extrem effektiv.«

Drei Gin Cocktails später ging es Amelia schon bedeutend besser. Mit jedem Schluck hatte sie diesen Tag ein Stück weit hinter sich gelassen. Während Yogis Energie ein- und Sorgen ausatmeten, erzielte Amelia mit Gin die besten Effekte.

Sie erhob sich von ihrem Barhocker und stellte sich dicht neben ihre Schwester. »Cathy, ich muss sagen, ich bin sehr stolz auf dich.«

»Aus deinem Mund ist das ein wenig Grund zur Sorge. Trotzdem danke!«

»Nein, ernsthaft. Heute Abend verhältst du dich sehr vorbildlich. Du bist gar nicht so …« Auf der Suche nach dem richtigen Wort gestikulierte Amelia wild mit ihren Händen.

»Eine Spaßbremse?«

»Dir kann man aber auch nichts vormachen. Natürlich nicht. Du bist ja ein menschlicher Lügendetektor.«

»Unter anderem«, sagte Catherine nicht unbescheiden, aber ohne jede Spur von Arroganz.

»Aber du bist noch viel zu nüchtern.«

»Ich schätze mal, du für deine Verhältnisse auch.«

»Natürlich.« Amelia legte ihren Arm um die Schultern ihrer Schwester. »Ich muss ja auf dich aufpassen.«

Catherine schmunzelte. »Deine Fürsorge rührt mich.«

»Lass uns die Location wechseln, bevor das hier noch sentimental wird.« Amelia leerte ihr Glas in einem Zug und zu ihrem großen Erstaunen tat Catherine es ihr gleich.

Sie hatten das *Gin Palace* hinter sich gelassen. Es war an der Zeit, von einer Bar in einen Club zu wechseln. Amelia hatte das *XOXO* gewählt. Der Schuppen war nicht übel, abgesehen von der VIP-Area. Es war zu befürchten, dass Catherine am liebsten dort feiern würde, doch Amelia hoffte, sie von dem Bereich des gewöhnlichen Partyvolks überzeugen zu können. Mit dieser protzigen Champagnerspritzerei konnte sie einfach nichts anfangen. Das war Kindergeburtstag für nie erwachsen gewordene *Rich Kids.* Der echte Spaß lag abseits davon.

Die Schlange vor dem *XOXO* schien etwa einen Häuserblock lang zu sein. Viele von ihnen würden hier locker zwei Stunden anstehen. Manche, nicht wenige, ohne dann tatsächlich in den Club zu kommen. Amelia hakte sich bei Catherine ein und bugsierte sie an der Schlange vorbei.

»Super! Haben die hier einen VIP-Eingang, wo wir nicht anstehen müssen?«

»So ähnlich.«

Aus ein paar Schritten Entfernung winkte Amelia dem Türsteher. Sie ging auf ihn zu und begrüßte ihn mit einem Küsschen links, Küsschen rechts. »Hey, Igor.«

»Hallo«, begrüßte er sie und grinste dabei über beide Ohren.

»Ich hoffe, drinnen ist weniger los als draußen.« Sie zwinkerte ihm zu.

»Sieh selbst«, sagte er und bedeutete ihr mit einer Handbewegung, hineinzugehen. Sie huschten an der Absperrung vorbei und Amelia konnte die bösen Blicke in ihrem Rücken förmlich spüren. Den tadelnden Blick ihrer Schwester ignorierte sie gekonnt.

Wozu hatte man schließlich seine Gaben?

Und wirklich schaden tat das niemanden. Der Großteil der Leute, die dort in der Schlange standen, würde ohnehin nicht ins *XOXO* kommen. Das war vielleicht scheiße, aber sicher nicht ihre Schuld.

Kaum im Club, stürzte sich Catherine direkt auf die Tanzfläche. Sie war quadratisch und an jeder Ecke befand sich ein erhöhter Käfig, in dem je zwei männliche und zwei weibliche Go-gos zu den hämmernden Elektrobeats tanzten. Die Go-go-Tänzer waren mit einem Hauch von schwarzem geschnürtem Nichts bekleidet. Zu später Stunde hatte Amelia auch schon das ein oder andere Mal darin getanzt. Selten allein.

Amelia konnte sich nur schwer ein Lachen verkneifen. Catherines Bewegungen waren … nun ja, man sah ihr einfach an, dass sie nicht oft tanzen ging. Doch sie schien Spaß zu haben und das freute Amelia. Sie gesellte sich zu Catherine und tanzte ebenfalls. Zumindest versuchte sie es. Amelia liebte es zu tanzen. Doch heute wurde sie irgendwie nicht eins mit der Musik. Es fühlte sich an wie ein abgehacktes Telefongespräch. Im Zweifel möglich, aber irgendwie schmerzhaft. Dagegen wirkte Catherine fast geschmeidig. Amelia tippte ihr auf die Schulter. »Noch was zu trinken?«

Sie nickte.

»Kommst du mit an die Bar?«

Anstelle einer Antwort folgte Catherine Amelia tänzelnd.

»Amelia«, begrüßte der Barkeeper sie freudestrahlend.

»Howie«, entgegnete sie und lehnte sich über die Bar, um ihn mit einem Kuss auf den Mund zu begrüßen.

»Was wollt ihr trinken?«

»Gin Tonic«, sagte Amelia.

»Was sonst?«, erwiderte Howie und wandte sich dann an Catherine. »Und du?«

»Wodka.«

Amelia zog erstaunt die Augenbrauen nach oben. Anscheinend war ihre Schwester bereits im nächsten Party-Level angekommen.

Howie stellte die Getränke an die Bar und zwinkerte Amelia zu. Ob Catherine das glaubte oder nicht – um von Howie Drinks zu bekommen, brauchte sie ihre Gabe nicht. Er stand auf sie. Obwohl das in Catherines Welt bestimmt auch irgendwie verwerflich war.

»Cheers«, sagte Amelia und hob ihr Glas.

»Cheers«, entgegnete Catherine, prostete ihr zu und kippte ihren Wodka in einem Zug hinunter. »Noch einen bitte«, rief sie Howie zu, der ihr prompt nachschenkte. Und auch das zweite Glas leerte sie in einem Zug.

»Okay. Wer bist du und was hast du mit Catherine gemacht?«

Catherine hielt sich in einer mädchenhaften Geste eine Hand vor den Mund und begann zu kichern. Sie war eindeutig betrunken.

»Ich habe Spaß. Ich dachte, du wolltest das. Ich meine, wer weiß, ob ich nach morgen jemals wieder Spaß habe.«

»Äffst du mich gerade nach?«

Catherine sah zu Boden. Ihr Blick war betrübt.

»Was ist los? Ist es meinetwegen?«

»Nein.«

»Wegen dem *Maturity Feast?*«

Catherine schluckte, blieb ihr aber eine Antwort schuldig.

»Cathy. Was ist los? Du kannst es mir erzählen. Das weißt du doch.«

»Also, ich gehe wieder tanzen, Schwesterherz«, sagte Catherine und ließ sie an der Bar stehen.

Amelia schlürfte an ihrem Gin Tonic. Sie kam sich vor wie im falschen Film. Komödie ausgesucht, Drama bekommen. Doch mit der Mission Catherine konnte sie zufrieden mit sich sein. Ihre Schwester war betrunken. Vermutlich das erste Mal in ihrem Leben. Sie hatte sichtlich Spaß, ging aus sich raus. Tanzte. Und verdammte Scheiße – Catherine tanzte nicht allein.

Der Plan war natürlich auch, dass sich Amelia ablenken, betrinken und feiern wollte. Sie arbeitete immer noch hart daran, doch der Erfolg wollte sich einfach nicht einstellen.

Sei's drum.

Der Gedanke, dass sie Catherine diesen unbeschwerten Abend geschenkt hatte, hellte ihre Stimmung wenigstens etwas auf.

Amelias Blick wurde von der Tanzfläche weggezogen. Verwundert blinzelte sie. Es war merkwürdig, wie ihre Wahrnehmung funktionierte, wie sie filterte. Wie sie alles Unwichtige und Unbekannte ausblenden konnte. Aber das Bekannte – und das, was das Unterbewusstsein suchte – scharf stellte und in den Focus rückte.

Das *XOXO* war brechend voll und der nächste Bartresen am anderen Ende der Tanzfläche gut hundert Fuß entfernt. Trotzdem erkannte Amelia von ihrem Platz aus sofort sein Gesicht. Als wäre er in ihrem persönlichen Mustererkennungsprogramm gespeichert.

Sie hatte ihn heute gesehen. Daran konnte es liegen.

Amelia widerstand dem Drang, zu ihm hinüberzugehen. Es gab keinen Grund dazu. Er war ihr Arzt – und ein Arschloch. Dazu noch einer der Gründe, weshalb sie heute Abend überhaupt versuchte, sich abzulenken. Sie wandte sich wieder der Bar und ihrem Drink zu und ärgerte sich innerlich, wie sie überhaupt, wenn auch nur kurz, auf die Idee kommen konnte.

Er hatte ihr Angebot ausgeschlagen und sollte sich dafür in den Arsch beißen. Amelia würde Nathan nie wieder ansprechen.

Warum saß sie überhaupt hier herum und blies Trübsal? Sie sollte feiern, sie sollte tanzen.

Nathan

Eigentlich wollte Nathan sich betrinken. Einfach mal abschalten. Seinen Kopf leeren. Verdrängen.

Das *XOXO* war dafür der ideale Ort. Wenig Menschen, die er kannte, und reichlich Frauen auf der Suche nach etwas Unverfänglichem.

Doch nichts war so, wie es sein sollte. Die Schallwellen der Elektromusik durchströmten ihn nicht, sondern wurden von seinem Körper abgelenkt, flossen um ihn herum, als bestünde er aus Stein. Drei Frauen hatten ihn bereits offensiv angeflirtet. Allesamt attraktiv und seltsamerweise chancenlos bei ihm. Er wusste nicht warum, aber sie interessierten ihn nicht. Selbst die tanzenden Käfigfrauen würdigte er kaum eines Blickes. Dabei war er doch genau deshalb hier. Und das war sogar noch gewesen, bevor er *sie* hier entdeckt hatte. Seitdem schien außer ihr keine Person mehr in diesem Raum zu existieren. Sie waren da, aber für seine Augen nur noch verschwommene Konturen.

Mit seiner Bierflasche in der Hand stand er da und starrte wie ein notgeiler Teenager auf die Tanzfläche. Das sah ihm nicht ähnlich, war überhaupt nicht sein Stil. Er wollte es verhindern. Wollte irgendeine dieser konturlosen Frauen ansprechen, um den Zauber zu brechen. Doch es war, als hätte er keine Kontrolle über seinen Körper. Dieser marschierte wie ferngesteuert einfach in Richtung Tanzfläche.

Nein, schrie sein Kopf. Seinen Körper beeindruckte das wenig. Er ging weiter und weiter. Dicht hinter *ihr* blieb er stehen. Wie *sie* sich bewegte und *ihre* Hüften schwang. Wie eine Tänzerin in einem Musikvideo. Nicht, dass er konkrete Namen nennen konnte. Er sah so etwas eigentlich nicht. Wann auch?

Während er dicht hinter *ihr* stand und sie beobachtete, musste er sich eingestehen, dass sein Kopf den Kampf verloren hatte. Er strich *ihr* eine Locke hinter das Ohr, brachte seinen Mund daran und umfasste *ihre* Hüften.

»Hey«, hauchte er.

Amelia blickte über ihre Schulter und sah ihm in die Augen. »Hey?«, erwiderte sie mit leicht vorwurfsvollem Unterton.

Nathan senkte den Kopf und sah sie schuldbewusst an. Damit kriegte er sie eigentlich immer. »Scheißanmache. Ich weiß.«

Sie lächelte. »Schon schlimmere gehört.«

»Ich habe aber noch bessere auf Lager.«

»Ich höre.«

»Du siehst verdammt heiß aus, wenn du tanzt.« Die Worte verließen seinen Mund, ohne dass er es verhindern konnte.

»Und wenn ich nicht tanze?«

»Geht so«, sagte er und setzte sein schiefes Gewinnerlächeln auf.

Amelia stieß ihm mit dem Ellbogen leicht in den Bauch und drehte sich dann zu ihm um. »Arschloch!«

»Hab mal gehört, da stehen Frauen drauf.«

»Manche.«

»Und du?«

»Manchmal.«

»Und heute?«

Amelia wich einen kleinen Schritt zurück, setzte eine Denkerpose auf und sprudelte dann los: »Lass mal kurz überlegen. Du hast mir heute einen Korb gegeben. Ziemlich uncharmant. Weiß nicht, ob es ein guter Tag für einen Flirt zwischen uns ist.«

»Ich wollte ja auch nicht nur flirten.«

Amelia hatte ihre Hände in die Hüften gestemmt und sah Nathan angriffslustig an. »Und wieso das plötzlich?«

»Irgendwer muss sich ja opfern.«

»Arschloch!«, betitelte sie ihn nun schon zum zweiten Mal, machte auf dem Absatz kehrt und ließ ihn auf der Tanzfläche stehen.

Nathan hätte schwören können, dass sie sonst mehr Sinn für Humor hatte. Aber er konnte ihr ihre Reaktion nicht verdenken. Er kam sich heute schließlich selbst wie ein Arschloch vor. Allerdings war er nicht der Typ, der oft eine Abfuhr bekam. Und er war nicht der Typ, der sich oft entschuldigte. Wieso auch? Er machte so gut wie nie Fehler. Neben seiner überdurchschnittlichen Intelligenz lag das an seiner Gabe. Er war ein Synaptiker. Er erkannte Verbindungen, konnte Dinge erkennen und voraussehen, die andere nicht sahen. Ihm erschloss sich die Welt auf eine Weise, die Menschen ohne diese Gabe nicht verstehen konnten.

Seine Gabe machte Nathan außerdem zu einem brillanten Wissenschaftler. Denn alles Wissen der Welt war vorhanden, es musste nur entdeckt und neu kombiniert werden. Und er war verdammt gut darin. Leider machte ihn das für andere oft schwer erträglich. Menschen wollten die Welt um sich herum nun einmal selbst entdecken und wahrnehmen. Er nahm ihnen oft den Zauber und war in seinen Äußerungen dabei auch nicht immer ganz sensibel.

Nathan hätte froh darüber sein sollen, dass Amelia ihn nun anscheinend hasste. Zu viel Nähe würde schließlich seine Objektivität und vor allem sein Urteilsvermögen trüben. Und in Anbetracht dessen, was bald auf ihn zukam, ein absolutes *No-Go*. Trotzdem, er wollte das nicht so stehen lassen. Er wusste nicht, warum ihm das so wichtig war – aber es war einfach so.

Kurz entschlossen folgte er Amelia. In der Menge konnte er ihre wilden braunen Locken ausmachen. Quer durch den Club folgte er ihr bis zum Notausgang. Direkt hinter ihr glitt er durch die sich bereits schließende Tür. Amelia suchte offenbar etwas oder jemanden im Hinterhof. Es dauerte nicht lange, bis sie entdeckt hatte, dass Nathan hinter ihr war.

»Was machst du denn hier?«, fragte sie.

»Mich dafür entschuldigen, dass ich ein Arschloch bin.«

»Schön. Ich habe da jetzt nur leider gerade keine Zeit für. Ich muss meine Schwester suchen.«

»Warum? Willst du etwa schon gehen?«

»Ich denke darüber nach. Aber ich kann Catherine ja schlecht allein hierlassen.«

»Ist sie nicht alt genug, um auf sich selbst aufzupassen?«

»Schon, aber … ach, egal. Nicht dein Problem.« Sie drehte sich um, vermutlich, um ihre Suche fortzusetzen, doch er musste sie davon abhalten, ihn einfach stehen zu lassen.

»Sag schon«, rief er ihr hinterher.

Abermals sah sie ihn an und verdrehte genervt die Augen. »Sie ist total betrunken und ich will nicht, dass sie Blödsinn macht.«

Nathan konnte sich das Lachen nicht verkneifen.

»Was ist daran lustig?«

»Ich kann mir dich als vieles vorstellen, aber nicht als Anstandsdame.«

»Dann ist deine Fantasie wohl ziemlich begrenzt.«

Nathan legte seine Hände auf ihre Schultern. Er konnte spüren, wie sie bebte. »Ich habe eine durchaus lebhafte Fantasie. Die ist nur gerade ganz anderweitig beschäftigt.« Er suchte ihren Blick, fand ihn. Er konnte das Feuer in Amelias Augen sehen. Im wahrsten Sinne des Wortes. Sie waren von einem hellen, leuchtenden Braun und funkelten, als würden Flammen in ihnen lodern.

»Was soll das, Nathan?«

Er seufzte, nahm eine ihrer Haarsträhnen zwischen seine Finger und spielte mit ihr. »Ich weiß nicht, was das soll. Ich weiß, dass ich das nicht sollte. Aber das Schlimme ist, dass ich es trotzdem will.«

»Was willst du?«, hauchte Amelia und Nathan konnte in ihren Augen sehen, wie ihr Widerstand schwand.

»Ich will dich berühren, dich spüren, küssen, riechen.«

»Hast du das nicht schon oft?«, fragte sie sanft. »Bis auf das Küssen.«

»Stimmt. Das wäre unprofessionell gewesen.«

»Ziemlich unprofessionell.«

Nathan ging einen Schritt auf sie zu, strich ihr sanft über die Wange und den Nacken. Er wusste, es war ein Fehler. Aber er wollte sie. Verdammt, er wollte sie.

Er schloss sie fest in die Arme und küsste sie.

Sie mussten sich nicht erst erkunden und aufeinander einspielen. Sie harmonierten perfekt. Spielten miteinander, neckten sich.

»Ich mag es, wenn du unprofessionell bist«, wisperte sie an seinen Lippen.

Er wollte mehr von ihr – sehen, schmecken, spüren. Fest umschlossen führte er sie ein paar Schritte weiter. Er presste ihren Rücken gegen die Wand und küsste sie erneut verzweifelt. Unfähig von ihr abzulassen, rieb er sich an ihr. So, dass sie seine Erregung spüren musste.

»Ich kann richtig unprofessionell werden«, sagte er außer Atem. Er schob ihr T-Shirt nach oben, strich über ihren Bauch, über ihre glatte, warme Haut. Seine Finger wanderten wie von selbst ihre Wirbelsäule nach oben. Fuhren die Stelle, an der ihr Reißverschluss-Tattoo verlief, mit sanft kreisenden Bewegungen nach, bis seine Hände ihr Ziel erreicht hatten. Routiniert löste er ihren BH, ließ seine Finger nach vorne wandern und berührte ihre perfekt gerundeten Brüste. Erkundete sie zärtlich, bis ihn seine Erregung zu mehr anstachelte. Er hob ihr Shirt, knetete sie und konnte sich an ihrem Anblick nicht sattsehen. Amelia räkelte sich willig an der Wand, ihre festen Brüste verlockend an sein Gesicht gepresst. Er packte ihre Hüften, zog sie an sich. Sie erwiderte seinen Druck, rieb sich an ihm. Er nahm eine Brust in seine Hände und saugte an ihr. Amelia begann zu stöhnen. Leise, lustvoll.

»Ich hingegen kann ziemlich professionell sein«, sagte Amelia und öffnete mit geschickten Fingern seinen Gürtel und die Knöpfe seiner Hose. Ohne zu zögern berührte sie sein steifes Glied, streichelte sanft seine Hoden und massierte ihn mit gekonnten Auf- und Abwärtsbewegungen.

»Sehr professionell«, pflichtete er ihr bei. Er öffnete ebenfalls den Knopf und Reißverschluss ihrer Hose. Seine Hand glitt in ihr Höschen. *Oh ja.* Sie war feucht und heiß. Er konnte ihre pulsierende Lust spüren. Von seinen Fingerspitzen zuckte sie durch seinen Körper.

Er wollte sie. Und sie wollte ihn. Definitiv.

Er massierte und rieb sie. Ihr Stöhnen wurde lauter, fordernder. Er spielte mit ihr, wollte ihre Lust und Erregung noch ein klein wenig weiter steigern. Sie wand sich in seinen Händen und reckte sich ihm willig entgegen. Er spürte ihre Ungeduld und auch er konnte sich nicht mehr länger zurückhalten. Unmöglich. Er wollte sie spüren. Ganz. In sie stoßen. Sie ausfüllen.

Er war bereit. Sie war bereit. »Ich will dich. Jetzt.«

»Worauf wartest du?«, hauchte sie ihm entgegen.

Die Hintertür fiel ins Schloss. Er wollte nicht aufhören. Wer auch immer das war, sollte sich verziehen. Oder zusehen und sich dabei ruhig verhalten. Erwartungsvoll sah er Amelia in die Augen. Statt dort weiterzumachen, wo sie aufgehört hatten, stieß sie ihn von sich.

Würgegeräusche hallten über den Hinterhof. Laut und extrem abtörnend. Beide wandten sich um, suchten nach dem Ursprung des

Geräusches. Hastig zog Amelia ihre Hose wieder hoch und richtete ihr T-Shirt.

»Catherine!«, rief sie. Sofort eilte sie zu ihr und strich ihr über den Rücken.

Er hätte bleiben sollen.

Hätte sich gemeinsam mit Amelia um Catherine kümmern sollen.

»Ihr kommt klar, nehme ich an«, sagte er stattdessen und verschwand, ohne ihre Antwort abzuwarten.

Statuten der Superior Human Society (SHS)

Begrifflichkeiten und Zeremonien rund um die Maturantin (Teil 2)

(4)
Die Vorstellung der Aspiranten erfolgt während des traditionellen Maturity Feasts zum 21. Geburtstag der Superia.

(5)
Die Superia wird von diesem Tag an, bis zum Tag ihrer letzten Unity, Maturantin genannt.

(6)
Im Anschluss an das Maturity Feast hat die Maturantin Zeit, die drei Aspiranten während der sogenannten Examination Week eingehend kennenzulernen.

Kapitel 4

Amelia

Wenige Schritte von der Hauswand entfernt kniete Catherine und kotzte sich die Seele aus dem Leib. Neben ihr stand der Typ, mit dem sie vorher getanzt hatte. Amelia kannte ihn vom Sehen, wusste aber nicht mehr, wie er hieß.

Sie steuerte auf ihn zu. »Was ist passiert?«

»Wir wollten etwas Luft schnappen und dann …« Er zögerte.

»Luft schnappen. Ist klar«, sagte Amelia und rollte mit den Augen.

»Und dann hat sie plötzlich angefangen, sich zu übergeben. Und ich …«

Amelia sah ihn ungerührt an. »Tu mir einen Gefallen und verschwinde.«

Er nickte und hatte sich bereits abgewandt.

»Ach, und«, setzte Amelia nach. »Solltest du irgendwem hiervon erzählen, werde ich überall verbreiten, dass du Potenzprobleme hast.«

Er schluckte.

»Schön, dass wir uns da verstehen«, sagte Amelia und kniete sich zu dem Häufchen Elend am Boden, das vor vier Stunden noch die mustergültige Catherine gewesen war. Ihre weiße Hose war nun eher grau und ihr sonst stets glattes, glänzendes Haar war zerzaust. Stellenweise klebten Reste von Erbrochenem darin. Amelia strich ihr liebevoll über den Rücken. »Alles wird gut, Cathy. Ich bin bei dir«, sagte sie fast melodisch.

Catherine wimmerte vor sich hin, gab einige unartikulierte Laute von sich, die Amelia nicht deuten konnte.

»Alles in Ordnung, Cathy. Ich bringe dich jetzt nach Hause.« Amelia stand auf, griff ihrer Schwester unter die Schultern und versuchte sie aufzurichten.

Catherine blickte zu ihr auf. Sie sah fürchterlich aus. Ihre Augen waren rot unterlaufen und ihr Mascara im ganzen Gesicht verteilt. »Nein, Ammy«, flehte sie. »Ich kann nicht.«

»Doch du kannst«, sagte Amelia und versuchte weiter, sie aufzurichten.

Doch Catherine hatte nicht gelogen. Sie stieß Amelia von sich, ließ sich zurück auf ihre Knie sinken und übergab sich erneut.

Das wird wohl doch noch etwas dauern.

Amelia ging um sie herum, kniete sich neben sie und hielt ihr die Haare aus dem Gesicht.

Als Catherine wieder anfing, vor sich hin zu wimmern, beruhigte Amelia sie. »Sch, sch. Alles gut, Cathy.«

»Ich kann nicht heim. Bleib bei mir, Ammy«, sagte sie weinerlich.

Amelia wusste, dass sie nicht ewig hier draußen liegen bleiben konnte. Doch sie wusste auch, wie es war, selbst dort am Boden zu liegen. Sanft strich sie ihr über den Rücken. »Ich weiß, Cathy. Ich weiß. Ich bin bei dir. Ich werde immer bei dir sein, wenn du mich brauchst.«

Verschlafen huschte Amelia ins Badezimmer. Sie hatte mit Catherine noch über eine Stunde auf der Straße gesessen, bis sie wieder transportfähig gewesen war. Wirklich tief geschlafen hatte sie nicht. Ihre Gedanken kamen einfach nicht zur Ruhe. Immer wieder waren sie bei Nathan und seinen Berührungen. Es war, als wolle ihr Kopf wieder und wieder das zu Ende bringen, was ihre Körper nicht getan hatten. Und gleichzeitig war sie sauer.

Auf Nathan, dass er sie so hatte stehen lassen.

Und auf sich selbst, dass sie sich überhaupt darauf eingelassen hatte.

Was war das nur mit ihm? Sie wurde nicht schlau aus ihrer Anziehung und vielleicht war das auch gut so. Sie sollte ihn sich einfach aus dem Kopf schlagen.

Während ihre elektrische Zahnbürste monoton vor sich hin summte, drifteten ihre Gedanken ab. Sie waren bei Catherine, die noch nie so betrunken war wie gestern. Ob sie sich an alles erinnern würde, was sie getan hatte? Vermutlich nicht. So wie der Abend geendet hatte, war ein Filmriss mehr als wahrscheinlich. Und Amelia war sich nicht sicher, ob sie ihr alles erzählen sollte. Nicht dass sie ihre Schwester gern anlog, aber bei klarem Verstand würde sie ihr wohl an die Gurgel gehen. Vermutlich wäre sie enttäuscht darüber, dass Amelia es zugelassen hatte, dass sie mit einem Typen tanzte, den sie kaum kannte, und sich von ihm begrapschen ließ. Ausgerechnet zwei Nächte, bevor sie ihren Mr Right kennenlernen sollte.

Amelia spülte sich den Mund und schob den Gedanken beiseite. Leise öffnete sie die Tür, die von ihrem gemeinsamen Bad in Catherines Zimmer führte. Dieser Raum brauchte dringend frische Luft, aber so rabiat wollte sie ihre Schwester nicht wecken. Sie schob den schweren Vorhang ein Stück zur Seite, um etwas Licht ins Zimmer zu lassen, und kippte zumindest ein Fenster. Die schwerste Aufgabe stand ihr allerdings noch bevor. Während sie zu Catherines Bett ging, wanderte ihr Blick durchs Zimmer. Es sah aus wie eine Mischung aus Mädchenzimmer und Arztpraxis. Pastellig und grell. Ihre Bilder waren gerahmt und ihre Bücher farblich sortiert. Und die Pokale der Cheerleader-Meisterschaften waren in einem perfekt symmetrischen Zickzack aufgereiht.

Amelia setzte sich an die Bettkante und begann, sanft an Catherines Schulter zu rütteln. »Aufstehen.«

Catherine drehte sich auf die andere Seite und stöhnte leise.

»Cathy, aufstehen. Es ist neun Uhr. In einer Stunde werden wir abgeholt.«

Mehr war nicht nötig. Mit einem Ruck setzte sich Catherine auf, schlug sich dann allerdings die Hände vor die Stirn und machte ein schmerzverzerrtes Gesicht. »Oh nein«, stöhnte sie und ließ die Hände fallen. »Ich bin ein Wrack.«

Amelia lächelte. »Nicht so schlimm. Spätestens wenn wir in New York ankommen, wirst du wieder die bezaubernde Lady sein, die du eigentlich bist.«

»Das ist dein schlechter Einfluss«, sagte Catherine und zog eine Schnute.

»Hätte ich eine große Schwester, die auf mich aufpassen würde, dann wäre ich vermutlich ein hochanständiges Mädchen«, sagte Amelia gespielt theatralisch. »Es ist nicht fair, es mir zum Vorwurf zu machen, dass ich von allen Seiten vernachlässigt wurde.«

Catherine zog ihre Augenbrauen nach oben. »Klar, Ammy. Man sieht dir an, wie dich das zerfrisst.«

»Und trotzdem bin ich so gut zu dir. So gut, dass ich dir jetzt mein persönliches Anti-Hangover-Elixier machen werde.«

Amelia klatschte in die Hände und verschwand durch die Tür. Sie ging in die für eine Studentenwohnung sehr überdimensionierte Küche. Während die Espressomaschine vorheizte, füllte sie den Kaffee in den Einsatz, strich ihn glatt und ließ den Siebträger in der Maschine einrasten. Die Maschine begann zu knarren und Amelia fischte sich eine Zitrone aus dem Obstkorb auf der Anrichte und halbierte sie.

Als die Tassen etwa zur Hälfte befüllt waren, stoppte sie die Maschine, gab je einen Löffel Zucker und einen ordentlichen Schuss Zitrone hinzu und verrührte den Inhalt.

Mit beiden Tassen in der Hand marschierte sie zurück zu Catherine.

Diese sah sie sofort zweifelnd an. »Was ist das?«

»Mein Elixier«, sagte sie und reichte ihr eine Tasse. »Und jetzt schau nicht so skeptisch.«

Amelia setzte ihre eigene Tasse an die Lippen und trank sie mit einem Zug leer. Sie schüttelte sich kurz und sagte schließlich: »Gut!«

Gequält sah Catherine in ihre Tasse. »Muss ich?«

»Runter damit. Du wirst sehen, danach geht es dir bald besser.«

Entschlossen schlürfte Catherine ihren Espresso, verzog kurz den Mund und sah zu Amelia. »Danke, Ammy.«

»Ja, ich weiß. Espresso mit Zitrone ist einfach das Beste gegen einen fiesen Kater.«

»Nicht das. Ich meine wegen gestern.«

»Ist doch selbstverständlich, dass ich mich um dich kümmere«, sagte Amelia und machte eine wegwischende Geste.

»Du warst toll. Und der Abend war toll.«

»Du weißt aber schon, dass du die letzten Stunden des Abends kotzend auf der Straße verbracht hast.«

Catherines Augen glänzten. »Ja, ich weiß«, sagte sie und lächelte. Pfeifend ging sie in Richtung Badezimmer. »So, ich gehe dann mal duschen.«

»Mhm. Wasch dir mal die Kotze aus dem Haar.« Ich warte hier und tue so, als würde ich nicht ständig an letzte Nacht denken. Als wäre gar nichts passiert.

Das blumige Parfüm von Rosa, der Haushälterin ihrer Pflegeeltern, kitzelte in Amelias Nase. Es war komisch, wieder in ihrem Zimmer zu Hause in New York aufzuwachen. Schließlich war Amelia erwachsen. Mit Catherine in Boston eine Wohnung zu teilen, war das Eine. Aber hier im Haus ihrer Pflegeeltern zu sein …

Obwohl sie immer ein gutes Verhältnis zu ihnen hatte, war Amelia sich nicht sicher, warum sie noch Teil dieser Familie war. Vielleicht wegen Catherine? Wegen ihrer Gaben? Oder lag ihnen tatsächlich etwas an ihr? Sie konnte es nicht sagen.

Elizabeth, ihre Pflegemutter, war noch kontrollierter als Catherine. Sie war nicht der Typ, dem etwas herausrutschte, was er später bereute. Natürlich gab es verbale Sticheleien, aber die hatte sie mit Catherine schließlich auch immer.

Landon, ihr Pflegevater, war stets viel beschäftigt und kurz angebunden. Vermutlich war es ihm egal, ob sie hier war oder nicht und ob sie finanziell für ihr Studium aufkamen. Er hatte sicher nicht die Zeit oder Nerven, sich mit solchen Belanglosigkeiten auseinanderzusetzen. Und trotzdem würde sie ihr Verhältnis zu ihm als inniger beschreiben als das zu Elizabeth. Zumindest hatte er sich oft auf ihre Seite geschlagen. Amelia deutete das als Zuneigung.

Und Catherine? Beide waren tatsächlich trotz all ihrer Unterschiede ein Herz und eine Seele. Auch wenn das vielen, vor allem Catherines Freundinnen, schwerfiel zu glauben.

Amelia streckte sich noch etwas im Bett und ging dann hinüber zum Fenster. Der Ausblick ließ nichts von dem quirligen Puls der Stadt vermuten, zeigte dafür reihenweise der typischen *Upper East Side*-Gebäude mit dem obligatorischen Stoffvordach. Man wollte ja nicht nass werden, während man auf seine Limousine wartete.

Nicht weit davon jedoch lag das echte New York – voller Leben. Obwohl Amelia Boston mochte, hatte sie New York doch immer etwas vermisst. Vor allem das Nachtleben. Umso merkwürdiger war es, dass sie nicht einen Schritt nach draußen gemacht hatte, seit sie gestern angekommen waren. Catherine war mit ihren Freundinnen noch feiern gegangen. Amelia hatte dankend abgelehnt. Sie konnte sich die Langweilerparty lebhaft ausmalen und hatte keinen Bedarf. Auch sonst zog es sie nicht raus. Sie war *hangovered* und beließ es dabei.

Sie wandte sich vom Fenster und der Stadt zu ihren Füßen ab und verließ ihr Zimmer. Mit flinken Schritten huschte sie die Treppe hinunter und ließ ihre Finger über den kalten Marmorhandlauf gleiten.

Sie warf einen Blick ins Esszimmer, in dem Elizabeth bereits mitten in den Vorbereitungen für das *Maturity Feast* war. Sie trug eines ihrer gemütlichen Hausoutfits, das aus einer beigefarbenen Stoffhose und einem weißen Hemd bestand. Das, was Elizabeth Mae Davis eben unter etwas Bequemen verstand.

»Hey, Beth!«, rief Amelia ihr zu.

»Amelia, schon so früh wach, mein Schatz?«

Ein leises Zischen verließ Amelias Mund, doch dann bemerkte sie, wie nervös ihre Pflegemutter heute wirkte. »Ich weiß, es ist auch für dich ein großer Tag. Und ich kann verstehen, wie aufgeregt du sein musst, dass deine Tochter heute verkuppelt wird. Aber …«

Ihre Pflegemutter blickte pikiert zu ihr auf. »Wir bieten Catherine nicht für ein Dutzend Kamele auf einem Basar an. Also sprich bitte nicht so, Amelia.«

»Ach, tut ihr nicht?«

Sie kräuselte ihre Lippen. »Nein, das tun wir nicht. Ihr werden nur Personen vorgestellt, die man für eine vorzügliche Wahl hält. Entscheiden, wen sie heiratet, wird meine Catherine ganz allein.«

Wie konnte Amelia das nur verwechseln?

Shame on me. »Und? Auf einer Skala von eins bis zehn, wie heiß sind die Typen?«

»Ich werde diese Frage sicher nicht beantworten, weil ich es zum einen nicht weiß und weil es bei der Partnerwahl um mehr geht als das äußere Erscheinungsbild.«

Natürlich. *Scoring,* Bankauszüge, Wertpapierdepots, Firmenbeteiligungen oder ein Adelstitel. »Ach, ignorier mich einfach, Beth. Ist es okay für dich, wenn ich Catherine später beim Ankleiden, Haaren und Make-up helfe? Oder wolltest du das machen?«

Ihre Mutter sah sie an und Amelia konnte nicht sagen, ob sie enttäuscht oder nachdenklich war. »Natürlich, Schatz«, sagte sie mit einer brüchigen Stimme, die ungewöhnlich für sie war. »Aber dezent, bitte. Sie soll später nicht aussehen wie ein Revue-Girl.«

Das klang schon wieder viel eher nach ihr.

»Versprochen«, hauchte Amelia ihr zu und verkniff sich einen sarkastischen Kommentar.

»Und zieh dich bitte an«, sagte Elizabeth und zeigte auf Amelias Shirt und ihre nackten Beine. »Du weißt, ich mag es nicht, wenn man so im Haus herumläuft.«

»Okay.«

»Und ich brauche dich, bevor die Feier beginnt, noch hier unten.«

»Okay.«

Ihre Pflegemutter seufzte und widmete sich wieder dem Arrangieren der Blumengestecke, die das Personal anscheinend nicht ihren Vorstellungen entsprechend angeordnet hatte.

Amelia warf ihr eine Kusshand zu und flitzte in die Küche. Rosa, die Haushälterin, saß dort am Tisch und polierte das Silberbesteck.

»*Buen día,* Rosa«, begrüßte Amelia sie.

»*Buen día, Querida*. Kann ich dir etwas bringen?«

»Nein danke. Ich mache mir nur schnell einen Kakao.«

Rosa musterte sie besorgt. »Einen Kakao? *Querida*, du hast doch nicht etwa Liebeskummer?«

»So ein Quatsch.«

»Seguro?«

»Ja, wirklich. Mir ist heute einfach nur danach.«

»*Bien*«, erwiderte sie seufzend. »*Hasta luego, Querida.*«

»Hasta luego, Rosa.«

Amelia stellte sich eine Tasse Milch in die Mikrowelle. Als sie heiß war, rührte sie etwas Kakaopulver hinein und verschwand damit wieder nach oben in ihr Zimmer.

Rosas Worte spukten ihr im Kopf herum. *Liebeskummer.* Für Amelia klang das wie ein Relikt aus längst vergessenen Tagen. Schließlich hatte sie die Zügel sonst immer in der Hand, bestimmte die Regeln des Spiels.

Wie konnte ihr das nur passieren?

Nathan

Mit äußerstem Widerwillen war Nathan an diesem Morgen von Boston nach New York gefahren. Manchen Dingen musste er sich nun einmal beugen, und dazu gehörten seine Superior-Pflichten. Er blickte auf sein Handy. Neun Anrufe in Abwesenheit. *Mum.*

Er würde seine Eltern später ohnehin sehen. Und ihnen in einem Raum voller Menschen zu begegnen, war meist angenehmer, als es allein mit ihnen aufnehmen zu müssen. Insbesondere mit seiner Mutter.

Man sollte meinen, weil sie keine Superia war, dass sie ihn besser verstehen würde als die anderen. Doch das Gegenteil war der Fall. Sein Vater ging mit der Tatsache, dass er mit vierundzwanzig noch keinen Superior-Bund eingegangen war, bedeutend entspannter um.

Nathans Motorradhelm baumelte an seinem Unterarm, während er die Tür aufschloss und ins Wohnzimmer ging. »Was macht ihr denn hier?«, fragte er und staunte nicht schlecht, als er seine Eltern sah.

»Hallo sagen, mein Schatz«, sagte seine Mutter, als wäre es das Normalste der Welt.

»Schon, aber das ist meine Wohnung.«

»Praktisch ja. Faktisch nein«, tadelte sie ihn – *typisch Juristin* – und drückte ihn kurz an sich.

Sein Vater kam auf ihn zu und schloss ihn ebenfalls in die Arme. »Mein Sohn. Schön, dich wieder einmal zu sehen.«

»Ja, Dad. Ist wirklich schön.«

»Wie läuft es im *Medical Center?*«

»Ganz okay.«

»Okay«, wiederholte seine Mutter.

»Jillian«, sagte sein Vater. »Du kennst doch Nathan. Wenn er sagt *okay,* dann heißt das, alles läuft bestens.«

Seine Mutter blickte ungläubig zu seinem Vater. Der machte eine wegwischende Handbewegung. »Absolut. Sonst hätten wir ja schon eine Liste von Abweichungen zum Soll-Zustand von ihm zu hören bekommen.« Sein Vater sah ihn an. »Ist doch so, mein Sohn, oder?«

»Es ist, wie du es sagst.« War es wohl wirklich. Über seine eigenen Verhaltensmuster machte sich Nathan nur selten Gedanken. Seinem Vater, der wie er ein Synaptiker war, blieben sie allerdings nicht verborgen.

»Ich würde euch ja gern einen Kaffee anbieten«, sagte Nathan. »Aber ich fürchte, es ist gar keiner mehr im Haus.«

»Nicht nötig, Schatz«, sagte seine Mutter. »Ich wollte dir nur deine Uniform vorbeibringen.«

»Vorbeibringen? Ich wusste gar nicht, dass sie nicht hier war.«

»Faktisch nein. Praktisch ja. Ich habe mir erlaubt, sie vorher in die Reinigung zu bringen.«

Nathan biss sich auf die Lippen. *Tief durchatmen.* »Wie aufmerksam.« Er blickte vorwurfsvoll zu seinem Vater, der nur mit den Schultern zuckte. »Sonst noch etwas?«, fragte er.

»Ja«, antwortete seine Mutter mit ernster Stimme. »Vermassele es diesmal nicht.«

»Vermasseln?«

»Du kannst so charmant sein«, sagte sie und legte ihre Hand auf seine Schulter. »Zeig ihr das. Catherine ist eine hervorragende Wahl.«

»Möglich.«

»Nathan«, sagte sie flehentlich. »Bitte! Es ist wichtig. Es steht viel auf dem Spiel.«

»Natürlich. Menschenleben. Ach nein – Quatsch. Viel wichtiger, der Ruf unserer Familie.« Seine Mutter war für Nathan immer wieder der Beweis, dass auch hochgradig intelligente Menschen – und das war sie zweifelsohne – manchmal absoluten Blödsinn reden konnten.

»Wann wirst du endlich erwachsen?«, fragte sie in dem vorwurfsvollen Ton, den sie beherrschte wie keine Zweite.

Sie ging an ihm vorbei, verließ die Wohnung. Nathan wich ihrem Blick aus. Es war nicht so, dass er sie gern verletzen wollte. Doch hier ging es um ihn, nicht um sie. Er war es leid, darüber zu diskutieren.

Er schnaufte und blickte zu seinem Vater, dem die Situation sichtlich unangenehm war. »Kommst du, Tim?«, rief seine Mutter ihm aus dem Treppenhaus zu.

»Gleich«, entgegnete er und zog Nathan zu sich. »Du weißt, ich stehe immer hinter dir, mein Sohn. Aber deine Mutter hat recht. Es wird langsam Zeit, erwachsen zu werden und Verantwortung für *unsere* Gesellschaft zu übernehmen. Und Catherine Davis wäre in der Tat eine ausgezeichnete Wahl.«

Er klopfte ihm auf die Schulter und ging.

Ein Schauder lief Nathan über den Rücken. Catherine wäre in der Tat eine ausgezeichnete Wahl. *Irgendwann.*

Noch war dieser Tag nicht gekommen. Und das, was ihm heute bevorstand, bereitete ihm zum ersten Mal ein flaues Gefühl im Magen. Denn auch Amelia würde dort sein. Sie würde ihn hassen. Wegen dem, was im *XOXO* passiert war. Weil er ein Arschloch war.

Und so ungern er es sich eingestand, es ließ ihn nicht kalt.

Sie ließ ihn nicht kalt.

Aus dem Protokoll der XIII. Sitzung des Superior-Rats im Jahr 1984

Über den Fortbestand und die weitere Entwicklung der Superior-Rasse

Der Rat beschließt mit heutiger Sitzung, die Kreuzungsregeln zu erweitern. Um Beeinträchtigungen im Erbgut der Superior-Rasse aufgrund des limitierten zur Verfügung stehenden Genpools zu vermeiden, wird die Kreuzung unter gewissen Umständen erweitert.

Superior/Superia mit einem Scoring von höher 100 Punkte können, bis der Superior-Rat Gegenteiliges beschließt, auch mit gewöhnlichen Menschen mit einer Hoch- oder Inselbegabung gekreuzt werden.

New York, 03/26/1984

Kapitel 5

Amelia

Der Gedanke, dass man ihrer Schwester heute ein paar Heiratskandidaten vorstellen würde, war für Amelia immer noch verstörend. Schließlich lebten sie in Amerika und waren – zumindest nach außen – Baptisten. Doch Catherine sah das anders. Sie sprach auch nicht von Zwangsheirat. In ihrer Version der Geschichte klang es wie der größte Liebesbeweis, den Eltern ihrem Kind machen konnten. Catherine sprach auch immer davon, als wäre es ein Geschenk, dass sie jemandem übergeben wurde, der eingehend geprüft und das perfekte Gegenstück für sie war. In Amelias Ohren klang das eher nach Werbung für Online-Dating. *Und wenn Sie sich jetzt gleich anmelden, erhalten Sie ein Kamel und zwei Ziegen gratis dazu.*

Es klopfte an ihrer Tür, die sich eine Millisekunde später öffnete. »Amelia, was treibst du denn so lange hier oben?«, fragte ihre Pflegemutter vorwurfsvoll.

Amelia zuckte mit den Schultern. »Weiß nicht.«

»Und du hast dich noch gar nicht umgezogen. Sogar Catherine ist schon weiter als du.«

»Ich habe wohl irgendwie die Zeit übersehen.« Hatte sie wirklich.

»Ich brauche dich unten. Kommst du dann bitte, wenn du angezogen bist?«

»Natürlich. Ich beeile mich.«

Bevor sie sich selbst fertig machte, wollte sie noch nach Catherine sehen. Ihr noch ein wenig helfen und Beistand leisten. Sicherstellen, dass sie so umwerfend aussah, wie sie es verdiente. Aus ihrem Zimmer drang lautstarkes Gekicher. Amelia klopfte und trat ein.

Catherines Haar war bereits hochgesteckt und auf ihrem Bett lag ein beigefarbener Kleidersack vom *gorgeous4gorgeous* – ihr Kleid für später. Ihre zwei besten Superior-Freundinnen, Tess und Laura, waren bei ihr. Während Laura zeitgleich mit ihr und Catherine nach Boston gezogen war und in *Harvard* studierte, war Tess in New York geblieben und studierte an der *Columbia*. Die drei tranken Champagner. Wie es aussah, war Catherine bereits versorgt.

»Ammy«, sprudelte es aus ihrer Schwester heraus. »Schön, dass du endlich da bist. Jetzt können wir uns alle zusammen schminken und fertig machen.«

»Und anziehen«, sagte Laura und deutete auf Amelia, die außer ihrem Schlafshirt nichts trug.

»Das wäre toll, Cathy«, sagte Amelia und ignorierte Lauras Stichelei. »Aber ich muss Elizabeth helfen.«

»Was?«, gab sie entrüstet zurück. »Aber da unten ist doch ein ganzer Stab an Personal. Für was braucht sie denn dich?«

Das war wohl wahr. Wollte ihre Pflegemutter sie etwa so kurz vor den Feierlichkeiten von Catherine fernhalten? Das war doch absurd. »Tja, scheint wohl etwas sehr Wichtiges zu sein, das sie keinem Fremden anvertrauen will.«

»Bestimmt«, sagte Tess.

Laura kicherte.

Catherine überging die Kommentare. »Das kommt doch gar nicht infrage. Ich werde mit Mum reden und sie bitten …«

Amelia hob ihre Hand. »Nicht nötig. Bei Laura und Tess bist du in besten Händen und ich denke, es ist tatsächlich etwas Wichtiges. Wir sehen uns später.«

Amelia eilte zurück in ihr eigenes Zimmer. Sich zusammen mit Tess und Laura fertig zu machen, war das Letzte, wonach ihr der Sinn stand. Trotzdem wollte sie sich schick machen. Für Catherine, der der heutige Tag wichtig war. Die ganzen Trolle, die später ihr Haus bevölkern würden, waren ihr egal. Natürlich behielt sie das für sich. Schließlich war sie die Einzige im Haus mit dieser Meinung. Denn so erstaunlich die Fähigkeiten der meisten Superior auch waren, so viel sie auch für die Gesellschaft taten, sie hatten alle dieses selbstgerechte Auftreten an sich, das Amelia auf den Zeiger ging. Sogar Catherine hatte es. Doch bei ihr konnte sie es ausblenden. Sie war ihre Schwester und sie liebte sie. Und ihrer Meinung nach war das auch nicht sie, sondern das, was man aus ihr gemacht hatte.

Eine Superia.

Amelia gab sich einen Hauch Rouge auf die Wangen, tupfte sich mit den Fingern etwas roséfarbenen Lidschatten auf das Lid und betonte ihre Wimpern mit einer dezenten braunen Mascara. Im selben Ton zog sie ihre Augenbrauen nach. Keine Smokey Eyes. Definitiv kein Party-Make-up. Sie verrieb eine kleine Portion Wachs in den Händen, knetete es ins Haar und brachte damit ihre Locken in Form. Ihr Gesicht sah so lieb aus, fast rosig. Ganz anders als sonst.

Sie holte ihr Kleid, das gestern geliefert worden war, aus ihrer Garderobe und zog es an. Sie hatte es tatsächlich nicht probieren müssen, es saß wie angegossen. Zwar hatten sie und Catherine nicht die gleiche Figur – Amelia war etwas kurviger, Catherine dagegen eher feingliedrig –, aber der weiche Chiffon schmiegte sich perfekt an ihren Körper. Sexy, aber nicht zu sexy. Was wichtig war, schließlich hatte Amelia einen Vorsatz: Sie wollte ein artiges Mädchen sein. Zumindest heute. Eine Superia. Einen Versuch war es wert, sich das einzureden. Eilig zog sie sich ein paar schlichte schwarze High Heels an. Auf Schmuck verzichtete sie.

Amelia verließ ihr Zimmer und setzte sich auf den oberen Treppenabsatz. Sie und Catherine hatten oft hier gesessen, gequatscht und geträumt, und für Amelia gab es keinen Platz im ganzen Haus, der mehr dazu einlud. Die Kombination aus Marmor, Granit, Stahl und Gold hatte etwas von einem modern inszenierten Märchen. Während sie sich immer vorgestellt hatte, welche Dramen sich auf dieser Treppe abspielen konnten, hatte Catherine immer davon geträumt.

Von diesem Tag.

Von ihrem *Maturity Feast.*

Sie war die Treppe mit einem Buch auf dem Kopf herabgeschritten und auch Amelias spöttische Kommentare konnten ihrer anmutigen Haltung keinen Abbruch leisten. Und nun war es wirklich so weit. Amelia würde den ganzen Abend keine einzige blöde Bemerkung machen. Das hatte sie Catherine versprochen.

Elizabeth erschien am unteren Treppenabsatz. Amelia stand auf und ging die Treppe hinab, weg von dem Kichern, das aus Catherines

Zimmer drang, hin zu den vorwurfsvollen Blicken, die ihre Pflegemutter ihr zuwarf. Ihre Pfennigabsätze klackerten auf dem harten Stein. Beinahe hatte sie das Gefühl, sich dafür entschuldigen zu müssen.

»Gut, dass du endlich fertig bist«, empfing Elizabeth sie.

»Was gibt es denn so Wichtiges für mich zu tun?«

Sie reichte Amelia einen Korb. »Hier, Liebes. Blumengestecke für alle Mädchen unter einundzwanzig. Du wirst sie bitte jeder persönlich anstecken. Postiere dich, sobald die ersten Gäste eintreffen, hier links vor der Tür.«

»Ähm …«

»Du brauchst keine Liste. Sie werden zu dir kommen.«

Toll. Was für eine wichtige Aufgabe. Wenn sie doch alle wussten, was zu tun war, dann könnte man den Korb doch auch einfach dort abstellen, damit sich jeder persönlich bediente. »Ich werde diese verantwortungsvolle Aufgabe natürlich erfüllen.«

»Zieh das nicht ins Lächerliche, Amelia. Das ist Tradition. Sie drückt die Freude derer mit Catherine aus, die noch nicht so weit sind, sich selbst aber darauf freuen.«

»Dann muss ich mir ja keines anziehen.«

Elizabeth sah sie eisig an. »Wenn du deiner Schwester den Tag ruinieren willst, musst du das natürlich nicht.«

Got the message. Amelia griff in den Korb und befestigte eines der elfenbeinfarbenen Gestecke an ihrem rechten Handgelenk und lächelte Elizabeth mit zusammengebissenen Zähnen an.

Diese musterte sie von oben bis unten. »Du siehst hübsch aus«, sagte sie. Es hörte sich ehrlich an, und obwohl sie es nicht wollte, verflog Amelias leichter Zorn.

Amelia hatte alle Armbänder mit einem strahlenden Lächeln verteilt. Und mit jeder der glücklichen Empfängerinnen ein paar Worte gewechselt. Alle geladenen Gäste waren bereits eingetroffen und die Caterer hatten die erste Runde Getränke verteilt. Die alkoholischen jedoch nur an die über 21-Jährigen. Amelia, der dazu noch ein paar Monate fehlten, bekam anstelle des Champagners ein Glas Gingerale. *Hurra!*

Sie hatte sich in der Eingangshalle, in der alle Gäste versammelt waren, etwas abseits positioniert und starrte auf den polierten schachbrettartigen Marmorboden. Schwarze Granitfliesen wechselten sich mit schwarzen mit weißen und goldenen Sprenkeln ab. Amelia stellte ihre Beine hüftbreit auseinander und prüfte, ob man in der Spiegelung ihren Slip sehen konnte. Fehlanzeige. Man sah nur ihr rotes Kleid. Übrigens das einzige im Raum. Die anderen weiblichen Gäste trugen gedecktere Farben, über ihren Kleidern wahlweise das schwarze Bolerojäckchen der Superior-Uniform oder eine Schärpe.

Ein Junge im hellen Smoking vom Cateringservice hielt ihr ein Tablett entgegen. Die Farbe Weiß war anscheinend dem Personal vorbehalten. Die geladenen Männer trugen allesamt schwarze Bundfaltenhosen und die meisten hatten dazu die schwarz-goldene Uniformjacke gewählt. Die eingestickten Embleme auf der Schulter zeigten das jeweilige *Scoring*. Catherine hatte ihr die Deutung sicher schon hundertmal erklärt – hängen geblieben war sie bis heute nicht vollständig. Amelia konnte zwar unterscheiden, ob es sich um ein hohes oder niedriges *Scoring* handelte, mehr aber auch nicht.

Sie beäugte das Tablett vor ihrer Nase. Garnelen im Kartoffelstroh. »Danke. Ich warte auf die Hackbällchen.«

Der Junge nickte und ging weiter.

Gerade wollte sie beginnen, das zu tun, was man von ihr erwartete, nämlich herumlaufen und Small Talk betreiben, doch sie musste gar nicht selbst aktiv werden. Ein Mann, der unweit von ihr stand, kam auf sie zu, legte den Kopf schief und betrachtete prüfend ihr Glas. Er winkte einen der umherschwirrenden weißen Pinguine zu sich heran, nahm Amelia das Glas aus der Hand, stellte es auf dem Tablett ab und reichte ihr ein Glas Champagner.

»Eine Frau wie Sie sollte Champagner trinken, nicht Gingerale.«

Amelia wollte widersprechen, doch er sagte es mit einer solchen Bestimmtheit, dass es ihr schwerfiel, etwas zu entgegnen. »Und wie kommen Sie zu der Erkenntnis?«

»Mit erlesenen Dingen kenne ich mich aus«, sagte er und verschwand wieder in der Menge.

War das die Möglichkeit? Amelia konnte es kaum glauben. Seit wann flirteten Superior wie ganz normale Menschen?

Während Amelia dem fremden Mann nachsah, wurde es still im Saal.

Es war so weit.

Catherine erschien an der Balustrade. In ihrem goldenen Kleid und mit ihren blonden Haaren sah sie aus wie eine Prinzessin von einem anderen Stern. Wunderschön – Catherine eben. Drei Geigenspieler postierten sich am Ende der Treppe und begannen die Superior-Hymne zu spielen. Amelia kam es vor, als wäre sie einzig für Catherine und diesen Moment komponiert worden. Mit majestätischer Anmut stieg sie die Treppen hinunter. Obwohl Amelia nichts mit alldem anfangen konnte, lief ihr beim Anblick ihrer Schwester ein Schauer über den Rücken.

Die Kerle, die sie heute kennenlernen durften, sollten sich verdammt glücklich schätzen. Amelia hatte insgeheim immer an Catherines Vorfreude auf diesen Tag gezweifelt, aber als sie ihre Schwester jetzt so strahlend vor sich sah, wusste sie, dass sie sich all das tatsächlich sehnlich wünschte.

Als sie am Fuß der Treppe ankam, erwartete ihre Mutter sie bereits, die ihr ein Glas Champagner reichte. »Auf meine wundervolle Tochter Catherine, die ihr einundzwanzigstes Lebensjahr vollendet hat, nun ein vollwertiges Mitglied unserer *Gesellschaft* ist und mich unsagbar stolz macht«, sagte sie feierlich.

Der gesamte Saal erhob seine Gläser. »Auf Catherine.«

Bernard Barnes trat auf Catherine zu. Er war der Vorsitzende des Superior-Rats und somit der zweitmächtigste Mann in der Hierarchie der SHS. Da das *Maturity Feast* einen eher weltlichen Charakter hatte, oblag ihm die Durchführung des Festes.

Die Verkündungszeremonie, die in etwa einem Monat stattfinden würde, war etwas spiritueller und würde deshalb vom Oberhaupt geleitet werden. Bernard Barnes war ein enger Freund ihres Pflegevaters und ging bei ihnen ein und aus. Er war an die fünfzig, leicht gebräunt und hatte etwas sehr Britisch-Elegantes an sich.

»Heute ist ein besonderer Tag«, begann er die Zeremonie und seine sonore Stimme erfüllte den Saal. »Ein besonderer Tag, an dem sich besondere Menschen kennenlernen.« Er ließ die Worte wirken. »Ich begrüße unsere jüngste *Maturantin* – Catherine Mae Davis«, sagte er und Catherine hielt ihm ihre Hand entgegen.

Er deutete einen Handkuss an, den Catherine mit einem grazilen Nicken erwiderte.

»Familie, Freunde, Superior und Superias – begrüßen und ehren Sie mit mir unsere *Maturantin.*« Bernard Barnes vollführte den Superior-Gruß und alle Anwesenden, einschließlich Amelia, taten es ihm gleich. Den linken Arm hinter den Rücken gehalten, brachten sie die Fingerspitzen ihrer rechten flachen Hand zuerst an die Stirn, dann an die Lippen und neigten schließlich ihren Oberkörper zu einer leichten Verbeugung, während sie die Finger an die Brust führten. Als die Gäste den Gruß beendet hatten, erwiderte ihn Catherine ihrerseits.

»Bist du bereit, deine Aspiranten kennenzulernen?«, fragte Bernard Barnes.

»Ich bin bereit«, antwortete Catherine und in Amelias Ohren klang das fast wie der Beginn eines Ehegelöbnisses.

»Was soll dich dabei leiten?«, fragte er.

»Mein Herz.« Catherines Antwort kam ohne zu zögern.

Amelia nahm das Raunen, das durch den Raum ging, deutlich wahr.

Catherine hatte sich dagegen entschieden, die *Simulation Scorings* der Aspiranten zu erfahren. Es schien, als wollte sie es tatsächlich versuchen. Als wollte sie ihr Versprechen einhalten. Gänsehaut bildete sich auf Amelias Armen. Elizabeth tobte sicher innerlich, doch sie war stolz auf ihre Schwester und ihre – für eine Superia – mutige Entscheidung.

»Catherine Mae Davis, ich möchte dir vorstellen …«

Aus der Menge löste sich eine große blonde Gestalt. Amelia sah ihn nur von hinten.

»Sky Morton«, sagte Bernard Barnes.

Jetzt konnte Amelia ihn ganz erkennen. Gar nicht übel. Genau genommen sogar ganz süß mit seinen blonden Haaren und den blassblauen Augen. Hätte der Kerl spitze Ohren, er könnte glatt als Elf durchgehen. Gespannt beobachtete Amelia Catherines Reaktionen auf Kandidat eins. Sie war sich nicht sicher, doch es wirkte fast, als wäre kurzzeitig ihr Lächeln eingefroren. Entweder täuschte dieser erste Eindruck oder Catherine hatte sich sehr schnell wieder gefangen. Mit einem engelsgleichen Strahlen reichte sie ihm ihre behandschuhte rechte Hand, die er mit einer Verneigung entgegennahm. Sky löste sich von Catherines Hand und ging hinter ihr eine Stufe empor, wo er dann stehen blieb.

Bernard Barnes trat wieder neben Catherine. »Vielen Dank, Sky«, sagte er und nickte ihm ehrerbietend zu. Kurz vor dem Treppenabsatz hatte sich ein weiterer Mann seinen Weg durch die Gästemenge gesucht. »Catherine Mae Davis, darf ich dir vorstellen«, er winkte den wartenden Jungen zu sich, »Henley Lewis Morgan.«

Catherine strahlte. Amelia kannte sie gut genug, um zu merken, dass ihr Henley zumindest optisch gefiel. Er war groß und sportlich, was allein noch kein besonderes Unterscheidungskriterium war. Wenigstens nicht unter Superior. Irgendwie waren sie alle groß und sportlich.

Henley war der Prototyp des All-American-Teenie-Schwarms: dunkle Haare, die ihm bis zu den Ohren reichten, gestylt mit einem adretten Seitenscheitel, tiefbraune Augen. Im Gegensatz zu Sky trug er nicht die schwarze, sondern die rote Uniformjacke. Henley war vermutlich kaum älter als Catherine. Zweiundzwanzig, schätzte Amelia.

Sie wiederholten diese Verbeugungs-Handkuss-Abfolge und Henley reihte sich neben Sky ein. Er war attraktiv, keine Frage, aber für Amelias Geschmack etwas zu farblos.

Gespannt ließ Amelia ihren Blick wieder zum Treppenrand gleiten, um zu sehen, wer wohl der dritte Kandidat war, als sie einen Blick auf sich spürte. Es war Nathan, der ebenfalls auf der Gästeliste stand und diesem Spektakel beiwohnte. Er sah verdammt gut aus in seiner schwarzen Uniform. Doch welcher Mann sah darin nicht gut aus? Außerdem war das Letzte, was sie machen wollte, ihn anzuschmachten. Viel lieber würde sie ihm ihren Champagner ins Gesicht kippen. *Blödes Arschloch.*

Bernard Barnes bedankte sich bei Henley und wandte sich dann wieder Catherine zu. »Meine liebe Catherine, ich möchte dir nun noch den dritten und letzten wundervollen jungen Mann vorstellen. Catherine Mae Davis, Nathan Hall.«

Nathan. Amelia wollte nicht glauben, was Bernard Barnes eben gesagt hatte. Doch ihre Augen bestätigten das Gehörte. Nathan trat zu ihrer Schwester. Er war nicht hier als Gast, er war Teil der Zeremonie.

Das Glas Champagner rutschte aus ihrer Hand und zersprang lautstark auf dem Steinboden. Sie war unachtsam gewesen, einen kurzen Augenblick lang. *Mist.* Vor ihren Füßen lagen die Scherben und eine Pfütze aus Champagner breitete sich über ihre Schuhe auf dem Boden aus. Der Großteil der Gäste hatte sich zu ihr umgedreht. Während sie sich wieder Catherine zuwandten – starren gehörte sich schließlich nicht -, warf ihr Elizabeth einen tadelnden Blick zu. Amelia wich ihm aus und blickte stattdessen zu Boden und auf ihre besudelten Schuhe. Aus den Augenwinkeln sah sie bereits Rosa, die mit Schaufel, Besen und einem Wischtuch anrückte, um das Malheur zu beseitigen.

»*Gracias*«, flüsterte Amelia ihr zu.

Rosa nickte verständnisvoll und beseitigte die Scherben und alles andere mit einigen geübten Handgriffen.

Nathan?

Warum auch nicht? Er war sicher ein Superior mit hervorragendem *Scoring*. Er und Catherine. *Ja. Warum nicht?*

Da standen sie nun. Catherines drei potentielle Heiratskandidaten. Und während das Chaos zu ihren Füßen verschwand, wurde das Chaos in ihrem Inneren größer. Wollte sie Nathan vorhin lediglich zur Rede stellen, würde sie ihm jetzt gerade am liebsten eine knallen. Wie konnte er nur mit ihr rummachen, wo er doch genau wusste, dass er ein potentieller Heiratskandidat ihrer Schwester war? Entweder war er eiskalt oder total abgezockt. Und allein schon deshalb dürfte sich Catherine nie für ihn entscheiden.

Die Geigenspieler stimmten einige kurze Streichklänge an. Sie waren das Zeichen für Catherine, sich einen der drei als Tanzpartner für den Eröffnungswalzer auszusuchen. Mit einer halben Pirouette drehte sie sich zu den Männern um. In der Mitte, vor Henley, kam sie zum Stehen. Grazil streckte sie ihm die Hand entgegen, die Henley lächelnd entgegennahm. Grübchen zeichneten sich in seinen Wangen ab und ließen erkennen, wie sehr ihn Catherines Wahl freute. Amelia öffnete ihre Hände wieder, die sie ohne es zu merken zu Fäusten geballt hatte. Auf ihren Handflächen war eine Spur tiefroter Abdrücke, die ihre Fingernägel im Fleisch hinterlassen hatten.

Während Henley Catherine in die Mitte des Raumes führte, versuchte Amelia in den Gesichtern der verschmähten Männer eine Reaktion abzulesen. Wenn es eine gab, dann keine offensichtliche. Zumindest nicht bei Nathan. Er wirkte beinahe gleichgültig. Vielleicht war Catherine ja nicht sein Typ. Andererseits war es schwer vorstellbar, dass es irgendein männliches Wesen gab, das nicht Gefallen an Catherine finden konnte. Was spielte er nur für ein krankes Spiel?

Sky hingegen wirkte erstaunlicherweise weder gleichgültig noch gekränkt. Ganz im Gegenteil. Für Amelia sah es beinahe aus, als lächelte er ein Gewinnerlächeln. Auf sie wirkte das etwas verrückt. Nathan verzog immer noch keine Miene, wie eine Wachsfigur bei Madame Tussauds.

Catherine stand bereits in anmutiger Startpose in der Mitte der Eingangshalle, als die ersten Klänge des Eröffnungswalzers ertönten. Catherine und Henley setzten sich in Bewegung und es war ein Genuss, sie dabei zu beobachten. Es war so harmonisch und fließend, als wären sie ein eingespieltes Paar. Natürlich konnte man mit jedem tanzen, wenn man es wollte. Doch sich auf die Führung des anderen einzulassen, das erforderte etwas, dass man nie vollständig lernen konnte. Es musste da sein. Und zwischen den beiden war es da.

Nach dem Tanz kam Catherine wieder mit allen drei Aspiranten zusammen. Sie unterhielten sich angeregt, und bei dem Anblick wurde Amelia ganz schlecht. Sie musste zu ihr. Sie warnen. Sofort.

Sie ging auf die Gruppe zu und nahm Catherine am Arm.

»Amelia, super, dass du da bist. Du willst bestimmt meine drei Aspiranten kennenlernen«, sagte Catherine freudestrahlend.

Wollte sie nicht. Andererseits, schoss es ihr durch den Kopf, was sollte sie ihrer Schwester sagen? Wähle nicht Nathan. Mit ihm hätte ich beinahe an deinem Geburtstag gevögelt. Er ist ein Arschloch. Hände weg. *Kein guter Plan.*

»Ganz genau«, sagte sie stattdessen.

»Henley, das ist meine Schwester Amelia und das sind meine Freundinnen Tess und Laura.«

Henley begrüßte alle mit einem Handkuss.

Einer der Kerle im weißen Smoking drückte Amelia ein neues Glas in die Hand. Sie wusste nicht, ob es Gingerale oder Champagner war, hoffte aber auf Letzteres.

Catherine winkte auch Nathan und Sky herbei. »Nathan kennt ihr vermutlich alle«, sagte Catherine.

Anstelle eines Handkusses winkte er knapp.

»Sky, darf ich dir meine Schwester Amelia und meine Freundinnen Tess und Laura vorstellen?«

»Hi, Amelia.« Nathan war an sie herangetreten. »Wie geht es dir?«

Unsicher blickte sich Amelia um. Auch wenn alle nur Augen für Catherine und diese nur Augen für Henley hatte – sie kam sich irgendwie beobachtet vor. »Gut.« Was sollte sie schon sagen, hier vor allen Leuten? »Wow! Du und …«

»Ja, Zufälle gibt's!«

Catherine war immer noch mit Henley, Laura und Tess in ein Gespräch vertieft. Sky fing an zu lachen und sah zu ihr und Nathan. Sie hatte keine Ahnung, worüber er lachte. Am liebsten würde sie jedoch mit einstimmen. Dieses Gespräch war schließlich absolut lächerlich. »Ich hätte nicht gedacht, dass jemand wie du an Zufälle glaubt.«

»Ich stecke voller Überraschungen.«

»Darauf sollten wir trinken.«

»Auf die Zufälle.«

»Auf die Zufälle.« Noch mal die Kurve gekriegt.

Amelia wollte versuchen, sich einfach etwas unter die Gäste zu mischen und das Beste aus dem Abend zu machen. Leider sah sie niemanden, mit dem sie das Bedürfnis hatte, spontan zu reden. Landon, ihr Pflegevater, der mit einer Frau und Sky zusammenstand, winkte sie irgendwann zu sich.

»Martha«, sagte Landon. »Darf ich dir meine Pflegetochter Amelia vorstellen? Amelia, das ist Dr. Martha Andrews. Eine Koryphäe in gleich mehreren medizinischen Disziplinen. Sie leitet gemeinsam mit Dr. Brick das *Medical Center* in New York.«

Als ob ich das nicht wüsste. Amelia reichte ihr die Hand. »Schön, Sie kennenzulernen, Dr. Andrews.«

»Gleichfalls, meine Liebe.«

»Sky hast du vermutlich schon kennengelernt«, sagte Landon.

»Ja, vorhin kurz.«

»Sky ist ein wahres Neuro-Genie«, schwärmte Dr. Andrews. »Seine Forschungen sind bahnbrechend.«

Ein Genie. Ganz was Seltenes hier. »Ich bin beeindruckt«, sagte Amelia.

»Nein, das bist du nicht«, entgegnete Sky. Doch er wirkte nicht böse, sondern strahlte amüsiert.

Scheiße, ein Gedankenleser. Amelia sah Sky schuldbewusst an. »Tut mir leid, ich wollte nicht …«

»Du brauchst dich nicht zu entschuldigen. Du hast es nicht böse gemeint. Es interessiert dich nur einfach nicht.«

Amelia nickte schwach.

»Sky ist ein Empath, Amelia«, sagte Landon. »Man kann ihm nur schwer etwas vormachen.«

»Allerdings«, pflichtete ihm Dr. Andrews bei.

»Möchtest du tanzen?«, fragte Sky sie.

Das wollte Amelia nicht unbedingt, aber wenigstens war es eine Möglichkeit, sich aus diesem befremdlichen Gespräch auszuklinken.

Auf der Tanzfläche bot ihr Sky seine Hand.

»Ich habe eigentlich keine Lust zu tanzen.«

»Ich weiß«, erwiderte Sky und lächelte süffisant. »Aber das Lied ist gleich vorbei und du entlassen. Und dann musst du hier wenigstens nicht doof herumstehen und überlegen, was du jetzt tust.«

Verdammt. »Auch wahr«, sagte Amelia und nahm seine Hand.

Sky musterte Amelia mit seinen gletschereisblauen Augen. »Du bist angespannt und durcheinander heute?«

»Woher willst du denn wissen, wie ich sonst bin? Wir haben uns vorher noch nie gesehen.«

»Stimmt. Trotzdem herrscht in dir ein gigantisches emotionales Chaos.«

»Ist ein wichtiger Tag für meine Schwester«, sagte Amelia so gelassen wie möglich.

»Ich habe das Gefühl, der Tag ist dir ziemlich gleichgültig.«

»Mag sein, dass mir der Tag gleichgültig ist, aber meine Schwester ist es nicht.«

»Das stimmt. Das spüre ich deutlich.«

Amelia verdrehte die Augen. »Kannst du jetzt vielleicht mal aufhören, jeden Satz von mir zu deuten und zu interpretieren? Langsam nervt es.«

»Ich weiß. Deshalb meide ich Menschen für gewöhnlich. Und deshalb meiden Menschen mich.«

Amelia musste lachen. »Auch wenn sich das jetzt tragisch anhört: Kann ich verstehen.«

»Ja«, sagte Sky und sah betrübt in die Ferne.

»Es tut mir leid«, meinte Amelia. »Es ist vermutlich nicht leicht mit so einer Gabe.«

Das Lied ging in seine letzten Takte über und Sky löste sich von Amelia. »Danke für den Tanz«, sagte er und ging auf Catherine zu, die gerade mit Nathan getanzt hatte. »Darf ich bitten?«, fragte Sky Catherine.

Catherine nickte und gab Nathan frei. Der schien zunächst die Tanzfläche verlassen zu wollen und ging an Amelia vorbei. Dann machte er kehrt und kam auf sie zu. »Darf ich um diesen Tanz bitten?«

Sie spürte, wie sein Blick auf ihr ruhte, sie abtastete. Ihr Mund fühlte sich trocken an. Wie gern hätte sie ihm etwas an den Kopf geschleudert. Sie musste sich dringend zusammenreißen. Unter keinen Umständen wollte sie schnippisch klingen. »Irgendwer muss sich ja opfern«, antwortete sie mit gespielter Schlagfertigkeit.

Nathan lächelte spitzbübisch und ging noch einen Schritt auf sie zu. Er strich über ihre Arme und brachte sie in eine gemeinsame Tanzhaltung. Die Musiker spielten einen englischen Walzer. Ein Tanz, der es nun einmal mit sich brachte, dass man sich körperlich sehr nahe kam. Sie konnte seine Wärme spüren und seinen Atem auf ihrem Hals. »Ich weiß dein Opfer sehr zu schätzen«, hauchte er ihr ins Ohr.

Musste das jetzt sein?

Nathan räusperte sich. »Das ist jetzt irgendwie …«

»Unangenehm, peinlich, entsetzlich. Such dir ein Adjektiv aus, das dir gefällt.«

»Wieso findest du das? Ich wollte nur sagen, dass es anders ist mit dir zu tanzen als mit Catherine. Du wirkst so steif und lustlos.«

Amelia bohrte ihre Fingernägel in seinen Rücken. *Steif und lustlos!* »Das hast du neulich Abend aber nicht so empfunden.«

»Ach, das«, sagte er und es hörte sich ungemein belanglos an.

»Ja, genau das.« Amelia spürte, wie ihre Schläfe zu zucken begann. Sie musste sich zusammenreißen, um sich zu beherrschen. Am liebsten hätte sie diesen arroganten Schnösel von sich gestoßen, ihm kräftig in die Eier getreten und einen verbalen Einlauf verpasst. Aber so einen Auftritt würden ihr Catherine und Elizabeth nie verzeihen. Also biss sie die Zähne zusammen, setzte ein Fake-Lächeln auf und tanzte weiter. Auf alles, was Nathan noch sagte, antwortete sie nur noch sehr einsilbig. Sie war froh, als das Lied zu Ende war und sie die Tanzfläche verlassen konnte.

Auch Sky verließ die Tanzfläche gerade. »Ah«, sagte er, sah sie wissend an und deutete mit seinem Kinn auf Nathan. »Verstehe. Da wäre ich auch durcheinander.«

»Ich dachte, wir waren uns einig, dass du endlich aufhörst. Außerdem habe ich keine Ahnung, wovon du redest.«

»Natürlich nicht.«

»Nathan ist mein Arzt. Und ich muss jetzt nicht vor Freude übersprudeln, dass er einer der Aspiranten meiner Schwester ist.«

»Natürlich.«

»Ja, natürlich.« Amelia ging an ihm vorbei in Richtung Büfett und stopfte sich dort wahllos ein paar Häppchen in den Mund. Sie konnte gar nicht genau sagen, was es war. Schließlich hatte sie keinen Hunger, sondern aß gerade mehr zur Ablenkung, ohne Teller, Serviette oder Besteck. Sie hoffte, ihre Pflegemutter würde das nicht sehen, denn ihr war gerade nicht nach einer Lektion in Etikette. Ihr war hier nach überhaupt nichts mehr. Doch konnte sie sich nicht so einfach davonschleichen.

Vielleicht Übelkeit vortäuschen? Besser nicht. Sonst denkt noch jemand, mit dem Essen stimmt was nicht. Das wäre nicht sehr vorteilhaft.

Aber Kopfschmerzen wären eine Option. Nein, zu durchschaubar. Sie würde wohl oder übel bis zum Ende durchhalten müssen.

Im selben Raum mit Nathan.

Ohne sich etwas anmerken zu lassen.

Sie brauchte ganz dringend etwas zu trinken.

Scoring Catherine Mae Davis

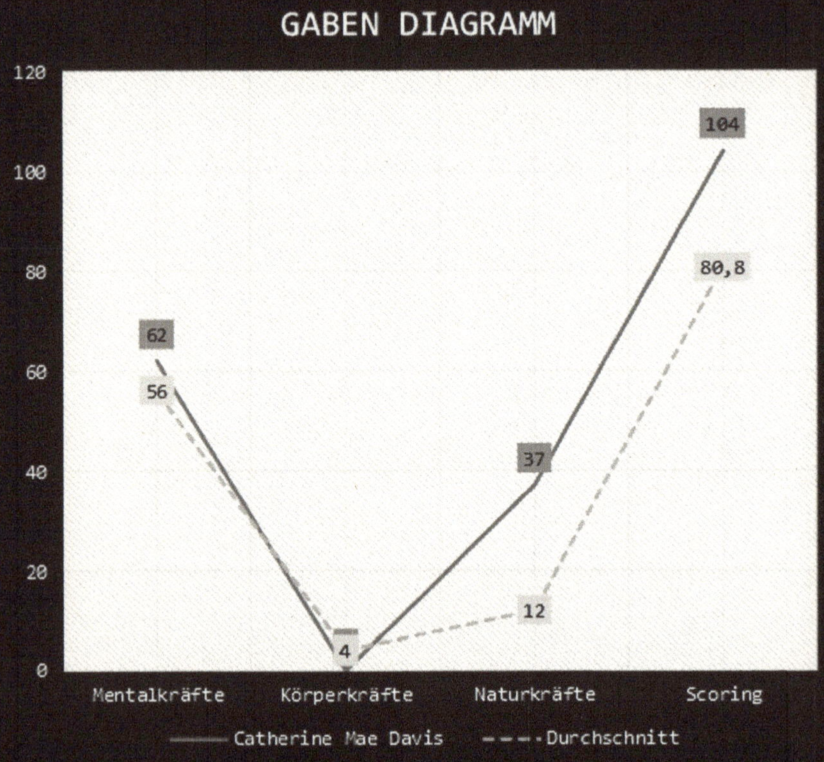

Kategorie	Scoring	Faktor	Ergebnis
Mentalkräfte	62	1,2	74,4
Körperkräfte	0	1,0	0
Naturkräfte	37	0,8	29,6
Scoring Catherine Mae Davis			104

Aus der Patientenakte des Superior Medical Center (SMC)

Kapitel 6

Amelia

Die *Hamptons.* Wäre das die Bachelorette, dann wären sie in die Karibik oder zumindest nach Florida geflogen. Irgendwer von den Schnöseln hatte vermutlich sogar eine Privatinsel. Vielleicht sogar zwei von dreien. Aber sie fuhren in die Hamptons. Schön. Klar. Aber irgendwie … nun ja, es war die Wochenendoase der New Yorker Upperclass und kein Party Hotspot. Vermutlich ging es den anderen auch nicht um Spaß, sondern darum, der Sache zu dienen. Amelia hätte lieber Spaß.

Missmutig stopfte sie Shirts, Jeans, Hot Pants und Unterwäsche in ihre Reisetasche. Mit ihr auf der Schulter ging sie hinunter ins Foyer. Catherine wirbelte dort herum, während an der Tür bereits drei Koffer standen. »Echt jetzt?«, fragte Amelia.

»Das könnte ich dich auch fragen«, sagte sie und deutete auf Amelias Reisetasche.

»Wir gehen nicht ins Fitnessstudio, sondern verreisen eine Woche.«

»Schon klar.«

»Du musst nicht auf dein Gepäck achten. Es wird uns doch dort hintransportiert. Pack ruhig ein.«

»Cathy, ich habe alles dabei, was ich brauche. Und wenn ich nichts mehr habe, dann wasche ich eben. Wird doch in der Villa bestimmt eine Waschmaschine geben.«

»Ehrlich gesagt weiß ich das nicht. Aber mit einem kurzen Telefonat lässt sich das ja rausfinden.« Catherine holte ihr Handy aus der Tasche und wählte.

Frank, der Chauffeur der Familie, kam zur Tür herein, nickte Amelia zu und begann, Catherines Koffer nach draußen zu tragen.

Catherine hielt die Hand über das Telefon und sah zu Amelia hinüber. »Ja, sie haben tatsächlich eine Waschmaschine.«

Nur schwer konnte sich Amelia ein Lachen unterdrücken. Catherine hatte das so euphorisch verkündet. Sie wollte sie schon beinahe bitten, zu fragen, ob es dort auch 4-lagiges oder etwa nur 3-lagiges Toilettenpapier gäbe. Weil sie für dieses Worst-Case-Szenario schließlich noch adäquates Papier besorgen müssten.

»Supi«, sagte sie stattdessen und streckte beide Daumen nach oben. *Welcome to the cabare-e-e-e-t,* schallte es durch ihren Kopf.

Catherine beendete ihr Gespräch, steckte ihr Smartphone zurück in die Tasche und holte einen Schlüssel heraus, mit dem sie direkt vor Amelias Nase wedelte.

»Okay, falls du mich hypnotisieren willst: Du solltest wissen, es gibt nur wenig Dinge, die mir wirklich peinlich sind.«

»Nein, du Dummchen. Das sind unsere Autoschlüssel.«

»Wie jetzt? Fahren wir nicht mit Frank?« Amelia zeigte auf den Chauffeur der Familie und war etwas verwirrt.

»Nein, wir fahren selbst. Schließlich brauchen wir in den Hamptons ja auch einen fahrbaren Untersatz.«

»Und warum lädt Frank dann draußen das Gepäck in die Limo?«

»Na, weil der Kofferraum in unserem Auto eher was fürs Handgepäck ist.«

Amelia riss ihr den Schlüssel aus der Hand. »Ein Ferrari.«

»Nicht irgendein Ferrari. Ein 250 GT Spyder California, Baujahr 1962«

1962! »Aus der Vorkriegszeit hast du keinen Leihwagen mehr gefunden?«

»Er ist ein Schmuckstück und ein Klassiker. Du hast einfach keinen Sinn für Traditionen.«

»Und für alte Knacker.«

Catherine zwinkerte verschwörerisch. »Du wirst ihn lieben.«

»Wir werden sehen.«

Catherine hakte sich bei Amelia unter und führte sie nach draußen, um ihr *Schmuckstück* zu bestaunen. Und zugegeben – er war eines.

»Na, habe ich zu viel versprochen?«

»Er hat Augen«, sagte Amelia zögerlich. »Ist irgendwie süß.«

Ein triumphierendes Lächeln huschte über Catherines Gesicht.

Amelia ging zur Fahrertür. »Okay, ich fahre.«

»Wieso?«

»Weil ich damit bestimmt mehr Spaß habe.«

»Wir fahren abwechselnd.«

»In die Hamptons? Mit dieser Kiste sind wir doch in zwei Stunden dort. Wie viele Pausen willst du auf dem Weg machen?«

»Ich fahre aus der Stadt«, sagte Catherine. »Und du darfst auf dem Freeway übernehmen.«

Amelia warf ihr die Schlüssel zu. »Klingt nach einem guten Deal.«

Amelia musste gestehen, dass das Auto wirklich eine coole Idee von Catherine war. Außerdem verstand sie jetzt Catherines Aufzug. Die Lederhandschuhe, das Kopftuch, die übergroße Brille. Auf den ersten Blick etwas klischeehaft, aber diesem Fahrzeug durchaus würdig.

Elizabeth und Landon kamen, um sich zu verabschieden. Landon ging auf Amelia zu. »Bitte pass gut auf meine Catherine auf. Ich bin wirklich froh, dass sie dich mitnimmt.«

Elizabeth wandte sich um. »Jetzt hör auf, Landon. Als ob unsere Catherine eine Anstandsdame bräuchte.«

»Natürlich braucht sie die nicht, Darling«, antworte Landon. »Aber schwesterlichen Rat kann sie bestimmt gebrauchen.«

Ihre Pflegemutter wirkte irritiert, beließ es aber dabei.

Landon drückte Catherine und sagte ihr ein paar Dinge, die Amelia nicht hören konnte, während Elizabeth auf Amelia zuging. Sie umarmte sie mit ihrer gewohnt kontrollierten Art.

»Tschüss, Beth. Und mach dir keine Sorgen.«

»Gute Reise, Amelia.«

Gute Reise?

Landon kam nun ebenfalls. »Amelia, ich liebe meine Tochter über alles und ich möchte vor allem, dass sie glücklich ist. Hilf ihr dabei, ihr Glück zu finden«, sagte er und drückte sie fest. »Tschüss.«

Amelia war verwirrt. Eine solche Äußerung hatte sie von ihm nicht erwartet. Und sie würde seine Aufforderung ernst nehmen. »Das mache ich. Versprochen. Tschüss, Landon.«

Amelia und Catherine stiegen ins Auto und Catherine startete den Motor. Ein kurzes winke, winke, dann brausten sie davon.

Sie hatten Glück, wenig Verkehr und das richtige Auto gehabt. Weit vor Frank und dem Gepäck waren sie in den Hamptons angekommen. Sky und Henley waren schon dort und warteten auf der Veranda ihrer Villa. Irgendwie fand Amelia diesen Anblick sehr süß. Die beiden sahen aus wie ausgesperrte Kinder. Henley eilte sofort die Stufen hinab, als er sie und Catherine kommen sah. Ganz gentlemanlike öffnete er ihrer Pflegeschwester die Autotür. Das musste man den Superior lassen. Die meisten hatten Stil und legten großen Wert auf Etikette, weshalb Amelia selbst leider oft unangenehm auffiel.

Natürlich hatte ihre Pflegefamilie ihr viel beigebracht, doch instinktive Handlungen ließen sich nun einmal nicht so leicht abtrainieren. Im Grunde genommen war es auch nicht wichtig. Sie war schließlich niemand, der so im Fokus stand wie Catherine. Sie musste kein Familienimperium übernehmen. Kein strenges Förderungs- und Ausbildungsprogramm absolvieren. Und man würde ihr keine Aspiranten anbieten. *Gott sei Dank!* Aber wozu auch? Schließlich waren ihr Genpool und ihre Gaben eher semibeeindruckend.

Henley wollte gerade um den Wagen herumkommen, um auch Amelia die Tür zu öffnen, doch sie kam ihm damit zuvor. Nicht, weil sie sich für emanzipiert hielt und eine solche Geste nicht annehmen wollte, sondern weil sie einfach nicht damit gerechnet hatte, dass er auch ihr die Tür öffnen würde. Schließlich war er wegen Catherine hier und nicht ihretwegen. Das unterschied diesen Schlag Männer ganz offensichtlich von der Sorte Mann, den sie für gewöhnlich kennenlernte und datete.

»Hallo, Amelia«, begrüßte Henley sie. »Schön, dich wiederzusehen.«

»Ja, gleichfalls.«

»Hattet ihr eine gute Anreise?«

»Na, schau dir das Schätzchen an«, sagte Amelia und deutete auf ihr Cabriolet.

»Verstehe. Da hätte ich auch Spaß gehabt.«

Catherine knuffte Henley in die Seite. »Ein Autonarr?«

»Ein kleiner. Aber ich hatte noch zu arbeiten und habe mich deshalb fahren lassen. Ihr wisst ja, was man vor einem Urlaub noch alles erledigen und delegieren muss.«

Wussten sie nicht. Zumindest Amelia nicht. Catherine anscheinend schon. »Wem sagst du das.«

»Und, Catherine?«, fragte Amelia. »Hast du bei der Leiharbeitsfirma jemanden gefunden, der während deines Urlaubs weiterhin die Welt rettet?«

Sky, der sich nun ebenfalls zu ihnen gesellt hatte, prustete los. »Wow. Du bist ja richtig komisch. Hätte ich gar nicht gedacht. Du warst so bissig gestern.«

»Ist ja komisch. Beides.«

»Schon wieder«, bemerkte er amüsiert.

Amelia sah Sky kopfschüttelnd an. »Mann, du hast echt nicht viel Spaß in deinem Leben, oder?«

»Oh doch. Sogar sehr viel. Aber du bist heute so, ich weiß auch nicht, wie ich sagen soll.« Er tippt mit seinem Zeigefinger an sein Kinn. »So spritzig.«

Was war denn in den gefahren? »Ich glaube, ich brauche was Spritziges zu trinken.«

»Schon wieder!« Sky kriegte sich gar nicht mehr ein.

»Ich auch«, sagte Catherine. »Wir sollten ohnehin anstoßen.«

»Unbedingt sollten wir das«, fügte Henley hinzu.

Plötzlich schlug Sky seine Hände vor den Kopf. Wie das lustige *see-no-evil-Äffchen.* »Entschuldigt. Ich habe ganz vergessen, euch zu begrüßen. Ihr wart so komisch, dass ich total abgelenkt war.«

»Das macht doch nichts, Sky. Passiert uns doch allen mal. Ach, und – hallo.«

»Hallo«, sagte Sky und winkte ihnen allen ein wenig überdreht zu.

Ganz, ganz merkwürdig. Vermutlich war Sky aufgeregt. Warum auch nicht. Es ging ja auch für ihn um seine Zukunft. Und Sky, gerade weil er ein Empath war, musste bemerkt haben, dass Catherine schon ein Auge auf Henley geworfen hatte. Amelia hatte einmal gelesen, dass Lachen oft ein Instrument war, um die eigene Unsicherheit zu verbergen. Das wäre in seiner Situation nur zu gut nachvollziehbar. Sky sah Amelia an. Als sie seine geweiteten Pupillen bemerkte, wurde ihr plötzlich einiges klar. Das machte ihn nun fast ein wenig sympathisch. Amelia musste innerlich lachen und fragte sich, ob Catherine und Henley bemerkt hatten, dass Sky absolut *stoned* war.

Sie waren nun fast vollständig. Fehlte nur Nathan. Catherine sah auf ihr Handy. »Oh«, sagte sie. »Nathan hat geschrieben. Er kommt etwas später. Ihm ist etwas dazwischengekommen.«

»Vielleicht ja wirklich«, sagte Sky an Henley gewandt. Der wiederum funkelte ihn böse an. »Sorry, ich versuch das zu lassen.« Sky sah zu Boden und wirkte nun nicht mehr so fröhlich.

»Amelia«, sagte Catherine offensichtlich bemüht, das Gespräch in eine andere Richtung zu lenken. »Hast du gewusst, dass Henley mit einer einzigen Berührung die Vergangenheit eines Menschen sehen kann?«

Ach du Scheiße. »Nein, habe ich nicht. Und wenn ich es gewusst hätte, hätte ich ihm vermutlich nicht meine Hand gegeben.«

Catherine kicherte verlegen. Amelia fand das gar nicht lustig. »Ammy, er ist ein Superior. Wir wenden unsere Gaben doch nicht gegen unseresgleichen an.«

»Das ist trotzdem unheimlich.« Und da Amelias *Scoring* weit unter dem von Henley lag, konnte sie sich da nicht so sicher sein.

Merken: Henley nicht mehr berühren.

»Keine Sorge«, sagte Henley. Ob das nun ein *Ich kann meine Gabe auch ausschalten* keine Sorge war oder ein *Deine Geheimnisse sind bei mir sicher* keine Sorge, verriet er allerdings nicht.

»Lasst uns schon mal reingehen. Ich denke nicht, dass wir hier draußen auf Nathan warten müssen«, schlug Catherine vor.

Das gehörte sich so eigentlich nicht. Genauso wenig wie sich zu verspäten. Amelia konnte es ihrer Schwester ansehen. *Ihm ist etwas dazwischengekommen.* Nathan war wohl nicht vom Schlag des normalen Superior-Mannes. War er damit gleichzeitig eher der Typ, den Amelia … Nein! Einfach *nein!* Schon wegen Catherine durfte sie gar nicht daran denken. Aber selbst wenn er nicht einer ihrer Aspiranten wäre, der Kerl war ein Arschloch. Und sie hatte verdammt noch mal Stolz und Selbstachtung.

Gemeinsam mit den anderen betrat Amelia die Villa. Wie vermutet, war sie ein wahr gewordener Traum. Nicht so übermäßig protzig und groß, wie Amelia es erwartet hatte, dafür einfach bezaubernd. Sie war so anders als das Haus in New York. Weiße Möbel, helle Holzböden und kleine Backsteinelemente fügten sich harmonisch zusammen. Und es wirkte luftig. Zum einen wegen der vielen Fenster, zum anderen durch die Galerie im ersten Stock. Sie gab viel Raum und nahm trotzdem nichts von der Gemütlichkeit.

Nathan war immer noch nicht aufgetaucht. Sie hatten dennoch schon einmal mit Champagner auf die vor ihnen liegende Woche angestoßen und Belanglosigkeiten ausgetauscht. Als Frank endlich mit dem Gepäck kam, nutzte Amelia die Unterbrechung, um sich einen Moment nach draußen zu schleichen. Sie wollte endlich zum Meer, das sie schon sehnsüchtig aus dem Fenster angeschmachtet hatte. Auf der hinteren Seite des Hauses befanden sich der Pool und der Holzbohlenweg zum Strand. Amelia hatte ihre Schuhe ausgezogen und ging ihn hinunter. Schilf ragte links und rechts an den Seiten und mit jedem Schritt verliebte sie sich ein Stück mehr in die Landschaft.

Amelia setzte sich und vergrub ihre Zehen im Sand. Spontan ertönten *Paula Cole* Songs in ihrem Ohr und sie wünschte sich, an einem solchen Ort aufgewachsen zu sein. Mit diesen tollen Häusern und dem Wasser. Wieso dachte sie plötzlich so was? Sie sollte nicht so denken. Sich wünschen, anders aufgewachsen zu sein. Das war falsch. Und es war Verrat. Verrat an ihrer Mutter. Plötzlich kam ihr ein alter Spruch von ihr in den Sinn.

Du kannst überall auf der Welt unglücklich oder glücklich sein. Es sind nicht die Umstände. Es ist eine Entscheidung. Ich bin glücklich. Du bist meine beste Entscheidung.

Ihre Mutter mochte gegen das Gesetz verstoßen haben, doch sie war kein schlechter Mensch. Es ging Amelia gut und in vielerlei Hinsicht genoss sie ihr privilegiertes Leben. Doch diese einfachen Momente, in denen sie beide mit nichts glücklich waren, die vermisste sie manchmal.

Ein Knirschen hinter ihr im Sand riss sie aus ihren Gedanken. Sie warf einen Blick über die Schulter. Es war Sky.

»Darf ich?«, fragte er und deutete auf den Platz neben ihr im Sand.

»Klar«, erwiderte Amelia.

Er setzte sich in den Schneidersitz und sah sie mit seinen übernatürlich blauen Augen an.

»Ist Nathan schon da?«, fragte Amelia.

»Nein, noch nicht«, sagte er und zog eine Packung mit Tabak aus seiner Hosentasche. »Ist aber schon auf dem Weg.«

»Das wird Catherine freuen.«

»Amelia, es ist unnötig, mir etwas vorzumachen. Ich spüre doch, wie sich plötzlich Aufregung in dir breitmacht«

»Ich mache dir überhaupt nichts vor.«

Sky nahm etwas Tabak aus der Packung auf seinem Schoß und verteilte ihn gleichmäßig auf einem *Paper.* »Gut, dann machst du eben dir selbst etwas vor.«

Amelia stieß einen verächtlichen Pfiff aus. »Ich dachte, du wolltest damit aufhören.«

Sky beförderte ein kleines Plastiktütchen aus seiner Tabakpackung. Sie hatte recht gehabt. *Gras.* Er nahm etwas heraus, legte es über den Tabak und drehte sich routiniert einen Joint.

»Nicht schon zugedröhnt genug?«, fragte Amelia spitz. Sie hatte grundsätzlich kein Problem mit Leuten, die Drogen nahmen, doch in diesem Moment brauchte sie es einfach, ihm etwas an den Kopf zu werfen.

»Es lässt schon wieder nach. Und so wird es erträglich.«

»Dieser Urlaub?«

»Nein, unter Menschen zu sein.«

»Oh.« Das war ja eine super Retourkutsche. »Das wusste ich nicht.«

»Alles hat seinen Preis, Amelia. Alles.«

Sie stand auf und klopfte sich den Sand von der Hose. »Na dann, bis später«, sagte sie und ging. Ihr war gerade nicht nach dieser Art von Gespräch. *Nicht heute.*

Nathan

Nathan schlängelte sich auf seinem Motorrad durch die Blechlawine, die sich wie so oft zu dieser Jahreszeit von New York bis in die Hamptons zog. Lieber wäre er zurück nach Boston gefahren. Das stand nur leider nicht zur Debatte. Superior hatten nicht nur Möglichkeiten, sondern auch Verpflichtungen. Und die *Examination Week* gehörte nun einmal dazu, ob er das wollte oder nicht. Und er wollte es nicht. Er wollte nicht heiraten, zumindest nicht in naher Zukunft. Von Familie ganz zu schweigen. Das hatte er für sich beschlossen und er hielt an seinen Entscheidungen fest. Weil das so war, würde auch Catherine ihn nicht wollen. Er wusste, wie er sich bei Frauen unbeliebt machen konnte. Es war schließlich nicht seine erste *Examination Week* und es würde nicht seine letzte sein.

Natürlich bestand, selbst wenn all seine Anti-Charme-Offensiven ins Leere liefen, immer noch die Möglichkeit, Nein zu sagen. Doch dies war eher theoretischer Natur. Nathan war kein einziger Fall bekannt, in dem ein Aspirant erwählt wurde und Veto eingelegt hatte. Und selbst wenn ihm der Sinn überhaupt nicht danach stand, auch er würde nicht Nein sagen. Er verspürte nämlich nicht das geringste Bedürfnis, einen Präzedenzfall zu schaffen. Nüchtern betrachtet gab es auch nur wenig schlechte Wahlmöglichkeiten. Die Maturantinnen waren allesamt attraktiv, gebildet und wohlerzogen. Ihm war bisher noch keine untergekommen, die indiskutabel gewesen wäre. Darum ging es nicht. Es war noch nicht die Zeit.

Die ersten Ausläufer der Hamptons hatte Nathan bereits hinter sich gelassen. Er fuhr in die Auffahrt der Villa und stellte sein Motorrad neben einem Oldtimer ab. Catherine und Henley erschienen auf der Veranda und winkten ihm zu. Er löste seinen Helm, hängte ihn an den Lenker, befreite seine Reisetasche vom Gepäckträger und ging zu den beiden.

»Hallo, Nathan«, sagte Catherine. »Da bist du ja endlich.«

»Tut mir leid, es ging nicht eher. Ich musste noch etwas Dringendes erledigen.«

Henley stand neben Catherine. »Alle Hände voll zu tun?«

»Oh ja.«

»Ich auch«, sagte Henley. »Aber für Catherine habe ich mich selbstverständlich freigeschaufelt.«

Whoa! Hätte das Nathan jetzt treffen sollen? Wahrscheinlich. Es sah fast so aus, als wollte Henley Catherine für sich und war bereit, um sie zu kämpfen.

Als ob er mit mir um sie kämpfen müsste.

Natürlich konnte er das jetzt schlecht hier so sagen. Er würde ihm das in einer ruhigen Minute stecken. »Du hast vollkommen recht, Henley. Man muss Prioritäten setzen.«

»Und organisiert sein. Ich zum Beispiel habe mich fahren lassen, damit ich noch etwas arbeiten kann und trotzdem pünktlich hier bei dieser umwerfenden Frau bin.« Henley nahm Catherines Hand und bedachte sie mit einem Handkuss.

Und vorher hast du dir bestimmt noch einen Skinny Caramel Macchiato und einen Cronut geholt, Pussy. »Beeindruckend«, presste Nathan hervor.

Als er sah, wie ein selbstzufriedenes Lächeln über Henleys Gesicht huschte, tauchte das Teufelchen auf seiner Schulter auf. Er hatte es sich anders überlegt. Nathan würde Henley nicht stecken, dass er keine Gefahr für ihn war. Ganz im Gegenteil. Er freute sich jetzt schon darauf, ihn beim Kampf um Catherine herauszufordern. Dieser Clown hatte eine Lektion verdient. »Und sehr vernünftig. Ich persönlich«, sagte Nathan und berührte sanft Catherines Kinn, »liebe nun einmal die Geschwindigkeit, den Rausch, die Freiheit.«

»Tust du das?«, fragte Catherine.

»Ja, und wie. Manche Menschen sind organisiert. Ich bin leidenschaftlich.« Er sah Catherine tief in die Augen und studierte ihr makelloses Gesicht. Ihre Signale waren eindeutig. Sie hatte sich ein Stück von Henley abgewandt und begann, mit ihrem Schmuck zu spielen.

Henley sah ihn finster an. Er wusste es – *alles.*

Eine seiner bedeutendsten Gaben war, mit einer Berührung in die Vergangenheit seines Gegenübers abzutauchen. Eine Gabe, die ihm zu einem ansehnlichen *Scoring* verhalf. Nathan konnte nicht nachvollziehen, wieso diese Gabe so hoch gerankt war. Sie mochte ihre Einsatzgebiete haben. Auf den ersten Blick und nüchtern betrachtet war das Größte jedoch Erpressung. Nicht sehr edel. Nicht sehr *superiorlike.* Nathan konnte Henley förmlich ansehen, wie es in ihm brodelte. Wie er Catherine am liebsten alles gesteckt hätte, was er gegen Nathan in der Hand hatte. Doch das würde gegen die Vorschriften verstoßen. Und so wie er Henley einschätzte, war er ein Feigling und würde es nicht wagen, gegen so eine elementare Regel zu verstoßen.

»Und trotzdem respektiere ich unsere Regeln«, sagte Nathan mehr an Henley als an Catherine gewandt und beobachtete mit Genugtuung den Schatten, der sich über das Gesicht seines Kontrahenten legte. Nathan ließ sie stehen – beide –, und ging an ihnen vorbei ins Haus. *Das Spiel kann beginnen.*

Erika

Es war spät und das *Medical Center* bereits so gut wie leer. Erika saß an ihrem Schreibtisch und wartete auf ihren Termin. Brick aus New York hatte sich heute Morgen angekündigt und nicht abwimmeln lassen. Sie mochte den Mann nicht. Er hatte etwas an sich, was ihr nicht behagte, und sie war sich ziemlich sicher, dass er nach ihrem Job gierte. Sein Widerwille, Erika als seine Vorgesetzte zu akzeptieren, sickerte immer wieder durch. Genauso wie das Vorurteil, Erika hätte die Position nur, weil ihr Vater das Oberhaupt der SHS war. Solche Vorwürfe perlten an Erika ab. Innerhalb der SHS gab es keine Vetternwirtschaft – nur *Scoring* und Leistung. Und da konnte er einfach nicht mit ihr mithalten.

Während Erika wartete, klickte sie sich durch die Seiten ihrer bevorzugten Dating-Plattform. Nicht, dass Erika es nötig gehabt hätte, auf diesem Weg jemanden kennenzulernen. Sie hätte auch einfach ausgehen können. Für sie war das allerdings eine sehr ineffiziente Weise, an Sex zu kommen. An mehr hatte sie momentan kein Interesse. Ihr Herz gehörte Pandora und das würde sich auch nicht ändern. Sie hatte großes Vertrauen in Sky und seine Fähigkeiten. Er würde Pandora zurückbringen – früher oder später.

Es klopfte an der Tür. *Brick.*

»Herein«, rief sie und schloss das Fenster ihres Browsers.

Die Tür öffnete sich und Arthur Brick betrat ihr Büro. »Guten Abend, Erika.«

»Arthur«, sagte sie.

Er betrat ihr Büro und schloss die Tür hinter sich. Erika musterte ihn. Seine kurzen schwarzen Haare waren wie immer akkurat frisiert und seine Haut, obwohl er in den Vierzigern war, glatt wie die Milchglasplatte ihres Schreibtisches. Sein Gesicht glänzte, wie bei Botox typisch, wie eine Speckschwarte.

»Was führt Sie Dringendes zu mir nach Boston?«, fragte sie, nachdem er Platz genommen hatte.

»Ich habe etwas, das Sie sich dringend ansehen sollten.« Er reichte ihr eine Akte über den Tisch. Zwischen Ihnen gab es kein Raum für unnötige Höflichkeiten.

Erika nahm die Akte entgegen. Es war Amelia Zephyrs' Akte. Eine Akte, auf die Brick eigentlich keinen Zugriff hatte. Höchstens auf die Teile aus der Zeit, als sie noch im New Yorker *Medical Center* Patientin war. *Spannend.* »Wollen Sie mir etwas dazu sagen, Arthur, oder muss ich das Osterei selbst finden?«

»Ich habe mir die Markerauswertungen ihrer *emotionalen Disposition* angesehen.«

»Das hat Nathan sicher auch schon getan.«

»Natürlich hat er das, aber – ich will ihm nichts unterstellen, doch es sieht so aus, als hätte er etwas übersehen.«

Ginge es um einen Patienten, der ihr weniger *am Herz läge,* hätte sie Brick längst rausgeworfen. »Und das wäre?«

»Amelia Zephyr reagiert bei jedem Test auf exakt denselben Stressor. Nicht signifikant, aber messbar. Ich habe es überprüft. Mehrfach. Es gibt da ein Muster.«

»Ein Muster?«, sagte Erika scharf. »Sie wollen mir sagen, es gibt ein Muster und Nathan, unser Synaptiker, hat es nicht gesehen?«

»Ja, genau das will ich.«

»Ich werde es mir ansehen und komme dann auf Sie zu. Danke.« Erika deutete auf die Tür.

»Aber soll ich nicht …«

»Guten Heimweg«, sagte Erika, legte die Akte beiseite und wandte ihren Blick auf den Bildschirm. *Dieser intrigante Mistkerl.*

Mit enttäuschter Miene verließ Brick das Büro.

Kaum war die Tür ins Schloss gefallen, nahm sich Erika wieder die Akte. Sie lehnte sich zurück und begann zu lesen. *Mal sehen, was wir hier haben.*

Scoring Henley Lewis Morgan

GABEN DIAGRAMM

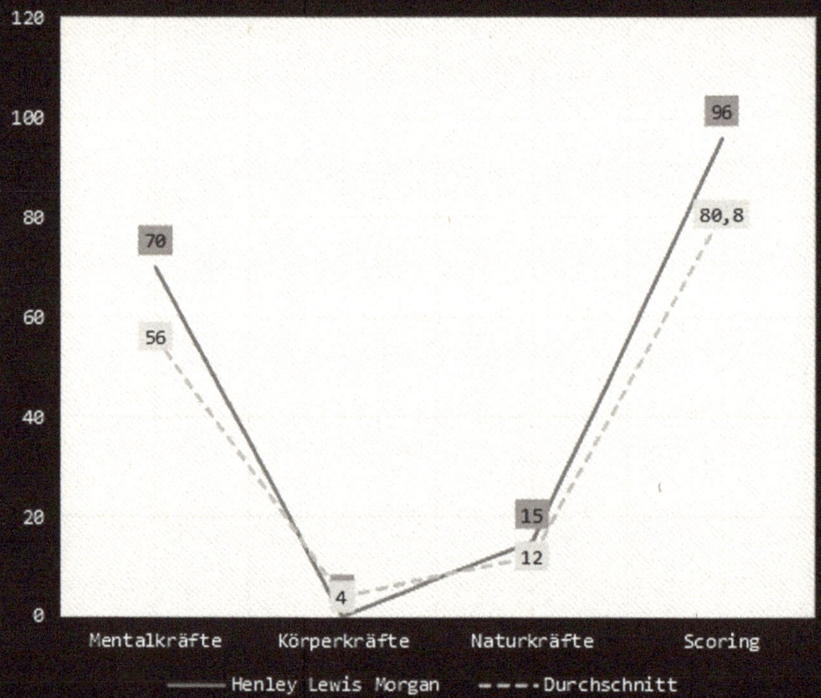

Kategorie	Scoring	Faktor	Ergebnis
Mentalkräfte	70	1,2	84
Körperkräfte	0	1,0	0
Naturkräfte	15	0,8	12
Scoring Henley Lewis Morgan			96

Aus der Patientenakte des Superior Medical Center (SMC)

Kapitel 7

Amelia

Amelia hatte sich eine Cola aus dem Kühlschrank geholt und zuckte zusammen, als plötzlich jemand vor ihr stand und den Weg versperrte. *Nathan.*

»Auch schon hier«, stellte Amelia fest und es klang nicht so gleichgültig wie erhofft.

»Noch später wäre wirklich unhöflich gewesen.«

»Und was willst du?«

»Ein Bier. Soll angeblich welches geben.«

Amelia machte Platz und ließ ihn an den Kühlschrank. Nathan nahm sich eine Dose Bier heraus, öffnete sie und trank gierig ein paar Schlucke. Obwohl sie es nicht wollte, merkte Amelia, wie sie ihn beobachtete. Seinen sportlichen Körper, wie sich sein Adamsapfel bewegte. Nathan setzte die Dose ab und wischte sich mit dem Handrücken über den Mund. Sie stand immer noch da und glotzte ihn an. Sein elegant geschnittenes Gesicht, das sie so gern berührt hätte, und seine tiefgrünen Augen, deren Blick sich in ihre bohrten.

Sie sollte gehen. Jetzt. Sofort.

Sie war gerade dabei, sich abzuwenden, als Nathan nach ihrem Arm griff und sie zu sich zog. Nur eine Handbreit trennte sie von ihm, ihre Arme berührten sich. Sie konnte nicht anders und musste an die Nacht im *XOXO* zurückdenken. An seine Küsse, die sie bedeckt, und seine Hände, die sie berührt hatten. Es war falsch, daran zu denken. Er war tabu.

»Neulich Nacht, im *XOXO* …«, setzte Nathan an.

»Ja«, sagte Amelia. Ihre Stimme klang dünn. Am liebsten hätte sie sich selbst eine Ohrfeige verpasst oder einen Eimer Wasser über den Kopf gekippt.

»Wir sollten das vergessen. Und natürlich auch niemandem davon erzählen.«

»Natürlich, das wollte ich dir auch schon vorschlagen.« Amelia wusste, dass er recht hatte. Es war die einzig vernünftige Art und Weise, damit umzugehen. Und dennoch verkrampfte sich ihr Magen, als sie es aus seinem Mund hörte.

Nathan seufzte. »Schön, dass du so locker damit umgehst.«

»Ist doch klar.«

»Stimmt, du bist schließlich nicht Catherine, sondern …«

Sondern! Jetzt war Amelia wieder voll da. War das sein Ernst? »Ich bin die, die dir gleich in die Eier tritt, wenn du nicht aufpasst, was du sagst.«

»Ja, genau die bist du«, sagte Nathan, ließ ihren Arm los und sie in der Küche stehen.

Arschloch.

Amelia löffelte ihr Frühstücksei, während Sky sich in der Küche gerade einen überdimensional vollen Teller zusammenstellte. *Haschhunger,* tippte Amelia. Und Nathan und Henley? Die warben um Catherine. Amelia war sich noch nicht sicher, ob sie das nun armselig oder peinlich finden sollte. Zumindest Catherine schien schwer davon angetan. In der Nacht zuvor war sie in ihr Zimmer gekommen und hatte Amelia ihr Herz ausgeschüttet. Sie war sich nicht sicher, ob sie alles mitbekommen hatte, schließlich hatte Catherine sie aus dem Schlaf gerissen. Früher, aber zumindest später als Sky, hatte sie sich bei dem gemeinsamen Abend ausgeklinkt und war auf ihr Zimmer gegangen. Sie hatte einfach zu viel getrunken. Und irgendwie hatte sie das gestern nicht in eine ausgelassene, sondern eher in eine Depristimmung gebracht.

Wie auch immer. Catherine hatte sie aus ihrem Dämmerzustand gerissen und vor sich hin erzählt. Darüber, dass sie zunächst nur Henley auf ihrer Liste hatte. *Wäre ja niemandem aufgefallen.* Seit gestern war sie jedoch auch von Nathan sehr angetan. Er wäre zwar auf den ersten Blick so gar nicht ihr Typ gewesen, doch auf den zweiten hätte er etwas … Sie konnte es nicht genau beschreiben. Etwas, das schrie: »Erobere mich! Ich werde dir deine tiefsten Träume erfüllen.« *Ach. Auch schon gemerkt?*

Es war erstaunlich, wie Catherine es schaffte, genau diese zwei Punkte wieder und wieder zu formulieren. *Und Sky?,* hatte Amelia gefragt. Catherine fand anscheinend schon die Frage zum Schreien komisch und hatte sofort abgewunken. »Sky«, hatte sie gesagt. »Bitte, den kannst du doch nicht ernst nehmen. Der ist total durchgeknallt. Ich sollte das nicht sagen. Normalerweise sage ich so was nicht. Doch es stimmt. Er ist komisch. Merkwürdig. Nein, Sky kommt definitiv nicht infrage.« *Surprise, surprise.* Amelia konnte nicht sagen, wie lange das so gegangen war, irgendwann war sie eingeschlafen.

Es war der Wortwechsel zwischen Nathan und Henley, der Amelia aus ihren Gedanken riss.

»Ja, klar, muss ja total schwer sein, in Papis Business den großen Macker zu spielen«, sagte Nathan an Henley gewandt.

»Und als Superior und Mediziner ans SMC zu kommen, ist bestimmt auch total schwer. Wo es doch so viele Bewerber gibt«, setzte Henley entgegen.

»Ich bin nicht nur Mediziner. Ich habe drei PhD.«

»Und ich spiele bei Blue Level Trust nicht den großen Macker, ich bin der CFO. Und wenn du unseren Aktienkurs verfolgen würdest, dann …«

»Vergleicht doch bitte eure Schwanzlängen. Gleich hier und jetzt. Damit wir endlich einen Sieger küren können und ich in Ruhe frühstücken kann«, sagte Amelia, der das Imponiergehabe der beiden auf die Nerven ging.

Alle starrten sie an. Catherine empört, Henley ertappt, Sky fasziniert und Nathan musste lachen.

Amelia hob entschuldigend die Hände. »Sorry! Morgenmuffel.« Sie warf Catherine ihren besten Dackelblick zu und diese entspannte immer mehr ihren Kiefer und nickte schließlich.

»Henley, bist du so weit?«, fragte Catherine.

»Natürlich.«

Ach, stimmt. Der Ausflug. Die beiden wollten den Tag und vermutlich auch den Abend gemeinsam verbringen. Catherine hatte vor, mit den Männern abwechselnd einen Tag zu verbringen, um jeden einzeln besser kennenzulernen. Eigentlich eine gute Idee. Der Haken daran war, dass Amelia keine Lust hatte, den Tag allein mit Nathan und Sky zu verbringen. Andererseits, da Catherine ja dann nicht da war, konnte sie sich auch einfach davonstehlen.

Catherine klatschte in die Hände. »Ich bin schon gespannt, was du dir ausgedacht hast.«

»Es wird dir gefallen.«

»Da bin ich mir sicher.« Catherine drehte sich noch einmal zu den anderen um. »Dann bis später.«

»Wartet nicht auf uns«, warf Henley hinterher und zwinkerte Nathan zu, der die Bemerkung mit einem süffisanten Lächeln quittierte.

Catherine und Henley verschwanden nach draußen. Nathan ging um den Tisch herum und blieb hinter Amelia stehen. Sie spürte seinen Blick in ihrem Rücken, drehte sich aber nicht um. Sanft streifte sein Atem ihre Haut. »Nur fürs Protokoll: Sein Schwanz ist kleiner.« Dann verließ auch er den Raum.

Amelia saß nun allein mit Sky am Frühstückstisch. Sie sah auf seinen Teller, auf die Berge an French Toast, Spiegeleier und Bacon. »Und, was hast du für Pläne heute? Ich meine, außer kiffen?«

»Keine. Und du?«

»Keine.«

Sky aß genüsslich weiter und Amelia ließ sich mit ihrer Kaffeetasse in der Hand tiefer in den Stuhl sinken. *What a beautiful morning.*

Irgendwie hatte sie es geschafft. Die erste Wochenhälfte war um. Amelia schlug die Zeit tot, machte ausgedehnte Spaziergänge am Strand, las Zeitschriften und kam sich vor wie eine alte Oma. Catherine datete wechselweise Henley, Nathan und Sky. Die Dates mit Sky waren eher alibimäßige Kurzausflüge und Amelia verstand nicht, warum Catherine das überhaupt tat. Aber sie war eben nicht Catherine …

Zwei Abende hatten alle zusammen verbringen müssen. Amelia hatte versucht, sich an Sky zu halten. Klar, er war komisch, aber wenn man sich erst einmal an seine irritierend direkten Kommentare zum eigenen Seelenleben gewöhnt hatte, war er ganz unterhaltsam. Auf seine sehr eigene Art.

Catherine ignorierte Sky mehr oder weniger höflich. Wenn die beiden sich dann doch einmal unterhielten, war es fast zum Schreien komisch. Wobei Catherine selten mitlachen konnte, wenn Amelia es tat. Sky selbst nahm das erstaunlich locker. Zumindest nach außen hin wirkte es so. Vielleicht tat Amelia ihm ja auch unrecht und er heulte jeden Abend wie ein kleines Kind in sein Kissen. Doch so schätzte sie ihn nicht ein. Er schien sich mit der Welt und seiner Rolle darin arrangiert zu haben. Er wusste, dass er ein Sonderling war und er hatte kein Problem damit.

Henley war … Superior durch und durch. Dass Catherine sich bis über beide Ohren in ihn verschossen hatte, war eigentlich klar. Entschieden war die Sache jedoch noch nicht. Immerhin datete sie Nathan genauso oft. Sie hatte sich und natürlich auch Catherine gefragt, was sie an ihm fand. Auch wenn es Catherine nicht direkt aussprach, für Amelia war es offensichtlich: Ein klarer Fall von Arschloch-Gravitation. Dagegen war selbst Catherine machtlos.

Wirklich merkwürdig war jedoch die Beziehung zwischen Nathan und Sky. Beide arbeiteten im *Medical Center*. An unterschiedlichen Standorten, aber immerhin. Sie hatten teilweise gemeinsam studiert und kannten sich seit Kindertagen, doch sehr vertraut wirkten sie nicht. Sky schien ihn immer argwöhnisch zu beobachten. Und Nathan ließ hier und da eine spitze Bemerkung fallen. Die Art von Bemerkung, die auf den ersten Blick wie eine kleine, harmlose Stichelei wirkte, aber unter der Oberfläche genug Stoff bot, um zu verletzen. Amelia hatte Sky schon danach gefragt. Dieser hatte sich jedoch bisher immer bedeckt gehalten und gemeint, sie wären einfach sehr unterschiedlich, nichts weiter. So recht glauben wollte Amelia das allerdings nicht.

Es war mal wieder einer der Tage, an denen sich Catherine ein gemeinsames Abendessen gewünscht hatte.

Und dann passierte es. Es kam aus dem Nichts und verbreitete sich im Raum wie eine Rauchbombe. Es war eine simple Feststellung, mit Bedacht oder eben nicht geäußert. Doch sie würde alles ändern, da war sich Amelia sicher. Sky blickte in die Runde und unterbrach das Gespräch. »Und, Nathan, wirst du es Catherine sagen?«

»Was sagen?«, fragte Nathan zurück und strich sich eine Strähne aus der Stirn.

»Oh nein«, sagte Sky und zwinkerte Amelia, die die Luft angehalten hatte, zu. »Nicht das. Ich meine, dass du der Aspirant mit dem perfekten *Simulation Scoring* bist.«

Bang. Kollektives Schlucken und Schweigen. *Zweites Bang.*

Damit war es klar. Eigentlich hätten sie alle direkt ihre Koffer packen und nach Hause fahren können. Catherine würde Nathan wählen.

Perfektes *Scoring* und heiß.

Catherine fand als Erste ihre Stimme wieder. »Ich wollte es nicht wissen, Sky. Und es spielt auch keine Rolle.«

»Natürlich nicht«, erwiderte er.

»Diese Werte sagen doch gar nichts«, warf ausgerechnet Nathan ein.

Henleys Lippen waren schmal wie ein Strich. »Es ist ja nur ein Simulationsergebnis.«

»Eben. Genauso gut könnte Catherine das anhand der Sternzeichen entscheiden. Wobei das meiner Meinung nach vermutlich noch vernünftiger wäre als das *Simulation Scoring*«, mischte sich nun auch Amelia in die Diskussion ein.

Sky lächelte belustigt, schüttelte aber den Kopf. »Man sieht, ihr zwei seid keine Wissenschaftler.«

»Sind wir nicht«, gab Henley zu. »Aber ich bin durchaus statistisch bewandert. Und wenn du mich fragst, gehen diese Werte von einer Grundgesamtheit aus, die viel zu klein ist, um verlässliche Aussagen abzuleiten.«

»Da hast du nicht unrecht«, sagte Nathan.

Sky reckte ihm sein Kinn entgegen, offenbar bereit, diese Meinungsverschiedenheit auszufechten. »Aber auch nicht ganz recht.«

»Immerhin sind wir uns einig, dass es keine Rolle spielt«, sagte Catherine und richtete ihr Haar. »Und darauf sollten wir anstoßen.«

Eine Lüge.

Amelia und bestimmt auch alle anderen Anwesenden wussten das. Und saßen immer noch hier … es war eine Farce. Doch wenn Catherine das so durchziehen wollte, bitte. Amelia erhob ihr Glas. »Auf das Herz und gegen den Kopf.«

Alle erhoben ihr Glas und stimmten in die Lüge mit ein.

Die Stimmung war vergiftet und jeder Atemzug war beinahe schmerzhaft.

»Ich gehe mal ein wenig vor die Tür, frische Luft schnappen.« Ohne eine Reaktion abzuwarten, verließ Amelia die Villa.

Sie hörte Schritte hinter sich, ging jedoch weiter, ohne sich umzusehen. Eine Hand packte sie unsanft und hinderte sie am Weitergehen. Henley.

»Was ist?«, fragte Amelia schroff.

»Du musst mit Catherine reden.«

Amelia war klar, was er wollte, was er meinte. »Glaub mir, das würde ich zu gern. Aber es ist nicht unbedingt so, als hätte sie in solchen Dingen immer ein offenes Ohr für mich.«

»Bitte«, sagte er flehentlich.

Amelia hatte Mitleid mit ihm. Er wusste, dass er nun verloren hatte. »Es tut mir leid.«

»Was tut dir leid?«, fauchte er sie an. »Dass du mit ihrem Erwählten geschlafen hast oder all die anderen schäbigen Dinge, die du ständig tust?«

Und schlagartig war ihr Mitleid verflogen. »So wie es aussieht, scheint sie ja die richtige Entscheidung zu treffen. Und fürs Protokoll – ich habe nicht mit Nathan geschlafen.« Amelia ging weiter und ließ ihn mit ihren Worten und seiner Wut stehen.

»Warte!«, rief er und schloss zu ihr auf. »Ich wollte dich nicht so anfahren und beleidigen. Es ist nur …«

Amelia blickte ihn an. Er sah aus wie ein getretener Hund. »… du magst meine Schwester sehr, oder?«

Er nickte.

»Ich habe ihr oft genug gesagt, sie soll ihrem Herzen folgen. Mehr kann ich nicht tun. Tut mir leid.«

Amelia ging weiter. Sie brauchte etwas zu trinken. Dringend. Es sollte ihr egal sein. Sie sollte sich, egal, wen Catherine wählte, einfach mit ihr freuen. Die Tatsache, dass es einen Aspiranten gab, der ihr gefiel und ihr so heiß ersehntes perfektes *Scoring* hatte, sollte keine ambivalenten Gefühle in ihr auslösen. Natürlich konnte man darüber streiten, ob Arschloch-Gravitation ein valider Anziehungsgrund war. Denn sie verflog ungefähr so schnell wie Eau de Toilette. Das perfekte *Scoring* hingegen blieb. Und Amelia wusste, dass es für Catherine weitaus wichtiger war als körperliche Anziehung.

Doch Amelia schaffte es nicht, sich für ihre Schwester zu freuen. Ihre eigenen Gefühle standen ihr im Weg.

Nathans Zurückweisung kränkte sie. Noch schlimmer war jedoch die aufkochende Wut, die sie Catherine gegenüber empfand. Es war nicht fair, dass sie Nathan auf einem Silbertablett serviert bekam. Nathan, an dem sie sich schon so lange die Zähne ausbiss.

Sie durfte nicht so denken. Das hatte Catherine nicht verdient. Es war nicht ihre Schuld. Amelia musste sich und ihre Emotionen dringend wieder in den Griff bekommen. Ein Gin Tonic würde ihr hoffentlich helfen, die Dinge wieder zu richten.

Kopflos marschierte Amelia Richtung *Main Street.* Sie hatte dort schon ein paar Bars gesehen. Eigentlich war es ihr egal wohin, sie wollte nur einfach nicht im Haus sein. Und sie wollte Alkohol. Das Zentrum East Hamptons näherte sich langsam und das erste Bar-Schild zog sie magisch an. Sie betrat den Laden, der so gar nichts Markantes an sich hatte. Definitiv keiner der Orte, wo man hinging, um gesehen zu werden. Definitiv kein Ort, an dem sie irgendwen treffen würde. *Perfekt.*

»Ein Gin Tonic bitte«, rief Amelia dem Barkeeper entgegen, während sie auf einem Barhocker direkt am Tresen Platz nahm.

»Ausweis«, entgegnete dieser trocken.

»Einen Ausweis? Nicht dein Ernst, oder?«

»Mein voller.«

Amelia musterte ihn. Er war groß, dunkelhaarig, hatte tätowierte Arme und war ziemlich muskulös. Er sah nicht aus wie jemand, der selbst erst mit einundzwanzig seinen ersten Drink genommen hatte. Amelia spielte mit einer Haarsträhne und zwinkerte ihm zu. »Ach, komm schon.«

Er stand mit verschränkten Armen vor ihr. Sein Blick wirkte nicht, als ob ihn das erweichen würde. Wahnsinnig raffiniert war es ja auch nicht gewesen. Doch für gewöhnlich brauchte es nicht mehr. Vielleicht hatte sie es verloren. Ihr … was auch immer es war, das die Männer sonst nach ihrer Pfeife tanzen ließ.

Normalerweise musste sie sich für so was überhaupt nicht ins Zeug legen. Schließlich kannte Amelia zu Hause überall einen Barkeeper, der keine Fragen stellte und in der Regel noch nicht mal Geld für die Getränke von ihr wollte. *Dieses Scheißkaff.*

»Warum sollte ich für dich Ärger riskieren?«, fragte der Barkeeper ungerührt.

Amelia lehnte sich etwas über den Tresen. Sie musste ihn berühren, dringend. Schließlich war niemand hier, der sie rügen würde, ihre Kräfte für Alkohol einzusetzen. Doch der Barkeeper blieb stehen, wo er war, und wirkte immer noch ungerührt. »Weil ich einen beschissenen Tag hatte. Weil ich etwas Ablenkung gebrauchen könnte. Und wer weiß …«, versuchte Amelia noch einmal ihr Glück.

»Vergiss es«, sagte er schroff. »Ich riskier doch nicht meinen Job für dich.«

Das durfte doch nicht wahr sein! Amelia konnte sich wirklich nicht daran erinnern, wann ihr zuletzt diese Bitte abgeschlagen worden war. War sie das überhaupt schon jemals? »Ich hoffe, du erwartest keine Weiterempfehlung von mir«, zischte Amelia und verließ die Bar erhobenen Hauptes und mit schwingender Tür. Auf einer der Stufen vor der Bar setzte sie sich, legte den Kopf auf ihre Knie und raufte sich die Haare.

Amelia vernahm Schritte, sah aber nicht auf und spürte plötzlich, wie sich jemand neben sie setzte. Unverschämt nah. Ihr Bein wurde von einem anderen berührt. Sie blieb vornübergebeugt, blickte aber ein Stück auf.

Nathan. Ausgerechnet. Schlimmer wären wohl nur Nathan und Catherine turtelnd im Doppelpack gewesen.

»Da hatte wohl jemand die gleiche Idee wie ich«, sagte er.

»Auf einer Treppe sitzen und sich blöd von der Seite anquatschen lassen?«

»Ganz genau. Ich hoffe, du hast ein paar gute Sprüche für mich auf Lager.« Nathan lächelte spitzbübisch und seine grünen Augen funkelten im Halbdunkel.

»Haha.«

Nathan stand auf und reichte ihr seine Hand. »Also, wie sieht es aus – gehen wir was trinken?«

»Leider gibt man mir hier nichts, weil ich noch keine einundzwanzig bin.«

»Und genau da komme ich ins Spiel.«

»Aber nicht hier.«

»Die Straße runter ist noch was, wo wir hinkönnten.«

»Worauf wartest du?« Ein Kribbeln zog sich durch Amelias Körper. Das würde ihr nicht dabei helfen, sich wieder in den Griff zu kriegen. Doch sie konnte einfach nicht *Nein* sagen. Sie kam nicht dagegen an. Sie kam nicht gegen *ihn* an.

Amelia fragte sich, warum sie nicht gleich hierhergekommen war. Ihr gefiel die Bar. Sie war dunkel und laute Musik hämmerte aus den Boxen. Sie bezogen Quartier an einem Tisch in der Ecke. Nathan verschwand kurz an die Bar und kehrte mit einer Flasche und einem Tablett kleiner Shotgläser zurück.

»Whoa«, sagte Amelia.

»Jep.« Nathan lehnte sich zu ihr hinüber. »Und du kannst jederzeit aussteigen, wenn du willst.«

Amelia nahm die Flasche und schenkte vier der Gläser voll. Provokant, mit einem Hauch Schmollmund, sah sie ihn an und hob ein Glas. »Du übrigens auch. Cheers.«

»Cheers.«

Beide leerten das Glas in einem Zug und das nächste gleich hinterher. Das Zeug war widerlich, brannte in der Kehle wie Feuer. Doch darum ging es ja. Seinen Körper und Geist vom Hier und Jetzt abzulenken. Den ganzen Scheiß auszublenden. Zu vergessen. Spaß zu haben.

Kaum hatte das Brennen nachgelassen, hatte Nathan auch schon nach der Flasche gegriffen und jedem zwei Shots nachgegossen.

»Auf was trinken wir?«, fragte Amelia.

»Brauchen wir einen Grund?«

Amelia verneinte, hob ihr Glas und stürzte die nächsten beiden Shots ohne Pause hinunter. Sie schüttelte sich und Nathan tat das ebenfalls. Plötzlich mussten beide lachen. Der Alkohol begann, seine wärmende und wohltuende Wirkung zu entfalten. Amelia beugte sich zu Nathan. »Genau das, was ich jetzt gebraucht habe.«

»Oh ja. Und ich bin noch nicht fertig.«

»Wir werden sehen, wer von uns beiden als Erstes um Gnade winselt.«

Nathan kam einen Schritt auf sie zu und brachte sein Gesicht ganz nah an ihres. »Ich würde dich zu gern um Gnade winseln sehen.«

Amelia wusste, dass er das nicht wörtlich gemeint hatte, sondern eher neckisch. Und dennoch. Sie konnte es nicht verhindern. Seine Worte stießen ihr bitter auf. »Hast du das nicht schon oft genug?«

Meistens waren die Bilder und Gefühle der *emotionalen Disposition* tief in ihr vergraben. Doch manchmal – so wie jetzt – bahnten sie sich einen Weg ins Freie. Sie wandte ihren Blick von Nathan ab. Atmete.

Versuchte, ihre Fassung wiederzuerlangen. Und vor allen Dingen nicht in Tränen auszubrechen. Nicht hier. Nicht jetzt.

Einatmen.

Ausatmen.

»Amelia«, hauchte Nathan.

Sie reagierte nicht.

»Amelia, ich …«

Amelia winkte ab und verließ die Bar. Sie brauchte frische Luft. Auf einer der Stufen vor der Tür setzte sie sich nieder, zum zweiten Mal an diesem Abend, wie ihr bewusst wurde. Sie umschlang ihre Knie mit ihren Armen und presste ihre Lippen fest aufeinander. Sie begann zu summen, eine monotone, schnörkellose Melodie. Und in ihrem Rhythmus wippte sie leicht von rechts nach links. Eine Hand legte sich sanft auf ihren Rücken. *Nathan.* Doch sie hatte keine Lust, von ihm getröstet zu werden. Amelia wollte nur eines: ihre Ruhe. Wütend schlug sie die Hand weg. »Lass mich einfach in Ruhe, okay?«

»Sorry. Wollte nur sehen, ob du Hilfe brauchst«, antwortete die Stimme eines Mannes, der offensichtlich nicht Nathan war.

Amelia sah auf. »Oh. Nein danke. Ich komme klar.«

»Bist du sicher, Kleines? Du siehst nämlich ganz und gar nicht so aus, als würdest du das.«

»Danke, ich bin mir sicher.«

»Okay, dann …«, sagte er und suchte offensichtlich nach Worten, die er nicht fand. Der Mann steckte seine Hände in die Hosentaschen, zuckte mit den Schultern und verschwand wieder in der Bar.

Amelia richtete sich auf. Zeit zu gehen. Nicht, dass sonst noch jemand auf die Idee kam, sich um sie kümmern zu müssen. Sie brauchte verdammt noch mal niemanden, der sie jetzt bemutterte.

Sie ging auf dem spärlich beleuchteten Weg, der zurück zur Villa führte. Das Klappern ihrer High Heels nervte sie derart, dass sie die

Dinger nach ein paar Schritten auszog, in die Hand nahm und barfuß weiterging. Amelia konnte keine Schritte hinter sich hören. Niemand folgte ihr. Doch anstatt erleichtert zu sein, versetzte ihr die Erkenntnis einen Stich.

Ich bin ihm egal.

Als Amelia die Villa erreichte, war sie froh, dass niemand im Wohnzimmer saß und sie unbemerkt nach oben in ihr Zimmer schleichen konnte. Sie feuerte ihre Schuhe in die Ecke und legte sich wie sie war in ihr Bett. Frustriert starrte sie an die Decke und spürte, dass sie den Kampf ihrer Gefühle verloren hatte. Amelia konnte ihre Tränen nicht mehr länger zurückhalten. Heiß rannen sie ihr über die Wangen und über den Hals.

Es tat so weh.

Und es tat so gut, die angestauten Gefühle endlich zu befreien.

Es klopfte an der Tür. *Nathan?* Die Tür öffnete sich einen Spalt und Catherine schlich herein. Ihr obligatorischer Abendbesuch, bei dem sie ihrer Schwester ihr Herz ausschüttete. Nur dass Amelia heute dafür so gar nicht in der Stimmung war. Für lange Erklärungen fehlt ihr jetzt jedoch die Lust. Also stellte sie sich schlafend. Das war zwar irgendwie total kindisch, aber etwas Besseres fiel ihr spontan nicht ein.

»Ammy«, flüsterte Catherine. »Amelia? Schläfst du schon?«

Amelia täuschte ein schlafendes Wälzen vor, bei dem sie sich leicht die Decke über den Kopf zog. Leise fiel die Tür ins Schloss und Amelia atmete erleichtert auf.

Kurze Zeit später klopfte es erneut an der Tür. Anscheinend hatte Catherine in dieser Nacht etwas überaus Dringendes auf dem Herzen. Auch wenn Amelia gerade nicht wirklich der Sinn danach stand. Immerhin hatte ihr kurzes Schauspiel vorhin sie genug abgelenkt, um die Tränen zu vertreiben.

»Komm rein«, rief sie.

Die Tür öffnete sich. *Nathan.* Er trat ein, bevor Amelia es verhindern konnte.

Sie stand auf und ging zur Tür. »Was tust du hier?« Amelia wollte ihn anschreien, doch ihre Stimme klang brüchig.

Er trat einen Schritt auf sie zu. »Mich entschuldigen.«

»Und wofür konkret?«

»Für alles. Einfach alles.« Zwischen den beiden war nur noch eine halbe Armlänge Platz und den schloss er nun auch. Unmittelbar stand er vor ihr. Ihre Hüften berührten sich. Zärtlich nahm er ihr Gesicht in seine Hände. Streichelte ihr über ihre Wangen und ihr Kinn.

Amelia wusste nicht, wie ihr geschah. »Was tust du da?«, fragte sie leise. Vorsichtig. Sie wollte den Moment nicht zerstören, sich aber auch nicht etwas hingeben, was sie erneut verletzte.

Anstelle einer Antwort legte er seine Arme um sie und drückte sie fest an sich. Sie hörte seinen Atem und hatte das Gefühl, er wolle sie in sich aufsaugen. Sie hörte sein Herz schlagen, spürte ihres. Sie begann zu zittern. Ihr Kopf lag an seinem Hals. Auf seiner warmen, weichen Haut. Er roch so gut. So verdammt gut. Sie gab sich seiner Umarmung hin, presste ihren Körper gegen seinen. Nathan löste sich ein Stück von ihr, nahm ihr Gesicht wieder in seine Hände und sah sie an.

»Ich wünschte, die Umstände wären andere«, sagte er und presste seine Stirn gegen ihre. »Ich wünschte es so sehr.« Seine Stimme klang rau, und als er seinen Kopf hob, konnte Amelia sehen, dass seine Augen feucht waren. Er löste sich von ihr und sah sie mit seinen traurigen Augen an. Dann drückte er ihr einen zärtlichen Kuss auf die Stirn, ließ von ihr ab und verschwand in die Dunkelheit des Flurs.

Scoring Nathan Hall

GABEN DIAGRAMM

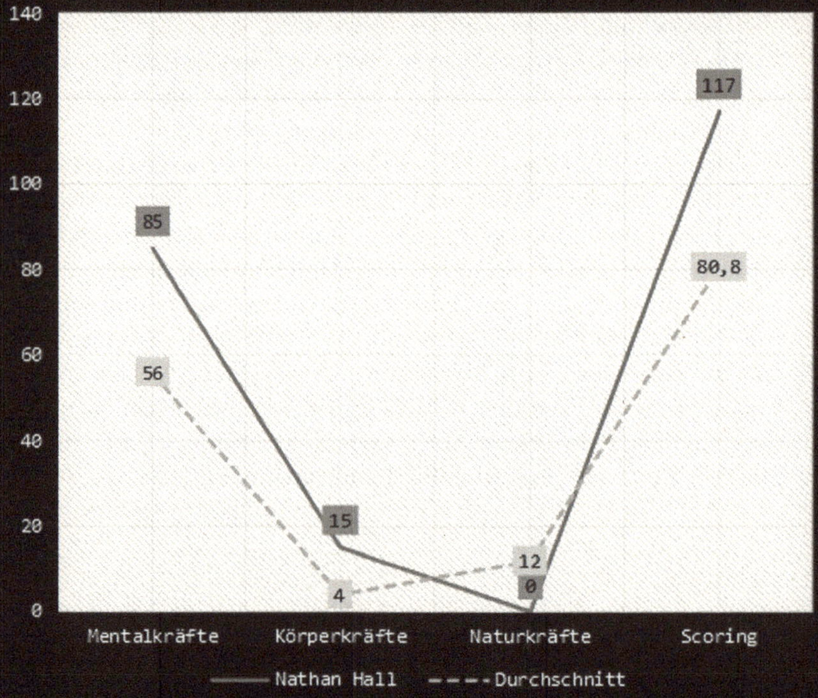

Kategorie	Scoring	Faktor	Ergebnis
Mentalkräfte	85	1,2	102
Körperkräfte	15	1,0	15
Naturkräfte	0	0,8	0
Scoring Nathan Hall			117

Aus der Patientenakte des Superior Medical Center (SMC)

Kapitel 8

Erika

Erika sah von den Papieren auf ihrem Schreibtisch zu Brick und wieder zurück. »Und Sie erwarten wirklich von mir, dass ich Ihnen das genehmige?«

»Ja, das tue ich.«

Sie überflog die Liste.

»Erika, meine Methode ist erfolgreich. Sehen Sie sich meine Ergebnisse an. Die Chancen stehen gut.«

»Und wie stehen die Chancen, dass Amelia Zephyr bei Ihren Methoden draufgeht?«

»Gänzlich ausschließen kann ich das natürlich nicht. Aber ich versichere Ihnen, dass ich alle nur erdenklichen Vorkehrungen treffe, um sie weitgehend unversehrt zu halten.«

Ein zehn mal zehn Fuß großes Aquarium und Kettenvorrichtungen, ein Sarg, diverses Personal, darunter einen entlassenen Serienvergewaltiger und -mörder. Das waren die ersten Punkte auf der Liste. Danach hatte sie aufgehört, weiterzulesen. »Ich glaube nicht, dass ich wissen will, was Sie da tun und was Sie dafür brauchen.«

»Müssen Sie nicht«, erwiderte er knapp.

Erika lehnte sich in ihrem Stuhl zurück. Brick war skrupellos. Und das war eine der wenigen Eigenschaften, die sie an ihm mochte. Ansonsten konnte sie ihn nicht ausstehen. Er war durch und durch ein Eugenetiker und der lebende Beweis dafür, dass dieses Programm ein Erbe der Nazis war. Seine Ideen zur Erschaffung einer Superior-Rasse waren im Superior-Rat durchaus populär. Erika teilte sie jedoch nur bedingt. Was die Vererbung der Gaben anging, war sie mit ihm auf einer Linie, den Rest seiner Vorstellungen, wie der perfekte Superior auszusehen hatte, teilte sie allerdings nicht.

Mit unterschiedlichen Sichtweisen konnte Erika umgehen. Das war nicht ihr Problem mit Brick. Was sie nicht leiden konnte, war sein Wesen und was ihn antrieb. Es war eine von Machthunger getriebene Ideologie. Erika mochte Menschen, die von einer Leidenschaft angetrieben wurden. Das war ein bedeutender Unterschied. Selbst wenn das Ergebnis das gleiche war. »Wo ist für Sie die Grenze?«

»Die Zielerreichung«, sagte Brick wie aus der Pistole geschossen.

Erika beugte sich nach vorne und fixierte ihn. »Ich räume Ihnen ein Budget für ein Forschungsprojekt ein. Ich erwarte nach jeder Untersuchung einen ausführlichen Fortschrittsbericht von Ihnen. Und dieses Gespräch hat nie stattgefunden.«

»Selbstverständlich. Sie werden Ihre Entscheidung nicht bereuen, Erika.«

»Das wird sich zeigen, Arthur.«

Brick lächelte selbstgefällig.

Sie mochte den Kerl einfach nicht. »Ich denke, Sie haben jetzt viel zu tun«, sagte Erika und deutete auf die Tür.

»Allerdings, Erfolg kommt zu denen, die daran arbeiten.« Brick ging zur Tür und wandte sich noch kurz um. »Auf Wiedersehen.«

Amelia

Als Amelia am nächsten Morgen aufwachte, wusste sie es sofort. Sie musste weg hier. Sie konnte unmöglich länger hierbleiben und mit ansehen, wie sich Nathan und Catherine näherkamen. Unmöglich!

Was sie noch nicht wusste, war, wie sie es Catherine beibringen sollte. In ihrem Schlafshirt schlich sie über den Flur. Sie klopfte an ihrer Zimmertür und trat ein, ohne auf eine Antwort zu warten. Catherine war bereits wach. Sie saß auf einem Sessel am Fenster und starrte hinaus aufs Meer.

»Hey, Cathy«, sagte Amelia, ging zu ihr und setzte sich auf die Lehne des Sessels.

»Hey«, antwortete Catherine. Ihre Stimme war brüchig und Amelia erkannte an ihren Augen, dass sie geweint hatte.

Sanft legte Amelia ihr eine Hand auf die Schulter. »Ist alles in Ordnung?«

»Ja, natürlich.«

»Erzähl mir nichts. Du hast geweint. Was ist los?«

Catherine sah sie ernst an. »Versprich mir, dass du es niemandem erzählst.«

»Versprochen«, sagte Amelia und legte sich die rechte Hand auf die Brust.

»Ich habe gestern mit Henley geschlafen.«

Whoa! Amelia wusste nicht, was sie erwartet hatte, aber das sicher nicht. »Und hat er dir wehgetan? Soll ich ihn mir vorknöpfen?«

Catherine schüttelte den Kopf. »Oh nein. Es war wunderschön. Er war so zärtlich und einfühlsam. Es hat sich so gut angefühlt. So richtig.«

Hoffnung keimte in Amelia auf. Vielleicht waren die Würfel noch nicht gefallen. Vielleicht gab es für sie und Nathan noch eine Chance – für was auch immer das zwischen ihnen war. »Das ist doch gut, oder?«

»Ich hätte es nicht tun sollen.«

»Ach, komm. Wer geht denn heutzutage noch jungfräulich in die Ehe. Und wenn es schön war, dann …«

»Nicht deshalb, Ammy. Es ist nur … das macht alles nur noch schwerer und komplizierter für mich.«

»Verstehe ich nicht. Wo ist denn das Problem?«

Catherine sah sie ernst an, antwortete jedoch nicht.

Amelia ahnte natürlich, wo das Problem war, wollte es jedoch nicht hören. Wollte es nicht wahrhaben. Und vor allem verstand sie es nicht. Catherine war verrückt nach Henley. Wieso konnte ihr das nicht genug sein?

»Als ich heute Morgen aufgewacht bin«, erzählte Catherine, »und neben mir Henley gesehen habe, da ging mir eines durch den Kopf: Er ist nicht perfekt für mich.«

»Das ist doch totaler Blödsinn! Wie kannst du nur so denken?«

»Ich will es ja nicht, aber der Gedanke war da. Und so sehr ich es auch wollte, ich konnte ihn nicht mehr abschütteln. Er war lauter als alles andere in meinem Kopf.«

Amelias Hoffnung zerbrach in tausend kleine Splitter. »Und?«

»Ich habe Henley gebeten zu gehen.«

Ein Splitter ihrer zerbrochenen Hoffnung bohrte sich schmerzhaft in Amelias Herz. »Okay.«

»Auf eine nicht sehr charmante Weise«, ergänzte Catherine.

»Aha.«

»Ich habe schlimme Dinge gesagt.«

Amelia schluckte ihre eigenen verletzten Gefühle hinunter und schloss ihre Schwester in die Arme. »Cathy, sei ehrlich. Du willst das doch gar nicht wieder geradebiegen. Du hast dich schon entschieden, oder?«

Catherine antwortete nicht. Leise schluchzte sie in Amelias Haare.

»Cathy, es tut mir leid. Sei mir bitte nicht böse. Aber ich werde heute nach Hause fahren.«

»Warum?«

Warum? Wie gern hätte Amelia ihr die Wahrheit gesagt. Doch das ging nicht. Das konnte sie ihr nicht antun. So egoistisch durfte sie nicht sein. »Ich kann dir hier nicht mehr helfen. Du hast dich entschieden. Und ich verstehe deine Entscheidung nicht.«

»Das habe ich noch nicht«, sagte Catherine flehentlich.

»Doch, das hast du. Und wenn ich bleibe, werden wir uns deshalb streiten. Das will ich nicht. Das willst du bestimmt auch nicht. Und deshalb werde ich gehen.«

Catherine drückte sie noch einmal. »Ich hab dich lieb, Ammy.«

Amelia atmete tief ein und unterdrückte die aufsteigenden Tränen. »Ich dich auch, Cathy. Und deshalb muss ich gehen.«

Später beim Frühstück hatte Sky Amelia angeboten, sie mit zurück nach New York zu nehmen. Er hielt seine Anwesenheit auch nicht mehr für nötig. Catherine hatte ihm peinlich berührt zugestimmt. Ob sie dann noch eine Nacht in New York bleiben oder gleich weiter nach Boston fahren würde, wusste sie noch nicht.

Hauptsache weg.

Obwohl Amelia froh war, endlich gefahren zu sein, fühlte es sich komisch an, wieder in New York zu sein. Sie konnte gar nicht recht sagen warum. Es war, als ob sie in eine exakt gleiche Kopie des Hauses zurückgekehrt wäre. Doch es fühlte sich nicht an wie ihr Zuhause. Sie wusste nicht, ob es daran lag, dass Catherine nicht da war, oder ob es an ihr selbst lag. Alles wirkte leer.

Am schlimmsten war das Rede-und-Antwort-Stehen. Elizabeth wollte alles wissen. Haarklein. Die Aussicht, dass Catherine wohl Mister Perfect *Scoring* wählen würde, gefiel ihr sichtlich. Ihre sonst so kontrollierte Pflegemutter freute sich wie ein kleines Kind. Sie hatte sogar eine Pirouette im Wohnzimmer gedreht. Amelia unterließ es, anzumerken, dass sie selbst von dieser Wahl nicht begeistert war. Und das lag neben ihren ganz persönlichen Gründen vor allem daran, dass es die falsche Wahl war. Weil Catherine ihn nicht liebte. Weil Henley ihr Herz höherschlagen ließ und nicht Nathan. Natürlich wäre sie mit Nathan vermutlich nicht unglücklich, aber nicht unglücklich zu sein, war trotzdem nur ein Trostpreis. Doch es war nicht ihre Entscheidung. Amelia hatte ihre Meinung gesagt. Mehrfach. Sie würde es nun nicht mehr tun.

Schweigen war nichts, was ihr leichtfiel. In diesem Fall hatte sie allerdings beschlossen, es zu tun. Vielleicht war es diese kleine verrückte Hoffnung. Der Gedanke war absurd, doch Amelia hatte das Gefühl, je mehr sie darauf pochte, dass Catherine sich nicht für Nathan entscheiden sollte, desto eher würde Catherine genau das tun. So die Theorie.

In der Praxis müsste Amelia es irgendwie schaffen, sich ruhig zu verhalten und Catherine ohne Druck von außen erkennen lassen, dass sie besser ihrem Herzen folgte. Zugegeben – die Chancen waren mies. Aber Amelia wollte sie noch nicht aufgeben. Es ging um Catherines Glück. Und irgendwo … ein Stückchen weit … auch um Nathan.

Um sich von diesem Chaos in ihrem Kopf abzulenken, sah Amelia sich an, was sie in der letzten Woche an Vorlesungen versäumt hatte. Lustlos loggte sie sich auf dem Uniportal ein. User *Gin* Passwort *Tonic<3*. Sie klickte auf das English-Register. Lektüre: *Sense and Sensibility* von Jane Austen. Verstand und Gefühl. *Wie passend.*

Lesen Sie das Buch zu Ende und schreiben Sie eine Adaption mit einem Umfang von fünfzehn bis zwanzig Seiten.

Da hätte Amelia gerade sicher eine Geschichte parat. Wobei diese vermutlich nicht ihre volle Wirkung entfalten würde, wenn sie Begriffe wie *Superior* und *Simulation Scoring* außen vor lassen musste.

Next.

Drama. Davon hatte sie auch schon genug. Amelia scrollte sich durch die Seiten ihrer Wahlfächer, als es an ihrer Tür klopfte. »Herein.«

Die Tür öffnete sich und zwei schwarz gekleidete Sicherheitsmänner traten ein. Beide waren groß und kräftig. Der eine von ihnen hatte kurz geschorene Haare, der andere eine Glatze. »Miss Zephyr«, sagte der mit den kurz geschorenen Haaren. »Kommen Sie bitte mit uns.«

Amelia schluckte. Was um alles in der Welt ging hier vor? »Wohin? Und vor allem warum?«

»Sie werden uns ins SMC begleiten. Warum werden Sie dort erfahren«, sagte der Mann mit den kurz geschorenen Haaren. Der Glatzkopf stand immer noch breitbeinig und mit verschränkten Armen vor ihrer Zimmertür. Glaubte er etwa, sie wollte fliehen? »Ich wusste gar nicht, dass ich einen Termin habe«, sagte Amelia und versuchte den Männern eine Reaktion zu entlocken.

»Wir sind nicht befugt, mit Ihnen über Details zu sprechen.«

Sie kam sich vor wie in einem verfluchten Spionagefilm. »Das muss ein Missverständnis sein, ich war erst vor etwa einer Woche dort. Man hat mir mitgeteilt, dass mein Befund keine Besprechung benötigt. Und mein nächster Termin ist erst in ein paar Wochen.«

»Miss Zephyr, ich möchte nur ungern Gewalt anwenden. Kommen Sie bitte mit uns.«

Gewalt anwenden? Amelia gefiel das Ganze überhaupt nicht. Man hatte sie noch nie abgeholt für einen Termin im *Medical Center*. Plötzlich erschien ihr die Idee mit der Flucht gar nicht mehr so lächerlich. Sie könnte durch das Bad und Catherines Zimmer fliehen. Allerdings war ihr Schreibtisch viel zu weit von der Tür entfernt. Einer der beiden würde sie schnappen.

»Wenn Sie möchten, dürfen Sie noch ein paar persönliche Gegenstände und Waschsachen mitnehmen.«

Das war nicht bloß ein Termin. Es war ein Aufenthalt. »Werde ich operiert oder so was?«

»Wir sind nicht befugt, mit Ihnen über Details zu sprechen.« Der Glatzkopf hatte bisher noch immer kein Wort gesprochen.

Amelia überlegte, ob sie um Hilfe schreien sollte. Elizabeth und Landon würden sie doch nicht so einfach diesen beiden Gorillas mitgeben. Oder doch? »Wie lange werde ich bleiben?«

Der Mann mit den kurz geschorenen Haaren antwortete nicht, sondern zog lediglich eine Augenbraue nach oben. Amelia wertete dies jedoch als Antwort. *Wir sind nicht befugt … bla, bla, bla.*

Ein Kampf oder Fluchtversuch war sinnlos. Und wohin sollte sie auch fliehen? Sie würde packen und ihnen nach unten folgen. Dort dann Alarm schlagen. Elizabeth oder Landon würden das klären. Sie nicht so abführen lassen. Warum und wozu auch immer.

»Dann gehe ich mal packen.« Amelia ging zu ihrem Ankleidezimmer und der Mann mit den kurz geschorenen Haaren folgte ihr. Sie zog eine Reisetasche aus einem Schrank und begann sie zu befüllen. T-Shirts, Unterwäsche. »Es wäre wirklich hilfreich, wenn ich wüsste, wie lange ich dort bleiben soll.«

Wieder erhielt sie keine Antwort. Trotzig schob sie noch ein paar bequeme Sachen in die Tasche und ging dann, natürlich in Begleitung, ins Bad, wo sie ihren Kosmetikbeutel packte. Sie hatte noch keinen ausgereiften Plan, doch wenn es eine Chance gab, dem zu entkommen, dann diese. Sie müsste den Mann mit den kurz geschorenen Haaren nur irgendwie kurz zu fassen bekommen. Amelia deutete auf eines der hohen Regale. »Ich komme da nicht hin. Das Parfüm dort oben, das mit dem weißen Flakon. Könnten Sie mir das bitte heruntergeben?«

Er ging zum Regal und sah sie misstrauisch an. »Sie meinen das verstaubte Ding dort oben?«

»Ja, ist eigentlich mehr ein Winterduft. Aber es war ein Geschenk. Ich hänge dran.«

Kopfschüttelnd nahm er das Parfüm aus dem Regal und reichte es Amelia.

Sie hasste diesen Duft. Wenn sie heil aus dieser Sache herauskam, würde sie ihm aber einen Ehrenplatz im Regal verschaffen. Amelia nahm den Flakon entgegen und umfasste dabei die Hände des Kurzgeschorenen. »Ich muss mal pinkeln. Ein bisschen Privatsphäre dafür wäre schön.«

Der Mann nickte. »Ich warte draußen«, sagte er und ging durch die Durchgangstür in Catherines Zimmer.

Scheiße. Verdammt. Er hatte es bemerkt. Natürlich hatte er das. Anscheinend waren diese Kerle Profis und Amelias Fluchtversuch zu plump. Amelia betätigte alibihalber die Klospülung und wusch sich die

Hände. Der Mann betrat wieder das Bad. Wie aus dem Nichts packte er ihren Arm, drückte sie gegen die kalten Fliesen und suchte ihren Körper ab. Als er fertig war, nahm er ihre Kosmetiktasche und prüfte den Inhalt ebenfalls akribisch. »Es ist klug von dir, dass du keinen Unsinn gemacht hast. Ich verstehe nämlich überhaupt keinen Spaß.«

Amelia biss sich auf die Lippe. Sie konnte sich nur schwer einen Kommentar darauf unterdrücken. Zurück in ihrem Zimmer, wollte sie ihren Laptop einpacken. Mehr gab es hier nicht. Ihre persönlichen Gegenstände waren alle in Boston.

»Handy und Laptop bleiben hier.«

Amelia schnürte es die Kehle zu. Man schnitt sie von der Außenwelt ab. *Was haben die nur mit mir vor?* »Aber …«

»Kein aber.«

»Dann bin ich wohl fertig«, sagte sie und reckte trotzig ihr Kinn.

Der Glatzkopf nahm Amelias Tasche. Der andere packte ihre Arme und hielt sie von hinten umklammert. Amelia hatte das Gefühl, keine Luft mehr zu bekommen. Doch es war nicht der Griff, der so fest war, dass sie nicht mehr atmen konnte. Es war die Angst. Die schiere Panik, die ihr die Kehle zudrückte. Steif vor Furcht ging Amelia, den Mann im Rücken, die Treppen hinab. Als sie die letzte Stufe erreichte, schrie sie aus vollem Hals, so laut sie konnte.

»Landon. Beth. Hilfe!«

Zu mehr kam sie nicht. Der Mann legte ihr sofort eine Hand auf den Mund. Zwar versuchte sie weiter zu kreischen, doch es drang kaum noch etwas von ihren Schreien durch die Hand.

Elizabeth trat ins Foyer. Sie blickte zu den Männern, die ihr zunickten, was sie erwiderte, und dann zu Amelia. Doch sie schaffte es nicht, ihr in die Augen zu sehen. »Es wird alles gut«, sagte sie.

Amelia konnte es nicht glauben. Vor allem Dingen nicht, als der Kurzgeschorene eine Waffe aus seinem Halfter zog und ihr in den Rücken bohrte. »Wir gehen jetzt da raus, steigen in den Wagen. Und ich rate dir, dabei keinen Mucks zu machen. Haben wir uns verstanden?«

Amelia nickte. Dieser Kampf war verloren.

Amelia erwachte in einem ihr unbekannten Raum auf einem Krankenhausbett und war nur mit einem Krankenhaus-Nachthemd bekleidet. Infusionsnadeln steckten in ihren Armen. Blinkende und piepsende Apparaturen standen neben ihrem Bett. Ihr Hals war trocken, schmerzte beim Schlucken und sie hatte entsetzlichen Durst. So weit, so irritierend. Was sie jedoch am meisten beunruhigte, war, dass sowohl ihre Hände als auch ihre Füße an das Bett … *gefesselt?* … nein, eher geschnallt waren.

Was ist passiert? Hatte ich einen Unfall?

Amelia versuchte sich zu erinnern. Fragmente, Bruchteile von Bildern erschienen in ihrem Bewusstsein. Und jedes einzelne war beunruhigend.

»Hilfe!« Amelia wollte schreien, doch aus ihrer Kehle drang nur ein leises Krächzen. Und selbst dieses ließ sie vor Schmerz zusammenzucken. Ihr Hals fühlte sich wund an – als hätte sie eine Tasse mit Reißzwecken getrunken.

Die Tür öffnete sich und eine Krankenschwester betrat, eskortiert von einem Sicherheitsmann, ihr Zimmer.

»Hilfe«, setzte Amelia erneut an und rüttelte verzweifelt an den Schnallen, die sie ans Bett fesselten. Doch wieder war es nicht mehr als ein Krächzen. Unbedeutend lauter, dafür unvorstellbar schmerzvoller.

»Tun Sie das nicht«, sagte die Schwester, während sie kopfschüttelnd auf sie zukam. Sie griff in ihre Kitteltasche und beförderte eine Spritze und ein durchsichtiges Fläschchen zutage.

Amelia ahnte, was jetzt kommen würde, wollte sich aber noch nicht geschlagen geben. »Hilfe, Polizei!«, rief sie mit aller Kraft. Dann spürte sie, wie eine Nadel in ihren Oberarm gestochen wurde und sich eine kalte Flüssigkeit in ihrem Körper ausbreitete.

Amelias eigenes Krächzen hallte in ihrem Kopf, dann wurde es ruhig und alles verschwamm.

Scoring Sky Morton

GABEN DIAGRAMM

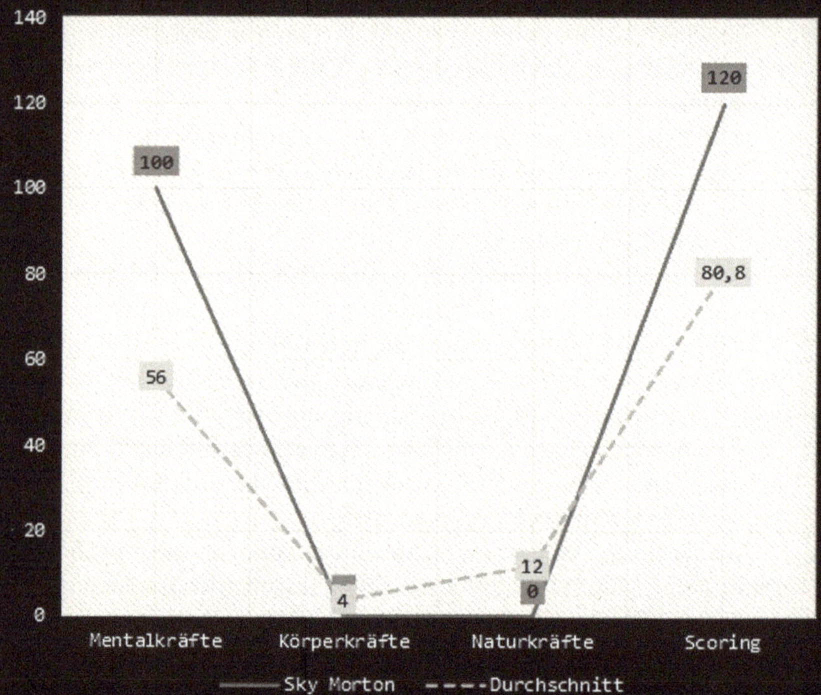

Kategorie	Scoring	Faktor	Ergebnis
Mentalkräfte	100	1,2	**120**
Körperkräfte	0	1,0	**0**
Naturkräfte	0	0,8	**0**
Scoring Sky Morton			**120**

Aus der Patientenakte des Superior Medical Center (SMC)

Kapitel 9

Amelia

Amelia erwachte. Sie lag immer noch gefesselt in diesem Krankenhausbett. Wo zur Hölle war sie? Ihre Erinnerungen waren lückenhaft und ergaben nur wenig Sinn.

Eine Schwester saß auf dem Stuhl neben ihrem Bett. Wobei – sie sah nicht aus wie eine Schwester, eher wie eine Ärztin. Schwester, Ärztin – was auch immer –, es war dieselbe Frau, die ihr die Spritze verpasst hatte.

»Miss Zephyr, Sie sind wieder zu sich gekommen.« Viel Freude oder Anteilnahme klang bei den Worten nicht gerade mit.

»Was …« Amelia wollte wissen, was hier los war. Doch sie schaffte es nicht, ihre Frage auszusprechen. Jeder Laut schmerzte in ihrer Kehle.

»Sie sollten Ihre Stimme noch etwas schonen«, sagte die Ärztin, Schwester oder was auch immer sie war. »Und Sie sollten das Schreien unterlassen. Außer mir und dem Sicherheitspersonal wird niemand kommen. Und wir können das Betäubungsspiel beliebig oft wiederholen.«

Amelia schluckte, was ihr Hals augenblicklich mit einem scharfen Stechen quittierte.

»Ich bin übrigens Schwester Grace«, sagte sie. »Sie werden alles Nötige später von Dr. Brick erfahren. Ich bin nur hier, um Ihre Vitalwerte zu prüfen.«

Gern hätte Amelia protestiert, doch sie fühlte sich nicht stark genug dafür. Ihr Körper war eine Gummipuppe, der man die Luft ausgelassen hatte.

Schwester Grace ging zu dem Apparat neben ihrem Bett. Sie nahm den Zettel, der dort heraushing, in die Hand und studierte ihn aufmerksam. Murmelte etwas. Dann holte sie eine kleine Taschenlampe aus ihrer Brusttasche und beugte sich über Amelia. »Folgen Sie bitte dem Licht.«

Schwester Grace leuchtete von links nach rechts und wieder zurück. Dann nickte sie zufrieden und steckte ihre Taschenlampe wieder ein.

»Durst«, krächzte Amelia.

Schwester Grace nickte und holte eine kleine Packung aus ihrem Kittel. Daraus schälte sie einen Schwamm, den sie am Waschbecken befeuchtete und ihn schließlich Amelia hinhielt. »Lecken Sie daran.«

Amelia sah den Schwamm an und runzelte die Stirn.

»Sie werden über den Tropf mit Flüssigkeit versorgt. Wenn Sie jetzt trinken, wird das höllisch wehtun.«

Zögerlich leckte Amelia am Schwamm. Es fühlte sich widerlich an, doch es tat auch gut, ihren trockenen Mund etwas zu benetzen. Amelia rüttelte an ihren festgeschnallten Händen. »Warum … Handschellen?«, brachte sie gequält hervor.

Schwester Grace legte den Schwamm auf Amelias Nachttisch. »Es sind Fixierungen und keine Handschellen. Eine reine Sicherheitsmaßnahme.«

Sicherheitsmaßnahme? »Ich schlage nicht um mich. Sie können mich losmachen.«

Schwester Grace schüttelte den Kopf. »Das kann ich leider nicht.«

»Das können Sie nicht machen!« Amelias Stimme klang dünn und kraftlos. Und genauso fühlte sie sich auch.

Schwester Grace verzog den Mund und schien nachzudenken. »Gut, eine Hand mache ich Ihnen frei.« Sie holte einen Schlüssel aus ihrer Kitteltasche und öffnete das Schloss der Fixierung des linken Armes.

Amelia zog ihn heraus und ließ ihr Handgelenk kreisen. »Und wenn ich mal muss?«

»Keine Sorge, Sie haben einen Katheter.«

»Wow, wie rücksichtsvoll«, sagte Amelia.

»Dr. Brick wird bald nach Ihnen sehen.« Schwester Grace nickte ihr zu und verließ den Raum.

Schwester Grace war sicher keine Schwester, sondern eine Ärztin. Schwestern haben doch keine Taschenlampen. *Oder doch?* Zumindest im Fernsehen nicht. Und es gab nur einen Ort, an dem sich Ärzte als Pflegepersonal ausgaben. Denn per Definition waren dort nur Superior Ärzte. Dies war kein Krankenhaus, sondern das *Superior Medical Center.*

Amelia schauderte. Ihr Hals zog sich zusammen und fühlte sich noch trockener an als vorher. Sie griff nach dem Schwamm, presste mit leichtem Druck etwas Wasser heraus und ließ es in ihren Mund tropfen. Köstlich, dachte sie zunächst. Doch das Gefühl wurde schnell von einem brennenden Schmerz beim Schlucken abgelöst.

Wasser, Wasser.

Sie erinnerte sich an Wasser. Ein Tank voll Wasser. Und Männer mit schwarzen Anzügen, die sie zu Hause abgeholt hatten. Und das ungute Gefühl, das sie dabei beschlich. Ihrem Zustand nach zu urteilen, nicht zu unrecht. Warum war sie hier? Was hatten sie mit ihr gemacht? Nichts Gutes – so viel stand fest. Und Dr. Brick? Von ihm wurde sie noch nie untersucht. Sonst wurde sie immer untersucht von … *Nathan.*

Lag es an ihm? Hatte er sie als Patientin abgegeben? Es machte Sinn. Erschreckend viel Sinn. Nach dem, was zwischen ihnen vorgefallen war, und der Tatsache, dass er höchstwahrscheinlich bald in ihre Pflegefamilie einheiratete. *Befangenheit?* Nannte man das so? Oder gab es das nur bei Anwälten?

Erneut öffnete sich die Tür. *Dr. Brick,* vermutete sie. Nun würde sie ihre Antworten erhalten. Die Frage war, für wie viel Wahrheit war sie bereit?

Nathan

Nathan freute sich, endlich wieder nach Hause fahren zu können. Die letzten Tage in den Hamptons waren unerträglich. Auch wenn Catherines Argumente wohl sehr rationaler Natur waren … *verstehe einer die Frauen.* Seit Sky die Bombe hatte platzen lassen, hatte sich Nathan ihr gegenüber so abweisend wie möglich verhalten. Er war uncharmant gewesen, verletzend. Leider erfolglos. Catherine ließ sich nicht beirren und umgarnte ihn in einer Tour. Vielleicht musste er drastischere Geschütze auffahren. Aber welche? Er war der Meinung, bereits alle Register gezogen zu haben. Er könnte Sky erwürgen.

Natürlich war er zum Teil auch selbst schuld. Hätte er nicht angefangen, mit Catherine zu flirten, wäre seine Arschloch-Offensive womöglich erfolgreicher gewesen. Leider hatte er es sich nicht verkneifen können. Und Henley damit zu ärgern, war einfach zu köstlich gewesen. Jetzt hatte er den Salat. Dabei war es lächerlich. Es stimmte, dass er und Catherine ein beinahe perfektes *Simulation Scoring* hatten. Das war jedoch nicht erstaunlich. Seine synaptische Gabe verstärkte so ziemlich jede andere Gabe und brachte – zumindest in der Theorie – neue hervor. Im Prinzip war sie wie Blutgruppe 0 negativ. Seine Gabe vertrug sich perfekt mit nahezu allen anderen im *Scoring*. Aber er würde auch dieses Problem lösen. Das hatte er bisher immer.

Nathan fuhr seinen Laptop hoch, um sich noch einen kurzen Überblick zu verschaffen, bevor er aufbrach. Dann konnten die Teile seines Gehirns, die er nicht für das Motorradfahren brauchte, bereits mit der Arbeit beginnen. Er öffnete die Berichte seiner Patientendatenbank. Eigentlich wollte er sich von oben nach unten durcharbeiten. Doch sein Blick blieb an einem Namen hängen.

Patientin entzogen. Was zum Teufel ist hier los?

Wie es aussah, würde er einen kleinen Umweg machen müssen. Er musste nach New York. Sofort.

Wie ein Wahnsinniger raste er los. Obwohl er sich nicht darauf konzentriert hatte, zählte er mindestens siebenundneunzig Verkehrsverstöße. Das Blut rauschte in seinen Ohren, als er vor dem SMC in New York ankam.

»Sie haben keinen Termin«, sagte der Security-Mann am Eingang zu ihm.

»Ich brauche keinen Termin!«, fuhr Nathan ihn an. »Ich arbeite im SMC.«

»In Boston«, korrigierte der Sicherheitsmann.

»Ich muss wichtige Erkenntnisse besprechen. Und bei allem nötigen Respekt – ich glaube, Sie sind nicht derjenige, der darüber entscheiden sollte, ob und mit wem ich das tun darf.«

Der Security-Mann errötete.

Nathan führte sich nicht gern auf wie ein Arschloch. Es war nur so einfach und effizient, dass er dieser Methode oft den Vorrang vor komplizierteren Lösungen gab. »Lassen Sie mich jetzt durch oder ich sorge dafür, dass Sie dieses Gebäude nie wieder betreten.«

Wortlos öffnete er Nathan die Schranke. Er schritt zu den Aufzügen und fuhr in den zehnten Stock. Seine Fäuste geballt, marschierte er den Gang hinunter. Zimmer 1026. Er riss die Tür auf, ohne zu klopfen. »Was soll das, Brick?«, sagte er in einer Lautstärke, die vermutlich ausschließlich ihm angemessen erschien.

»Dr. Hall, was machen Sie denn hier? Ich war der Meinung, Sie turteln gerade in den Hamptons.«

»Amelia ist meine Patientin.«

»Nicht mehr.«

»Sie haben kein Recht dazu. Ich werde mich …«

»Nein, Dr. Hall, das werden Sie nicht. Miss Zephyr wurde Ihnen explizit entzogen«, sagte Brick und lächelte triumphierend.

»Auf wessen Anweisung?«

Brick lehnte sich in seinem Stuhl zurück und wirkte überaus zufrieden mit sich. »Dr. Jensen.«

»Wie kommt sie dazu?«

»Nun ja, Miss Zephyrs Fortschritte sind doch sehr überschaubar. Man munkelt, das würde daran liegen, dass Ihre Methoden speziell bei ihr zu sanft seien.«

»Was soll das heißen?«

»Das soll heißen, wir werden nicht riskieren, dass sich ihr Fenster wegen Ihrer romantischen Gefühle schließt. Aber das verstehen Sie sicher, Dr. Hall.«

»Ihr Fenster? Heißt das etwa, dass …«

»Würden Sie Dr. Hall bitte hinausbegleiten«, sagte Brick zu den beiden Sicherheitsmännern, die gerade den Raum betraten und Nathan links und rechts an den Armen packten.

Sky, dachte Nathan sofort. Beziehungen zwischen Arzt und Patientin waren tabu. Er musste es Jensen gesteckt haben. Nur Sky kannte Nathans Gefühle, arbeitete im SMC und war es auch gewesen, der Catherine über die *Simulation Scorings* aufgeklärt hatte. Er würde sich diesen Mistkerl vorknöpfen. Irgendwo, wo kein Sicherheitspersonal in der Nähe war.

Amelia

Amelia lag immer noch fixiert in ihrem Bett. Dr. Brick hatte auf dem Stuhl neben ihr Platz genommen. Mit seinen Fingern umklammerte er die Akte auf seinem Schoß. »Wie geht es Ihnen?«, fragte er übertrieben freundlich.

»Soll das ein Witz sein?«

»Nein. Wie geht es Ihnen?«

»Lassen Sie mich mal kurz überlegen … Ich wurde verschleppt, wache gefesselt hier auf, habe Schmerzen und große Erinnerungslücken. Ich würde sagen – beschissen.«

»Das ist verständlich. Ich meine, haben Sie etwas an sich festgestellt, körperlich oder mental?«

»Abgesehen von den Schmerzen beim Schlucken, ist es körperlich schwer zu beurteilen, wenn man sich nicht bewegen kann.«

»Und mental?«

»Bin ich kurz vor dem Durchdrehen.«

»Interessant. Erklären Sie mir das genauer.«

»Ehrlich gesagt hätte ich jetzt gern ein paar Erklärungen. Was ist passiert? Was mache ich hier? Und warum halten Sie mich fest?«

»Ich werde Ihnen alle Ihre Fragen beantworten. Aber lassen Sie mich bitte erst meine Anamnese abschließen.« Er lehnte sich selbstsicher in seinem Stuhl zurück. »Beantworten Sie mir bitte meine Frage. Spüren sie körperliche oder mentale Veränderungen?«

»Bevor Sie mich nicht losmachen, werde ich überhaupt nichts tun oder sagen«, beharrte Amelia und hielt dabei seinem Blick stand.

»Das ist sehr bedauerlich, Amelia. Ich kann Sie nicht dazu zwingen, mit mir zu reden. Aber glauben Sie mir, Sie würden sich Ihr Leben bedeutend einfacher machen, wenn Sie es täten.«

Amelia verengte ihre Augen und sah ihn mit ungerührter Miene an.

Dr. Brick stand auf. »Ich werde später wieder nach Ihnen sehen«, sagte er und ging zur Tür. Dann zeigte er auf ihre Hand. »Ach, und ich werde Schwester Grace bitten, Ihre Hand wieder zu fixieren.«

»Das werden Sie …«

Er schloss die Tür.

»… nicht.« Amelia schlug mit der freien Faust auf ihre Matratze. *Verfluchte Scheiße!*

Nathan

Nathan kam sich vor wie in einem zweitklassigen Agentenfilm. Seit einer Stunde wartete er auf der Straße gegenüber des SMC darauf, dass Sky endlich hinaustrat. Er hatte eine Baseballkappe auf, die er sich tief ins Gesicht gezogen hatte, und zusammen mit seiner verwaschenen Jeans und dem schwarzen Hoodie würde ihn niemand erkennen.

Jetzt komm schon raus, du mieser Verräter.

Es war schon 19 Uhr und laut der *Medical Center Communication Plattform* war Sky seit sieben Uhr anwesend. Nachdem die Cafeteria schon geschlossen hatte, würde ihn doch hoffentlich der Hunger irgendwann vor die Tür treiben. Nathan verlagerte sein Gewicht von einem Bein aufs andere und wartete weiter. Das war nichts, was er gut konnte. Er war es nicht gewohnt zu warten. Es gab in seinem Leben keinen Platz dafür. Vielleicht lag es auch daran, dass es für ihn nie so etwas wie Leerlauf gab. Zeiten des Wartens konnte er immer gut mit Aktivität füllen, sodass es für ihn per Definition keine Wartezeit war.

Im Moment konnte er das nicht. Abgesehen davon, dass er seine Konzentration auf die Tür richten musste – schließlich durfte er den Mistkerl unter keinen Umständen verpassen -, konnte er sich auch gerade mit nichts anderem beschäftigen. Sein Hirn war zwar unter Strom, allerdings gefangen in einem Endlosloop aus quälenden Fragen. Dazwischen Wut. Immer wieder Wut. Auf Sky.

Diesen verdammten Verräter.

Nathan ballte seine Hände zu Fäusten. Jeder Muskel seines Körpers war unter Spannung. Er fühlte sich wie ein Raubtier, das seiner Beute auflauerte, bereit, sich jederzeit auf sie zu stürzen.

Im Foyer tat sich etwas. Nathan konnte blondes, ungekämmtes Haar und einen schlurfenden Gang ausmachen. Dann trat er aus der Drehtür. *Seine Beute.*

Nathan blieb zunächst auf der gegenüberliegenden Straßenseite und folgte Sky. Als er außer Sichtweite des SMC war, überquerte er die Straße und schloss dicht zu ihm auf. Nathan sondierte die Umgebung, plante die nächsten Schritte, den Ort, an dem er ihn zur Rede stellen würde. Er sah die Situation vor sich, hatte alles vorausberechnet. Der Hauseingang in etwa zwanzig Fuß Entfernung war perfekt.

Was Nathan allerdings nicht vorausgesehen hatte, war Sky, der sich plötzlich umdrehte und ihn mit freundlicher Miene ansah. »Warum denn so wütend?«, fragte er.

»Was?« Für einen kurzen Moment war Nathan verwirrt. *Drecksempath.* »Ich denke, du weißt genau, warum ich wütend bin.«

»Nicht wirklich.«

Nathan packte Sky am Kragen und drückte ihn gegen die nächste Hauswand. »Dann werden wir uns jetzt unterhalten.«

»Ich würde mir ja furchtbar gern deine kleinen Luxusprobleme anhören, aber ich muss ganz dringend weg« sagte Sky, machte jedoch keine Anstalten, sich aus seinem Griff zu lösen.

»Es geht hier nicht um meine Probleme. Warum hast du das getan? Was ist dein Problem mit mir?«

Sky sah vorwurfsvoll auf Nathans Hand, die ihn immer noch gegen die Wand drückte. »Ich habe kein Problem mit dir. Und wenn du hier eine Umfrage mit unbeteiligten Passanten durchführen würdest, würden sie sicher eher darauf schließen, dass es sich umgekehrt verhält.«

Nathan ließ los und sammelte sich kurz. »Was hast du Jensen nach deiner Rückkehr erzählt?«

»Dass es schrecklich in den Hamptons war, ich mich aber um ein sozial verträgliches Verhalten bemüht habe.«

Macht sich der Spinner etwa über mich lustig? Nathan konnte nicht anders, er packte Sky wieder am Kragen.

»Lassen Sie den Mann los«, herrschte ihn ein Passant an.

»Verpiss dich«, rief Nathan zurück. »Das geht dich einen Scheißdreck an.«

Sky machte eine beschwichtigende Geste und der Passant verschwand so schnell, wie er gekommen war. Kopfschüttelnd blickte Sky zu Nathan. »Versuchst du mir gerade mit deiner geschliffenen Ausdrucksweise zu imponieren?«

»Im Moment würde ich dir gern die Fresse polieren. Also, was hast du Jensen erzählt?«

»Wenn du mich jetzt auf der Stelle in Ruhe lässt, ziehe ich es in Erwägung, ihr nichts von diesem paranoiden Auftritt zu erzählen.«

»Amelia! Was hast du ihr über Amelia erzählt?« Nathan presste ihn noch eine Spur fester gegen die Wand und ließ dann los.

»Über Amelia?«, fragte Sky und sah Nathan verständnislos an. »Nichts. Warum?«

»Lüg mich nicht an. Wie es aussieht, hat sich bei Amelia ein Schalter umgelegt. Du musst irgendwas gesagt haben. Wieso sonst nimmt man sie mir direkt nach eurer Rückkehr als Patientin weg und ordnet sie Brick zu?«

»Brick? Du meinst Arthur Brick?« Sky wirkte sichtlich erschrocken.

»Ja, meine ich.«

»Vielleicht sollten wir wirklich reden«, sagte Sky. »Aber nicht hier.«

»Da vorn ist ein Pub.«

»Nein, ehrlich gesagt wäre ich dankbar, wenn ich endlich diesen Emotionsbasar verlassen könnte. Meine Wohnung ist gleich da hinten.«

Nathan zögerte.

»Und ein Bier kann ich dir dort auch anbieten.«

»Gehen wir«, sagte Nathan.

Amelia

Dr. Brick hatte Amelia schmoren lassen. Schwester Grace war kurz nach seinem Besuch noch einmal in Begleitung von zwei Sicherheitsmännern zu ihr gekommen, um ihr die Hand wieder festzubinden. Und ein weiteres Mal, um Infusion und Katheter zu wechseln und ihr eine Suppe zu bringen. Das war alles, sonst war niemand gekommen und niemand hatte mit ihr geredet. Anscheinend wollte er sie mürbe machen.

Glaubte Brick denn, sie würde auf die Tour liebend gern mit ihm plaudern? Amelia hatte keine Ahnung, was er von ihr wollte. Nur eines schien ihr klar zu sein: Der Mann war ein Psychopath. Sie war schon oft im *Medical Center* gewesen und hatte schon Dutzende Untersuchungen über sich ergehen lassen. Besonders genossen hatte sie keine davon. Doch sie hatte zumindest immer das Gefühl gehabt, eine Patientin zu sein. Jetzt fühlte sie sich wie eine Gefangene in *Guantanamo.*

Erinnerungen drangen nach und nach wieder in ihr Bewusstsein.

Guantanamo. Waterboarding.

Das beschrieb die Bilder in ihrem Kopf ziemlich gut. Der Gedanke an das Geschehene ließ sie frösteln. Der Tank, die Fesseln, das Wasser. Sie konnte das Gefühl nicht beschreiben. Die nackte Panik, die sie erfasst hatte. Die Angst, gleich zu ersticken. Gleich zu erfrieren. Das Brennen in ihren Lungen, als ihr Körper den Kampf aufgegeben hatte, nicht mehr länger die Luft anhalten konnte. Der Schmerz, der sie ausgefüllt hatte, als das Wasser in ihre Lungen strömte. Das, was sie fühlte, als Verzweiflung zu bezeichnen, wurde dem nicht gerecht. Aber Worte waren bestimmt, um das Leben zu beschreiben. Für das, was man spürt, wenn man an der Schwelle zum Tod steht, gab es keine Worte. Es gab nur einen Gedanken, der von da an alles überblendete: Die Hoffnung auf Erlösung. Der Wunsch zu sterben. Denn nur der Tod, so schien es in diesen Augenblicken, konnte Rettung bringen.

Amelia war nicht gestorben. Sie war hier. Und doch hatte sie das Gefühl, der Tod hätte an ihr genascht. Sich ein Stückchen von ihr genommen und verzehrt. Sie wusste nicht, was es war, aber irgendetwas fehlte ihr. Nicht nur ihre Freiheit – ein Stück Amelia, etwas, das sie ausmachte.

Sie hatte Angst vor dem, was noch alles kommen würde. Das Gefühl war lähmend, denn es gab nichts, was sie tun konnte. Ihre Hände waren ihr im wahrsten Sinne des Wortes gebunden.

Amelia blickte zu Schwester Grace und der Schüssel Suppe, die auf dem Tisch an ihrem Bett stand. Sie hatte mit dem Gedanken gespielt, in einen Hungerstreik zu treten, ihn dann aber wieder verworfen. Sie war in einem von Psychopathen geleiteten Krankenhaus. Man würde sie zwangsernähren.

»Ich würde jetzt doch gern essen«, sagte Amelia an Schwester Grace gewandt.

»Schön«, antwortete diese und rückte ihren Stuhl näher ans Bett. Vorsichtig führte sie Amelia einen Löffel zum Mund.

Amelia streckte ihren Kopf dem Löffel entgegen und ließ sich von Schwester Grace füttern. Es war entwürdigend. Und das Beängstigende war: Sie hatte das ungute Gefühl, es würde alles noch viel schlimmer werden als das.

Am nächsten Morgen, nachdem Schwester Grace ihre Versorgung beendet hatte, kam Dr. Brick wieder. Er setzte sich neben Amelias Bett, sah sie wartend an, sagte aber nichts.

Was sollte sie nun tun? Alles in ihr schrie danach, stur zu bleiben. Ihm ein paar deftige Beleidigungen an den Kopf zu werfen und ihm keinesfalls das zu liefern, was er wollte. Klug wäre das vermutlich nicht. Amelia hielt seinem Blick stand, sagte ebenfalls nichts.

Mal sehen, wer dieses Spiel gewinnt.

Unter keinen Umständen wollte sie ihm diese Genugtuung schenken.

Sie wusste nicht, wie lange sie sich schweigend angesehen hatten. Lange genug für Brick, schließlich das Wort zu ergreifen.

»Nun, Miss Zephyr. Ich würde gern mein Gespräch mit Ihnen fortsetzen.«

»Das können wir gern. Aber zuerst will ich wissen, was das Ganze hier soll.«

Brick seufzte. »Was glauben Sie, warum Sie hier sind?«

»Keine Ahnung. Zur Befriedigung sadistischer Neigungen vielleicht?« *Nicht klug, gar nicht klug.*

»Sadistische Neigungen«, wiederholte er und lachte kalt. »Sie mögen mich für ein Monster halten, aber glauben Sie mir, deshalb sind Sie nicht hier.«

»Sondern?«, fragte Amelia und hätte so gern ihre Arme verschränkt.

»Sie sind hier, weil …«, begann er und hielt dann kurz inne. »Weil ich glaube, dass etwas in Ihnen schlummert, das noch nicht geweckt wurde. Und ich will es wecken, es wachkitzeln.«

»Falls es eine posttraumatische Belastungsstörung ist, die Sie in mir suchen: Gratuliere, Sie sind auf dem besten Weg, eine zu erzeugen.«

»Ich verstehe, dass das alles aus Ihrem Blickwinkel so wirken muss. Doch Sie können nicht sehen, was ich sehe. In Ihnen stecken Fähigkeiten, die Sie sich nicht ausmalen können. Ich will Ihnen helfen, sie zu manifestieren.«

Das war total absurd. Noch nie hatte ihr jemand gesagt, dass ihre nicht aktivierten Gaben wertvoll wären. Hatten etwa alle sie belogen? Ihre Familie? Nathan?

Sie wandte ihren Blick ab und versuchte die aufsteigenden Tränen wegzuatmen. »Ich glaube Ihnen kein Wort.«

»Verständlich. Schließlich wurden sie jahrelang belogen.«

»Aber Sie sind natürlich ganz anders«, schleuderte Amelia ihm verächtlich entgegen.

»Das bin ich in der Tat. Denn im Gegensatz zu den meisten anderen interessiere ich mich für die Sache und nicht für Sie.« Brick lehnte sich in seinem Stuhl zurück und verschränkte seine Arme hinter dem Kopf. »Aber letzten Endes ist es egal, ob Sie mir glauben oder nicht. Ich brauche Ihre Unterstützung nicht, damit meine Sache Erfolg hat. Ich werde Ihre Gaben auch ohne Ihren Glauben und Ihre Unterstützung aktivieren.«

Amelia konnte nicht fassen, wie gefühlskalt dieser Mensch war. Und wie er mit ihr redete! »Was für Gaben sollen das verdammt noch mal sein?«

»Um ehrlich zu sein, weiß das niemand so genau. Die Merkmale, die Sie in sich tragen, sind einzigartig. Wir können nur spekulieren.«

»Warum sind Sie sich dann so sicher, dass es Superfähigkeiten sind?«

»Weil Ihre Markerauswertung geradezu danach schreit. So wie Ihre Gaben angeordnet sind, sehen nur Highscore-Gaben aus.«

Aha. »Und wenn ich gar nicht will, dass Sie mir dabei helfen, sie zu manifestieren?«

»Das spielt für mich keine Rolle. Ich werde es tun. Ob Sie mich dabei unterstützen oder nicht.«

Amelia ballte ihre Hände zu Fäusten. Sie wollte um sich schlagen, doch die Fixierungen drückten sich fest gegen ihre Handgelenke. Sie wollte nicht hier liegen. Sie wollte diesem Wahnsinnigen nicht ausgeliefert sein. »Aber Sie können mich doch nicht so einfach hier festhalten. Gegen meinen Willen. Ich habe Rechte!«

»Theoretisch schon. Aber praktisch wird niemand für Ihre Rechte kämpfen, Amelia. Glauben Sie mir. Niemand wird sich gegen uns stellen. Keine Polizei, kein Richter. Verschwenden Sie Ihre Energie also nicht mit einem Kampf, den Sie nicht gewinnen können.«

Die Ruhe, mit der Brick all das sagte, machte ihr Angst. Galle kroch ihre Speiseröhre nach oben, doch Amelia schluckte sie wieder runter. »Glauben Sie das, ja?«

Er lachte. Lachte Amelia aus. »Ich glaube es nicht, Miss Zephyr. Ich weiß es.«

Amelias Kiefer mahlte, aber sie versuchte seinem Blick standzuhalten.

»Kämpfen Sie nicht diesen aussichtslosen Kampf. Lassen Sie sich von mir helfen. Ich glaube an Sie.«

Amelia starrte auf ihre gelb-weiß gestreifte Bettdecke und sagte nichts.

»Ich will es nicht beschönigen. Die Methoden, die meines Erachtens notwendig sind, sind alles andere als angenehm. Aber wer Erfolg will, darf davor nicht zurückschrecken. Natürlich sind die neurologischen Stimuli, mit denen Sie bisher im Rahmen der *emotionalen Disposition* behandelt wurden, angenehmer. Nur bei Ihnen leider wirkungslos.«

»Und was sind Ihre Methoden?«

»Sie sind echt, nicht neurologisch. Sie müssen es wirklich fühlen, nicht nur vorgetäuscht bekommen.«

Amelia stockte. All die Bilder und Gefühle, die sie sonst über die Elektroden im Metallraum vermittelt bekam. All das wollte er ihr nun tatsächlich antun! Das konnte unmöglich sein Ernst sein. »Sie wollen mich foltern?«

»Ich bin der festen Überzeugung, dass Ihre Kräfte nicht durch Schmerz ausgelöst werden, sondern durch Todesangst.« Brick lächelte zufrieden.

»Wie beruhigend.«

»Ich werde Sie also nicht foltern, sondern diverse Umgebungen und Szenarien für Sie erschaffen, in denen Sie ungeahnte Todesangst verspüren. Real und gefährlich. In der Intensität ansteigend, bis ich Ihre Kräfte erweckt habe.«

Was auch immer Amelias Gabe sein sollte, falls Brick sie tatsächlich aktivierte und manifestierte, würde Amelia sie dafür nutzen, um es ihm heimzuzahlen. Die Regeln einer Organisation, die ihre Rechte mit Füßen trat, zählten für sie nicht mehr. »Ihre Eltern müssen unheimlich stolz auf Sie sein.«

»Meine Eltern sind tot.«

»Oh.«

»Noch mal: Ich bin kein Unmensch. Ich bin Ihr Unterstützer. Und ich kann Ihnen das Leben hier angenehm oder zur Hölle machen. Ihre Wahl.« Brick stand auf und schlenderte zur Tür. »Ihre Wahl«, wiederholte er und ging.

SHS-Lehrbuch der Sekundarstufe

Morris und Clayton,
Beschaffenheit und Bewertung der Gaben

Einordnung der Gaben in die Scoring-Vorkommen-Matrix

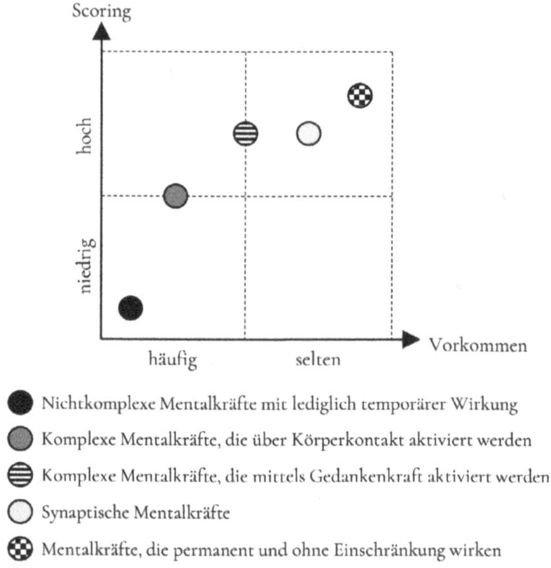

Abb. 7:
Nichttaxative Einordnung mentaler Kräfte in die Scoring-Vorkommen-Matrix

Kapitel 10

Nathan

Nathan betrat Skys Wohnung. Alles schien steril und wie mit einer dünnen metallischen Schicht überzogen zu sein. Plötzlich wurde es ihm klar. Er deutete auf die Wände und sah zu Sky. »Ist das etwa ein …«

»Faradayscher Käfig? Ja, ist es.«

»Wow! Und er schirmt die Emotionen ab?«

»Erstaunlicherweise ja. Und es ist eine echte Wohltat, endlich hier zu sein.« Er lachte verlegen.

»Gewöhnt man sich denn nicht daran, im Laufe der Zeit?«

Sky wog den Kopf hin und her, antwortete aber nicht.

»Ich meine, wenn ich an meine Gabe denke, das ständige Sehen von Mustern und Zusammenhängen. Ich schalte das oft aus, denn wenn ich das nicht tun würde, würde vermutlich mein Hirn explodieren.«

»Das kannst du? Deine Gabe ausschalten?«

»Na ja, nicht vollständig, aber stark herunterfahren.«

»Dann bist du einer der Glücklichen.«

Einer? Wieso hatte er dieses Wort gewählt? War nicht Sky die Ausnahme?

Sky war in die Küche gegangen und hatte zwei Bier aus dem Kühlschrank geholt. Er drückte Nathan eine Flasche in die Hand und öffnete sich die andere.

»Danke.« Nathan drehte den Verschluss auf und nahm einen großen Schluck. »Also, was weißt du?«

»Wo fange ich an?«, fragte Sky und musterte ihn. Er sah aus, als würde er überlegen. Nicht, was er wusste, sondern wie viel er Nathan sagen sollte.

»Erzähl schon. Was weißt du über Brick und Amelia?«

»Brick. Der Kerl ist übel. Ich betreue eine neurologische Spezialabteilung. Und ohne dir genauere Details zu verraten, ein Teil meiner Patienten sind Superior, die Bricks Behandlungen nicht ganz schadlos überstanden haben. Brick hält nämlich nicht viel davon, Trigger mittels *emotionaler Disposition* zu simulieren – er lässt sie real werden. Je nachdem, über welche Trigger wir sprechen, sind die Patienten im Anschluss mehr oder minder traumatisiert.«

Ein Kloß bildete sich in Nathans Hals. Diskussionen darüber waren Nathan nicht fremd. Dass sie jemand in die Tat umsetzte, allerdings schon. »Das kann er doch nicht tun«, murmelte Nathan mehr zu sich selbst als an Sky gewandt. »Und das funktioniert?«

»Teilweise.« Sky verzog den Mund. »Und genau deshalb greift seine *Um besondere Kräfte zu erwecken sind besondere Methoden nötig*-Argumentation leider auch.«

In Nathans Kopf entstanden Bilder. Verstörende Szenen von Brick und Amelia und den Grausamkeiten, die er ihr vermutlich antat. »Brick kann doch nicht … Ich meine … ist das offiziell? Hat er die Erlaubnis für solche Sachen?«

»Selbstverständlich«, sagte Sky.

»Die geben ihm die Erlaubnis zu foltern?«

»Es gibt verdammt viel, was du nicht weißt, stelle ich gerade fest.«

Das alles ergab auf eine schreckliche Weise Sinn. Die SHS, sie waren schließlich Darwinisten durch und durch.

»Sie denken, diejenigen, die daran zerbrechen, haben es nicht anders verdient.« *Weil sie zu schwach sind. Weil sie nicht gut genug sind.*

»Ganz genau. Eine Auslese für alle, deren *Scoring* von Natur aus nicht gut genug ist. Großzügigerweise geben sie ihnen ja immerhin die Möglichkeit, sich zu optimieren.«

In Nathan zog sich alles zusammen. Er hatte das Gefühl, sich übergeben zu müssen.

»Zweifel an meiner Geschichte?«, fragte Sky. »Oder macht es dir zu schaffen, dass du es wohl nicht so grauenvoll finden würdest, wenn es nicht um Amelia ginge?«

Nathan rannte in die Küche, beugte sich über die Spüle und erbrach sich. Seine Augen brannten und Tränen bahnten sich ihren Weg auf seine Wangen. Er konnte nicht mehr atmen, irgendetwas schnürte ihm die Luft ab.

Nathan wusste nicht, ob Sky recht hatte. Und es war egal. Es ging hier nicht um ihn und seine Überzeugungen. Es ging um Amelia, die in den Händen eines Wahnsinnigen war.

Er würde sie da rausholen – koste es, was es wolle.

Amelia

Es war inzwischen Abend. Amelia konnte nicht genau sagen, wie viel Uhr es war. Doch es war schon eine Weile dunkel, als sich ihre Zimmertür öffnete und ein Mädchen eintrat. Amelia erinnerte sich nicht daran, es schon einmal gesehen zu haben. Das Mädchen schloss die Tür hinter sich und bewegte sich auf Amelias Bett zu. Sein Gang war so leichtfüßig, fast so, als würde es schweben.

»Hallo, Amelia«, sagte sie mit weicher Stimme. »Ich bin Terra.«

»Hallo«, erwiderte Amelia und musterte Terra. Sie war noch sehr jung, sie schätzte sie auf etwa vierzehn. Ihre blonden Haare waren zu einem dicken Zopf geflochten und ihre hellblauen Augen funkelten wie eine Flasche *Bombay Gin.* Sie sah so rein und schön aus. Wie eine Fee, nur ohne Flügel.

Terra lächelte schüchtern. »Ich soll dich hier abholen und zu Dr. Brick bringen.«

Es hätte Amelia klar sein sollen. Und trotzdem machte sie diese Offenbarung traurig. Terra wirkte so lieblich und trotzdem war sie Teil von Bricks Team. Groll wollte in ihr aufsteigen, schaffte es aber nicht, sich seinen Weg nach oben zu bahnen.

Terra holte einen Schlüssel aus ihrer Hosentasche und öffnete Amelias Fixierungen. *Immerhin.* Amelia ließ ihre Handgelenke kreisen und massierte die wunden Hautstellen.

Terra streckte ihr wortlos ihre Hand entgegen. Amelia ergriff sie und folgte ihr, ohne zu fragen, ohne zu wissen wohin.

Während sie Terra durch die Gänge des Kellergeschosses des *Medical Centers* folgte, dämmerte es ihr. Sie hätte Angst haben sollen. Angst davor, wo Terra sie hinbringen würde, was Brick als Nächstes mit ihr vorhatte. Sie sollte Terra hassen, dafür, dass sie Brick half, sie zu quälen.

Und sie hätte diese einmalige Möglichkeit zur Flucht nutzen sollen. Doch sie tat nichts von alldem. Und es machte sie rasend, als ihr das klar wurde. Das war *sie. Terra.*

»Wie … wie machst du das?«

Terra blickte fragend zurück. Als wüsste sie nicht, wovon Amelia sprach.

»Meine Gedanken. Du kontrollierst sie.«

Terra lachte. »Ich kontrolliere nicht deine Gedanken, sondern deine Gefühle. Das ist ein großer Unterschied.«

Der Meinung war Amelia nicht, doch sie sagte nichts, weil sie Terra nicht verärgern wollte. So zu denken war bescheuert, doch sie konnte nicht anders. In ihr war ein nie dagewesener innerer Frieden. Sie wollte ihn niederringen, sich dagegen auflehnen. Aber sie hatte keine Chance. Die Gefühle, die Terra in ihr erschuf, waren mächtiger als ihre Gedanken, als ihre Wut, als ihre Angst.

Vor einer schweren Metalltür kamen sie schließlich zum Stehen. Terra klopfte und die Tür öffnete sich prompt.

»Guten Abend, Miss Zephyr«, begrüßte Brick sie, der auf einem roten Samtsessel mitten im Raum thronte. Hinter ihm ragte ein Erdhaufen empor und neben Brick standen vier Männer in schwarzen Anzügen. Keine Bodyguards, soweit Amelia das beurteilen konnte.

Was Amelia sah, war grotesk. Die Gefühle, die Terra in ihr erzeugte, standen dem jedoch entgegen. Es war beinahe etwas wie Vorfreude, die in Amelias Bauch flatterte. Und sie konnte nichts dagegen tun.

Sie traten ein und leichter Chlorgeruch drang in ihre Nase. Der Raum war komplett gefliest und vermutlich einmal ein Schwimmbad gewesen.

»Willkommen zu Ihrer Beerdigung«, sagte Brick und untermalte seine Worte mit einer einladenden Geste.

Beerdigung? »Sie wollen mich begraben? Hier und jetzt?«

»Ja«, erwiderte Brick knapp.

Die Panik, die sich jetzt eigentlich in ihr ausbreiten sollte, blieb aus. Amelia trat näher an Brick heran, Terra dicht hinter ihr. Sie ging an den Männern, offensichtlich Bestatter, und dem Erdhaufen vorbei und kam vor einem in den Boden eingelassenen Becken zum Stehen. Es war so tief wie ein Schwimmbecken, aber wesentlich schmaler.

Ein Tauchbecken vielleicht. Und auf dem Grund des Beckens lag ein schwarzer Holzsarg. Er war geöffnet und mit roter Seide ausgekleidet.

Er meinte es tatsächlich ernst! Amelias Kopf wirbelte herum. Terra wich ihrem Blick aus und sah zu Boden. Wollte sie in diesem Moment noch auf Brick losstürmen, hatte sich Terras Griff anscheinend wieder um ihre Gefühle gelegt und ließ sie am Beckenrand verharren.

»Gefällt es Ihnen?«, fragte Brick, der auf sie zukam. »Natürlich ist es nicht perfekt. Die Orgelmusik wurde mir leider aus dem Budget gestrichen.«

»Ein zweites Standbein als Beerdigungs-Planer sollten Sie sich besser nicht aufbauen.« Amelia reckte ihm ihr Kinn entgegen.

Brick sah ernst zu Terra.

»Tut mir leid. Sarkasmus ist kein Gefühl«, antwortete sie auf seine unausgesprochene Frage.

»Bring sie in den Sarg«, fuhr er Terra schroff an.

Terra deutete auf die Stufen, die ins Beckeninnere führten. »Amelia«, sagte sie sanft. Mehr war nicht nötig. Amelia kletterte die Leiter hinab, gefolgt von Terra und zwei der vier Bestatter.

Widerstandslos stieg Amelia in den Sarg, bettete ihren Körper auf den kalten Seidenstoff und blickte in Terras klare blaue Augen. Sie griff nach Amelias Hand und drückte sie. Ihre Lippen bewegten sich, ohne dass ein Laut ihren Mund verließ. Amelia war sich jedoch sicher, ein *Es tut mir leid* von ihren Lippen gelesen zu haben.

Brick stand über ihr am Beckenrand und warf eine schwarze Rose in ihren Sarg. Sie wünschte, ihr Kopf würde endlich wieder das Kommando übernehmen. Sie schütteln. Machen, dass sie aus ihrer Trance erwachte. Stattdessen lächelte sie und umschloss den Stiel der Rose mit beiden Händen.

»Ruhe in Frieden«, sagte Brick emotionslos und nickte den beiden Bestattern im Becken zu. Dann schloss sich der Sarg.

Völlige Dunkelheit umfing sie. Und so plötzlich, wie das Licht verschwunden war, so schnell änderten sich ihre Gefühle.

Die Ruhe war weg. Angst stieg in ihr auf. Beklemmung. Die Dornen der Rosen stachen ihr ins Fleisch. Sie drückte mit beiden Händen gegen den Deckel, mit aller Kraft. Doch er bewegte sich kein Stück.

Nein!

Amelia trommelte mit ihren Fäusten in alle Richtungen und kreischte. »Lasst mich hier raus! Terra! Brick! Ihr verdammten Schweine. Ich will hier raus!«

Amelia vernahm Geräusche. Klopfen. Die Erde.

Das durfte einfach nicht wahr sein. Sie wollten sie doch nicht wirklich begraben?

Die Beklemmung wurde stärker. Amelia hatte das Gefühl, keine Luft mehr zu bekommen. Konnte es sein, dass der Sauerstoff im Sarg bereits aufgebraucht war? Hatte sie durch ihr Rufen und ihre Anstrengung etwa dazu beigetragen? Sie wollte schreien. Konnte es nicht. Alles in ihr verkrampfte sich. Und die Schwärze um sie herum wirkte wie ein Katalysator. Immer wenn sich ihr Atem beruhigen wollte, stachelte die Dunkelheit ihre Angst wieder auf und trieb sie zu neuen Höhen.

Aus Angst wurde Panik. Pure Panik. Nichts schien ihr mehr möglich. Sie würde sterben. Heute, jetzt und hier.

Das Klopfen über ihr wurde lauter, und jedes Geräusch wurde von einer Erschütterung begleitet. Jede intensiver als die vorherige.

Die Erde – sie machte alles noch schlimmer. Amelia war, als würde der Druck, der auf ihrem Sarg lastete, die letzte Luft aus ihm herauspressen. Als würde die Erde nicht auf den Sarg, sondern direkt auf ihre Brust drücken.

Amelia krallte sich in den Seidenstoff, auf dem sie lag. Tränen rannen ihr über die Wangen. Ihre Hände waren feucht und sie wusste nicht, ob von Schweiß oder Blut. Vermutlich beides.

Die Tränen durchtränkten das Kissen, auf dem ihr Kopf gebettet lag. Es roch nach Erde, Metall, Angst und Verzweiflung.

Sie musste aufhören zu weinen und zu schlucken. Es verbrauchte Luft und Energie, die sie nicht mehr hatte.

Das klopfende Geräusch von Erde, die ihren Sarg begrub, wurde zerrissen. Von einem Geräusch, das noch beängstigender war. *Knacken.* Ihr Sarg schien dem Gewicht der Erde nicht standzuhalten.

Amelia schrie. Mit letzter Kraft kreischte sie und hämmerte gegen den Sargdeckel.

Panisch holte sie Luft, doch es schien kein Sauerstoff mehr in ihren Körper zu gelangen.

Das Knacken wurde lauter. Wie lange würde ihr Sarg dem Gewicht noch standhalten?

Amelias Schreien und Tränen wurden ungehört von dem Samt ihres Sarges verschluckt. Doch das spielte keine Rolle, sie konnte ohnehin nicht mehr. Nicht, weil sie resignierte, sondern weil es nicht mehr möglich war.

Der Sauerstoff war verschwunden.

Ihre Tränen waren verschwunden.

Und das Klopfen war verschwunden.

Amelia schloss die Augen und verschmolz mit der Dunkelheit und der Stille um sie herum.

Ruhe in Frieden.

Datenbank des Superior Medical Centers
SMC New York
Projekt: »Secularly Dawn«
Error #42: The project you have chosen is classified

Kapitel 11

Nathan

Nathan war immer noch in Skys Wohnung. Sie war erstaunlich gemütlich, dafür, dass sie ein faradayscher Käfig war. Weiche Teppiche, Dekokissen und minimalistische Kunstdrucke. Sie diskutierten darüber, wie sie Amelia befreien sollten. In der Sache waren sie sich einig, in den Details ganz und gar nicht.

»Und das ist dein Plan?« Nathan funkelte Sky wütend an. Das konnte er unmöglich ernst meinen.

»Wir machen es so oder gar nicht«, sagte Sky, der auf der Couch neben ihm saß.

»Das ist doch absurd. Das macht vielleicht in deinem kranken Kiffer-Hirn Sinn. Aber sonst nicht.«

Sky wirkte ungerührt. Nathans Beleidigung schien völlig an ihm abzuperlen. »Vielleicht erkennt dein emotional und ideologisch verblendetes Hirn es nicht. Aber – das macht absolut Sinn.«

»Warum willst du es allein machen? Wieso soll ich nicht mit?«

»Weil ich nicht riskieren kann, dass man dich dabei erwischt. Verstehst du das denn nicht?«

Was für eine lahme Ausrede. »Es geht dir um mehr als darum, Amelia zu befreien. Hab ich recht?«

Sky setzte ein süffisantes Lächeln auf und musterte Nathan. »Kluges Kerlchen.«

»Los, klär mich auf«, bat Nathan.

»Alles zu seiner Zeit. Und ehrlich gesagt bin ich mir nicht sicher, ob die Zeit bei dir jemals reif sein wird.«

Die Tatsache, dass sie nun quasi Partner waren, löste durchaus gemischte Gefühle in Nathan aus. Er war nicht einverstanden damit, was gerade mit Amelia passierte, und er wollte ihr helfen. Bei Sky … Nathan war wirklich kein gewalttätiger Mensch, aber bei seinen Äußerungen musste er sich immer wieder zusammenreißen. »Vielleicht sollte ich das aus deinem Mund als Kompliment betrachten.«

»Wenn du möchtest«, sagte Sky und nahm noch einen Schluck Bier. »Also, der Plan: Heute Abend werde ich Amelia einen Besuch abstatten. Wir können sie heute noch nicht befreien, aber sie muss wissen, dass wir dran sind. Sie muss wissen, dass sie wachsam sein muss, und bereit sein, wenn es so weit ist.«

Sky zog seine Beine hoch und setzte sich in eine Schneidersitzposition. Er wirkte ungemein entspannt, was Nathan in Anbetracht der Umstände als Provokation deutete.

Bleib ruhig.

»Auch wenn es dir schwerfällt, vertrau mir«, sagte Sky. »Ich weiß, was ich tue.«

»Ich komme mit.«

»Keine gute Idee«, erwiderte Sky, ohne zu zögern.

War ja klar. »Warum nicht?«

»Was, wenn sie dich dabei erwischen?«

»Das ist ja wohl die bescheuertste Ausrede überhaupt.« Nathan ballte seine Hand zur Faust und schlug in eines der Dekokissen, das neben ihm auf der Couch lag. »Das Gleiche gilt doch auch für dich. Oder kannst du dich etwa unsichtbar machen?«

»So ähnlich.« Sky lächelte wissend.

Nathan fand die Diskussion und Skys Argumente lächerlich. »Ich gehe mit.«

»Nathan, hör zu. Wenn sie dich bei ihr sehen, schrillen doch bei denen alle Alarmglocken. Sie werden die Sicherheitsmaßnahmen noch weiter verschärfen und wir können es vergessen, Amelia da jemals rauszukriegen.«

»Und wenn sie dich erwischen, ist das natürlich was ganz anderes.«

»Ist es«, erwiderte Sky. »Erstens, ich habe … sagen wir, einen guten Draht zu Erika.«

»Jensen?«

»Ja, genau. Sie vertraut mir und ich genieße einige Privilegien im SMC. Unter anderem freier Zutritt zu allen Bereichen. Es ist für mich also überhaupt kein Problem, in Amelias Zimmer zu kommen. Und zweitens, wenn sie mich erwischen, kann ich immer noch sagen, dass ich auf dem Gang war und eine solch starke Verzweiflung gespürt habe und nachsehen wollte, ob jemand meine Hilfe braucht.«

Nathan nickte zustimmend.

»Außerdem bin ich, wie du weißt, nicht immer bei klarem Verstand. Und da macht man schon mal Dinge, die man besser nicht tun sollte. Und Erika kann mir gegenüber ganz schlecht nachtragend sein.« Sky klimperte gespielt mit seinen Wimpern.

Obwohl Nathan das Vorgehen aus Prinzip nicht gut finden wollte, es hatte eine Logik inne, der er nicht widersprechen konnte. »Du hast da durchaus ein paar Argumente, denen ich mich nicht verschließen kann. Aber du hast nicht bedacht, dass sie Amelia vermutlich filmen und überwachen. Du kannst da nicht einfach reinmarschieren, ohne dass es jemand mitbekommt.«

»Ich bin vielleicht kein Synaptiker wie du, aber ein Einfaltspinsel bin ich deshalb trotzdem nicht. Natürlich habe ich daran gedacht.«

Nathan blickte Sky skeptisch an.

»Sagen wir, ich kenne jemanden, der technisch in der Lage ist, die Übertragung für einige Minuten zu stören. Mehr musst du nicht wissen.«

»Okay.«

»Lass uns gehen. Aber wir müssen vorher noch einen Abstecher in den Central Park machen.«

»Wieso das denn?«

»Weil kleine Geschenke die Freundschaft erhalten und ich nicht mit leeren Händen zu meinem IT-Kontakt will.«

»Will ich wissen, was du dort besorgst?«, fragte Nathan.

»Nein, das willst du nicht. Los.«

Amelia

Amelia hörte Stimmen und nahm Licht durch ihre geschlossenen Lider wahr. Doch sie schaffte es nicht, ihre Augen zu öffnen. Gesprächsfetzen, die keinerlei Sinn ergaben, schwirrten durch ihren Kopf.

Wir verlieren sie.

Ein Milligramm Adrenalin.

Kommen Sie schon, Zephyr. Wachen Sie auf.

Herzschlag normalisiert sich.

Gutes Mädchen.

Amelias Lider fühlten sich schwer an. Nur langsam schaffte sie es, ihre Augen zu öffnen. Es war so hell, dass es schmerzte.

Bin ich etwa … Sie blinzelte, versuchte etwas durch das Licht hindurch zu erkennen. Sie befand sich in einem Behandlungsraum, sah Schwestern und Dr. Brick.

Sie lebte.

Amelia schloss ihre Augen wieder.

Es war wirklich passiert. Brick hatte sie lebendig begraben.

»Können Sie mich hören? Amelia?«

Ich kann, aber ich will nicht. Amelia ließ ihre Augen geschlossen. Sie wollte diese Monster nicht sehen. Und schon gar nicht mit ihnen reden. Er war zu weit gegangen. Nicht nur, dass er mit ihrer Angst gespielt hatte. Was, wenn sie Amelia nicht mehr rechtzeitig aus dem Sarg befreit hätten?

»Amelia? Geben Sie uns ein Zeichen.«

Amelia ballte ihre Hand zu einer Faust und streckte ihren Mittelfinger – so weit es ihre Fixierung zuließ – empor. *Arschlöcher, alle miteinander.*

»Ich bewundere Ihren Kampfgeist, Miss Zephyr.«

»Sie kommt zu sich. Geben Sie ihr noch ein wenig Zeit.«

Es wurde ruhiger um sie herum. Amelia öffnete ihre Augen einen Spalt, um zu sehen, wer bei ihr war. Nur eine Schwester, die sie nicht kannte. Fluchtpläne brauchte sie keine zu schmieden, schließlich war sie wieder festgebunden.

Wie lange würde man sie hier noch festhalten und foltern? Was erhoffte Brick sich zu finden? Für Amelia ergab das alles keinen Sinn. Seit ihrer ersten Untersuchung hatte man ihr gesagt, dass ihre Kräfte minderwertig waren und sie deshalb nicht Teil des engeren Superior-Programms war. Und jetzt sollten plötzlich irgendwelche coolen Superkräfte in ihr schlummern, so wichtig, dass man sie mit allen Mitteln aktivieren wollte?

Oder machte Brick ihr etwas vor?

Aber warum sollte er? Um was ging es dabei für ihn?

Natürlich bestand auch die Möglichkeit, dass Brick die Wahrheit sagte, aber alle anderen nicht. Dass die gesamte SHS ihr vom ersten Tag an etwas vorgespielt hatte.

Doch warum sollten sie das tun?

Vielleicht log auch tatsächlich keiner von ihnen und irgendetwas hatte sich geändert. In ihr. Etwas, das es wert war, es zu erforschen.

Amelia konnte allerdings nicht glauben, dass Brick nicht wusste, um was für Gaben es ging. Warum sollten sie all das hier für vage Vermutungen veranstalten?

Er wusste es.

Was auch immer es war, sie verfluchte es. Es war schuld daran, dass sie jetzt hier gefangen war. Amelia wünschte, sie könnte sich diese Gabe mit einer Spritze aus ihrem Körper ziehen und sie Brick übergeben und ihn dann zum Teufel jagen.

Sie hatten Amelia zurück in ihr Zimmer gebracht und sie ans Bett fixiert. Doch es machte keinen Unterschied. Ohne Besuch, Fernseher, Smartphone oder einem Laptop war es eigentlich egal, wo im *Medical Center* sie sich aufhielt, wenn es nicht gerade eine der Folterkammern war, die Brick für sie konzipiert hatte. In diesem verfluchten Zimmer gab es nichts, mit dem sie irgendetwas anfangen konnte. Vermutlich würde sie sich mittlerweile schon um eine Tageszeitung oder ein Sudoku-Heft prügeln. Wie lange konnte man es wohl so aushalten? Amelia fand bereits die letzten Tage unerträglich.

Erst am nächsten Abend stattete Brick ihr wieder einen Besuch ab. Sie hatte ihn seit ihrer Beerdigung nicht mehr gesprochen. Vermisst hatte sie ihn nicht. Auf ein paar Antworten hoffte sie trotzdem.

»Willkommen zurück, Miss Zephyr. Willkommen im Leben«, sagte er und nahm auf dem Stuhl neben ihrem Bett Platz.

Sei jetzt nicht feindselig. Rede mit ihm. Amelia nickte ihm zu. »Ja.« Mehr brachte sie nicht über die Lippen. Und Ja stand nicht für Ja, sondern war ein Synonym für *Leck mich am Arsch.*

»Und, wie fühlen Sie sich?«

Amelia seufzte. »Was glauben Sie denn, wie ich mich fühle?«, fragte sie bissig. Sie hatte sich vorgenommen, diplomatisch zu sein. Seine blöde Frage hatte sie ihren Vorsatz allerdings schnell vergessen lassen.

»Abgesehen von den Umständen«, sagte Brick und klang dabei merkwürdig verständnisvoll. Fast als würde ihm die Situation leidtun. Was natürlich Quatsch war, schließlich war das ja seine Idee.

»Ich weiß nicht. Ich habe nichts Besonderes festgestellt. Allerdings weiß ich auch nicht, auf was ich achten soll.«

Brick lächelte. »Verstehe.«

»Sagen Sie mir etwas über die Gaben. Bitte.«

Er verschränkte die Arme und sah sie prüfend an.

»Was haben Sie zu verlieren? Was macht es für einen Unterschied?«

»Vermutlich keinen, aber ich traue Ihnen nicht.«

»Sie trauen mir nicht? Ich bin diejenige, die hier angebunden liegt, und nicht umgekehrt.«

Brick fuhr sich mit den Fingern übers Kinn und schien zu überlegen, was und wie viel er ihr sagen konnte. »In Ihnen schlummert die Veranlagung für verschiedene Gaben. Aber nur eine Handvoll davon ist für mich interessant. Eine ist präkognitiv, eine hat etwas mit Feuer zu tun und die andere …«, er zögerte, »… würde Sie zu einem unfassbar kostbaren Kommunikationswerkzeug machen. Ich habe sie *Shared-Brain* getauft.«

Shared-Brain. Amelia hatte wenig Interesse daran, irgendjemandes Werkzeug zu sein. »Sind Sie sich sicher?«

»Wie ich Ihnen schon einmal gesagt habe, Miss Zephyr – wir können es nicht genau sagen, weil die exakten Ausprägungen bei Ihnen einzigartig sind. Aber es deutet vieles darauf hin.«

Sie wollte diesem Widerling nicht über den Weg trauen und helfen wollte sie ihm schon gar nicht. Aber eines wollte sie unbedingt: dass dieser Albtraum endlich vorbei war. »Ich helfe Ihnen, sie zu aktivieren.« Die Worte verließen ihren Mund so schnell, dass ihr keine Zeit blieb, darüber nachzudenken. Aber eine andere Lösung war nicht in Sichtweite. Amelia wusste, er würde sie nicht gehen lassen, bevor er sein Ziel erreicht hatte. Wenn sie sich weiterhin sträubte, machte sie es sich damit nur selbst unnötig schwer.

»Gut, das ist gut«, sagte Brick und lächelte. Es war ein aufmunterndes Lächeln – eines, das Amelia noch nie an ihm gesehen hatte.

»Vielleicht sind sie ja schon da und ich weiß nur noch nicht, wie ich sie nutzen soll.«

Brick wiegte seinen Kopf hin und her.

»Das wäre doch möglich, oder? Als ich ein Kind war, da …«

»Natürlich wäre das möglich«, unterbrach Brick sie. »Wenn Sie mich fragen, aber sehr unwahrscheinlich.«

»Warum? Warum sind Sie sich da so sicher?«

»Weil wir keine neuen Marker in Ihrem Blut gefunden haben. Wissen Sie, es gibt für alles ein erstes Mal. Die Ausnahme, die diese Regel bestätigt oder gar die gesamte These widerlegt, ist mir jedoch noch nicht untergekommen. Ich habe noch nie – wirklich noch nie gesehen, dass sich eine Kraft manifestiert, ohne dass sie dabei Marker im Blut hinterlässt.«

»Oh.« Amelia konnte es nicht verhindern. Sie war enttäuscht. Enttäuscht von etwas, das sie eigentlich gar nicht wollte. Nie wollte sie eine dieser blindgläubigen Super-Superior sein, die ihr Leben ihren Gaben unterordneten. Für diese Art von Fanatismus war sie nicht geschaffen. Nicht nur das, sie verabscheute es. Und trotzdem. Was Brick ihr erzählt hatte, was in ihr schlummerte, es ließ sie nicht kalt.

»Wie geht es weiter?«, wollte sie wissen.

»Miss Zephyr, nehmen Sie das bitte nicht persönlich. Ich würde Ihnen wirklich gern mehr sagen. Aber ich kann nicht. Wenn Sie anfangen, sich gedanklich auf die Szenarien vorzubereiten, schmälert das ihre Wirkung. Das kann ich nicht riskieren.«

Amelia nickte. Ihre Euphorie verflog. Sie hatte bereits zwei von Bricks Experimenten hinter sich und es gab keine Anzeichen dafür, dass sich eine neue Gabe aktiviert hatte. Wie viel würde sie noch erdulden müssen, bis sich irgendein Erfolg einstellte?

»Ich glaube allerdings, Sie haben sich heute etwas mehr Freiheit verdient.« Brick griff in seine Kitteltasche und holte einen Schlüssel heraus. Er sah sie an und löste die Fixierung an ihrer rechten Hand.

Amelia zog ihre Hand aus der Schlaufe, schüttelte sie sanft aus und betrachtete sie zufrieden. »Danke.«

»Bis morgen, Miss Zephyr. Ruhen Sie sich gut aus.«

»Amelia«, sagte sie. »Nennen Sie mich bitte Amelia.«

»Gute Nacht, Amelia.«

»Gute Nacht, Dr. Brick.«

Sie hasste den Kerl aus tiefsten Herzen. Aber sie wollte nicht nur ihre neugewonnene Freiheit behalten.

Sie wollte sich weitere erarbeiten.

SHS-Lehrbuch Sekundarstufe

Andrews, Die Biologie der Superior-Gaben

Das Zusammenspiel von DNA
und Superior-Gaben

Biologisch betrachtet sind die Superior-Gaben an die DNA angehängte Methylgruppen.

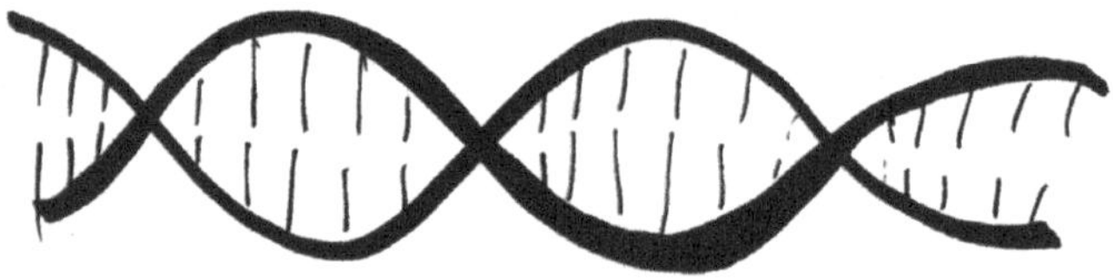

Sind die Genschalter umgelegt, werden für die Entwicklung der Superior-Gaben notwendige Proteine produziert. Die Gaben sind in diesem Fall aktiv.

Werden Gaben, die nicht von Geburt an aktiv sind, nicht eingesetzt und somit manifestiert, schalten sich die Genschalter in der Regel wieder aus. Die Produktion der für die Gaben notwendigen Proteine wird dadurch eingestellt und die Gabe inaktiv.

Kapitel 12

Amelia

Amelia erschrak, als ihre Tür mitten in der Nacht geöffnet wurde. Einerseits war sie dankbar dafür, aus diesen verstörenden Träumen gerissen worden zu sein. Ihr Unterbewusstsein ließ all das Erlebte nicht ruhen und erschuf wieder und wieder Träume, in denen sie ertrank und lebendig begraben wurde.

Andererseits konnte nächtlicher Besuch nichts Gutes bedeuten.

»Psst, psst«, hörte Amelia.

Sie brauchte einen Moment, bis sich ihre Augen an das Licht, das auch nachts in ihrem Zimmer brannte, gewöhnt hatten. Dunkelheit ertrug sie einfach nicht mehr.

Langsam verarbeitete ihr verschlafenes Hirn die Information. »Sky? Was machst du hier?« Ihr Herz schlug einen Takt schneller. Instinktiv wollte sie sich freuen. Aber konnte sie das? Was, wenn auch er zu Bricks Team gehörte?

Sky kam näher. Er hatte seinen Zeigefinger auf seine Lippen gelegt. »Amelia, wir haben nicht viel Zeit. Ich bin nur hier, um dir zu sagen, dass ich dich hier rausholen werde. Nicht heute, aber so bald wie möglich. Halte deine Augen offen.«

»Wieso?«, fragte sie.

»Vertrau mir einfach.«

Es machte für Amelia keinen Sinn. Warum sollte ausgerechnet Sky sie retten? Doch ob sie es verstand oder nicht, er wollte ihr helfen. Sie sah es ihm an. Sie lächelte und nickte dankbar, während Sky schon wieder durch den Türspalt verschwand.

Sie würde hier rauskommen.

Das alles würde bald ein Ende haben.

Die euphorische Stimmung, die sich in ihr ausbreitete, fiel in sich zusammen wie ein Soufflé, das man zu früh aus dem Ofen geholt hatte. Denn mit dem Gedanken an ihre baldige Freiheit kamen die Fragen.

Unschöne Fragen.

Was kam dann? Wo sollte sie hin?

Warum war es Sky, der sie retten wollte? Jemand, mit dem sie praktisch nichts zu tun hatte. Abgesehen von zumeist befremdlicher Konversationen während der *Examination Week* hatte sie keine Verbindung zu ihm. Und von den Menschen, zu denen sie eine Verbindung hatte, war niemand aufgetaucht.

Ihre Mutter war im Gefängnis und damit entschuldigt. Aber was war mit ihrer Pflegefamilie? War es Catherine, Elizabeth und Landon egal, was hier mit ihr passierte? Elizabeth hatte sogar tatenlos zugesehen, wie man Amelia verschleppte. Und Nathan? Er hatte sie einfach an Brick weitergereicht. Wie ein Spielzeug, dessen man überdrüssig war.

Wollte er sie wegen Catherine nicht mehr sehen? Oder schlimmer – hatte er Catherine erzählt, was zwischen ihnen passiert war, und jetzt wollten beide sie nicht mehr sehen? Vielleicht war sie deshalb hier. Weggesperrt.

Amelias Magen zog sich zusammen. Sie hatte das Gefühl, als würde jemand gegen ihren Brustkorb drücken und ihr die Luft abschneiden. Es war wie in dem Sarg. Sie fühlte sich begraben. Als hätte man ihre Seele begraben und ihr den leeren Körper zurückgelassen.

Luft! Sie brauchte dringend Luft. Sie würde ersticken, gleich jetzt und hier. Und niemand würde es merken, niemand sie retten. Beinahe wünschte sie sich zurück in den Sarg. Dort hätte sie wenigstens den Deckel und die Wände, an denen sie ihre Wut, ihre Angst und ihre Trauer würde auslassen können. Tränen rannen über ihr Gesicht. Ein gequältes Schluchzen, das sich in Amelias Ohren wie das eines verletzten Tiers anhörte, erfüllte den Raum. Brick hatte keine Ahnung. Man brauchte keine Horrorszenarien, um starke Emotionen auszulösen. Manchmal brauchte man nur einen kleinen Gedankenfaden, an dem man zog und zog, bis sich alles auflöste und man nackt und entblößt zurückblieb. Ein Schauder durchfuhr ihren gesamten Körper.

Mir ist kalt. Alles ist kalt.

Erika

Die *Superior Chapel* war atemberaubend schön. Erika mochte diesen Ort sehr. Seine Klarheit, seine Schnörkellosigkeit. Einfach nur weiß und doch so erhaben. Ständig entweiht durch diese barbarischen Zusammenkünfte, die den unschuldigen Namen *Unity* trugen. Erika blickte die Wände empor, die sich schneckenartig nach oben verjüngten und in einer golden schimmernden Glaskuppel mündeten.

Das Bett, das in der Mitte des Raumes stand, war noch unberührt. An schönen Tagen tauchten die Sonnenstrahlen, die durch die Kuppel fielen, es in ein goldenes Licht. Dieser Kniff des Architekten sollte die Magie der Zeremonie visualisieren.

Heute war es bewölkt und das Schauspiel der Lichter blieb aus.

Die Glocke erklang und die Gespräche im Raum verstummten. Als die imposanten Klänge der Superior-Hymne erklangen, schritten die Priesterinnen ein. Sie trugen lange schwarze Seidenumhänge und hatten sich ihre Kapuzen tief ins Gesicht gezogen. In einem Halbkreis um das Podest blieben sie stehen. Die Musik wurde theatralischer und das Oberhaupt betrat die Kapelle. Er trug den gleichen Umhang wie die Priesterinnen, allerdings war seiner rot. Als der letzte Paukenschlag verstummt war, trat er auf das Podest. In Superior-Manier presste er seinen linken Arm hinter den Rücken, vollführte den Superior-Gruß, beginnend an der Stirn, endend an seiner Brust. Langsam ließ er die Kapuze auf seine Schultern gleiten und neigte den Kopf.

»Seid gesegnet, seid erhaben, zu unser aller Wohl«, begrüßte er die Versammelten.

»Segne uns, erhebe uns, zu unser aller Wohl«, erwiderten die Anwesenden.

Erika selbst hatte nur die Lippen bewegt und nicht mitgesprochen. Es wiederstrebte ihr. Der Mann, der dort stand, war schließlich immer noch ihr Vater. Und die Tatsache, dass er sich einen roten Morgenmantel überwarf, verwandelte ihn ihrer Meinung nach nicht in einen Gott. Vielleicht einen Halbgott, wenn man es so sehen mochte. Doch waren sie das nicht irgendwie alle? Zwar stachen seine Gaben heraus, das machte ihn zum Oberhaupt, aber ein Grund, ihn anzubeten, war das für Erika nicht.

Die *Maturantin* und ihr *Erwählter* traten ein, beide gekleidet in den traditionellen weißen Seidenmänteln. Er sollte die Unschuld vor der *Unity* präsentieren. Die Maturantin streifte ihren Mantel ab und präsentierte ihren nackten Körper. Sie war wunderschön. Ihre gewellten Haare fielen sanft bis auf ihre Brüste und ihre rosa Knospen zogen Erikas Blicke auf sich. Der Erwählte tat es ihr gleich und trug ihren nackten Körper zum Bett und legte sie darauf. Die Priesterinnen bildeten einen Kreis um sie und fassten sich an den Händen.

Der Raum begann zu vibrieren und die *Unity* erklang. Das Stück wurde eigens für dieses Ritual von einem begnadeten Superior-Pianisten komponiert. In seiner Dramatik kam es einer Sinfonie *Karl Orffs* gleich. Obwohl Erika dieses Ritual verabscheute, musste sie zugeben, dass seine Einzelteile wunderschön waren, ihr die Summe seiner Teile nur nicht gefiel.

Die Erwählte lag mit geschlossenen Augen rücklings auf dem Bett. Viel Zeit für Zweisamkeit hatte man den beiden nicht gelassen. Es ging schließlich nicht um Liebe oder Lust, sondern um Pflichterfüllung.

Und genau das widerte Erika an.

Rhythmisch drang der Erwählte in die Maturantin ein. Die Priesterinnen stimmten ihre Beschwörungsformeln an, erzeugten so die Magie, die nötig war, damit die Gaben sich auf die nächste Generation übertrugen. Die Natur mochte sie nicht – die Superior-Gaben -, wusch sie fort wie einen genetischen Defekt, der nicht vererbenswert war. Doch die Priesterinnen hatten die Macht, sich darüber hinwegzusetzen. Schließlich waren sie Superior. Irgendwann würden sie sich darüber erheben, ohne all das hier.

Die Anwesenden stimmten ebenfalls in die Beschwörung mit ein. Lauter, schneller. Wie der Erwählte.

Angewidert beobachtete Erika das Geschehen. Die Maturantin konnte diesem Spektakel anscheinend genauso wenig abgewinnen wie sie selbst. Während sich der Erwählte und die Stimmen zu einem Crescendo erhoben, wirkte sie angespannt. Als würde sie die Luft anhalten … *bis es vorbei war.*

Vielleicht tat sie das. Verständlich wäre es. Wer wollte schon vor einer schaulustigen Menge und unter Anfeuerungsrufen geschwängert werden? Erika jedenfalls nicht. Und das hatte sie bereits unter Beweis gestellt.

Wie lange würde sie sich dem weiter entziehen können? Lange genug, hoffte sie. Erika würde alles in ihrer Macht Stehende tun, damit das hier bald nicht mehr nötig war. Es musste einen Weg geben, die SHS ohne dieses Ritual fortzuführen. Es war ihr ein Rätsel, warum bislang jeder Versuch einer künstlichen Befruchtung oder Insemination unter Superior schieflief.

Jeder bis auf einen. Und Erika würde dieses Rätsel lösen. Koste es, was es wolle.

Amelia

Amelias Rücken presste sich gegen die kalte MRT-Röhre. Brick hatte angekündigt, dass er heute einen Untersuchungstag einlegen würde. Ob das daran lag, dass sie einen Schritt auf ihn zugegangen war oder ob er das ohnehin vorhatte, konnte sie nicht sagen.

Diverse Blutproben und Hirnstrommessungen folgten.

Als sie zurück in ihrem Zimmer war, bekam Amelia Besuch. Eine große blonde Frau trat in ihr Zimmer. Sie hatte kurze Haare und die Art von kühler Schönheit, wie sie sonst nur Laufstegmodels hatten.

»Hallo, Amelia«, sagte sie und kam näher. »Ich bin Erika Jensen. Es freut mich, Sie kennenzulernen.«

»Sind Sie die Dr. Jensen?« Sie war wesentlich jünger und hübscher, als Amelia sie sich vorgestellt hatte. Andererseits – sie war eine Superia. Natürlich war sie schöner und jünger als normale Menschen. Nicht wenige hatten das College noch vor ihrem ersten Kuss absolviert. Was nicht daran lag, dass sie sich später küssten als andere. Sie waren einfach Superior.

Sie machte eine wegwischende Handbewegung und wirkte dabei sehr nahbar und sympathisch. »Ja, aber nennen Sie mich doch bitte Erika.«

»Wenn Sie kommen, um sich über meine Fortschritte zu informieren, muss ich Sie leider enttäuschen«, sagte Amelia und sah betreten auf ihre Bettdecke. »Ich merke noch nichts. Gar nichts.«

»Das ist gut«, sagte sie. »Dann komme ich nicht zu spät.«

»Zu spät?« Amelia verstand nur noch Bahnhof. Die SHS wollte doch, dass sich ihre Kräfte manifestierten.

Erika griff nach ihrem Arm. »Amelia, wissen Sie, um welche Gaben es geht?«

»Grob.«

»Was glauben Sie, was passiert, wenn sich diese Gaben bei Ihnen manifestieren?«

Amelia fühlte sich erwischt. Sie hatte sich über die möglichen Konsequenzen keine Gedanken gemacht. »Muss ich dann auch ins Zucht- und Dressurprogramm?«

»Zucht- und Dressurprogramm«, sagte Erika und ließ die Worte nachklingen. »Das ist zwar nicht die offizielle Bezeichnung, aber – gefällt mir.«

»Ich will das nämlich nicht.«

»Glauben Sie mir, Amelia«, sagte Erika mit ernster Stimme und rückte ein Stück näher an sie heran. »Das wird dann Ihr geringstes Problem sein.«

»Was dann?«

»Können Sie sich das denn nicht denken?«

Amelia kam sich gerade schrecklich naiv vor und gab es nur ungern zu. »Nein.«

»Wenn sich diese Kräfte manifestieren, dann wäre es möglich, dass Sie der mächtigste Superior wären. Ihr *Scoring* könnte höher sein als das des Oberhaupts. Sie wissen, was das bedeutet?«

Das ist verrückt. »Dass ich zum Oberhaupt ernannt werden würde?«, fragte Amelia ungläubig.

»So steht es in unseren Statuten.«

»Aber das ist doch Quatsch. Ich und das Oberhaupt. Ich meine, ich würde das gar nicht wollen.«

»Ich weiß. Und es würde auch gar nicht dazu kommen.«

Amelia runzelte die Stirn. »Warum nicht?«

»Weil Sie Ihren einundzwanzigsten Geburtstag nicht erleben würden.«

»Sie meinen weil … weil …« Amelia dämmerte es. »Meinen Sie das ernst?«

»Elliot Sixten Carl Jensen wird sicher nicht abwarten und zusehen, wie Sie ihn vom Thron stoßen. Glauben Sie mir, ich kenne ihn.«

Das glaubte Amelia ihr aufs Wort. »Er ist Ihr Vater, oder?«

Erika nickte und nahm wieder Amelias Hand. »Keine Angst, Amelia. Ich werde nicht zulassen, dass Ihnen etwas passiert. Ich werde Ihnen helfen.«

»Wie? Und warum?«

»Hören Sie mir gut zu, Amelia«, sagte sie. »Ich werde Sie hier rausholen. Morgen. Brick wird Sie in eine Wärmekammer bringen, um Sie in einen Zustand kurz vor dem Verdursten zu bringen. Ich werde dort sein und Ihnen helfen.«

»Aber …«, setzte Amelia an.

»Amelia«, unterbrach Erika sie. »Tun Sie morgen genau das, was ich Ihnen sage. Vertrauen Sie mir. Ich werde Sie retten. Ich werde Sie hier herausholen.«

Amelia nickte, wusste aber nicht, was sie von all dem halten sollte.

»Bis morgen.« Erika ging zur Tür und zwinkerte ihr zu.

Das ergab keinen Sinn. Warum sollte Erika Jensen ihr helfen? Sich gegen ihren eigenen Vater stellen, für eine Fremde?

Das alles wurde immer verwirrender. Jetzt gab es schon zwei mehr oder weniger fremde Menschen, die ihr anscheinend helfen wollten. Und von denen, die ihr nahestanden, immer noch keine Spur.

Amelia fühlte sich, als wäre sie in einem Paralleluniversum gelandet. Als hätte sich die Welt, wie sie sie kannte, irgendwann abgespalten. An dem Tag, als die Sicherheitsmänner sie ins *Medical Center* gebracht hatten, oder an dem Tag, als sie im *XOXO* mit Nathan herumgemacht hatte. Vielleicht auch an dem Tag, an dem Trump Präsident wurde. Irgendwann war die Welt aus den Fugen geraten und hatte sie mit ihr in diese grauenvolle Version ihres Lebens geschleudert.

Es war Freitagabend, wahrscheinlich. Eigentlich sollte sie jetzt irgendwo einen Gin Tonic trinken, tanzen und flirten. Weiter könnte ihr Leben gerade nicht davon entfernt sein.

Sie wollte zurück in ihr Leben. Sie wollte einfach am nächsten Morgen aufwachen und da weitermachen, wo sie vor ein paar Wochen aufgehört hatte.

Ihr Leben hatte sich schon einmal über Nacht komplett geändert, als man sie ihrer Mutter weggenommen hatte. Das war hart gewesen. Doch ihre Pflegefamilie hatte es ihr leicht gemacht, neu anzufangen. Das, was sie gerade hatte, fühlte sich einfach nur verkehrt an.

Es war ein Dasein, aber definitiv kein Leben, und sie hasste es.

Wie erwartet, wurde Amelia am nächsten Tag abgeholt. Es waren Schwester Grace und ein Sicherheitsmann.

Auf dem Gang stieß Erika zu ihnen. »Sie sieht nicht gut aus«, fuhr sie Schwester Grace an.

»Ihre Werte sind in Ordnung«, entgegnete diese nüchtern.

»Ich habe kein gutes Gefühl dabei.« Erika holte eine kleine Taschenlampe aus ihrer Kitteltasche und wandte sich an den Sicherheitsmann. »Augenblick noch«, sagte sie und deutete auf einen Stuhl im Gang. »Setzen Sie sie dort kurz ab.«

Schwester Grace seufzte, während der Sicherheitsmann tat, was Erika von ihm verlangte.

Amelia saß auf dem Stuhl und Anspannung breitete sich in ihr aus. Sie wusste, dass es jetzt darauf ankam, zu funktionieren, die Zeichen zu deuten und sich auf Erikas Spiel einzulassen.

Erika griff nach ihrem Handgelenk und maß ihren Puls. »Achtzig«, sagte sie, während Amelia spürte, wie Erika über ihre Handfläche streifte, etwas hineinlegte und ihre Hand mit einer dezenten Geste zur Faust schloss. Was auch immer das in ihrer Hand war, es war klein und glatt.

Erika schaltete ihre Taschenlampe an, begann ihre Pupillen zu überprüfen und ließ den Lichtstrahl hin und her wandern. »In Ordnung«, sagte sie schließlich, packte Amelia und zog sie nach oben.

Amelia prallte gegen Erika, die genau diesen Moment nutzte, um ihr etwas zuzuflüstern. »Steck dir die Tablette in den Mund. Wenn eine Stunde vergangen ist, beiße drauf.«

Mehr sagte sie nicht. Keine Zeit für weitere Anweisungen. Eine Tablette. Für oder gegen was auch immer.

Erika warf ihr einen eindringlichen Blick zu. Amelia überlegte, wie sie es am besten anstellen sollte. Kurzerhand täuschte sie einen Hustenanfall vor und steckte sich die kleine Tablette in den Mund. Vorsichtig schob sie sie unter ihre Zunge.

Amelia hatte sich nicht gewundert, als man sie in einen Raum brachte, der, abgesehen von dem abgetrennten und mit Geräten ausgestatteten Nebenraum, fensterlos war. Brick, Schwester Grace und Erika hatten bereits hinter der Scheibe Platz genommen und schienen bereit für das Spektakel.

Das musste die Wärmekammer sein. *Eine Stunde* – wenn sie Erika trauen konnte.

Die Temperatur im Raum stieg stetig an und wurde saunaartig. Es war diese Art von trockener Saunahitze, in der selbst fünf Minuten eine Qual waren.

Obwohl sie wusste, dass es zwecklos war, hatte sie ein paar Mal um Wasser gebeten. Erika hatte recht gehabt. Man wollte sie verdursten lassen. Oder zumindest die Panik bis kurz vor dem Verdursten schüren. Verdursten war schließlich einer der grauenvollsten Tode, die man sterben konnte. Man konnte über Brick denken, was man wollte, halbe Sachen machte er offensichtlich nicht.

Immer wieder tastete Amelia mit ihrer Zunge nach der Pille. Der Durst wurde immer schlimmer und sie hatte jegliches Zeitgefühl verloren. Wie lange war sie schon hier? Waren es zehn Minuten, eine halbe Stunde oder gar länger? Konnte sie schon zur Tat schreiten? Sollte sie es überhaupt? Die vermeintliche Hoffnung in ihrem Mund könnte schließlich ebenso gut ihr Todesurteil sein. Amelia wusste zwar nicht, was Erika davon haben sollte, wenn sie sie umbrachte, allerdings war ihr noch weniger klar, was sie davon hatte, ihr zu helfen.

Ihr Hals wurde immer trockener und sie wusste nicht, wie lange sie das noch aushalten würde. Sie versuchte, sich möglichst ruhig zu verhalten. Sie wollte keine unnötige Energie verschwenden. Und vor allem keine unnötige Flüssigkeit ausschwitzen. Die hohen Temperaturen im Raum und der Flüssigkeitsmangel ließen ihr jede Sekunde unerträglich lang vorkommen. Amelias Hals brannte wie Feuer und ihr wurde schwindelig. Die Stunde musste einfach vorbei sein.

Sie holte die Pille unter ihrer Zunge hervor und nahm einen tiefen Atemzug. Entschlossen biss sie darauf und schluckte die Brösel hinunter. Sie schmeckten bitter und waren nur schwer mit trockenem Mund zu schlucken.

Vielleicht war es nicht die beste Option, aber es war die einzige, die sie hatte. Sie hoffte nur, sie würde ihre Entscheidung nicht bereuen …

Datenbank des Superior Medical Centers
SMC New York
Projekt: »Secularly Dawn«
Classified Area
This information is strictly confidential.
Agree to proceed. Yes / No
Projekt Start: 19. September 1994
Projekt Ende: 15. Januar 1997
Projekt Budget: 42 Mio $
Press Enter for details

Kapitel 13

Nathan

Es war drei Uhr morgens, als es an Nathans Tür klingelte. Er hatte die ganze Nacht wach gelegen und war beinahe dankbar dafür, endlich einen Grund zum Aufstehen zu haben. Er öffnete die Tür einen Spalt und Sky lugte hindurch.

»Sorry, dass ich dich wecke.«

»Tust du nicht«, antwortete Nathan und bat Sky herein, blieb jedoch mit ihm im Flur stehen. Nathan musterte ihn. Er wirkte nervös, irgendwie angespannt. »Was ist los?«

Sky biss sich auf die Unterlippe. »Amelia ist weg.«

»Was soll das heißen, sie ist weg?«, fuhr Nathan ihn an.

»Ich habe keine Ahnung, aber sie liegt nicht mehr auf der Station.«

Nathan raufte sich die Haare. Was hatte das zu bedeuten? »Vielleicht haben sie Amelia ja gehen lassen und sie ist wieder zu Hause.«

»Unwahrscheinlich. Aber es sollte für dich ja ein Leichtes sein, das herauszufinden.«

Das hatte er schon ganz verdrängt. Er holte sein Handy heraus und wählte Catherines Nummer. Es klingelte fünf Mal, bevor sie abhob.

»Hi, ich bin's, Nathan.«

»Nathan! Wie schön, dass du dich meldest – so mitten in der Nacht.« Sie klang verschlafen, doch für ein schlechtes Gewissen hatte er keinen Nerv.

»Ja, ich wollte mich eigentlich schon längst melden, aber bei der Arbeit ist so viel Stress gerade. Ich bin einfach nicht dazu gekommen.«

»Kein Problem. Jetzt meldest du dich ja.«

»Und, bei dir zu Hause alles in Ordnung?«, fragte er und presste seine Lippen aufeinander.

»Na ja …«

Nathan begann nervös im Flur auf und ab zu gehen. »Wieso, *na ja.* Ist etwas passiert?«

»Es ist merkwürdig. Amelia wurde mitgenommen. Angeblich ins *Medical Center.* Aber ich darf sie nicht besuchen. Weißt du denn nichts? Du bist doch ihr behandelnder Arzt.«

»War.«

»War?«

»Ja, lange Geschichte. Erzähle ich dir ein anderes Mal. Ich melde mich bald mal wieder. Mach's gut, Catherine.«

»Nathan, warte.«

Nathan hatte aufgelegt und warf sein Handy achtlos auf das Garderobensideboard. Er wusste, was er wissen musste. Wo auch immer Amelia sich gerade aufhielt, zu Hause war sie nicht. Er schüttelte den Kopf und sah hinüber zu Sky. »Irgendwelche schlauen Einfälle?«

Sky zuckte mit den Achseln. »Ich dachte, du bist derjenige mit den schlauen Einfällen.«

»Richtig. Wir brauchen ihre Akte. Hast du nicht gesagt, du kennst jemand in der IT?«

»Ja, aber ich fürchte«, seufzte Sky, »das kostet uns mehr als nur eine kleine Gefälligkeit.«

Sky hatte Nathan durch Straßen geführt, von denen er gar nicht wusste, dass es sie in New York gab. Das lag möglicherweise auch daran, dass man noch vor einigen Jahren nie ohne Polizeischutz dorthin gegangen wäre. Heute war das anders. Die einstigen Problembezirke waren hip und für die ursprünglichen Bewohner praktisch nicht mehr bezahlbar. Trotzdem hatte Nathan Harlem und weite Teile der Bronx noch nie mehr als gestreift. Zwar war er des Öfteren in New York, doch er kannte niemanden, der hier lebte.

Vor einem der schöneren Backsteingebäude in der 122. Straße blieb Sky stehen. »Ich sollte dich vorwarnen. Vince ist etwas … anders. Es wäre schön, wenn du ihn nicht anstarrst«, sagte Sky ernst.

»Warum sollte ich ihn anstarren?«

Sky betätigte die Klingel. »Das wirst du gleich sehen«, sagte er, während er ein zweites Mal klingelte.

Die Tür öffnete sich und Nathan eilte hinter Sky die Stufen in den ersten Stock hinauf. Sky ging auf eine der beiden Türen zu und klopfte.

»Ich bin's«, rief er und die Tür öffnete sich.

Nathan verstand augenblicklich, warum Sky gesagt hatte, er solle Vince nicht anstarren. Seine linke Gesichtshälfte war gelähmt, hing schlaff herunter und bewegte sich nicht mit dem Rest mit. Vince war entstellt. Ob von Geburt an oder durch einen Unfall, konnte Nathan nicht sagen. »Haaallo«, sagte Vince.

Vince hörte sich an wie eine ausgeleierte Kassette. *Schlaganfall,* tippte Nathan. »Hallo«, grüßte er zögerlich zurück. »Entschuldige die späte Störung.«

Vince winkte ab.

»Wenn man irgendwen um diese Uhrzeit besuchen kann, dann Vince«, sagte Sky. »Ich kenne keine größere Nachteule.«

»K-K … Kommmmt doch reeiin«, sagte Vince.

Beide traten ein. Sky wedelte mit einem kleinen Tütchen Haschisch.

Vince lachte. »D-Dope. D-Du biiist der Best-te.« Er griff hinter die Couch und stellte eine durchsichtige Pfeife aus Glas auf den Tisch.

Sky befüllte sie mit seinen mitgebrachten Drogen. »Neue Bong«, bemerkte er nebenbei und Vince nickte. Die beiden schienen ein eingespieltes Team zu sein.

Vince zündete mit seinem Feuerzeug die Pfeife an, nahm einen tiefen Zug und gab sie dann an Sky weiter. Der zündete das Zeug erneut an und nahm ebenfalls einen tiefen Zug. Nathan passte und reichte das Ding wieder an Vince zurück.

Bei der nächsten Runde wollte Sky ihn offenbar nicht so davonkommen lassen. Er sah ihn an und signalisierte ihm, jetzt doch endlich einen Zug zu nehmen.

»Na, gib schon her«, sagte er und nahm Pfeife und Feuerzeug entgegen. Nathan zündete das Haschisch an und nahm einen tiefen Zug. Er versuchte, den Rauch nicht so tief zu inhalieren, konnte ein leichtes Husten jedoch nicht unterdrücken. Kommentare erntete er dafür erstaunlicherweise keine.

»Guter Stoff?«, fragte Sky.

Nathan zuckte mit den Schultern. Er konnte das nicht wirklich beurteilen. Außerdem ging er nicht davon aus, dass dieser Kommentar tatsächlich für ihn gedacht war.

»Verdammt gut«, sagte Vince.

Nathan sah ihn erstaunt an.

»Ja, wenn ich *stoned* bin, rede ich ganz normal«, sagte Vince. »Ich sehe dann noch immer aus wie eine Missgeburt, aber ich rede nicht mehr wie eine.« Er lachte bitter.

»Schlaganfall?«, fragte Nathan.

»So etwas Ähnliches.«

Nathan blickt zu Boden. »Tut mir leid.« Das tat es ihm wirklich.

Vince zuckte mit den Schultern. »Lasst uns eine Runde *Call of Duty* zocken«, sagte Vince und zeigte auf seine *Play Station.*

Nathan sah Sky an und signalisierte ihm, Vince um seine Hilfe zu bitten.

»Gern«, erwiderte Sky. »Aber fang nicht an zu heulen, wenn ich gewinne.«

Nathan konnte es nicht fassen. Wollte Sky jetzt allen Ernstes eine Runde *Ego-Shooter* spielen? Er konnte zwar verstehen, dass er nicht mit der Tür ins Haus fallen wollte. Aber deshalb hatten sie ja schließlich schon Drogen konsumiert. Jetzt konnte er doch wohl wirklich zum Punkt kommen.

»Vince«, begann Nathan. »Wir hätten da vorher noch eine Bitte an dich.«

»Oh.« Vince stand auf und verstaute seine Kiffer-Utensilien. »Ihr seid gar nicht hier, um mit mir abzuhängen. Natürlich nicht.«

»Das war nicht so gemeint«, versuchte Nathan seine Worte zu entschärfen.

»Vince«, sagte Sky. »Du weißt genau, dass ich oft komme, um mit dir zu zocken und abzuhängen. Aber es gibt da tatsächlich etwas, wofür ich noch mal deine Hilfe brauche.«

»Und was?«

»Du hast doch neulich die Kameras für diese Patientin gehackt und sie ausfallen lassen, damit ich ungesehen ihr Zimmer betreten konnte.«

»Soll ich das noch mal machen?«

»Nein, du müsstest dich in ihre Akte hacken.«

Vince sah sie mit großen Augen an. »Nicht euer Ernst, oder?«

»Leider ja«, sagte Sky.

»Es ist wichtig. Vielleicht ist sie in Gefahr.«

Vince blickte von einem zum anderen.

»Ja, und er ist in sie verknallt«, sagte Sky und deutete auf Nathan.

»Erzähl doch keinen Blödsinn. Außerdem tut das nichts zur Sache. Sie ist in Gefahr. Punkt.«

»Ja, sie ist in Gefahr. Und unser Rächer der Frauen und der Armen hier möchte dringend die holde Maid retten.« Sky lachte.

»Und flachlegen«, ergänzte Vince.

Nathan schüttelte den Kopf.

»Sie ist Bricks Patientin«, sagte Sky an Vince gerichtet.

Vince nickte zuerst betroffen und sah dann mit einem schelmischen Grinsen zu Nathan. »Sie ist hübsch. Ich kann verstehen, dass du in sie verliebt bist.«

Nathan rollte mit den Augen. »Das tut doch jetzt überhaupt nichts zur Sache. Amelia ist mir nicht egal – das ist aber auch schon alles.«

»Und das Schlimme ist«, sagte Sky. »Er hat sich das jetzt schon so oft gesagt, dass er selbst daran glaubt.«

»Ich bin einer der Aspiranten ihrer Schwester.« Nathan hoffte, dass die Diskussion damit beendet war.

»Das heißt, es ist kompliziert«, führte Vince das Gespräch dennoch fort.

Nathan gab sich geschlagen. »Ja.«

»Dann an die Arbeit.« Vince ließ seine Fingerknöchel knacken und setzte sich an seinen Computer. »Wie heißt sie genau?«

»Amelia Zephyr«, sagte Nathan.

Mit flinken Fingern begann er auf einem schwarzen *shell script* Bildschirm mit weißer Schrift diverse Befehle einzutippen. Vielleicht hätten sie Nathan sogar etwas gesagt, doch Vince bediente seine Tastatur in einer Geschwindigkeit, die es einem unmöglich machte, auch nur ansatzweise irgendetwas zu erkennen.

Die Zeilen flogen über den Bildschirm und immer neue Fenster öffneten und schlossen sich wieder.

»*Yes!*«, rief Vince und hob seine Fäuste triumphierend in die Luft.

»Hast du sie etwa schon?«, fragte Sky.

Anstatt einer Antwort drehte Vince den Bildschirm so, dass beide gut sehen konnten.

Nathan erstarrte. »Das muss ein Irrtum sein. Du hast bestimmt die falsche Akte.«

Vince schüttelte den Kopf, während Sky sich durch die Akte scrollte.

Nathan hatte nichts von der Akte gelesen. Er war noch beim Patientenheader stehen geblieben. Hatte ihn wieder und wieder gelesen. Jedes Mal in der Hoffnung, dass dort ein anderer Entlassungsgrund stand als *Tod.*

Erika

Zufrieden sah Erika in die Wolken, die an ihrem Fenster vorbeizogen. Es war so einfach gewesen, Amelia aus dem SMC zu bringen. Amelias Zeitgefühl war zugegebenermaßen nicht das Beste. Sie hatte die Kapsel, die sie ihr gegeben hatte, bereits nach vierzig Minuten geschluckt. Das von Erika zusammengemischte Gift hatte seine Wirkung schnell entfaltet. Amelia war zusammengebrochen und ihre Vitalwerte waren auf ein kritisches Niveau abgefallen.

Erika war daraufhin in den Raum gestürmt und hatte Brick und Grace angebrüllt. Sie wären zu weit gegangen und Amelia hätte heute so angeschlagen gewirkt. Erika ließ Amelia in den Schockraum bringen und ihr Assistent Parker schickte Brick und Grace weg. Den Tod festzustellen und dafür zu sorgen, dass niemand im SMC sie noch zu Gesicht bekam, war nicht schwer. Schließlich hatte sie Brick gesagt, sie würde dafür sorgen, dass eine natürliche Todesursache in den Akten stand. Und sie würde ihn aus der Sache raushalten, sofern beide über das Geschehene Stillschweigen bewahrten. Brick schien froh zu sein, dass nichts auf ihn zurückfallen würde. Er war verärgert, versagt zu haben – mehr nicht. Typisch Brick eben.

Um alle weiteren Formalitäten vor Ort würde sich Parker kümmern. Auf ihn war Verlass.

»Wir befinden uns im Landeanflug auf Baltimore. Das Wetter ist mild und die aktuelle Temperatur liegt bei 80 Grad Fahrenheit. Bitte legen Sie Ihre Sicherheitsgurte wieder an«, ertönte es aus dem Cockpit.

Erika sah hinüber auf die andere Seite des Ganges. Amelia lag mit geschlossenen Augen und bis zum Kinn zugedeckt am Fenster. Sie sah so friedlich aus. Und sie war schön. Gern hätte Erika ihr über die Wange gestrichen. Immer wieder hatte sie sich in Erinnerung gerufen, dass sie das nicht tun durfte. Es war Amelia, nicht Pandora. Sie sah ihr verdammt ähnlich, aber sie war es nicht. Dabei hatte sie dieses Miststück verflucht, seit sie bei den Davis' in New York aufgetaucht war. Doch nun brauchte sie Amelia. Sie war der Schlüssel zu all ihren Träumen.

Erika warf einen Blick auf das Prepaid-Handy, das ihr Parker, ihr persönlicher Assistent, kurz vor dem Abflug in die Hand gedrückt hatte. Alles war organisiert. Die Fahrt, der Raum, das Personal, Pandoras Entlassung und Verlegung.

Ryan war der nächste Punkt auf ihrer Liste. Ein wenig Überzeugungsarbeit musste sie vermutlich noch leisten. Er würde sicher nicht sofort aufspringen und *Ja* sagen. Einerseits, weil er andere Verpflichtungen hatte, andererseits hatte er dem SMC bewusst den Rücken gekehrt. Für Erika kam jedoch niemand anderer für diese Mission infrage. Ryan war einer der besten Humangenetiker, selbst damals noch innerhalb der SHS. Es war ein Jammer, dass er sich mittlerweile ganz an seinen Lehrstuhl an die *Johns Hopkins* zurückgezogen hatte. Erika musste es schaffen, ihn das große Ganze sehen zu lassen. Sie musste Ryan in ihre Vision eintauchen lassen. Wenn er verstand, worum es ihr ging, und das Potential sah, würde er *Ja* sagen, da war sie sich sicher.

Denn es ging nicht nur um sie. Nicht nur um Prinzipien. Es wäre ein Beginn. Der Beginn einer neuen Ära. Das konnte er unmöglich ablehnen.

Amelia

Als Amelia erwachte, befand sie sich auf dem Rücksitz einer Limousine. Neben ihr saß Erika. In der Pille war also kein Cyanid gewesen, Erika hatte sie tatsächlich aus Bricks Klauen befreit.

»Amelia, wie schön, dass du wieder zu dir kommst. Ich bringe dich in Sicherheit. Ich habe dir doch gesagt, dass ich dich retten werde.«

»Ja, ich erinnere mich.« Nur hatte Amelia nicht angenommen, dass sie es wirklich ernst gemeint hatte.

»Geht es dir gut?«

Amelia nickte. Sie waren nun also per Du. Das hatte sie gar nicht mitbekommen. Ebenso wenig, dass sie so dicke befreundet waren, dass Erika sie rettete. »Warum tust du das?«

»Ich kann verstehen, wenn du mir nicht traust. Nach allem, was du in den letzten Tagen durchgemacht hast, wäre ich an deiner Stelle auch skeptisch. Du solltest wissen, dass ich nicht alles gutheiße, was in der SHS passiert. Und auch wenn ich die Leiterin des SMC bin, passieren dort Dinge, die mir zuwider sind. Leider ist mein Einfluss oft weniger groß, als ich ihn mir wünschen würde.«

Amelia wusste nicht, was sie davon halten sollte. Es war nicht abwegig, dass auch Erika ihre Probleme mit der SHS hatte und ihr deshalb half. Erika wirkte nur einfach nicht wie der selbstlose, idealistische Typ, der für jemanden, den sie gar nicht kannte, etwas riskierte. Nichtsdestotrotz, sie hatte sie befreit. Und was auch immer sie vorhatte, zumindest war Amelia nicht gefesselt und es waren, soweit sie das sehen konnte, auch keine Bodyguards anwesend. Es konnte also nur besser werden.

»Wo sind wir?«, fragte Amelia.

»Baltimore.«

Amelia war noch nie in Baltimore gewesen und hatte ehrlich gesagt nie ein starkes Bedürfnis danach verspürt. »Wieso Baltimore?«

»Weil du für eine Weile untertauchen solltest und ich hier Kontakte habe, die uns dabei helfen werden.«

»Verstehe.« *Untertauchen.* Das klang nach Einöde und Abschottung. Deshalb war Amelia durchaus erstaunt, als ihr Wagen mitten in der Stadt zum Stehen kam.

»So, da wären wir«, sagte Erika.

»Wir bleiben in der Stadt?«

»Glaub mir. Das ist besser so. In der Stadt stellt niemand Fragen und keiner interessiert sich für seine Nachbarn.«

»Auch wahr.« Aber war Baltimore nicht eine dieser Städte, in denen es auch nicht interessierte, wenn man auf der Straße niedergestochen wurde? Trotzdem immer noch besser als in Bricks Versuchslabor – hoffentlich.

Wut auf Brick und Sorge um Amelia wüteten in Nathan. »Das kann er doch nicht machen«, sagte er. »Brick, dieses kleine Stück Scheiße. Dafür wird er bezahlen.« Nathan stand auf und ging zur Tür.

»Was hast du vor?«, fragte Sky, der die Akte in aller Ruhe zu Ende gelesen hatte.

»Mir diesen Mistkerl vorknöpfen.«

»Ach – und du weißt, wo er wohnt?«

Nathan hielt inne. »Nein, aber das lässt sich sicher rausfinden.«

»Kein Problem«, schaltete sich Vince ein. »Ich hacke mich in die Mitarbeiterakte.«

Nathan nickte dankbar und ging zurück zu den beiden.

Sky legte ihm eine Hand auf die Schulter. So sehr er sich darüber aufregen wollte, diese Geste hatte etwas Tröstliches. Nathan ließ sich auf die Couch sinken und raufte sich die Haare.

»Nathan, ich verstehe deine Gefühle. Deine Wut«, sagte Sky. »Aber tue jetzt nichts Unüberlegtes. Und vor allem: nicht allein.«

Er nickte, obwohl alles in seinem Inneren sich dagegen aufbäumen und handeln wollte. Nathan wusste, dass Sky recht hatte. »Danke«, murmelte er.

Sky nickte leicht und wand sich dann Vince zu. Der tippte wieder in Rekordtempo auf seiner Tastatur und Sky gab ihm diverse Instruktionen.

Sky stand auf und ging in die Küche. Nathan wollte sich gerade darüber aufregen, wie er in dieser Situation nur ans Essen denken konnte. Allerdings tat er das gar nicht. Er hatte eine Flasche Whiskey geöffnet und etwas davon in ein Glas gegossen.

Was für eine gute Idee! Nathan erhob sich. Auf seinem Weg in die Küche kam ihm Sky entgegen und drückte ihm das Glas in die Hand. »Hier.«

Nathan nahm es dankbar entgegen und leerte es in einem Zug. Der Alkohol brannte in seiner Kehle. Er schüttelte sich und spürte, wie sich die Wärme in seiner Brust ausbreitete. So merkwürdig es auch war, der Alkohol half ihm, wieder klar zu werden. »Danke«, sagte er an Sky gewandt. »Das habe ich jetzt gebraucht.«

Sky nickte. »Ich weiß.«

Natürlich.

Nathan war mit Sky in seine Wohnung – oder besser gesagt seinen faradayschen Käfig – gegangen, um ihr weiteres Vorgehen zu besprechen. Vince hatte einige überaus interessante Informationen aus dem System des SMC gezogen. Soweit Nathan das beurteilen konnte, war der Junge in Computerdingen ein Genie.

Der Akte war zu entnehmen, dass es Erika Jensen gewesen war, die Amelias Tod festgestellt hatte. Und interessanterweise hatte Erika Jensen am selben Tag Urlaub genommen und Pandora entlassen. Etwas viele Zufälle, fand Sky. Und Nathan musste ihm recht geben.

Sky rief Erika an, doch ihr Handy schien ausgeschaltet zu sein und eine Ortung selbst für Vince unmöglich. Der kurze Hoffnungsschimmer, der sich vor Nathan ausgebreitet hatte, zersplitterte in tausend Teile.

»Scheiße!«, fluchte Nathan. »Was machen wir jetzt?«

Sky sah zu Boden. »Deine Verzweiflung macht es mir gerade schwer, einen klaren Gedanken zu fassen.«

»Tut mir furchtbar leid«, erwiderte Nathan zynisch.

»Spar dir das. Lass uns lieber überlegen.«

»Was willst du überlegen? Eine Rasterfahndung durchführen?«

»Wenn du endlich mal versuchst, wieder einen klaren Kopf zu bekommen, wirst du zugeben müssen, dass die Anzahl der Optionen beschränkt ist.«

»Faszinierend, Watson. Faszinierend.«

Sky zischte verächtlich. »Du hast vielleicht sein Hirn, aber ich bin derjenige mit dem Drogenproblem. Also bin ich Sherlock.«

»Nein, bist du nicht. Deine Witze sind flach.«

»Wenn es dir damit besser geht, bin ich eben Watson.« Sky rieb sich das Kinn und ging auf und ab. »Eines ist klar«, sagte er. »Erika kann nicht allein sein. Wenn sie mit Amelia und Pandora unterwegs ist, braucht sie Ärzte, die ihr helfen.«

»Bist du dir da sicher?«

»Erika will immer von allem das Beste. Für sich selbst und ihre Patienten. Gerade Pandoras Pflege wird sie nicht dem Zufall überlassen wollen.«

»Und sie ist die Einzige im SMC, die im Urlaub ist. Es muss also jemand von außerhalb sein.«

»Entweder das, oder sie ist noch in der Gegend und es ist doch jemand aus dem SMC.«

»Nur eine Handvoll Möglichkeiten, ja?«, fragte Nathan und ballte seine Hände zu Fäusten.

»Ja.«

»Ziemlich große Hände, von denen du da sprichst.«

Skys Handy klingelte. Mit gerunzelter Stirn sah er auf das Display.

»Willst du nicht rangehen?«, fragte Nathan gereizt.

»Unbekannte Nummer. Ich weiß nicht.« Er starrte auf das Telefon und nahm schließlich den Anruf entgegen. »Hi.«

Nathan wandte sich ab und wollte Sky in Ruhe telefonieren lassen. Bis er Skys nächste Worte hörte.

»Erika«, sagte er und nickte Nathan zu.

Statuten der Superior Human Society (SHS)

Begrifflichkeiten und Zeremonien rund um die Maturantin (Teil 3)

(7)
Es obliegt der Entscheidung der Maturantin, ob sie Kenntnis von den Ergebnissen des Simulation Scorings haben möchte oder nicht. Traditionell werden die Simulationsergebnisse während des Maturity Feasts verkündet.

(8)
Die Wahl der Maturantin für einen Aspiranten hat binnen eines Monats nach dem Maturity Feast zu erfolgen und wird der Gesellschaft im Rahmen der Verkündungszeremonie mitgeteilt.

(9)
Ein Zwang zur Wahl beziehungsweise zur Annahme der Wahl besteht nicht. Die Gründe einer Ablehnung sind dem Oberhaupt sowie einem von ihm einberufenen fünfköpfigen Gremium plausibel darzustellen.

Kapitel 14

Amelia

Amelia stand neben Erika in dem lichtdurchfluteten Apartment im 23. Stock eines modernen Hochhauses. Im Vergleich zu ihrem Krankenhaus-Gefangenen-Zimmer war natürlich alles ein Upgrade, doch hier ließ es sich aushalten. Vor allem auf der Dachterrasse.

»Gefällt es dir?«, fragte Erika.

»Also, zurück ins *Medical Center* möchte ich nicht.«

»Das würde ich auch nicht zulassen.«

Sie hatte das vermutlich nett gemeint, doch Erikas Miene wirkte bei diesen Worten so eisig, dass Amelia leicht zusammenzuckte. »Schön«, sagte sie und versuchte, ihre Reaktion zu überspielen.

»Ich zeige dir dann mal dein Zimmer.« Erika fasste sie sanft am Ellbogen.

Amelia folgte ihr. Der Gedanke an ein Zimmer, an eines, in dem nicht nur ein Bett mit Fesseln stand, erfüllte sie mit Vorfreude.

Erika öffnete eine Tür. »Voilà. Dein Zimmer – fühl dich wie zu Hause. Wenn dir etwas fehlt, werden wir es kaufen. Dir soll es an nichts fehlen.«

»Danke«, sagte Amelia. Warum Erika das tat, war ihr immer noch ein Rätsel. Für den Moment nahm sie es jedoch dankbar hin. Das Zimmer war schön. Etwas pastellig vielleicht. Aber schön. Catherine würde es gefallen.

Catherine. Da war er wieder, der Stich.

Amelia drehte sich zu Erika. »Catherine. Meine Pflegefamilie«, begann sie. Was sollte sie fragen? Was wollte sie wissen? »Was …«

»Es tut mir leid, Amelia. Du kannst sie nicht sehen. Zumindest nicht im Moment. Ich traue ihnen leider nicht«, sagte Erika mit gesenktem Kopf. »Tut mir leid. Ich wollte dir das nicht so sagen. Es tut dir sicher weh. Aber ich will dich beschützen. Und dazu sind nun einmal ein paar Sicherheitsmaßnahmen nötig.«

»Und sie denken, ich bin …«

»Tot«, vollendete Erika den Satz. »Es ist schrecklich, ich weiß. Aber es ist für den Moment die beste Lösung. Alles andere ist einfach zu gefährlich.«

Amelia nickte. »Verstehe.«

»Ich lasse dich dann mal ein wenig in Ruhe. Hinter der Tür dort hinten ist dein Badezimmer. Lass dir Zeit. Mach dich frisch, leg dich hin – was immer du willst. Ich muss noch einmal kurz weg und kümmere mich ums Essen. Was möchtest du?«

»Ganz egal«, sagte Amelia. Das war es wirklich. Durch ihren Kopf fegten gerade so viele Fragen, und keine von ihnen hatte auch nur entfernt mit Essen zu tun. Sie war offiziell tot – das musste sie erst einmal verdauen.

Amelia schloss die Tür hinter sich und ging direkt ins Badezimmer. Der Blick in den Spiegel erschreckte sie und hatte nur wenig mit der Frau zu tun, die sie glaubte zu sein. Es war nicht nur ihre Haut, die plötzlich einen unreinen Glanz aufwies, oder ihre Haare, die fettig und verknotet wirkten. Das alles war ihr klar gewesen. Immerhin hatte sie sich seit Tagen nicht waschen können. Es war ihre gesamte Erscheinung, die sie erschreckte. Sie hatte tiefe schwarze Ringe unter den Augen. Und auch die Augen selber. Waren das wirklich ihre? Sie wirkten so leer. Amelia war sich sicher, dass früher einmal ein Funkeln darin gelegen hatte, ein Schimmer, der Lebensfreude ausstrahlte. Jetzt wirkten sie tot.

Ob es daran lag, dass sie dem Tod ins Auge geblickt hatte und das mehr als einmal in den letzten Tagen? Oder war es, weil ihre Welt zusammengebrochen war? *Mal wieder.* Egal, woran es lag, der Anblick gefiel ihr nicht. Sie war nicht diese Frau. Wollte sie nicht sein.

Amelia zog sich den grauen Trainingsanzug, den man ihr angezogen hatte, aus und betrachtete nun auch ihren Körper. Die Schonkost im Krankenhaus hatte ihre Spuren hinterlassen. Nicht nur ihr Gesicht wirkte eingefallen, auch ihr Körper tat es. Sie musste dringend wieder etwas Vernünftiges essen. So unwichtig ihr die Frage nach dem

Abendessen vor ein paar Minuten erschienen war, sie war eindeutig wichtig. Amelia würde essen, alles in sich hineinstopfen, bis sie sich nicht mehr bewegen konnte. Und dann würde sie mit dem Nachtisch weitermachen. Der Trotz, der in diesem Gedanken mitschwang, die Kampfansage, wieder die zu werden, die sie vorher war, zauberte ein kleines Lächeln auf ihre Lippen.

Amelia drehte das heiße Wasser auf und stellte sich unter die große Rainforest-Dusche. Das Wasser auf ihrer Haut fühlte sich gut an. Als wäre sie gefroren gewesen und würde nun langsam wieder auftauen.

Und das würde sie auch.

Erika

Erika hatte gerade das Gebäude verlassen, als der Krankenwagen um die Ecke bog und rechts ranfuhr. Parker öffnete von innen die Hintertür und hüpfte aus dem Fahrzeug.

»Hallo, Erika«, sagte er und nickte ihr zu.

»Parker«, erwiderte Erika fragend.

Parker kannte sie gut genug, um zu verstehen, was sie wissen wollte. »Alles in Ordnung mit ihr. Die Vitalwerte sind stabil, und soweit sich das bisher beurteilen lässt, hat die Verlegung keine Auswirkung auf ihren Zustand gehabt.«

»Sehr gut«, sagte Erika erleichtert. »Wie lange wird ihre Betäubung noch anhalten?«

»Etwa eine Stunde«, antwortete er.

Erika nickte und betrat den Krankenwagen. Pandora trug ein hellblaues Nachthemd, das eine Nuance heller war als der Bezug der Liege. Ihre braunen langen Locken umrahmten ihr entspanntes Gesicht. Wären da nicht die Schläuche an ihren Armen, könnte man meinen, sie würde einfach nur friedlich schlafen. Erika war zuversichtlich, dass sie das bald wieder würde.

Sky hatte hervorragende Arbeit geleistet. Pandoras Zustand hatte sich erheblich verbessert. Den Rest würde er auch noch hinbekommen, da war sich Erika sicher. Skys neurologische Expertise gepaart mit seiner Gabe war für Erika und Pandora ein Geschenk. Natürlich war es ein Risiko gewesen, ihn einzuweihen, allerdings eines, das sie bereit war einzugehen. Zum einen, weil es um Pandora ging und damit alternativlos war. Zum anderen war sie sich sicher, dass sie ihm trauen konnte. Sky gehörte auch zu Hause zu einem ihrer engen Vertrauten. Er hatte wenig übrig für die meisten Superior-Ideologien, und auch wenn er nicht alle ihre Überzeugungen teilte, so hatte er doch Verständnis dafür. *Nicht ideal, aber das kleinere Übel,* pflegte er immer während ihrer SHS-Grundsatzdiskussionen zu sagen.

Gern hätte sie auch Nathan mit ins Boot geholt. Der wissenschaftliche Aspekt ihres Vorhabens würde ihm gefallen, da war sich Erika sicher. Inwieweit sie Nathan trauen konnte, allerdings nicht. Dazu kannte sie ihn nicht gut genug. Nathan war jemand, der nur wenig von sich offenbarte und stets sachlich blieb. Sowohl sein fachliches Wissen als auch seine Gabe wären für Erika von unschätzbarem Wert. Nathan hatte oft Bemerkungen über die Rückwärtsgewandtheit vieler der SHS-Regeln gemacht. Doch reichte das aus, um ihn dazu zu bewegen, zumindest aus SHS-Sicht, Hochverrat zu begehen? Denn was Erika plante, war genau das. Sie wollte die SHS vom Staub und dem spirituellen Überbau befreien. Die Zeit war reif dafür.

CRISPR/Cas9. Die Möglichkeiten dieser neuartigen und präzise arbeitenden Genschere durfte die SHS nicht ungenutzt lassen. Das Thema *Genome Editing* war zu wichtig und vielversprechend, um es weiterhin zu ignorieren. Was man alles erreichen könnte, würde man diese wissenschaftlichen Methoden mit ihren Erkenntnissen über die Superior-Gaben kombinieren! Es wäre dann möglich, Embryonen mit jeder erdenklichen Gabe zu kreieren. Und nicht nur das.

Es war die Zukunft.

Für manche war es ethisch fragwürdig. Erika empfand diese Denkweise jedoch als kleinkariert. Diese Leute sahen immer nur Gefahren und nicht die Möglichkeiten. Erika würde eine neue Superior-Generation erschaffen. Und sie würde für sich und Pandora ein Kind erzeugen, das all diese antiquierten Superior-Riten nicht hervorbringen konnten.

Erika trat an Pandoras Liege und strich ihr über die Haare. »Das werde ich, mein Schatz, das werde ich.«

Amelia

Amelia hatte sich nach dem Duschen etwas angezogen. Ihr Zimmer hatte bereits einen knapp bestückten Kleiderschrank. Alles gute Sachen – für ihren Geschmack aber etwas funktionell. Beschweren wollte sie sich jedoch nicht. Jeans und ein weißes T-Shirt waren immerhin besser als ein Krankenhausnachthemd.

Vor dem Fernseher wartete sie nun sehnsüchtig darauf, dass Erika mit dem Essen nach Hause kam. Sie zappte durch die Programme, konnte sich jedoch für nichts entscheiden. Irgendwie erschien ihr das alles so sinnentfremdet. Die Witze der Sitcoms wirkten flach, die Dramen der Soaps künstlich und die Umstylingsendungen absolut hohl. Trotzdem sah sie sich eine Weile diesen *vom hässlichen Entlein zum schönen Schwan*-Mist an. Den Menschen gefiel das. Klar. Es war eine Mischung aus Märchen und dem amerikanischen *Du kannst alles erreichen, wenn du willst*-Urgedanken. Amelia konnte nur den Kopf schütteln. Da war eine Frau, die alles hatte. Einen liebevollen Ehemann, entzückende Kinder, viele Freunde, ein gemütliches Haus, und sie redete sich ein, dass ihr Leben Mist war, weil sie nicht aussah wie ein Covergirl. Waren das etwa die großen Probleme dieser Zeit?

Unwillkürlich fragte sich Amelia, ob sie ihren Körper mit dem Leben dieser Frau tauschen würde. Ja, hätte sie sofort schreien müssen. Schließlich hatte sie alles, was ihr gerade entsetzlich fehlte. Die traurige Antwort war jedoch, sie wusste es nicht.

Froh darüber, dass ihre trübsinnigen Gedanken unterbrochen wurden, hörte sie, wie die Wohnungstür aufgeschlossen wurde und Erika vollgepackt mit Tüten hereinkam. Amelia sprang auf und ging ihr entgegen. »Wie gut, dass du kommst«, sagte sie und nahm ihr eine der Tüten ab. »Ich sterbe vor Hunger.«

Erika schmunzelte. »Dann ist ja gut, dass ich uns was vom Takeaway geholt habe und nichts zum Selbermachen.«

Amelia marschierte mit ihrer Tüte in die Küche, stellte sie auf die Anrichte und lugte hinein. »Was gibt es Leckeres?«

»Du solltest es noch nicht übertreiben. Du hast die letzten Tage nur Schonkost gehabt.«

Das, was Amelia in der braunen Papiertüte erspähte, unterstrich Erikas Worte. Durchsichtige Boxen mit klarer Brühe und Reis. »Aber ich habe Hunger.«

»Ich habe dir auch ein mildes Curry mit Huhn mitgebracht. Zu viel Fett solltest du zumindest heute aber noch meiden.«

Amelia schmollte.

»Dafür«, sagte Erika und wedelte mit einer anderen Tüte, »habe ich hier alles, was man für ein deftiges Frühstück braucht. Morgen darfst du wieder essen, was du willst und so viel du willst.«

Speck, Eier, French Toast, Pencakes. Amelia sah das Frühstücksbuffet schon lebhaft vor sich. Einen Tag noch. Das würde sie jetzt auch noch durchhalten.

Während Erika weiter die einzelnen Döschen und Boxen aus der Papiertüte auf dem Tisch ausbreitete, griff Amelia nach einem Paar der Einweg-Holzstäbchen und zog sie aus der mit chinesischen Schriftzeichen verzierten Papierhülle. Sie spielte mit ihnen herum und freute sich schon, endlich mal wieder etwas Festes zu essen.

»Von den *Dim Sums* kannst du auch ruhig essen.« Erika deutete auf eine der Boxen auf dem Tisch.

Amelia nickte und sah zu, wie Erika Soja-, Süßsauer- und Chilisauce in kleine Dippschälchen füllte.

»Setz dich doch schon mal«, sagte Erika.

Amelia nahm auf einem der Barstühle Platz und ließ den Geruch von Fett und asiatischen Gewürzen in ihre Nase dringen. In freudiger Erwartung spielte sie weiter mit ihren Stäbchen. Sie malte sich bereits aus, wie sie sich einen dieser kleinen *Dim Sums* schnappen, ihn in Sojasauce dippen und dann genüsslich verspeisen würde. Erika hatte in der Zwischenzeit Gläser und einen Krug mit kaltem Leitungswasser auf den Tisch gestellt. Sich selbst hatte sie ein Glas Weißwein eingeschenkt. Sehnsuchtsvoll sah Amelia zu dem Wein. Erika bemerkte ihren Blick. »Es wäre nicht gut, wenn du jetzt etwas trinkst«, sagte sie.

»Klar, das hatte ich auch nicht vor.«

Erika legte ihre Hand auf die von Amelia und sah ihr aufmunternd in die Augen. »Hab noch ein klein wenig Geduld. Alles wird wieder normal werden.«

Amelia nickte und musste unwillkürlich schlucken. *Normal.* An und für sich kein Wort, das ihr sonst einen Schauder über den Rücken jagte. Bis jetzt. *Normal.* Wie wundervoll das plötzlich klang. Es war genau das, was sie sich gerade wünschte. Normal sein. Ein normales Leben führen. Normale Dinge tun. Leben.

Sie presste ihre Lippen zusammen und versuchte, die sich in ihr aufbäumenden Gefühle niederzuringen. »Ja«, hauchte sie, weil sie gerade nicht mehr sagen konnte.

»Ja«, wiederholte Erika mit gleicher Intonation, als würde sie verstehen, was gerade in Amelia vorging. Vielleicht tat sie das sogar. Amelia wusste nicht, was ihre Gabe war. Womöglich hatte sie in sie hineingeblickt. Vielleicht konnte sie sich auch einfach nur gut in andere hineinversetzen.

Ein Lächeln stahl sich auf Amelias Lippen. »Guten Appetit.«

Erika erwiderte zufrieden ihr Lächeln. »Lass es dir schmecken«, sagte sie und nahm sich ein paar der Einwegstäbchen vom Tisch.

Beide stürzten sich auf das Essen und Erika begann, Amelia in unverfängliche Gespräche zu verwickeln, was ihr hervorragend gelang. Über Baltimore, Essen, Fernsehsendungen. Es war schön, einfach nur zu essen und zu reden. Amelia ließ ihren Blick durch die Wohnung wandern und schließlich wieder zu dem Bartisch, an dem sie saßen. Fast wie zwei Freundinnen. Und irgendwie waren sie das auch. *Fast.*

Nathan

Nathan packte Sky am Kragen und presste ihn gegen die Wand. »Ich wusste doch, dass ich dir nicht trauen kann.«

Sky schubste ihn von sich. »Drehst du jetzt gerade völlig durch?«

»Kannst du mir erklären, warum Erika Jensen untertaucht und ausgerechnet dich anruft? Ich finde das nämlich sehr verdächtig.«

»Ich kann es dir erklären. Und außerdem, wenn ich etwas vor dir zu verbergen hätte, dann hätte ich dir wohl kaum gesagt, dass Erika am Telefon ist. Also beruhige dich.«

Nathan gestand es sich nur ungern ein, aber Sky hatte recht. Das ergab überhaupt keinen Sinn. Er musste sich und seine Gefühle dringend unter Kontrolle bekommen. Er war sonst der Erste, dem solche Kleinigkeiten auffielen. »Ich höre.«

»Ist eine lange Geschichte.«

»Wie wäre es dann mit einer kurzen Version dieser langen Geschichte?«

Sky musterte ihn. »Kurzum, Erika und ich, wir stehen uns nah. Nicht so, wie du vielleicht denkst, aber ich kenne sie sehr gut.«

Nathan verzog den Mund, bemüht darum, mit dieser Geste auszudrücken, wie wenig ihn diese Antwort befriedigte.

»Ich erzähle dir alles auf dem Weg. Versprochen, Nathan.«

»Auf dem Weg?«

»Sie sind in Baltimore. Ich werde jetzt dort hinfahren. Du kannst natürlich hierbleiben … ich habe nur angenommen, dass du gern mitkommen möchtest.«

»Baltimore? Natürlich komme ich mit.«

Sky tippte auf seinem Handy herum. »Gut, der nächste Zug geht in etwa dreißig Minuten. Ich fürchte, zum Packen haben wir keine Zeit.«

»Scheiß auf den Zug. Wir fahren mit meinem Motorrad. Viel Gepäck können wir da aber auch nicht mitnehmen.«

Sky sah ihn kopfschüttelnd an. »Sicher nicht. Mit den Verkehrskameras überall weiß jeder, der es wissen möchte, sofort, wo du bist.«

»Glaubst du wirklich, die suchen nach uns?«

»Keine Ahnung. Wenn irgendwer davon Wind kriegt, dass Amelia nicht tot ist, dann würde ich das nicht ausschließen.«

»Dann eben Zug. Und scheiß aufs Packen!«, sagte Nathan.

»Genau das war auch mein Gedanke«, erwiderte Sky. »Gib mir dein Handy. Wir können es weder mitnehmen noch riskieren, es einfach hierzulassen.«

Nathan holte sein Smartphone aus der Tasche. Nur ungern wollte er es Sky aushändigen. Leider hatte er recht. Sie durften keine Spuren hinterlassen. Nathan ging zur Küche und öffnete die Tür der Mikrowelle. Entschlossen legte er sein Telefon hinein.

»Bitte«, sagte er und forderte damit Sky auf, es ihm gleichzutun.

»Da hat wohl jemand zu viel *Mr. Robot* gesehen«, witzelte Sky.

»Ich habe keine Ahnung, wovon du redest.«

»Egal«, sagte Sky und legte sein Gerät ebenfalls in die Mikrowelle. Er stellte die maximale Wattzahl ein und drückte auf Start.

Beide gingen einen Schritt zurück und warteten, bis die Geräte Funken schlugen und sie sich sicher sein konnten, dass keine verwertbaren Informationen mehr darauf vorhanden waren. Die Überreste würden sie im Müll entsorgen.

Sky holte ein Kochbuch vom Regal. Nathan wollte sich gerade über ihn aufregen, doch er ahnte, was passieren würde. Sein Gehirn begann langsam, aber sicher wieder zu arbeiten. Sky öffnete das Buch und holte einen großen Stapel Dollarscheine heraus. Genau so, wie Nathan es vermutet hatte.

»Warum hast du so viel Bargeld im Haus?«

»Man sollte immer für den Notfall gerüstet sein.«

Nathan war froh, dass es so war. Schließlich konnten sie unmöglich irgendetwas mit Karte zahlen. Und Nathan hatte nie mehr als eine Handvoll Bargeld dabei. »Du hast mit so einer Situation gerechnet?«

»Nathan, wenn du wüsstest, was ich weiß. Und wenn du tun würdest, was ich tue, dann hättest du auch Fluchtgeld zu Hause. Glaub mir.«

Davon konnte man halten, was man wollte. Im Moment hielt Nathan durchaus viel davon. »Der Zug wartet nicht auf uns. Lass uns gehen.«

Sky stopfte das Bündel Geldscheine in seinen Hosenbund, ging zur Garderobe, setzte sich eine Baseballkappe auf und warf Nathan ebenfalls eine zu.

Die Zeit war knapp und ein Taxi bei dem Verkehr nicht kalkulierbar. Da sie kein Gepäck hatten, liefen sie die zwei Meilen zum Bahnhof. Nathan joggte vier Mal wöchentlich. Für ihn war das kein Problem. Sky hingegen schnaufte ziemlich, hielt jedoch Nathans Tempo ohne Pause und Beschwerden. Als sie den Bahnhof erreichten, fiel Sky keuchend auf die Knie. Er holte ein paar Scheine heraus und gab sie Nathan. »Kauf schon mal die Tickets«, sagte er atemlos.

Nathan zog seine Kappe tief ins Gesicht. Er sondierte den Raum und ging schließlich zu dem Schalter, auf den am wenigsten Kameras ausgerichtet waren.

»Hallo«, begrüßte ihn die Frau am Schalter. »Wie geht es Ihnen?«

Beschissen. Spielte aber ohnehin keine Rolle. Nathan konnte sich nicht erinnern, wann er zuletzt auf diese Höflichkeitsfloskel geantwortet hatte. »Hallo! Zwei Tickets nach Baltimore bitte.«

Die Frau tippte in ihren Computer. »Für den Zug um 07:15 Uhr?«

»Ja.«

»Business oder Economy?«

Nathan überlegte kurz. »Economy«, sagte er schließlich. So unauffällig wie möglich.

»Darf ich Ihnen Sitzplätze reservieren?«

»Danke, nein.«

»Das macht dann 212 $.«

Nathan legte die Scheine in das drehbare Geldfach im Tresen und sah zu, wie die Tickets gedruckt wurden. Es kam ihm schrecklich langsam vor.

»Ihr Zug fährt von Gleis 11 ab. Ich wünsche Ihnen eine gute Reise«, sagte die Frau und überreichte ihm die Fahrkarten.

Sky stand bereits hinter ihm, hatte seine Kappe ebenso weit ins Gesicht gezogen wie Nathan und schien seinen Atem wiedergefunden zu haben.

Nathan nickte der Frau am Schalter noch einmal zu, dann liefen beide zum Gleis.

Aus den Sitzungsprotokollen der XXVI. Sitzung des Superior-Rats im Jahr 2015

Über die Anforderungen an die Bekleidung von Ämtern innerhalb der SHS

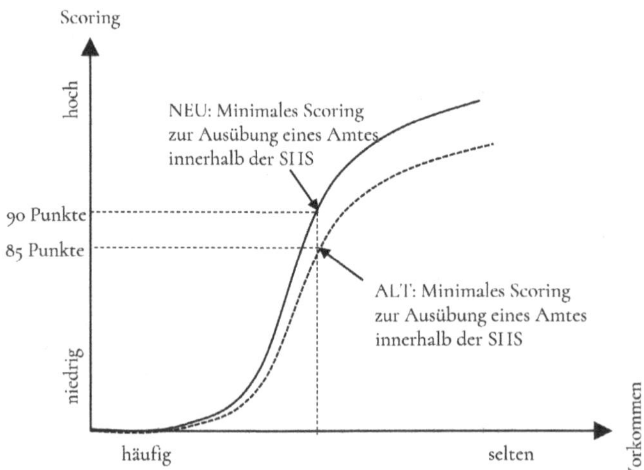

Abbildung:
Verteilungskurven Stand 06/30/2015

Kapitel 15

Nathan

Während sich der Zug in Bewegung setzte, gingen Nathan und Sky auf der Suche nach einem Abteil, in dem sie sich ungestört unterhalten konnten, durch die Gänge. Im letzten Drittel des Zuges wurden sie schließlich fündig. Kaum hatte Nathan die Tür geschlossen, wollte er endlich wissen, was Sky ihm bisher verschwiegen hatte.

»Ich würde sagen, hier sind wir ungestört«, sagte er an Sky gewandt.

Sky nickte, ohne Nathan anzusehen, und blickte stattdessen aus dem Fenster.

»Brauchst du noch Zeit, dir etwas Glaubwürdiges zurechtzulegen, oder erzählst du mir jetzt endlich, was wirklich Sache ist?« Nathans Stimme war scharf und seine Geduld langsam aufgebraucht. »An deiner Stelle …«

»Schon gut«, begann Sky. »Ich erzähle dir ja alles. Es ist nur nicht so leicht.«

Nathan zog eine Augenbraue nach oben, sparte es sich aber, Skys Worte mit einem zynischen Kommentar zu quittieren, als er dessen gequälten Blick bemerkte. Er setzte sich ihm gegenüber, presste seine Hände auf seine Schläfen und wartete. Darauf, dass Sky erzählen würde, was immer er zu erzählen hatte. Auf die Wahrheiten, die er enthüllen wollte, die Nathans Weltbild womöglich erschüttern und ihn noch tiefer in etwas hineinzerren würden.

Etwas Dunkles, Abgründiges.

Doch es gab kein Zurück, kein Wegsehen mehr.

Amelia – er musste sie sehen, sie in Sicherheit wissen. Bei dem Gedanken, was Brick ihr alles angetan haben könnte, verkrampfte sich sein Magen. Letztlich war es egal, warum er es tat. Denn es war richtig. Und kam es darauf im Leben nicht an? Die richtigen Dinge zu tun? *Es ist richtig.*

Sky räusperte sich. »Erika«, sagte er leise. »Sie ist meine Schwester.«

»Deine Schwester?«, sagte Nathan erstaunt. *Erika Jensen und Sky Morton?*

»Halbschwester.«

Natürlich kannte Nathan nicht die Familiengeschichte aller Superior. Er interessierte sich wenig für Klatsch und versuchte sich bei den gesellschaftlichen Anlässen so rar wie möglich zu machen. Bei einer Sache war er sich allerdings sicher: Elliot Sixten Carl Jensen, das Oberhaupt der SHS und Erikas Vater, war weder geschieden noch verwitwet. Und so tadellos und traditionell, wie er war, so unwahrscheinlich kam es ihm vor, dass seine Frau geschieden oder verwitwet war. Ein uneheliches Kind erschien ihm noch viel unwahrscheinlicher.

An und für sich nichts Ungewöhnliches. Unter Superior aber absolut undenkbar. »Wie kann das sein?«

»Meine Eltern«, setzte Sky an. »Sie konnten keine Kinder bekommen. Es lag an meinem Vater, meinten *sie*. Und weißt du, was passiert, wenn ein Superior-Paar keine Kinder bekommen kann?«, fragte Sky bitter.

Darüber hatte er sich noch nie Gedanken gemacht. Da die meisten Superior in außerordentlich guter körperlicher Verfassung waren und zudem tendenziell früh Kinder bekamen, war das für ihn auch nie etwas, das von Bedeutung schien. »Nein, keine Ahnung.«

»Wenn man keine besonderen Gaben hat, wird man aus der Gesellschaft ausgeschlossen. Und wenn man als Frau unfruchtbar ist, sowieso. In den anderen Fällen kümmert man sich darum.« Sky ballte seine Hände zu Fäusten. »Wenn die Frau besondere Gaben besitzt. Und bei meiner Mutter war das der Fall. Dann kann es die SHS unmöglich zulassen, dass ihre Gaben nicht an die nächste Generation weitergegeben werden. Man fertigt *Scorings* der männlichen Führungsriege und der Frau an. Und der mit dem höchsten *Simulation Scoring* wird die Frau besamen. Während einer im kleinen Kreis abgehaltenen *Unity.* Dem gleichen Ritual, das bei Ehepartnern vollzogen wird, im Beisein ihres Ehemannes.«

Nathan konnte kaum glauben, was er da gerade gehört hatte. Das war dermaßen widerlich – und passte perfekt. »Elliot Jensen hat deine Mutter geschwängert, und dein Vater – also ihr Mann – musste dabei zusehen?«

»Ja, schön, oder?«

Plötzlich sah Nathan Sky in einem anderen Licht. »Seit wann weißt du es?«

»Schon früh«, sagte Sky. »Ich habe immer gespürt, dass mein Vater mich und meine Schwester ablehnte, uns auf Distanz hielt. Elliot Jensen war oft bei uns zu Hause und hat Erika zum Spielen mitgebracht. Ich habe den Hass meines Vaters auf diesen Mann immer ganz deutlich gespürt, habe es jedoch nicht einordnen können, besonders die Gefühle meiner Mutter ihm gegenüber nicht. Es hat lange gedauert, bis ich gemerkt habe, dass es Scham war. Elliot hingegen betrachtete uns immer sehr liebevoll. Und insbesondere auf die Gaben meiner Schwester Terra war er unheimlich stolz. Das habe ich gespürt. Und auch, wie traurig es Erika gemacht hat. Irgendwann hat sich das Puzzle dann zusammengefügt. Die Emotionen, die ich immer gespürt habe. Und schließlich unsere Gaben. Weder meine Schwester noch ich hatten irgendeine Gabe meines Vaters. Dafür jedoch die gefühlsbetonten Gaben von Elliot.«

Nathan sah Sky an, dessen Augen feucht wirkten. Er wollte gern etwas sagen. Irgendetwas. Ihm fiel aber nichts ein.

»Es war ein Schock und eine Erlösung zugleich«, fuhr Sky fort.

»Warum eine Erlösung?«

»Endlich wusste ich, warum mein Vater mich nicht liebte. Es war nicht, weil ich ein abstoßendes Kind war, sondern weil man ihm das Liebste in seinem Leben geraubt und ihn schrecklich gedemütigt hatte.«

»Und das alles hast du schon als Kind gespürt?«

Sky nickte wie in Zeitlupe. »Verstehst du jetzt, warum ich dir das nicht zwischen Tür und Angel erzählen konnte?«

»Es tut mir leid. Ehrlich.«

»Schon okay. Es ist mein Leben, meine Realität. Darüber zu reden, fällt mir trotzdem nicht leicht.«

»Ich gehe uns mal einen Kaffee holen«, sagte Nathan. Er war nicht gut darin, Menschen zu trösten. Das Beste, was er tun konnte, war also Sky ein paar private Augenblicke zum Durchschnaufen zu geben.

»Nicht nötig«, ertönte Skys Stimme, gerade als er die Tür öffnen wollte.

Nathan wandte sich um, fühlte sich ertappt. »Tut mir leid, ich bin nicht gut in solchen Dingen.«

»In solchen Dingen?«

»Ja«, antwortete Nathan beschämt.

»Du meinst mit Gefühlen?«

»Für jemanden wie dich vermutlich schwer zu glauben, aber genau so ist es. Es gibt viele Dinge, die ich gut kann. Muster erkennen, Rückschlüsse ziehen, kombinieren, ausschließen. Mit Gefühlen hingegen weiß ich einfach nicht umzugehen. Sie treffen mich oft unvorbereitet. Und es gibt wenig, was man ihnen entgegnen kann, weil sie nicht rational sind.«

»Verstehe«, sagte Sky und lächelte wissend. »Passt nur irgendwie gar nicht zu deinen impulsiven Handlungen der letzten Tage.«

»Vielen Dank, Dr. Freud. Wenn mir mal nach einer Psychoanalyse ist, komme ich gern auf dich zurück.«

»Würde dir sicher guttun.«

Dir aber nicht. Nathan überlegte kurz, ob es nicht doch gut wäre, jetzt einen Kaffee zu holen. Nicht damit Sky sich beruhigen konnte, sondern er selbst. »Bin gleich wieder da«, sagte er und verließ das Abteil.

Amelia

Küchenlärm und der Duft von gebratenem Speck weckten Amelia. Sofort war sie auf den Beinen und wollte dem Geruch folgen. Fröstelnd hielt sie inne. Wahllos zog sie einen Pullover aus dem Schrank, streifte ihn über und ging barfuß in die Küche. Der Holzboden unter ihren Füßen fühlte sich warm an und knarrte leicht bei jedem ihrer Schritte. Erika stand am Herd und hantierte mit diversen Pfannen. Sie hatte sie gar nicht so eingeschätzt. So fürsorglich, so nett.

»Guten Morgen«, sagte Amelia, noch leicht verschlafen.

»Morgen. Na, freust du dich schon aufs Frühstück?«

Amelia nickte und rieb sich die Hände wie ein kleines Kind, das seinem ersten Besuch in Disneyland entgegenfieberte.

»Magst du einen Kaffee?«, fragte Erika.

Amelia nickte. »Gern.«

Erika reichte ihr eine Tasse. »Milch und Zucker stehen dort drüben.« Sie deutete auf den Hochtisch, auf dem schon für das Frühstück gedeckt war.

Amelia umklammerte die Tasse fest und tappte zum Tisch. Sie goss einen guten Schuss Kaffeesahne in die Tasse und gab zwei Löffel Zucker dazu. Kopfschüttelnd schaufelte sie einen weiteren Löffel in die Tasse. Dann setzte sie sich auf den Hocker und nahm einen großen Schluck. Kurz schüttelte sie sich, so viel Süße war sie nicht mehr gewöhnt. Sie klammerte ihre Finger fest um die Tasse und genoss die Wärme, die von ihr ausging.

»Eier?«, fragte Erika.

Amelia zuckte unwillkürlich zusammen. Sie hatte gar nicht mitbekommen, dass Erika zum Tisch gekommen war und nun mit der Pfanne neben ihr stand. Spiegeleier. Unten knusprig und oben weich. So mochte Amelia sie am liebsten. »Oh ja!«

Erika legte eines auf ihren Teller, ebenso wie sich selbst. Dann verschwand sie wieder in der Küche und kam mit großen Tellern in der Hand zurück. Auf dem einen türmten sich herzhafte Köstlichkeiten wie kross gebratener Speck und Rührei, auf dem anderen Süßes – Pancakes und French Toast. »Lass es dir schmecken«, sagte sie.

Amelia ließ sich das nicht zweimal sagen. Sie schaufelte sich noch etwas Rührei und ein paar Scheiben Speck auf den Teller. Mit den Fingern angelte sie sich die krosseste Scheibe und stopfte sie sich in den Mund. Es war köstlich.

In Windeseile hatte sie ihren Teller geleert. Sie kam sich vor wie ein ausgehungerter Wolf. Amelia hatte zwar nicht die allerbesten Tischmanieren – Elizabeth hatte ihr das oft genug zu verstehen gegeben -, aber geschlungen hatte sie eigentlich nie. Aber eine Woche ohne feste Nahrung machte sie anscheinend zum Tier.

Mit einem großen Schluck Orangensaft und Kaffee spülte sie ihren Mund, um ihn für den nächsten Teller vorzubereiten. Gierig packte sie ihn mit French Toast und Pancakes voll. Auf dem Tisch standen diverse Toppings, angefangen von Klassikern wie Schlagsahne und Ahornsirup bis hin zu Schokoladensauce, Mini-Marshmallows und Krokantstreusel. Amelia benutzte alles.

Auch diesen zweiten Teller hatte sie erstaunlich schnell verputzt. Obwohl sie noch Appetit hatte, beließ sie es dabei. Sie hatte keine Lust, alles wieder von sich zu geben.

Erika hatte ihre Pause offensichtlich bemerkt. »Ist dir schlecht?«

»Nein, mein Magen drückt nur etwas.«

»Das ist ganz normal, keine Sorge. Aber du solltest es nun vielleicht wirklich dabei belassen.«

Sie nickte. »Danke, das Frühstück war fantastisch«, schwärmte Amelia. Sie hatte, obwohl ihr von dem vielen Essen etwas unwohl war, tatsächlich das Gefühl, dass ihre Lebensgeister langsam wiederkehrten. Als wäre sie ein Auto mit einem leeren Tank gewesen, der nun wieder gefüllt war, bereit, die Welt zu erkunden. Sie stand auf und half Erika, das Geschirr in die Küche zu bringen.

»Das ist lieb von dir. Aber bis du wieder ganz bei Kräften bist, solltest du dich schonen.«

»Mir geht es gut. Ehrlich.«

»Schön, aber übertreib es nicht.«

»Versprochen.«

Während Erika den Geschirrspüler einräumte, spülte Amelia die Pfannen. Sie ließ Amelia dabei nicht aus den Augen, was diese ziemlich übertrieben fand. Sie reinigte immerhin nur zwei Pfannen und nicht das komplette Geschirr einer Schulkantine.

»Ich muss dann noch einmal weg.« Erika griff nach ihrer Handtasche und warf Amelia einen fürsorglichen Blick zu. »Ruh dich aus, sieh etwas fern. Ich werde gegen Mittag wieder hier sein.«

»Vielleicht werde ich die Stadt etwas erkunden«, sagte Amelia. »Lässt du mir einen Schlüssel da?«

Erika sah Amelia erschrocken an. »Nein«, erwiderte sie scharf.

Mit dieser schroffen Reaktion hatte sie nicht gerechnet. »Keine Angst, ich übertreibe es schon nicht.«

»Amelia, das geht nicht. Du kannst nicht einfach draußen herumspazieren.«

Amelias Mund wurde trocken und ein ungutes Gefühl breitete sich in ihrem Magen aus. Wollte Erika sie hier etwa gefangen halten? Hatte sie nur das eine Gefängnis gegen das andere getauscht? »Wieso nicht?«

»Ich kann nicht mit Sicherheit ausschließen, dass wir beobachtet oder verfolgt werden. Bitte versteh doch. Ich will dich keiner Gefahr aussetzen.«

Skeptisch sah sie Erika in die Augen. Sie wollte ihr gern irgendetwas Gemeines entgegenschleudern. Ihr sagen, wie schrecklich und verlogen Amelia sie fand. In Wahrheit war sie jedoch nicht wütend auf Erika. Sie war wütend auf sich selbst. Sie war wütend, dass sie ihr geglaubt hatte und weil sie wieder gehofft hatte.

Wie kannst du nur immer wieder so naiv sein!

Alle Menschen, die sie kannte und von denen sie glaubte, sie würde ihnen etwas bedeuten, hatten sie verraten und im Stich gelassen. Wie konnte sie nur glauben, dass ausgerechnet Erika es wirklich gut mit ihr meinte? Sie war überzeugend in ihrer Rolle als Retterin gewesen, das musste man ihr lassen. Nach allem, was Amelia durchgemacht hatte, hätte sie es jedoch besser wissen müssen. Sie hasste ihre innere Stimme. Sie stiftete sie immer nur zu Dummheiten an und riet ihr zu Fehlentscheidungen. Warum nur hörte sie immer wieder auf sie?

»Wozu die ganze Show hier?«, fragte Amelia und ihre Stimme klang dabei genauso bitter, wie ihr zumute war.

»Das … du verstehst das völlig falsch, Amelia. Ich will dich hier nicht einsperren. Es ist nicht auf Dauer, nur bis ich weiß, dass wir hier in Sicherheit sind.«

»Und das entscheidest du!«, sagte Amelia laut und sah Erika dabei fest in die Augen. Es kam ihr vor, als würde Unsicherheit in ihnen aufflammen.

»Ich habe nicht vor, dich hier einzusperren. Und wenn du meinst, heute unbedingt vor die Tür zu müssen, dann werde ich dich nicht aufhalten.« Erika öffnete ihre Handtasche, wühlte darin und knallte schließlich lautstark einen Schlüssel auf den Tisch. »Bitte«, sagte sie an Amelia gewandt. »Ich hoffe, du weißt, was du riskierst, wenn du rausgehst.« Sie sah Amelia enttäuscht an und verließ schließlich die Wohnung.

Amelia griff nach dem Schlüssel, obwohl ihr Erikas Blick einen Stich versetzt hatte. Der Schlüssel in ihrer Hand gab ihr wieder ein Gefühl von Freiheit. Ein Gefühl von Leben.

Das war es wert.

Datenbank des Superior Medical Centers
SMC New York
Projekt: »Secularly Dawn«
Classified Area
This information is strictly confidential.
Agree to proceed. Yes / No
Anzahl der Testsubjekte: 55
Press Enter for details

Kapitel 16

Nathan

Der Taxifahrer fuhr rechts ran. »Da wären wir. Macht neunzehn Dollar.«

Sky griff in seine Hosentasche und reichte Nathan ein Bündel Scheine.

»Mein Freund hier fährt noch weiter«, sagte Sky zum Fahrer und sah Nathan prüfend an.

»Was soll das? Das ist doch lächerlich. Lass mich mitgehen.«

»Ich dachte, wir hätten das besprochen. Ich muss erst einmal mit Erika allein reden, okay?«

Die Idee gefiel Nathan überhaupt nicht. Er wollte nicht warten, sondern wissen, ob es Amelia gut ging. Es mit eigenen Augen sehen. Nach allem, was er ihm erzählt hatte, sah er Sky nun in einem anderen Licht. Zwar misstraute er ihm nicht mehr, ihm blind zu vertrauen war aber noch einmal eine ganz andere Geschichte. »Schön, ich gebe dir zwei Stunden.«

»Wo treffen wir uns?«, fragte Sky.

Nathan zuckte mit den Schultern. »Im *Royal Sonesta* in der *Light Street*.«

»Okay«, sagte Sky und sah auf die Uhr. »Um dreizehn Uhr in der Lobby.«

Nathan sah von den Scheinen in seiner Hand zu Sky und wieder zurück. »Für ein Zimmer dort wird das aber nicht reichen.«

Sky holte ein weiteres Bündel Scheine aus seiner Tasche und legte sie in Nathans Hand. »Das schon, denke ich.« Sky öffnete die Tür. »Bis später.«

Der Fahrer drehte sich zu Nathan um. »Und wohin geht's jetzt?«

Nathan sah durch die Scheibe, wie Sky im Gebäude verschwand und mit dem Portier sprach.

»Sir, wohin jetzt?«, fragte der Fahrer erneut.

»Moment«, sagte Nathan und spähte weiter ins Foyer des Gebäudes.

»Wohin?«, fragte der Fahrer hörbar ungeduldig.

»Nirgends«, sagte Nathan und drückte dem Fahrer dreißig Dollar in die Hand, als er Sky nicht mehr ausmachen konnte. Entschlossen stieg er aus und ging ebenfalls auf die Tür zu. Am Portier vorbeizukommen, würde hoffentlich nicht zu schwer werden. Nathan war gerade dabei, sich eine Ausrede zurechtzulegen, als er bemerkte, dass Sky immer noch im Foyer war und lediglich in einem der Sessel wartete. *Verdammt.*

Nathan huschte in Deckung und behielt Sky im Auge. Der Portier nickte diesem zu, doch Sky ging nicht zu einem der Aufzüge, sondern blieb sitzen. Das hieß, sie würden herunterkommen. Anspannung stieg in Nathan auf. Was sollte er tun? Einfach hineinstürzen und Erika Amelia entreißen? Oder sie unauffällig verfolgen? Keine dieser Optionen konnte ihn restlos begeistern. Wenigstens würde er gleich Gewissheit haben. Sehen, ob es ihr gut ging.

Amelia war seine Patientin gewesen. Er fühlte sich schuldig an allem, was mit ihr passiert war. Dabei wusste er nicht einmal, wie er sie davor hätte bewahren können. Das schlechte Gewissen nagte trotzdem an ihm und ließ ihn nicht mehr los. Und es war irgendwie auch seine Schuld, dass sie verfrüht aus den Hamptons abgereist war. Sie war seinetwegen gegangen, da war er sich sicher. Wäre er zu der Zeit im SMC gewesen, er hätte vielleicht eingreifen können. Verhindern, dass es so weit kam. Vor der *Examination Week* hatte nie zur Debatte gestanden, dass mit Amelias Behandlung etwas nicht in Ordnung war. Wäre er nur da gewesen.

Nathan vernahm Bewegungen im Inneren des Gebäudes. Der Fahrstuhl hatte sich geöffnet und Sky war aufgestanden. Nathan reckte seinen Kopf um die Betonsäule. Es war nur Erika, die aus dem Lift gestiegen kam. Er konnte nur hoffen, dass sich Amelia noch im Gebäude aufhielt und nicht woanders untergebracht war.

Sky und Erika gingen zum Ausgang. Nathan presste sich dicht gegen die Wand, rutschte seitwärts die Fassade entlang, zog sich seine Kappe wieder tief ins Gesicht, wandte sich vom Gebäude ab und mischte sich unter die Passanten. Ein paar Schritte weiter duckte er sich und versteckte sich hinter einem parkenden Auto. Er konnte die Beine der beiden ausmachen, sie standen noch vor dem Gebäude. Nathan beugte sich etwas nach vorn und versuchte, eine bessere Sicht zu haben, als er direkt in Skys Augen blickte. Dieser sah ihn tadelnd an. *Natürlich* – er hatte ihn bemerkt, seine Aufregung gespürt, dieser verdammte Empath!

Als beide nicht mehr zu sehen waren, machte sich Nathan auf den Weg zurück zum Gebäude. Diverse Pläne schwirrten ihm durch den Kopf. Er musste den Portier jedoch erst in Augenschein nehmen, bevor er sich für eine Vorgehensweise entschied. Seine Mimik, seine Sprache, die Art, wie er seine Uniform trug, all das würde ihm verraten, was den größten Erfolg versprach.

Nathan war nicht per se ein Menschenkenner, aber mit Mustern kannte er sich aus. Und wer auch immer behauptete, man solle Menschen nicht in Schubladen stecken, hatte verdammt wenig Ahnung von Menschen.

Alle Menschen wurden von den gleichen Dingen angetrieben und folgten den gleichen Reizen und Mustern, wurden von denselben Ängsten regiert. Die einen mehr, die anderen weniger. Einen genauen Beobachter konnte man nur selten täuschen. Der Fehler war, die Menschen durch die eigene Brille zu betrachten und die eigenen Wünsche und Ängste auf sie zu projizieren. Das führte zu falschen Schlüssen. Man durfte die Menschen nicht nur bloß ansehen, man musste in sie hineinsehen. Und genau das tat kaum jemand.

Nathan selbst nahm sich da gar nicht aus. Obwohl er es konnte, wollte er es nicht immer. In Menschen hineinzusehen, schuf nämlich immer ein gewisses Maß an Verbundenheit, Verständnis oder Mitleid – je nachdem, was man erblickte. Das war nichts, was er schätzte. Jeder Mensch hatte seine Geschichte und seine verdammt guten Gründe, so zu sein, wie er war. Er wollte sich davon nicht beeinflussen lassen. Wollte sich nicht schlecht fühlen müssen, weil er anders handelte.

Sein Leben so zu leben, dass man damit jedem gerecht wurde, war nicht nur unmöglich, es war schädlich. Am Ende verzichtete man auf die falschen Dinge, blieb hinter seinen Möglichkeiten und schadete damit am Ende wieder allen. Würde es jeder nur dem anderen recht machen wollen, wäre die Welt voll von Tyrannen und Sklaven. Würde jeder hart daran arbeiten, die beste Version seiner selbst zu sein, wäre die Welt ein Paradies. Nathan glaubte fest daran. Für ihn war es nicht egoistisch, das Beste für sich selbst zu wollen, solange man dabei nichts Schlechtes für einen anderen tat. Deshalb war Nathan so überzeugt von den Zielen der SHS. Im Kern ging es darum, sich zu verbessern, den Menschen zu optimieren und damit die Welt zu einem besseren Ort zu machen.

Auch wenn für ihn oft etwas zu viel Pathos in den Thesen mitschwang, es war das, woran er glaubte. Im Prinzip könnte man sich dabei sogar auf die Bibel berufen. *Liebe deinen Nächsten wie dich selbst* zeigte schließlich fundamental auf, dass alles bei einem selbst begann. Die Bibel war Nathan egal. Er war nicht gläubig. Glaube war für ihn die Abwesenheit von Wissen und das war alles andere als göttlich.

Kurz bevor Nathan die Tür des Gebäudes wieder erreichte, nahm er seine Kappe ab, strich seine Kleidung glatt, klemmte sich seine Haare hinters Ohr und holte seinen Schlüssel aus der Hosentasche. *Showtime.* Mit weit geöffneten Augen schritt er durch die Tür und führte mit einer theatralischen Geste eine Hand an die Stirn und stöhnte auf. Während er kurz seinen Schlüssel in die Luft schwenkte, warf er dem Portier einen hilfesuchenden Blick zu.

»So ein Mist«, rief er. »Miss Jensen hat mich gebeten, ihr die Unterlagen für die Sitzung aus ihrer Wohnung zu holen. Ich bin Barry, ihr neuer Assistent.« Er reichte dem Mann seine Hand.

Sichtlich irritiert nahm er sie entgegen und lächelte höflich. »Schön, Sie kennenzulernen.«

»Nun ja, Miss Jensen war sehr abgelenkt von dem jungen blonden Mann, der sie eben abgeholt hat. Wie hieß er doch gleich noch mal?«, sagte Nathan. »Ich und mein Namensgedächtnis. Schrecklich, einfach schrecklich.« Er schnipste mit den Fingern. »Ach ja, Morton oder so.«

Der Portier nickte und sah Nathan mitleidig an.

»Auf jeden Fall war Miss Jensen so aufgeregt, dass sie glatt ihre Unterlagen vergessen hat. Sie hat mir ihren Schlüssel zugeworfen und mich gebeten, sie ihr vorbeizubringen, sie hätte jetzt keine Zeit mehr.« Nathan spielte mit dem Schlüssel in seiner Hand, blickte gespielt verlegen zu Boden. »Ich habe leider ganz vergessen, in welchem Stock ihre Wohnung ist.«

Der Portier erwiderte nichts, doch Nathan konnte sehen, wie es in ihm arbeitete.

Nathan steckte seinen Schlüssel zurück in die Hosentasche und raufte sich die Haare. »Ich bin einfach unfähig. So verdammt unfähig.« Er machte kehrt und ging in Richtung Tür, drehte sich dann noch einmal um und warf dem Portier einen erschrockenen Blick zu. »Sie wird mich rausschmeißen. Diesmal wird sie es tun.«

Der Portier biss sich auf die Unterlippe und sah nun betreten zu Boden.

»Sie wird es tun. Und sie hat recht damit. Ich bin ein Idiot. Ich bin so ein Idiot.« Nathan hastete wieder zur Tür und ging diesmal tatsächlich hinaus. Allerdings nur, um sofort wieder umzukehren. Dieses Mal ging er ganz nah an den Portier heran. »Ich brauche diesen Job, dringend. Können Sie mir nicht sagen, in welchem Stockwerk sie wohnt?«

»Barry, es tut mir leid«, setzte er an.

»Nein, natürlich nicht. Es tut mir leid. Ich will Sie nicht in Schwierigkeiten bringen. Es ist ja auch nicht Ihre Schuld, dass ich so ein Versager bin. Es tut mir leid, ich wollte Sie nicht belästigen«, sagte Nathan mit erstickter Stimme und schluckte schwer.

Es herrschte betretenes Schweigen. »Dreiundzwanzigster Stock«, sagte der Portier schließlich. »Aber von mir wissen Sie das nicht.«

Nathan umarmte ihn stürmisch. »Danke, vielen Dank.« Er rollte mit den Augen, während er ihm auf den Rücken klopfte. Er lächelte ihn noch einmal zu und ging schließlich zum Fahrstuhl.

War doch gar nicht so schwer.

Amelia

Amelia ließ die Tür hinter sich ins Schloss fallen. Sie würde Erika damit enttäuschen, das wusste sie. Einen Vorwurf machen konnte sie sich jedoch nicht. Nach allem, was sie durchgemacht hatte, konnte sie nicht anders. Sie musste raus, atmen, sich endlich wieder frei fühlen.

Ein Mann stand vor der Tür der Nachbarswohnung und klopfte. Amelia war gerade an ihm vorbei gegangen, als sie das Gefühl überkam, ihn zu kennen. Ruckartig drehte sie sich um und er tat es ihr im selben Moment nach.

Nathan.

»Amelia«, rief er und kam ihr entgegen.

Instinktiv bewegte sich ihr Körper auf ihn zu. Als Nathan jedoch nach ihren Händen griff, wich sie zurück. Es war, als würde ein Riss durch sie hindurchgehen. Sie fühlte sich flatterig und es schmerzte, sich von ihm abzuwenden. Doch es gab zu viele unbeantwortete Fragen in ihrem Kopf. Zu viel, das sie zurückhielt.

Warum war er hier? Alles in ihr schrie nach nur dieser einen Antwort: ihretwegen. Aber war es so einfach? Vielleicht wollte er sie zurückbringen. Sie war sich nicht sicher, ob sie die Antwort hören wollte, ob sie sie glauben konnte, und doch musste sie es wissen. »Was tust du hier?«

»Was glaubst du, was ich hier tue?«, fragte er. Seine Stimme klang sanfter als sonst.

»Mich zurückbringen? Neue Foltermethoden ausprobieren?«

»Das war nicht ich, Amelia. Das war Brick.«

Ungerührt sah sie ihn an.

»Ich wollte mich vergewissern, dass du noch lebst, dass es dir gut geht. Ich hatte solche Angst.«

»Um mich?« Amelias Tonfall war spöttisch.

»Ja, um dich. Ich dachte, du wärest …«

»Tja«, sagte sie. »Dann wäre das ja geklärt. Ich lebe und mir geht es gut.« Sie drehte sich um und ging zum Aufzug.

Nathan schloss zu ihr auf. »Warte.«

Amelia hielt ihren Blick starr auf die Stockwerksanzeige gerichtet und hoffte, dass der Fahrstuhl endlich kommen würde.

»Sieh mich an, Amelia. Bitte.«

Sie konnte ihn jetzt unmöglich ansehen. Amelia war viel zu aufgewühlt. Wer konnte ihr das verdenken? Sie würde vermutlich anfangen zu weinen, wenn sie ihn jetzt ansah und er sie womöglich in die Arme nahm. Und das wollte sie unter keinen Umständen. Er würde falsche Schlüsse ziehen. Er sollte einfach gehen und sie in Ruhe lassen. Er würde ohnehin nur Spielchen mit ihr spielen, und das war das Letzte, was sie jetzt gebrauchen konnte.

Endlich öffnete sich die Aufzugtür und Amelia betrat die Kabine.

»Amelia, bitte«, flehte Nathan, der ebenfalls eingestiegen war.

»Lass mich.«

Er stellte sich dicht vor sie. Er war ihr unerträglich nah und ihn nicht anzusehen, war fast nicht möglich. Zärtlich umfasste er ihre Hände. »Es tut mir alles so leid.«

»Lass mich«, sagte sie erneut und versuchte, die aufsteigenden Tränen herunterzuschlucken.

Sie erreichten das Erdgeschoss und Amelia schob sich an ihm vorbei und durchschritt das Foyer.

»Was ist denn mit den Unterlagen?«, hörte sie hinter ihr, drehte sich aber nicht um.

»Nicht gefunden«, murmelte Nathan und blieb ihr dicht auf den Fersen.

Amelia stieß die Tür auf und trat auf die Straße. Wie sehr hatte sie sich vor wenigen Minuten noch auf diesen Moment gefreut. Und jetzt wollte sie einfach nur noch flüchten. Ohne nach links und rechts zu sehen, ging sie die Straße entlang. Ihre Schritte waren schnell, ihre Arme um den Körper geschlungen und der Blick stets auf den Boden gerichtet. Sie ging und ging. Immer geradeaus. Einfach weiter. Bis sie nicht mehr konnte.

Es war nicht ihr Körper, der sie zwang, stehen zu bleiben, es war ihr Herz. Sie drehte sich um und schlang die Arme um Nathan. Er presste sie fest an sich und sie vergrub ihr Gesicht an seiner Schulter. Sie hatte viele Fragen, doch im Moment war das Antwort genug.

Nathan strich ihr mit einer Hand sanft über die Haare und hielt sie mit der anderen fest umklammert. Es war ein schönes Gefühl. Amelia war sich nicht sicher, ob es an Nathan lag oder nicht. Die körperliche Nähe fühlte sich an wie Medizin. Als wäre da ein Mangel, von dem sie nichts gewusst hatte und der nun beseitigt wurde. Als würde seine Wärme die Kälte in ihr vertreiben.

Ein Teil von ihr wollte immer noch gegen seine Brust trommeln, ihn anschreien und fragen, wo er gewesen war. Sie wusste nicht, wie lange sie diesen Drang noch zurückhalten konnte. Amelia blickte auf und sah direkt in Nathans grüne Augen. Sie musste es wissen. »Wo warst du?«

»Ich wollte so gern zu dir und dir helfen«, sagte er. »Aber ich konnte nicht.«

Amelia schluckte, sah ihn an und versuchte, in seinem Gesicht zu lesen. Als würde er sich dadurch ertappt fühlen, wich er plötzlich ihrem Blick aus. Hatte sie also recht mit ihren Vermutungen? »Konntest du nicht oder wolltest du nicht?«, fragte sie frei heraus.

Erschrocken sah er sie an. »Amelia, nein! Was denkst du nur? Ich konnte nicht. Man hat mich nicht zu dir gelassen und mir alle Informationen verweigert. Es hat mich wahnsinnig gemacht. Die Sorge, die Ungewissheit – glaub mir, ich wollte, aber ich konnte nicht. Und als ich kurz dachte, du wärest …«, er schluckte. »Ich bin so froh, dich zu sehen.« Er schlang die Arme fest um sie und sie ließ es geschehen.

»Du dachtest, ich wäre tot?« Dachten das tatsächlich alle? Obwohl sie das bereits wusste, hatte sie bis jetzt nicht begriffen, was es für alle bedeuten musste.

»Ja«, wisperte er.

Er klang so verletzlich, so aufgewühlt. *Konnte es sein, dass er das nur spielte?* Amelia kuschelte sich an seine Brust und genoss erneut die Wärme, die von seinem Körper ausging. Ihr Herz schien sich zu überschlagen. Die Aufregung, ihre Zerrissenheit und Nathan, den sie schon immer begehrt hatte, all das ließ ihre Gefühle tanzen.

Er löste sich aus der Umarmung und nahm zärtlich ihr Kinn zwischen seine Finger. »Ich bin froh, dass es dir gut geht. Dir geht es doch gut, oder?«

Eine Frage, auf die es im Moment keine einfache Antwort gab. Und dennoch. »Jetzt gerade«, flüsterte sie ihm zu, »geht es mir sehr gut.«

Er gab ihr einen sanften Kuss auf die Stirn und zog sie noch einmal fest an sich. »Was hältst du davon, wenn ich dir Baltimore zeige?«, fragt er wie aus dem Nichts.

»Sehr gern«, erwiderte Amelia. Es war wie ein stilles Einverständnis, einfach ein paar schöne Stunden zu verbringen, ohne unangenehme Fragen und ohne quälende Antworten.

Nathan löste sich und streckte ihr wie selbstverständlich seine Hand entgegen. Amelia überlegte nicht lange und nahm sie. Mit der anderen griff sie in die Hosentasche und ertastete den Schlüssel. Ein

Lächeln stahl sich auf ihre Lippen und der Duft der Freiheit strömte ihr entgegen.

»Baltimore«, setzte Nathan an. »Vielen – je nach Bildungsgrad – bekannt durch ihre Footballmannschaft, den *Baltimore Ravens,* oder die renommierte *Johns Hopkins* Universität. Heute hat die Stadt zweifelhafte Berühmtheit aufgrund ihres Rangs in der Kriminalitätsstatistik erlangt. Kaum eine andere amerikanische Großstadt ist in den letzten Jahren so geschrumpft und verkommen. Ausgenommen Detroit, aber das war ja noch nie eine Perle.«

»Als du gesagt hast, du würdest mir Baltimore zeigen, war ich irgendwie davon ausgegangen, du magst die Stadt.«

»Tue ich auch«, sagte Nathan und zog Amelia an sich. Nicht, um sie zu küssen, wie sie erst glaubte, sondern um sie nah an sein Gesicht zu bringen, damit sie seinem Blick folgen konnte. »Das dort vorne ist die *Basilica of the National Shrine of the Assumption of the Blessed Virgin Mary*«, sagte Nathan und zeigte auf ein Gebäude mit weißer Säulenfront. »Keine Ahnung, was die Leute an ihr finden.«

»Na ja … ihr Anblick ist zumindest einprägsamer als ihr Name.«

»Lass uns zum Hafen gehen«, sagte Nathan und drückte dabei ihre Hand, die er immer noch in seiner hielt.

Amelia war froh, wieder frei atmen zu können und Nathan bei sich zu haben. Ihr war völlig egal, was er ihr zeigen wollte. »Ich wusste gar nicht, dass du nebenbei als Fremdenführer jobbst. Schon gar nicht in Baltimore.«

»Tja«, sagte Nathan und grinste spitzbübisch. »Es gibt eben vieles, das du nicht von mir weißt.«

Hand in Hand gingen sie weiter. Amelia roch den Hafen, bevor sie ihn sah. Er gefiel ihr gut. Während die rote Steinpromenade Wärme verströmte, sorgten die Wolkenkratzer und modernen, verspiegelten Gebäude rund um das Wasser für urbanen Flair.

Nathan führte sie und blieb vor einem kleinen Ausflugsboot stehen. Er kaufte zwei Tickets und sie gingen an Deck.

»Wo fahren wir hin?«, fragte Amelia.

»Nur auf die andere Seite«, sagte er und deutete auf ihr Ziel.

Amelia war nicht gut darin, Abstände einzuschätzen. Sie konnte sich allerdings nicht vorstellen, dass es zu Fuß rund um das Hafenbecken mehr als eine Meile war. Das war auch für bekennende Nicht-Sportler wie sie keine Herausforderung. »Mit dem Boot?«

Nathan nickte, beugte sich leicht über die Reling und sah sie an. »Ja«, sagte er schlicht.

Das Schiff legte ab. Um das Gleichgewicht nicht zu verlieren, umklammerte Amelia das Geländer. Sie hob ihr Gesicht, streckte es der aufkommenden Briese entgegen. Dies war kein Moment für *Ich bin der König der Welt*-Parodien. Es war ein Moment inneren Friedens. Sie fühlte sich so lebendig wie lange nicht mehr. Nathan stand dicht neben ihr. Ihre Oberarme berührten sich und seine Hände ruhten parallel zu ihren auf der Reling. Amelia musste zugeben, dass das mit dem Boot fahren doch eine gute Idee gewesen war. Sie blickte zu ihm auf. »Danke«, hauchte sie.

Er nickte schwach, spreizte seinen kleinen Finger ab, sodass er ihren berührte. Verglichen mit der Nähe, die es zwischen ihnen beiden schon gegeben hatte, selbst mit dem Händchenhalten auf dem Weg hierher, war dies nichts. Und doch, oder gerade weil diese Geste so subtil war, traf sie Amelia mit einer Wucht, die sie nicht erwartet hatte. Wie konnte ihr dieser Mann, den sie praktisch kaum kannte, mit der Berührung seines kleinen Fingers so viel sagen?

Sie wollte sich an ihn schmiegen, ihn küssen, doch ihre Angst hielt sie zurück. Nathan gehörte ihr nicht und würde es nie. Sie durfte ihr Herz nicht an ihn verlieren.

Amelia wandte ihren Blick ab und versuchte, sich nichts anmerken zu lassen.

Als sie wieder von Bord gingen, hatte Nathan ihr wieder seine Hand gereicht. Sie nahm sie, um nicht kindisch zu wirken.

»Das hier ist mein Lieblingsplatz in Baltimore«, sagte er und deutete auf den Park, den sie ansteuerten.

Amelia sah ihn stirnrunzelnd an.

»Ich weiß, der *Federal Hill* ist nicht der *Central Park.*« Nathan zuckte mit den Schultern, ließ ihre Hand los und vergrub seine in den Hosentaschen. »Aber ich mag diesen Ort.«

»Wieso kennst du dich hier so gut aus?«, fragte sie.

»Mein Doktorvater ist vom *MIT* an die *Johns Hopkins* gewechselt und ich mit ihm. Ich habe einige Jahre hier gelebt, einige PhD gemacht. Bis man mir vor zwei Jahren die Position am Bostoner SMC angeboten hat.«

Amelia sah ihn an und musste lachen.

»Was ist so komisch?«, fragte Nathan.

»Du?«

»Ich?«

»Ja. Ich meine … wie alt bist du?«

»Vierundzwanzig.«

»Siehst du. Du bist vierundzwanzig und hast schon einige – und die Betonung liegt auf *einige* – Doktortitel, und du erzählst das mit einer Selbstverständlichkeit, als hättest du einen Töpferkurs absolviert. Das ist irgendwie komisch. Und süß.«

Nathan lächelte schief. »Aber ich hoffe, du bist jetzt nicht allzu sehr enttäuscht, wenn ich dir sage, dass ich überhaupt nicht töpfern kann.«

»Ich wusste doch, da ist ein Haken. Gut, dass ich das noch herausgefunden habe. Sonst hätte ich mich womöglich noch in einen Hochstapler verliebt.«

Verliebt! Ach du Scheiße! Hatte sie das gerade tatsächlich laut gesagt? Das war so nicht geplant. »Gut, dass ich dir auf die Schliche gekommen bin«, sagte sie und lachte laut auf. Sie knuffte ihn mit ihrem Ellbogen in die Seite und hoffte, damit von ihren Worten abzulenken.

Nathan kam einen Schritt auf sie zu und fing ihren Blick ein. Ihr Ablenkungsmanöver schien nicht geklappt zu haben. Er schloss die Lücke zwischen ihren Körpern und nahm ihr Gesicht in seine Hände. Er kam näher und sein Atem kitzelte über ihre Lippen. Amelia hatte das Gefühl zu explodieren. Sie bekam keine Luft mehr und ihr Blut pulsierte viel schneller als es sollte durch ihren Körper.

Sie sah ihn vor sich, diesen wunderschönen Mann, nach dem sie sich so verzehrte. Seine klugen und geheimnisvollen Augen, in denen ebenso viel Verlangen aufblitzte wie in ihrem Inneren. Er kam näher. Seine Lippen waren nur noch einen Fingerbreit von ihren entfernt. Sie konnte das Kribbeln bereits spüren – als wären sie beide elektrisch geladen. Ihr Mund zuckte in freudiger Erwartung und der Lärm der Stadt verstummte unter dem lauten Pochen ihres Herzens. Amelia streckte ihre Finger aus und berührte Nathans Wangen. Gerade wollte sie sich ihm noch ein Stück entgegenstrecken, seine Lippen mit ihren berühren, als sich eine Hand um ihren Mund schloss und sie grob von hinten gepackt wurde.

Ein stechender Schmerz durchfuhr jede Faser ihres Körpers. Sie hatte das Gefühl zu fallen, wurde jedoch aufgefangen. Der Mann hinter ihr schleifte sie in Richtung Straße. Amelia blickte Hilfe suchend zu Nathan. Er war ebenfalls angegriffen worden und wirkte bewegungsunfähig. Amelia wollte sich losreißen, treten und aus dem festen Griff befreien. Doch ihr Körper wollte ihr einfach nicht gehorchen. Ihre Beine fühlten sich an wie Gummi. Die Absätze ihrer Stiefeletten zogen eine Spur von der Stelle, an der sie zuvor mit Nathan gestanden hatte. Nathan schlug ebenfalls um sich, schien wieder Kontrolle über seinen Körper zu haben. Er rammte seinem Angreifer einen Ellbogen ins Gesicht, doch als er sich umdrehte, brach er erneut gekrümmt zusammen.

Amelia spürte eine Erschütterung in ihrem Rücken. Es fühlte sich an, als wäre sie gegen eine Wand geprallt.

»Lass das Mädchen los, oder ich drücke ab«, hörte sie eine harte Stimme hinter ihnen.

Unfähig zu sehen, was hinter ihr vor sich ging, hielt sie angespannt die Luft an. Abrupt löste der Mann den Griff und stieß Amelia von sich. Sie verlor den Halt und fiel auf ihre Knie. Zitternd drehte sie ihren Kopf. Der Mann, der sie festgehalten hatte, war stämmig, dunkelhaarig und bärtig. Hinter ihm stand ein weiterer Mann, der ihm eine Pistole an die Schläfe hielt. Er war groß und hatte einen kahlrasierten Kopf.

»Lauf zum schwarzen Wagen«, rief ihr der Mann mit der Waffe zu.

Hinter den Männern standen zwei Autos. Ein weißer Lieferwagen und ein schwarzer Mittelklassewagen mit getönten Scheiben. Amelia wusste nicht, ob sie nun erleichtert sein sollte, weil sie gerettet war, oder ob ihre Rettung ihr eigentliches Ende bedeutete. Immerhin hatte ihr Angreifer lediglich einen Elektroschocker und der Kerl mit der Glatze eine Knarre. Wirklich beruhigend fand sie das nicht. Sollte sie wirklich zum Wagen gehen? *Habe ich überhaupt eine Wahl?* Immerhin hatte der Kerl eine Waffe. Und er sah nicht aus, als würde er sich scheuen, sie einzusetzen.

Amelia erhob sich langsam. Statt in Richtung des Wagens, ging sie ein Stück zurück.

»Jetzt lauf endlich zum Wagen«, rief der Glatzkopf. Als Amelia nicht reagierte, schien er zu merken, dass sie ihm nicht traute. »Ich tue dir nichts. Ich bringe dich nur zurück zu Erika.«

»Und die?«, fragte Amelia und deutete auf den Mann, der sie angegriffen hatte.

»Ich werde mich um sie kümmern und rausfinden, für wen sie arbeiten.«

Sich kümmern. Amelia schauderte.

»Los!«, rief er erneut.

Amelia schüttelte den Kopf. »Nathan«, sagte sie und ging auf ihn zu.

»Geh endlich zum Auto«, brüllte der Glatzkopf. Als Amelia das nicht tat, ging er mit dem Mann und der Waffe an dessen Schläfe auf den anderen Angreifer und Nathan zu. Er stieß den ersten Angreifer ein Stück von sich weg. »Auf die Knie«, schrie er ihn an. »Und Hände hinter den Kopf.«

Er folgte augenblicklich.

»Und jetzt du«, rief er dem anderen Angreifer zu.

Der warf seinen Elektroschocker weg, ging ebenfalls auf die Knie und brachte seine Hände hinter den Kopf.

Amelia atmete erleichtert aus. Immer noch unter voller körperlicher Anspannung, eilte sie zu Nathan, der nun ebenfalls dabei war, sich aufzurichten.

Während der Glatzkopf die beiden Angreifer mit seiner Waffe in Schach hielt, reichte Amelia Nathan ihre Hand. Er ergriff sie und sie zog ihn auf die Beine.

Amelia legte sich Nathans Arm um ihre Schulter, um ihn etwas abzustützen. »Lass uns zum Auto gehen«, sagte sie.

»Ich traue dem Kerl nicht«, flüsterte Nathan ihr ins Ohr.

Amelia nickte. Das tat sie ebenso wenig, sie sah nur keine Alternative.

»Vertraust du mir?«, fragte Nathan.

Mehr als den drei Kerlen auf jeden Fall. Amelia nickte.

Sie gingen in Richtung der Autos. »Wenn ich sage, *jetzt,* springst du in den Lieferwagen«, flüsterte Nathan und hielt ihre Hand fest.

In den Lieferwagen? War er jetzt übergeschnappt oder gehörte er gar zu den Kerlen?

»Vertrau mir«, sagte er und sah sie liebevoll an.

Anstelle einer Antwort drückte Amelia seine Hand.

Nathan täuschte eine Kurve in Richtung des schwarzen Wagens an, machte aber energisch kehrt, riss die Fahrertür des Lieferwagens auf und rief: »Jetzt.«

Ohne zu zögern sprang Amelia in den Wagen. Nathan war direkt hinter ihr. Während er die Tür zuzog, machte sie einen Satz auf den Beifahrersitz. Nathan drehte den Schlüssel, der im Schloss steckte, und fuhr mit laut quietschenden Reifen davon.

Amelia klammerte sich am Türgriff fest und schloss die Augen. Ein paar rasante Kurven später öffnete sie sie jedoch wieder. »Sind sie hinter uns?«

Nathan schüttelte den Kopf. »Ich glaube nicht.«

Amelia stieß geräuschvoll die Luft aus. »Du bist verrückt.«

»Weil ich mich nicht in die Hände des bewaffneten Retters begeben wollte?«

»Nein«, sagte Amelia mit immer noch zittriger Stimme. »Aber das hätte gewaltig in die Hose gehen können.«

»Hätte«, sagte er und lächelte sie schief an.

Amelia hasste diese selbstüberzeugte Art, aber ungemein sexy war sie schon. Sie raufte sich die Haare. *Wie kannst du in dieser Situation nur an sexy denken?* »Ja, hätte.«

»Unwahrscheinlich. Dass im Lieferwagen niemand mehr war, lag auf der Hand. Sonst wäre ja jemand den beiden zu Hilfe gekommen. Den Schlüssel habe ich beim Aufstehen stecken sehen.«

»Und wenn der Glatzkopf auf uns geschossen hätte?«

»Das war zugegebenermaßen ein Restrisiko. Allerdings nicht sehr wahrscheinlich. Ich glaube nicht, dass er dich tot sehen wollte.«

»Wie beruhigend.«

»Außerdem …«, begann Nathan, winkte dann jedoch ab.

»Was, außerdem?«

»Egal.« Nathan strahlte sie an, drückte Amelias Hand, die angespannt auf ihren Beinen lag. »Du bist in Sicherheit. Das ist alles, was zählt.«

Er hatte sie gerettet. Sie war ihm nicht egal.

Aus den Richtlinien der Organisation

Über die Anforderungen an die Bekleidung von Ämtern innerhalb der SHS

(1)
Das Oberhaupt der SHS wird weder gewählt noch bestimmt.

(2)
Die Funktion des Oberhauptes steht dem Mitglied mit dem höchsten Scoring offen.

(3)
Hat der Superior/die Superia mit dem höchsten Scoring innerhalb der SHS das 21. Lebensjahr vollendet, kann er seinen/ihren Anspruch auf das Amt verkünden.

(4)
Das amtierende Oberhaupt wird daraufhin unverzüglich die Amtsübergabe in die Wege leiten.

(5)
Weder das amtierende Oberhaupt noch der Superior-Rat verfügen über das alleinige Vetorecht.

Kapitel 17

Erika

»Wie konnte das passieren?«, fragte Erika außer sich und presste den Hörer noch fester an ihr Ohr. Sie saß mit Sky im Starbucks neben dem Gebäude, in dem Pandora untergebracht war. Dieses Telefonat war der beste Beweis dafür, dass nicht akkurat geplante Aktionen in der Regel schiefgingen.

»Es war der Junge, der bei ihr war. Wäre er nicht gewesen, wäre alles nach Plan verlaufen.«

»Welcher Junge?«

»Keine Ahnung, groß, aschblond, arrogantes Auftreten. Ich glaube, sie hat ihn Nathan genannt.«

Nathan. Erika pfiff verächtlich durch die Zähne, nicht sicher, ob das nun Nathan oder diesen Dilettanten galt. »Ich hoffe für dich, dass sie bis heute Abend wieder auftaucht«, sagte Erika scharf und beendete das Gespräch.

Mit zusammengebissenen Zähnen verstaute sie das Prepaidhandy in ihrer Handtasche. Auch wenn die Aktion alles andere als planmäßig verlief, vielleicht hatte sie zumindest den erhofften Effekt erzielt. Amelia sollte Angst haben, sich unsicher fühlen. Nur so würde Erika sie an sich und ihr Vorhaben binden können.

Natürlich durfte Amelia nie erfahren, dass sie hinter all dem steckte. Aber wie sollte sie?

»Schlechte Nachrichten?«, fragte Sky.

»Kann man so sagen. Manchmal habe ich das Gefühl, ich bin nur von Idioten umgeben. Abgesehen von dir natürlich.«

»Ich weiß, deshalb bin ich so gern allein mit mir.«

»Danke, dass du nach Baltimore gekommen bist«, sagte Erika und nippte an ihrem immer noch brühwarmen *Caffè Americano.*

»Für dich tue ich fast alles.«

»Fast?«

Sky schleckte an seinem mit Sahne und Sirup umhüllten Strohhalm. Er hatte sich einen dieser hochkalorischen, opulenten *Frappuccinos* bestellt. »Ich lasse mir kein *Brazilian Waxing* machen.«

Erika musste schmunzeln. »Deal.«

»Also, Schwesterherz«, sagte Sky. »Was kann ich für dich tun?«

»Ich will gar nicht um den heißen Brei herumreden. Ich habe Amelia Zephyrs Tod vorgetäuscht und sie zusammen mit Pandora hier hergebracht.« Erika wusste, dass sie Sky vertrauen konnte. Es war kein Risiko, ihn einzuweihen. Sicher, ob er sie tatsächlich unterstützen würde, war sie sich aber nicht.

»Warum hast du das getan?«

»Du weißt, was ich will.«

»Aber musstest du sie deshalb … entführen?«, fragte Sky vorwurfsvoll.

»Nach allem, was Brick mit ihr im SMC veranstaltet hat, kann man sich wohl darüber streiten, ob es eine Entführung oder Rettung war. Und ich konnte sie nicht in New York lassen. Du kennst Elliot und den Rat. Sie würden dem nicht zustimmen, sie sind noch nicht so weit.«

»Du weißt, dass ich in verdammt vielen Dingen nicht der Meinung der SHS bin, aber hier … ich weiß nicht.« Sky blickte verkniffen in sein Getränk. »Vielleicht haben sie recht damit, dagegen zu sein.«

»Aber so, wie es ist, kann es doch nicht weitergehen! Ich war erst letzte Woche wieder bei einer *Unity*-Zeremonie. Es ist widerlich. Und du selbst kommst erst von einer *Examination Week.* Was würdest du sagen, wenn sich Catherine für dich entscheidet?«

»Die Gefahr ist ziemlich gering.«

»Sky, es geht hier nicht nur um uns. Es geht um Freiheit, Wahlfreiheit für alle Superior. Und nicht nur das, denk doch an all die Möglichkeiten, die vor uns liegen.«

»Gerade die machen mir Angst.«

»Seit wann bist du so kleingeistig?«

»Das bin ich nicht«, sagte Sky. »Ich bin mir nur noch nicht sicher, ob du hier nicht eine Grenze überschreitest, die man nicht überschreiten sollte.«

»Das kann ich verstehen. Und wir werden uns über die ethischen Aspekte Gedanken machen müssen. Aber wir können nicht länger warten. *Ich* kann nicht länger warten.« Erika rückte auf der Sitzkante ihres Stuhls ganz nach vorn. Sie wollte nicht aufstehen, aber so wirken, als ob.

»Es ist wegen *ihr*, oder?«, wollte Sky plötzlich wissen.

Erika sah zu Boden.

»Es ist okay, wenn es so ist. Aber sag es mir. Ist es wegen Pandora? Wäre dir das genauso wichtig, wenn du sie nicht lieben würdest?«

Erika sah zu ihm auf und schluckte. Sie wusste, dass sie Sky nicht anlügen konnte. »Es ist mir wichtig. Ohne sie wäre es das vermutlich nicht.«

Sky nickte ihr verständnisvoll zu. »Liebe ist vielleicht nicht der beste Grund, weitreichende Entscheidungen zu treffen, aber es ist auch nicht der schlechteste.«

»Ich brauche dich, Sky. Bitte hilf mir. Hilf mir, Ryan davon zu überzeugen, für mich zu arbeiten, und behandle Pandora weiter.«

Sky wiegte den Kopf hin und her.

»Bitte! Über alles Weitere können wir reden. Auch Ryan wird eigene Vorstellungen und Positionen haben. Wir werden eine Lösung finden, die uns allen gefällt.«

Sky nickte. »Das hoffe ich. Gehen wir. Ich habe eine Patientin, die mich braucht.«

Pandora. »Du hilfst mir?«, fragte Erika.

»Als ob du das nicht gewusst hättest.«

Nathan

Nathan hatte den Lieferwagen bei der erstbesten Gelegenheit am Stadtrand abgestellt. Die Fahrertür hatte er offen gelassen, der Schlüssel steckte im Zündschloss. Idealerweise – und für Baltimore nicht unwahrscheinlich – würde er gleich wieder geklaut werden. Es war ihm egal. Hauptsache, er und Amelia waren aus der Sache raus.

Das Taxi, das er herangewunken hatte, fuhr die beiden nach Downtown.

Dort angekommen steuerte Nathan einen Elektroladen an. Er und Amelia brauchten dringend beide ein Prepaidhandy. Eilig besorgte er zwei funktionale Modelle ohne viel Schnickschnack.

»Hier«, sagte Nathan und reichte Amelia eine der beiden Papiertüten, mit denen er aus dem Geschäft kam.

»Was ist das?«

»Ein Telefon. Irgendwie muss ich dich ja erreichen.«

»Ein Telefon!« Amelia strahlte, als würde es sich um einen Verlobungsring und nicht um ein Handy handeln.

»Ja, aber bitte zeig es niemandem. Nur für den Fall.«

Amelia nickte.

»Pass auf«, sagte Nathan. »Siehst du das Café dort drüben?«

»Ja.«

»Du gehst jetzt dorthin und wartest. Ich gehe in das Hotel dort vorn.« Nathan deutete auf den Eingang des *Royal Sonesta.* »Ich treffe mich dort mit Sky.«

»Warum kann ich nicht mitkommen?«

Wie gern würde er sie mitnehmen. »Ich will mich erst vergewissern, dass alles sauber ist. Falls ja, melde ich mich und du kannst nachkommen.«

Amelia lachte. »Rufst du mich an und sagst, die Tauben fliegen tief oder so?«

Nathan rollte mit den Augen.

»Nicht lustig?«

»Eigentlich schon. Nur jetzt gerade nicht.« Nathan nahm sein Telefon und tippte. »Ich habe dir gerade eine Nachricht geschickt, damit du meine Nummer hast. Ich schicke dir später ein einfaches *Ja* oder *Nein.* Bei einem *Nein* wartest du im Café, bis ich komme.«

Amelia stand vor ihm und sah ihn erwartungsvoll an. Sollte er sie umarmen? Küssen?

»Dann«, sagte Amelia leise und zeigte mit ihrem Kinn in Richtung des Hotels.

»Bis später.« Er konnte ihre Enttäuschung sehen und spüren. Und er würde es wiedergutmachen. *Ein anderes Mal.*

Nathan sah Amelia nach. Ihre Art, sich zu bewegen, war geschmeidig, fast wie ein Tanz. Doch das war nicht der Grund, weshalb er ihr nachblickte. Er wollte sich vor allen Dingen vergewissern, dass sie sicher im Café ankam. Dort würde ihr schon nichts passieren.

Sky wartete bereits in der Lobby des Hotels, als Nathan seinen Blick durch den Raum schweifen ließ. Weißer Marmor am Boden, goldene Lüster an den Decken und die ausladende Wendeltreppe, die in den Frühstücksbereich im ersten Stock führte. Es war alles noch genau so, wie er es in Erinnerung hatte – elegant, auf eine sehr altmodische Weise.

Sky hob eine Hand zum Gruß und die Geste wirkte sehr gelangweilt.

Nathan ging mit schnellen Schritten zu Skys Tisch hinüber und setzte eine versöhnliche Miene auf.

»Wie kommt es, dass ich hier schon seit einer Viertelstunde warte, wo ich doch einen Termin hatte und du eigentlich nur zum Hotel fahren solltest?« Sky sah ihn forschend an.

»*Guilty*«, sagte Nathan und hob entschuldigend die Hände. »Ich konnte einfach nicht widerstehen, etwas durch die Stadt zu schlendern. Baltimore – Heimat meiner Alma Mater. Also einer von ihnen.«

»Verstehe«, sagte Sky. »Dann habe ich dich vorhin also nur vor dem Gebäude gesehen, weil du dir den Gehsteig und benachbarte Kanaldeckel ganz genau ansehen wolltest. Sie waren bestimmt gespickt mit wunderbaren Studienerinnerungen.«

»So ähnlich.«

Sky hob eine Augenbraue und nippte an der Teetasse, die er mit beiden Händen umklammert hielt.

»Außerdem habe ich dir ein Geschenk besorgt.«

»Ein Geschenk?«

Nathan nickte und griff in die braune Papiertüte, die identisch mit der war, die er Amelia mitgegeben hatte. Er zog ein weiteres Prepaidhandy daraus hervor und legte es vor Sky auf den Tisch.

»Oh!«, quittierte er erstaunt. »Ich würde jetzt ja sagen, das wäre nicht nötig gewesen, allerdings war es das. Danke.«

Nathan lächelte, dann brachte er mit einer theatralischen Geste seine Hände an die Brust. »Ich konnte nicht anders. Ich habe es gesehen und wusste sofort, dass ich es dir kaufen musste.«

»Du bist so süß.«

»Jetzt heb mal nicht ab. Das ist ein Wegwerfhandy, das deinen persönlichen Stil unterstreicht. Du musst es jetzt nicht zwangsweise als Kompliment betrachten.«

»Wenn man so versnobt ist wie du, vermutlich nicht.«

Versnobt? Versnobt!

Sky lächelte wissend. »Ja, versnobt. Ich weiß, du willst es nicht sein, du wärst gern lässig und gleichgültig. Allem gegenüber, auch dem Materiellen. Nur leider kannst du es nicht. Du bist zu sehr geprägt von deiner Herkunft.«

»Das ist …« Verdammter Empath!

»Das ist kein Vorwurf«, nahm Sky seinen Faden wieder auf. »Wir sind das Produkt unserer Erziehung und Umwelt. Wir alle haben unsere Schwächen, also beruhig dich und setz dich.«

»Du hast nicht viele Freunde, oder?«, bemerkte Nathan und nahm Platz.

»Nein, ich bevorzuge es in der Tat, meine Freizeit in Ruhe zu verbringen.« Er winkte die Bedienung heran. »Du kannst dir ruhig noch etwas zu trinken bestellen. Mein Zimmer ist noch nicht fertig.«

Sein Zimmer?

Die Bedienung trat an den Tisch. »Was darf ich Ihnen bringen?«, fragte sie an Nathan gerichtet.

»Ein Bier«, sagte er, ohne zu zögern.

»Für Sie noch einen Tee oder etwas anderes?«

Sky schüttelte den Kopf. »Nein danke. Ich bin wunschlos glücklich.«

»Also, schieß los«, sagte Nathan direkt nachdem die Bedienung den Tisch verlassen hatte.

»Eigentlich gibt es nicht viel zu erzählen.«

Dass man ihm immer alles aus der Nase ziehen musste!

»Willst du mich verarschen?«

»Erika hat Amelia und Pandora aus New York hierher geschafft. Sie sind bei ihr in Sicherheit. Und das ist doch alles, was zählt, oder?«

»Vielleicht hast du meine Frage nicht verstanden, deshalb stelle ich sie dir noch einmal: Willst du mich verarschen?«

»Ich habe deine Frage verstanden, aber es ändert nichts an meiner Antwort. Erika hat, ob du es glaubst oder nicht, ein sehr gespaltenes

Verhältnis zur SHS und konnte das Elend der beiden einfach nicht mit ansehen. Du kannst also beruhigt zurück nach New York fahren.«

»Oh, kann ich das?« Nathan bemühte sich nicht darum, den Sarkasmus in seiner Stimme zu verbergen.

»Ja, wirklich.«

»Deshalb wird auch nur *dein* Zimmer gleich fertig.« Nathan schüttelte verächtlich den Kopf und verschränkte seine Arme. »Und warum bleibst du dann hier?«

»Wegen Pandora. Sie war bei mir in Behandlung, wie du vielleicht weißt. Und ich habe Erika versprochen, die Behandlung fortzuführen.«

»Hast du Amelia gesehen?«, fragte Nathan. Er wollte wissen, ob Sky ihn anlog.

Er sah ihn an. Nathan hielt seinem Blick stand und versuchte sich weder etwas anmerken zu lassen noch zu viel über seine Gefühle preiszugeben.

»Nein«, sagte Sky schließlich.

Ob er gemerkt hat, dass das ein Test war? »Das heißt, du weißt gar nicht, ob es ihr gut geht. Du mutmaßt nur.«

»Keine Angst, ich werde mich schon noch davon überzeugen. Und wenn dem nicht so ist, dann werde ich dafür sorgen.«

Nathan rieb sich die Bartstoppeln seines Dreitagebartes und lächelte Sky an. Es war sein böses Lächeln. »Ich kann jetzt schon fahren. Aber wenn ich das tue, dann mit Amelia, die übrigens gerade in Sicherheit irgendwo auf mich wartet.«

Skys Gesichtszüge entgleisten. »Sie tut was?«

»Dass man dich noch überraschen kann.« Nathan kostete seinen Triumph aus. Es gefiel ihm, ihn einmal blind erwischt zu haben, wo er sonst doch immer genau alles aus seinem Kopf herauszulesen schien. Er lehnte sich in seinem Sessel zurück und blickte herausfordernd zu Sky hinüber.

»Okay, was genau willst du?«, fragte Sky ausgesprochen nüchtern.

»Mit Erika reden. Wissen, was sie vorhat. Und ich meine, wirklich vorhat. Weil … ganz ehrlich, sie mag vielleicht ihre Probleme mit einigen SHS-Traditionen haben, aber diese noble Retternummer, die kaufe ich ihr nicht ab.«

»Gut«, sagte Sky. »Gib mir deine neue Nummer. Ich mache ein Treffen mit Erika aus und sage dir dann, wann und wo.«

Nice try. »Du glaubst doch nicht wirklich, dass ich dir meine Nummer gebe? Wir machen es anders: Du hinterlässt im Hotel eine Nachricht für mich.«

Vielleicht war das etwas paranoid. Aber Nathan konnte einfach noch nicht einschätzen, wie loyal Sky gegenüber Erika war. Er wollte Amelia in Sicherheit wissen. Und wenn man ihn mithilfe seines Handys orten konnte, war auch Amelia in Gefahr. Und das würde er nicht riskieren.

»Einverstanden«, sagte Sky und stand auf. Seinem Gesicht war deutlich anzumerken, dass er wenig begeistert von dieser Entwicklung war.

Nathan erhob sich ebenfalls und ging zur Rezeption, um ein Zimmer für sich zu reservieren und Bescheid zu sagen, dass er auf eine Information wartete und sich deshalb regelmäßig bei ihnen melden würde.

So einfach mache ich es euch nicht.

Amelia

Die *Nein*-Nachricht war schnell gekommen, auf mehr hatte Amelia eine gefühlte Ewigkeit im Café gewartet.

Eigentlich dachte sie, Nathan würde vorbeikommen, sie mit ins Hotel nehmen, oder sie würden gemeinsam zu Erika gehen.

Doch Nathan kam nicht. Stattdessen rief er irgendwann kurz an und sagte ihr, er könne nicht kommen, und bat sie, seinen Anweisungen zu folgen, die er ihr schicken würde.

Die SMS traf prompt ein. Die Instruktionen fand sie allerdings verwirrend. Hätte er ihr nicht ausdrücklich am Telefon gesagt, sie solle sich genau an alles halten … Amelia hätte nicht gewusst, ob sie das wirklich tun sollte oder ob es am Ende eine Falle war. Seine Stimme am Telefon hatte ihr aber keine Zweifel gelassen: Er war besorgt um sie. Und nach allem, was sie erlebt hatte, war das vermutlich nicht einmal übertrieben.

Amelia verließ das Café durch den Hintereingang, an dem das Taxi wartete, das sie bestellt hatte. Sie las dem Fahrer die Adresse aus Nathans Nachricht vor und sie fuhren los. Sicher war es das Beste, immerhin konnte sie nicht ausschließen, dass sie verfolgt wurde. Die

Aussicht, jetzt zu einem Studienfreund von Nathan zu gehen, den sie selbst nicht kannte – ein wenig komisch fand sie das schon. Der Fahrer verließ *Downtown* und fuhr in eines der, soweit Amelia das beurteilen konnte, schickeren Viertel von Baltimore.

»So, da wären wir. Macht zwanzig Dollar.«

»Ich habe nur noch achtzehn«, sagte sie zum Fahrer und sah ihn mit schuldbewusstem Hundeblick an.

»Oh, toll. Es ist ja nicht so, als wäre ich auf das Geld angewiesen. Ich mache das hier nur zum Spaß und Trinkgeld erwarte ich grundsätzlich nicht.«

Amelia legte ihre Hand auf die Schulter des Fahrers. Sie wollte ihn nicht um sein Geld prellen, aber die Lage war nun einmal kompliziert und mehr Geld hatte sie nicht dabei. »Es tut mir wirklich leid …«, begann sie, brach dann jedoch ab und löste abrupt die Hand von seiner Schulter. Plötzlich wurde seine Schulter zu ihrer Schulter und sie sah sich selbst verächtlich an.

Amelia fühlte sich, als würde sie in einen Orkan geraten, der sie verschlang, sie in sein Auge zog, bis zum Boden, und dann wieder nach oben ausspuckte. Und alles war verkehrt. Sie war nicht sie selbst, sondern der Fahrer.

Ihr wurde übel. Sie ließ ihre achtzehn Dollar auf den Rücksitz fallen, riss die Wagentür auf, stürzte hinaus und übergab sich.

»Das auch noch«, hörte sie den Taxifahrer rufen.

Amelia wischte sich mit ihrem Handrücken über den Mund und schloss die Hintertür. Durch die Scheibe warf sie dem Fahrer einen entschuldigenden Blick zu. Er fuhr davon, ohne ihn zu erwidern.

Was zur Hölle war das?

Sie versuchte sich einen Reim auf das zu machen, was sie eben erlebt hatte, doch es gelang ihr nicht. Es war zu verwirrend, zu surreal.

Amelia beruhigte sich nur langsam von – ja, von was eigentlich? So genau konnte sie es nicht beschreiben.

Sie setzte sich auf den Bordstein und atmete so viel Luft, wie sie kriegen konnte. Sie schüttelte sich.

Immer noch etwas durch den Wind, holte Amelia das Handy aus ihrer Gesäßtasche und öffnete erneut die Nachricht. *Hausnummer 537, van den Broek.* Sie stand auf, strich sich die Hose glatt und ging zu dem

Hauseingang hinter ihr. Sie betrachtete die schier endlos lange Liste von Namen und fand schließlich die Klingel, die sie suchte. *van den Broek.*

»Ja?«, ertönte eine Frauenstimme aus dem Lautsprecher.

»Hier ist Amelia«, sagte sie. »Nathan schickt mich.«

»Achter Stock«, sagte die Stimme und ein Summen verriet, dass die Tür geöffnet wurde.

Amelia drückte dagegen und trat ein. Während der Aufzug sie nach oben beförderte, betrachtete Amelia ihr Spiegelbild, das ihr von der Rückwand der Kabine entgegensah. Ihre Stirn glänzte, ihre Locken zeigten in alle Richtungen und ein paar Strähnen klebten an ihrer verschwitzten Stirn. Wie sie roch, wollte sie besser nicht wissen. Wenigstens ihr Magen hatte sich wieder einigermaßen beruhigt.

Als sich die Aufzugtür öffnete, sah ihr bereits eine Frau aus einer Wohnungstür entgegen. Sie war vermutlich Ende zwanzig, schlank und hatte schöne karamellfarbene Haare, die sich leicht wellten.

Reflexartig streckte Amelia ihr eine Hand entgegen, zog sie jedoch wieder zurück, als ihr einfiel, dass sie sich vorhin damit den Mund abgewischt hatte. »Hi«, sagte sie und presste sofort beschämt die Lippen aufeinander. Sie hatte immer noch einen üblen Geschmack im Mund und hoffte, dass sie nicht genauso roch. »Nathan hat mir gesagt, hier würde ein Studienfreund von ihm wohnen, der mir Unterschlupf gewähren würde.«

Die Frau blickte Amelia sichtlich amüsiert an. »Komm doch erst mal rein. Ich bin übrigens Marissa.«

Amelia betrat die Wohnung, die ohne Flur direkt ins Wohnzimmer führte. Die Außenmauern waren innen wie außen aus Backstein und verliehen der Wohnung, die ansonsten sehr modern und reduziert eingerichtet war, zusammen mit ein paar Vintagemöbeln einen gemütlichen Touch.

»Setz dich doch«, sagte Marissa und deutete auf die große weiße Couch in der Mitte des Raumes.

Amelia nickte und nahm Platz.

»Möchtest du etwas trinken?«

»Mach dir meinetwegen keine Umstände«, bat Amelia. »Ich werde dir und deinem Freund sicher nicht lange zur Last fallen.«

»Meinem Freund?«, fragte sie erstaunt.

»Ja, Nathans Studienfreund. Tut mir leid, ich weiß seinen Vornamen nicht.«

Marissa brach in schallendes Gelächter aus. »Nathans Studienfreund. Du bist ja süß.«

Etwa nicht? Wo hatte Nathan sie nur hingeschickt?

»Ich bin Nathans Studienfreund«, sagte Marissa und setzte das Wort Studienfreund mit ihren Fingern in Anführungszeichen.

»Oh.« Amelia kam sich plötzlich vor wie ein Volltrottel. »Tut mir leid, das wusste ich nicht.«

»Wie solltest du? Nathan ist schließlich nicht bekannt für seine ausschweifenden Erklärungen.« Sie musterte Amelia von oben bis unten. »Aber keine Angst. Im Bett ist er für Ausschweifungen zu haben.«

Amelia war verschwitzt und an ihrer Hand klebte Erbrochenes. Sie war gerade nicht wirklich in der Stimmung, über Nathans Sexualleben zu sprechen. »Kann ich mal dein Badezimmer benutzen?«

»Das wollte ich dir ohnehin schon anbieten. Du siehst wirklich aus, als könntest du eine Dusche vertragen.«

Na toll. Genau das wollte ich jetzt hören. »Ich mache mich einfach nur etwas frisch.«

»Ach was, lass dir Zeit. Nathan hat mir geschrieben. Es wird sicher spät werden, bis er kommt.«

Amelia zog ihr Handy, das die Bezeichnung Smartphone definitiv nicht verdient hatte, aus der Tasche und schaute auf das Display. Ihr hatte er nicht geschrieben. »Na dann … Gehe ich mal duschen.«

»Handtücher und alles, was du brauchst, findest du im Bad. Bediene dich einfach. Und etwas zum Anziehen …«, sagte sie und musterte Amelia erneut. »Na ja, irgendetwas Passendes wird sich schon finden.«

Amelia nickte höflich, aber kochte innerlich. Natürlich sollte sie dankbar sein, dass Marissa sie aufnahm, obwohl sie sich nicht kannten. Trotzdem. Was bildete sie sich ein? Marissa wirkte zwar etwas sportlicher, aber Amelia glaubte trotzdem nicht, dass ihre Kleidergrößen weit auseinanderlagen, falls überhaupt.

Seufzend schloss Amelia die Tür hinter sich. Der Blick in den Spiegel gab Marissa leider recht. Sie brauchte wirklich dringend eine Dusche.

Wenn das doch bloß ihr größtes Problem wäre!

Statuten der Superior Human Society (SHS)

Begrifflichkeiten und Zeremonien rund um die Maturantin (Teil 4)

(10)
Die Verkündung der Wahl der Maturantin und die Annahme der Wahl durch den Aspiranten wird im Rahmen der Verkündungszeremonie mit Blut besiegelt.

(11)
Der von der Maturantin erwählte Superior wird von diesem Tag an, bis zum Tag seiner letzten Unity, Erwählter genannt.

Kapitel 18

Nathan

Nathan betrat den Meetingraum der Adresse, die Sky im Hotel hinterlassen hatte. Sky und Erika saßen bereits am Tisch – und nicht nur die beiden, sondern auch jemand, mit dem er hier nicht gerechnet hätte, dessen Anwesenheit er aber durchaus erfreut zur Kenntnis nahm: *Ryan.* Den meisten Menschen besser bekannt als Professor Bates. Nathans Doktorvater. Ein Mensch, zu dem er immer aufgeschaut hatte, der nicht nur seinen Respekt, sondern auch sein Vertrauen genoss. Für Nathan war Ryan Bates immer eine Astralfigur gewesen. Noch bevor er sein Studium bei ihm aufgenommen hatte, hatte er alle seine Abhandlungen gelesen und war zu jeder Konferenz gefahren, bei der er als Sprecher auftrat. Man könnte sagen, Nathan war ein echter *Fanboy.* Während ihrer intensiven Zusammenarbeit an seiner Dissertation bei ihm im Institut hatte sich dies zwar gelegt, aber nicht der grenzenlose Respekt, den er für diesen Menschen hatte. Ihn hier am Tisch zu sehen, zusammen mit Menschen, denen er nicht über den Weg traute, wusste er nicht einzuordnen.

»Ryan«, rief er und ging seinem Doktorvater entgegen.

»Nathan«, erwiderte dieser erfreut und stand auf. Er zog ihn zu sich und klopfte ihm auf den Rücken. »Gut, dich wiederzusehen.«

»Ja, mir kommt es vor wie eine Ewigkeit. Was machst du hier?«, fragte Nathan.

»Das wüsste ich auch gern. Eigentlich bin ich nur mit kryptischen Andeutungen und dem Versprechen, dass du auch hier sein würdest, hergelockt worden«, erklärte Ryan. Mit einem schelmischen Grinsen griff er sich einen der Kekse auf dem Teller vor ihm und sagte: »Aber die Kekse sind auch nicht schlecht.«

Ryan war für seinen Kekskonsum bekannt, und wenn man ihn betrachtete, konnte er ihn auch nur schwer leugnen. Obwohl er insgesamt nicht dick war, um seine Körpermitte herum hatte sich einiges angesammelt. »Verstehe.«

Nathan blickte erwartungsvoll zu Erika und Sky.

Erika fing seinen Blick auf. »Erst einmal danke, dass ihr gekommen seid. Wie wunderbar sich das heute alles fügt. Mit dir, Ryan, wollte ich ohnehin in den nächsten Tagen sprechen, aber da jetzt Nathan auch noch hier ist, habe ich noch mehr beeindruckende Kapazitäten versammelt.«

Nathan beobachtete, wie Ryan die Augen rollte. »Erika, du solltest mich gut genug kennen, um zu wissen, dass solche Schmeicheleien bei mir nicht ziehen.«

»Ich weiß, Ryan«, sagte sie. »Doch ich habe noch etwas viel Besseres: Die Chance, bei etwas Großem dabei zu sein. Ich möchte, dass wir alle zusammen Geschichte schreiben.«

»So bescheiden gleich«, witzelte Ryan.

»Und die Geschichtsschreibung erfordert die Entführung zweier Menschen?«, fragte Nathan.

Erika kniff ihre Lippen zusammen und sah Nathan giftig an. Ryan lehnte sich auf seinen Ellbogen und signalisierte höchstes Interesse. »Oh. Jetzt möchte ich doch mehr hören.«

»Ich habe die beiden nicht entführt.« Erikas Ton war scharf. »Und wenn du mich ausreden und alles erklären lässt, wirst du verstehen, warum ich es tun musste.«

Nathan setzte sich, lehnte sich zurück und verschränkte provokant seine Arme vor der Brust. »Da bin ich gespannt.«

»Wir haben eine mittlerweile ganz gute Kenntnis darüber, wo und auf welchen Genen die Superior-Gaben sitzen. Wir nutzen sie aber nur, um im *Simulation Scoring* zu errechnen, was die Kombination dieser Gene hervorbringen würde. Und alles, was wir damit machen, ist, uns Superior den idealen Partner zur Fortpflanzung vorzuschlagen. Ich will mehr als das, viel mehr.«

Ryan lehnte sich zurück und verzog den Mund. »Da bist du nicht die Erste, Erika. Aber du weißt genauso gut wie ich, dass es zwecklos ist. Alle Versuche sind fehlgeschlagen. Die Versuche waren damals schon sehr umstritten, und nachdem sie so viele Leben gekostet haben, kann ich mir nicht vorstellen, dass die SHS weitere Testreihen ansetzen wird.«

»Die SHS nicht«, sagte Erika und lächelte siegessicher. »Aber wir.«

»Wir?«, stieß Nathan aus. »Was meinst du mit *wir*?«

»Ach, komm schon, Nathan. Du bist doch sonst nicht so schwer von Begriff.« Ihr kalter Blick bohrte sich in seine Augen.

Nathan wusste von den alten Versuchen. Man wollte Superior mithilfe künstlicher Befruchtung *züchten.* Über fünfzig Frauen waren erfolgreich befruchtet worden. Keines der Kinder hatte seine Geburt oder seine ersten Lebenswochen überlebt. Es war, als wolle die Natur es nicht zulassen. Als würden sich diese Embryonen und Kinder lieber selbst vernichten.

Das war natürlich Blödsinn. Eine wissenschaftliche Erklärung konnte man trotzdem nicht finden. Die Akten wurden versiegelt und das Thema war – zumindest, seit Nathan denken konnte – ein Tabu. Und während die Reproduktionsmedizin sich zu einem weltweit florierenden Wirtschaftszweig entwickelte, stand ihnen diese Option nicht zur Verfügung. Um einen Superior zu zeugen, war immer noch der natürliche Geschlechtsakt, durchgeführt während der zeremoniellen Beschwörungen, dem *Unity Spell,* nötig.

So absurd es klang, es war die Realität. Keine, die ihm sonderlich gut gefiel, wie er zugeben musste, aber die, in der er nun einmal lebte. Auch er wollte, dass die Forschungen wieder weitergingen, doch das jetzt aus Erikas Mund zu hören, machte ihm, angesichts der Tatsache, dass sie dafür Amelia und Pandora mitgenommen hatte, Angst. »Was hat das mit Amelia zu tun?«

»Früher oder später muss ich es euch ja sagen«, begann sie. »Die Versuche damals … Die Behauptung, dass kein Kind sie überlebt hätte, stimmt nicht.«

Erika erhob sich. Bedächtig ging sie zu dem Sideboard neben dem Eingang zum Meetingraum, auf dem die Erfrischungen standen. Sie schien Ryans und Nathans bohrende Blicke zu spüren und sie regelrecht zu genießen. In aller Ruhe goss sie sich ein Glas stilles Wasser ein und trank einen Schluck. Dann wandte sie sich wieder um. Sky lächelte wissend, während Ryan und Nathan gebannt an ihren Lippen hingen. »Zwei haben überlebt«, sagte Erika und beendete damit ihre dramatische Pause.

Nathan klappte der Kiefer herunter. Er konnte nicht glauben, was Erika ihnen gerade erzählt hatte. Wieso wusste niemand davon?

»Ich war zwar noch sehr jung damals«, sagte Ryan. »Aber ich war bei den Versuchen dabei und keines der Kinder hat überlebt.«

»Du irrst dich, Ryan.« Erika schlug die Akte vor sich auf dem Tisch auf. »Patientin Nummer 34, Salome Zephyr, wurde am 24.04.1996 erfolgreich befruchtet. Zwillinge, zweieiige, beides Mädchen. Am 12.01.1997 wurden beide Mädchen erfolgreich per Kaiserschnitt entbunden. Die Zweitgeborene, Pandora, hatte Wasser in den Lungen und musste auf der Intensivstation versorgt werden. Die Erstgeborene, Amelia, wurde nach der Geburt ihrer Mutter übergeben, da sie das Fläschchen verweigerte und an Gewicht verloren hatte. Die Brust der Mutter hatte sie angenommen und rasch wieder an Gewicht zugelegt. Am 15.01.1997 flüchtete Salome Zephyr mit ihrer Tochter Amelia aus dem Krankenhaus. Pandora blieb dort.«

Amelia! Das war einfach unmöglich.

Nicht unter dem *Unity Spell* gezeugte Superior, sondern über künstliche Befruchtung gezeugte Superior – das war eine Utopie.

Amelia war eine Utopie.

»Wieso wusste ich nichts davon?«, fragte Ryan. In seiner Stimme klang Erstaunen und Verwunderung mit.

»Es wurde beschlossen, ihr Überleben geheim zu halten, aber im Stillen zu beobachten, ob und wie sich ihre Gaben entwickeln. Pandora hatte die Veranlagungen dazu in ihrer DNA. Beim Versuch, die Schalter zu aktivieren, ist die Patientin leider …«

»Durchgedreht, abgedriftet«, ergänzte Nathan. Die Gedanken wirbelten immer noch wild durch seinen Kopf. Er versuchte, das Gehörte zu sortieren, ihm einen Sinn zu geben und zu verstehen, wie all das hatte passieren können, ohne dass jemand davon wusste.

Erika bedachte ihn mit einem Blick, der mehr als einfach nur tadelnd war. »Danke für diese präzise Zusammenfassung, Nathan.«

»Immer gern.«

»Amelia hingegen konnte vor Jahren wieder *eingefangen* werden. Sie hatte schon immer Gaben. Zwar nicht die bedeutendsten, doch die Marker in ihrer DNA ließen hoffen, dass sich weitere aktivieren könnten. Und bei den letzten Versuchen, diese zu erwecken, haben sich Sprünge gezeigt. Alles deutet darauf hin, dass sich eine neue, sehr bedeutende Gabe in ihr manifestiert.«

»Und deshalb musstest du ihren Tod vortäuschen und sie hierher bringen.« Nathan schnaubte verächtlich.

Amelia war das Ergebnis eines Experiments. Das konnte er verstehen, akzeptieren und für sich einordnen. Was ihn jedoch rasend machte, war, dass Erika über Amelia redete, als wäre sie immer noch nicht mehr als das – *ein Experiment.*

»Erstens war das die Chance, endlich diesen längst fälligen nächsten Schritt in unserer Entwicklung zu gehen. Und zweitens: Glaubst du etwa, es wäre ihr dort besser ergangen? Was meinst du, hätten sie mit ihr gemacht? Solange ihr *Scoring* unter ferner liefen rangierte, war sie jedem egal. Doch nun? Ich glaube nicht, dass sie ihr Leben jemals wieder außerhalb eines Labors verbracht hätte.«

Da könnte sie sogar recht haben.

»Und was genau hast du jetzt vor, Erika?«, fragte Ryan.

»Zunächst müssen wir herausfinden, was in ihrer DNA dafür gesorgt hat, dass genau sie mit aktiven Gaben zur Welt gekommen ist. Ich habe dazu die DNA-Proben aller alten Fälle zum Abgleich besorgt. Es muss einfach einen Grund dafür geben. Es muss! Und wenn, dann bin ich mir sicher, dass du und Nathan ihn finden werdet.«

Ryan kratzte sich am Kopf. »Und dann?«

»*CRISPR/Cas9*«, antwortete Erika.

CRISPR/Cas9. Das Verfahren war der Allgemeinheit besser unter dem Begriff *Genschere* bekannt. Es war Dreh- und Angelpunkt der ganzen *Genom Editing*-Diskussion. Es war die Idee, Gene wie Datenträger neu zu beschreiben und vorhandene DNA durch das Herausschneiden gewisser Sequenzen zu verändern. Die einzelnen Schalter, die jeder DNA zu eigen waren, auf *An* oder *Aus* zu stellen und die DNA wie gewünscht zu verändern …

Nathans Gehirn arbeitete auf Hochtouren. Er war sich noch nicht sicher, ob ihn die Bilder der Möglichkeiten faszinieren oder erschrecken sollten. »Wenn es tatsächlich die eine Sequenz gibt, die dafür verantwortlich ist, dass die künstliche Befruchtung bei Amelia und Pandora erfolgreich war, dann könnte es funktionieren.«

»Das könnte es tatsächlich«, sagte Ryan. »Aber wir sind noch nicht so weit. Das Verfahren ist wundervoll und eröffnet eine Flut neuer Möglichkeiten. Menschliche DNA zu verändern, gerade die von Embryonen, ist aber bis dato noch nicht gelungen. Erst kürzlich gab es hierzu Versuche in China, bei denen alle Embryonen umkamen.«

»Ich weiß, Ryan. Schließlich habe ich mich mit der Thematik befasst, bevor ich diesen Entschluss gefasst habe.«

»Dann weißt du ja, dass es nicht möglich ist.«

»Offiziell ja. Aber Ryan, sei bitte ehrlich. Liegt das wirklich an der Technik und dem Stand der Wissenschaft, oder an irgendwelchen kleingeistigen Vorschriften, die verhindern, Großes zu vollbringen?«

»Kleingeistige Vorschriften«, schaltete sich Sky ein, der das gesamte Gespräch bisher nur schweigend verfolgt hatte. »Du hältst das Verbot, Babys zu töten oder für Versuchszwecke zu benutzen, für kleingeistig?«

Erika wirkte von Skys Einwurf aus dem Konzept gebracht. »Wenn es darum geht, eine Handvoll Leben zu opfern, um der Menschheit zu dienen, dann ja.«

»Wie willst du denn damit bitte der Menschheit dienen?« Sky schien immer noch außer sich.

»Stell dir vor, du hättest das Werkzeug, alles an der menschlichen DNA zu ändern. Jede Gabe hineinzugeben und alle Schwächen zu entfernen. Unsere Kinder wären keine Menschen mehr, sie wären etwas Neues, etwas Überlegenes.«

Nathan wollte es nicht. Er wollte Erikas Vorschlag absurd finden, den Raum verlassen und Amelia von der Wahnsinnigen fortbringen. Doch tief in ihm konnte er es nicht leugnen. Der Gedanke hatte etwas sehr Anziehendes. Er blickte zu Ryan und war gespannt, wie er reagieren würde. Vieles von dem, was sie gesagt hatte, hätte aus seinem Mund kommen können. Seine Visionen von der Medizin der Zukunft hörten sich teilweise sehr ähnlich an. In der Frage des Preises unterschieden sie sich jedoch.

»Bei der Suche nach den Ursachen, warum es bei ihr geklappt hat und bei den anderen nicht, bin ich dabei. Beim Rest … kann ich dir im Moment noch keine Antwort geben. Es gibt noch zu viele offene Fragen. Da werde ich noch einige Wochen darüber schlafen müssen.«

»Danke«, sagte Erika an Ryan gewandt. »Nathan, was ist mit dir?«

»Ich schließe mich Ryan an. Bei Phase 1 bin ich dabei. Und was Phase 2 betrifft, sofern mich nicht das gesamte Konzept und der Versuchsaufbau komplett überzeugen, werde ich alles in meiner Macht Stehende tun, um es zu verhindern.«

»Wunderbar«, sagte Erika. »Es freut mich, dass wir nun tatsächlich zusammenarbeiten. Wenn ihr mich jetzt entschuldigt, ich muss noch einiges für unser Labor organisieren.« Erika ging um den Tisch herum, schüttelte jedem die Hand und verließ den Raum.

Eines war klar – Erika war sich ihrer Sache sicher.

»Schön, dass wir wieder zusammenarbeiten«, sagte Ryan und klopfte Nathan auf die Schulter. »Mal sehen, wer diesmal von wem lernt?« Mit diesen Worten verabschiedete sich auch Ryan.

Nur Sky saß noch am Tisch und sah Nathan vorwurfsvoll an. »Ist das dein Ernst?«

»Was ist dein Problem?«, fragte Nathan.

»Das ist doch Wahnsinn, Mann. Wenn diese Technik mit den Superior-Gaben funktioniert – stell dir doch mal vor, was man in den falschen Händen damit machen würde.«

»Waffen.« Menschliche Waffen.

»Das kannst du doch nicht wollen.«

»Das will ich auch nicht. Aber verstehen, warum wir Superior uns nur unter irgendwelchen bescheuerten Beschwörungsformeln fortpflanzen können, das würde ich schon gern. Verstehst du das nicht?«

»Du verstehst deine Verantwortung nicht«, sagte Sky und verließ ebenfalls das Sitzungszimmer.

Hatte er recht? Machte Nathan einen Fehler? Er war ebenfalls dagegen, an lebenden Embryonen zu forschen. Zumal es um Amelia ging. Aber dieses große *Warum* zu beantworten, das ihn schon seit Jahren quälte, diese Chance konnte er einfach nicht verstreichen lassen.

Er verstand Skys Bedenken. Jeder Wissenschaftler mit einem Funken Allgemeinbildung verstand sie. Schließlich war auch die Entdeckung der Kernspaltung brillant. Die Idee, mit ihr Energie zu erzeugen, war ebenfalls einleuchtend und bahnbrechend. Und wie auch immer man dazu stehen wollte – weite Teile des modernen Strombedarfs wurden nun einmal über Atomkraftwerke erzeugt. Was die Menschen aber dann aus dieser Technologie gemacht hatten, war ein Albtraum. Einer, den man heute noch fürchtete. *Atomwaffen.*

Nathan wollte nichts erschaffen, das Zerstörung bedeuten könnte. Er wollte einfach nur verstehen. Mehr nicht.

Amelia

Marissa musterte Amelia von oben bis unten, als sie frisch geduscht und eingekleidet ins Wohnzimmer zurückkam. »Es war gar nicht so einfach, etwas zu finden, das deine Kurven … nun ja, hinreichend unterstreicht.«

Wie sie es gesagt hatte, hörte es sich eher an wie *etwas, in das dein fetter Arsch reinpasst.*

Amelia fühlte sich wie eine Presswurst. Marissa hatte ihr eine hautenge schwarze Stretchjeans herausgesucht und ein graues, ebenfalls eng anliegendes Strickoberteil. Amelia konnte sich nicht vorstellen, dass Marissa nicht auch etwas Passenderes hätte auftreiben können.

»Etwas, das meine Rundungen weniger unterstreicht, wäre auch in Ordnung gewesen.« Sie wollte nicht undankbar klingen, doch Marissas schneidender Tonfall machte ihr das sehr schwer. Außerdem wusste Amelia gar nicht, was sie hatte. Der Großteil ihrer Rundungen war von den Strapazen der letzten Tage aufgefressen worden. Nur ihre Oberweite hatte das Ganze einigermaßen schadlos überstanden.

»Ich wusste gar nicht, dass du dich so bedeckt hältst. Nimm es mir nicht übel, aber ich wollte wissen, mit wem ich es zu tun habe, und habe dich gecheckt. Und wenn ich mir die Bilder auf deinem Instagram-Profil ansehe, siehst du mir nicht wie ein Mädchen aus, das sich gern verhüllt.«

»Ach.« Jetzt übertrieb sie. »Wie sehe ich denn aus?«

»Billig. Ein wenig zu nuttig für meinen Geschmack.«

Amelia ballte ihre Hände zu Fäusten. *Besser als versnobt und verklemmt.* »Männer stehen drauf.«

»Offensichtlich. Aber Nathan? Ich weiß nicht, was er an dir findet. Vielleicht will er einfach nur Sex. Aber glaub mir, er ist nicht ernsthaft an dir interessiert. Nathan bevorzugt Frauen mit Klasse und keine billigen Flittchen.«

»Wer sagt denn, dass so ein Schnösel wie Nathan bei mir überhaupt eine Chance hat?«

Marissa lachte gekünstelt. »Ja, genau. Als ob du wählerisch wärst.«

»Habt ihr immer noch etwas miteinander, oder warum bist du so eifersüchtig?«, fragte Amelia frei heraus.

»Eifersüchtig? Auf dich?«, sagte sie verächtlich. »Sicher nicht. Aber Nathan liegt mir am Herzen und du bist keine gute Wahl für ihn.«

Amelia wünschte sich sehnlichst, dass die Decke über ihnen zusammenbrechen und diese unverschämte Person erschlagen würde.

Marissas Smartphone klingelte. Sie nahm das Gespräch entgegen und verließ den Raum. Amelia ging zurück ins Bad und hob ihre Kleidung auf, die dort auf dem Boden lag. Sie leerte ihre Hosentaschen und kramte das Handy und den Schlüssel von Erikas Apartment hervor. Das Handy ließ sie in ihrer vorderen Hosentasche verschwinden, den Schlüssel behielt sie in der Hand. Sie drehte ihn hin und her, betrachtete ihn von allen Seiten und fasste schließlich einen Entschluss.

Sie lief zur Wohnungstür, schlüpfte hindurch und zog sie hinter sich zu. Amelia hatte Unsicherheit gegen Wohlbefinden getauscht. Die Entscheidung mochte falsch sein, doch sie fühlte sich in diesem Moment einfach verdammt gut an.

Amelia war eine Weile die Straße entlanggerannt. Sie wollte etwas Abstand zwischen sich und Marissas Wohnung bringen. Das erste Taxi, das sie gesehen hatte, hatte sie sofort herangewunken. Erst jetzt, als sie eingestiegen war, dämmerte es ihr. Sie wusste weder die Adresse noch hatte sie einen Cent in der Tasche.

»Wohin?«, fragte der Fahrer.

Amelia zuckte mit den Schultern. »Ich weiß es nicht.«

»Bitte? Du weißt es nicht? Lady, das ist ein Taxi und kein Selbstfindungstrip.«

Amelia kniff die Augen zusammen und dachte angestrengt nach. Sie hoffte, sich an irgendetwas zu erinnern, an etwas Markantes, einen Straßennamen. Doch ihr wollte einfach nichts einfallen. »Es tut mir leid«, sagte sie schließlich und stieg wieder aus dem Taxi. Amelia ignorierte das verächtliche Zischen des Taxifahrers und setzte sich auf die Stufen eines Hauseinganges. *Was mache ich denn jetzt?*

Auf keinen Fall würde sie zurück zu Marissa gehen. Amelia zog das Handy aus der Tasche. Eine Nummer von Erika hatte sie nicht. Eigentlich hatte sie überhaupt nur eine Nummer auf diesem Handy. Und alles in ihr sträubte sich, genau diese Nummer anzurufen.

Verdammter Mist!

Amelia öffnete die Wiederwahlliste und tat das Unausweichliche.

»Amelia«, sagte Nathan anstelle einer Begrüßung, als er den Hörer abhob. »Was zur Hölle ist los mit dir?«

Amelia wusste nicht, was sie darauf erwidern sollte, und sagte deshalb gar nichts.

»Marissa hat mich eben angerufen.«

Pause.

»Wo bist du?«

Pause.

»Ich mache mir Sorgen.«

»Ich will zurück zu Erika«, sagte Amelia schließlich.

»Amelia, lass uns reden. Ich komme zu dir. Wo bist du?«

»Irgendwo in Baltimore.«

»Nimm dir ein Taxi zum *Royal Sonesta* Hotel. Ich warte dort auf dich.«

»Mhm.«

»Bitte, mach keinen Unsinn«, sagte Nathan sanft.

Amelia beendete das Gespräch und hielt nach einem weiteren Taxi Ausschau. Lang ließ es nicht auf sich warten.

Der Fahrer schlängelte sich gekonnt durch den dichten Verkehr. Etwa zehn Minuten später erreichte sie das Hotel. Nathan wartete bereits vor der Auffahrt.

Amelia stieg aus, konnte und wollte Nathan aber nicht ansehen und blickte deshalb zu Boden. Nathan ging zum geöffneten Fenster des Taxis und bezahlte. Noch bevor das Taxi weiterfuhr, hatte er zu ihr aufgeschlossen. Dicht hinter ihr blieb er stehen und legte ihr einen Arm um die Schulter. Amelia stieß ihn weg. »Bring mich zu Erika«, fauchte sie ihn an.

»Amelia, beruhige dich bitte. Was ist denn passiert?«

»Nichts. Bring mich einfach zu ihr, okay?«

»Nicht, bevor wir geredet haben.«

»Ich will nicht reden«, sagte sie und kam sich dabei vor wie ein bockiges Kind.

»Schön, dann rede nicht, sondern hör mir zu.« Nathan ging um sie herum und legte seine Hände auf ihre Schultern. Es war keine zärtliche Geste. Er übte Druck aus, damit sie zu ihm aufsah. Doch sie wollte ihn nicht ansehen. Sie konnte einfach nicht. In ihr tobte ein Meer aus Emotionen, das sie nicht kontrollieren konnte. Amelia war nicht bereit, es hinauszulassen. Nicht vor Nathan.

»Du machst mich ganz verrückt«, sagte Nathan schließlich, schlang beide Arme um sie und drückte sie fest an sich. Instinktiv wollte sie sich losreißen. Doch dazu hatte sie keine Chance. Als Nathan ihre Gegenwehr bemerkte, zog er sie nur noch näher an sich. Und schließlich wollte sie sich gar nicht mehr von ihm lösen. Es fühlte sich gut an, an seiner Brust zu ruhen. Seine Wärme zu spüren, seinen beruhigenden Herzschlag zu hören.

Nathan umfasste sanft ihr Kinn und hob es an, damit sie ihm direkt in die Augen sah. In diese wunderschönen grünen Augen. »Hey«, hauchte er ihr zu.

Amelia sah ihn und sah sich. Sie beide gleichzeitig und so viele Gefühle, die sie nicht einordnen konnte.

Eine Träne löste sich aus ihrem Auge. Nathan schien ihrem Verlauf zu folgen und wischte sie zärtlich weg. Kurz hatte sie das Gefühl, zusammenzusacken. Nathan hielt sie fest und sie schmiegte sich wieder an ihn. Sie vergrub ihre Finger in seinem T-Shirt. Und dann brachen alle Dämme. All die unterdrückten Gefühle der letzten Tage und Wochen suchten sich ihren Weg an die Oberfläche. Es fühlte sich gut an. Als würde jede Träne den Schmerz wegspülen und die Wärme, die Nathan ihr in diesem Moment gab, sie trocknen und heilen.

Amelia hob ihren Kopf von Nathans Brust und schmiegte sich an seinen Hals. Seine Haut an ihrer zu spüren, ihn zu riechen – es war wie Medizin.

Nathan strich mit der Innenfläche seiner Hand sanft über ihre Haare und ihre Wange. Ihre Haut kribbelte und ein angenehmer Schauer fuhr ihr über den Rücken. Amelia blickte auf, ließ sich von Nathan die Tränen aus dem Gesicht streichen und hatte plötzlich das Gefühl, ein Stück von seiner Seele erfasst zu haben. Zwar sah sie ihn nur an, doch das, was sie sah, ergab für sie mehr als das Bild eines schönen Mannes. Amelia sah ihren eigenen Schmerz und ihre Verzweiflung in der Tiefe seiner Augen. Und sie sah, wie Nathan sie mit einer Schicht aus Hoffnung und Erleichterung überdeckte.

Sein sonst üblicher Dreitagebart war nun eher ein Wochenbart und seine Augenringe zeugten von schlaflosen Nächten. Seine Hände zitterten leicht und Sehnsucht strömte aus all seinen Poren. Seine Fingerkuppen glitten über ihre Wangen und ihr Kinn und hielten sie schließlich fest. Sie brauchte mehr Medizin und würde platzen, wenn sie sie nicht bald bekam.

Amelia stellte sich auf die Zehenspitzen, ihr Herz raste. Nathan kam ihr ebenfalls entgegen, durchdrang sie mit seinem Blick. Während Amelia ihre Arme um seinen Hals schlang, umfasste er ihre Taille. Ihre Lippen berührten sich, spielten miteinander. Amelia öffnete ihren Mund leicht, und als sie seine warme Zunge an ihrer spürte, war sie wie elektrisiert. Er zog sie fest an sich und küsste sie stürmisch. So viel Leidenschaft und Verzweiflung schwang darin mit, dass es Amelia fast schwindelig wurde. Sein Kuss fühlte sich wunderbar an, die Intensität, der Rhythmus, es war, als hätten sie ihr ganzes Leben für diesen Kuss trainiert. Atemlos hielten sie inne und Nathan drückte seine Stirn an die ihre. Sie sah zu ihm auf und lächelte. Pures Glück durchströmte sie.

Ihres und seines.

Statuten der Superior Human Society (SHS)

Begrifflichkeiten und Zeremonien rund um die Maturantin (Teil 5)

(12)
Der Superior-Bund steht über der Ehe
und gilt bis zum Tod.

(13)
Alleine das Oberhaupt der SHS ist befugt,
diesen Bund zu lösen.

Kapitel 19

Nathan

Irgendwie hatten sich beide ohne ein Wort fortbewegt und standen nun in Nathans Hotelzimmer. Das war so nicht geplant gewesen. Er wollte so gern mit ihr reden, ihr erzählen, was er heute alles erfahren hatte. Er wusste nicht, wie Amelia reagieren würde, und hatte Angst, es herauszufinden. Amelia neigte zu Kurzschlusshandlungen und er fürchtete, sie würde einfach verschwinden. *Gerade jetzt!* Er war so froh, dass sie endlich wieder bei ihm war.

Nathan schloss die Tür hinter sich, umfasste Amelias Oberarme und drückte sie gegen die Wand. Er wollte sie so sehr. Mit einem Ruck riss er ihr das Shirt über den Kopf. Er vergrub sein Gesicht an ihren Brüsten, die immer noch von ihrem BH verdeckt wurden, aber schon sehr viel erahnen ließen. Amelia zog ihm sein T-Shirt aus und beide taumelten in Richtung seines Bettes. Sie ließen sich darauf fallen und Nathan spürte Amelias warme Haut an seinem Oberkörper. Er sollte besser aufhören.

Jetzt.

Es war nicht richtig, mit ihr zu schlafen.

Nicht jetzt.

Er sollte erst mit ihr reden, ihr alles erzählen.

Amelia war dabei, die Schnalle seines Gürtels zu lösen. Er wusste nicht, wie lange er sich noch zurückhalten konnte. Und er sollte es tun, mit ihr reden. Doch Amelia hatte bereits seine Hose geöffnet und massierte sein Glied. *Das machst du gut. Sehr gut.*

Er wollte den Faden seines inneren Zwiegespräches wieder aufnehmen, schaffte es aber nicht. Zu sehr war er in Amelias Berührungen gefangen. Sie waren voller Leidenschaft und fühlten sich an wie ein Versprechen. Eines auf unendliche Lust und ein nie dagewesenes Vergnügen.

Während sein Kopf noch diskutieren wollte, hatten seine Hände bereits den Knopf von Amelias Hose geöffnet. Zustimmend hob sie ihr Becken und er schob ihre Hose und ihren Slip ein Stück hinunter. Wenn es eine letzte Chance zur Umkehr gab, dann war sie definitiv jetzt.

Sein Zeigefinger sah das offensichtlich anders und drang in sie ein. Nathan konnte seine Erektion schon lange nicht mehr leugnen. Die feuchte Wärme, die er in ihr spürte, zeigte ihm, wie sehr auch sie ihn wollte.

Einen letzten Versuch musste er dennoch unternehmen, sosehr sich sein Körper auch dagegen sträubte. Er wollte kein Arsch sein. *Diesmal nicht.*

»Amelia«, hauchte er ihr ins Ohr und suchte ihren Blick.

Sie nickte kurz und sah ihn an.

»Wir sollten reden.«

»Ich will nicht reden«, sagte sie. »Ich will dich.«

»Ich will dich auch. Aber es gibt so viel, was ich dir sagen muss.«

Amelia legte ihren Zeigefinger auf seine Lippen und schüttelte sanft den Kopf. »Nicht jetzt.«

»Aber …«

»Wenn du mich nicht sofort nimmst, werde ich dir das nie verzeihen.«

Er konnte machen, was er wollte, er war sowieso der Arsch. Und damit war die Entscheidung gefallen. »Das möchte ich nicht riskieren.«

Er befreite seine Beine aus der Hose, die immer noch an seinen Kniekehlen hing. Amelia tat es ihm gleich, während er aus seinem Geldbeutel ein Kondom fischte. Er streifte es sich über und sah Amelia fragend an. Sie antwortete darauf, indem sie seinen Körper zu sich hinunterzog.

Nathan hatte schon mit vielen Frauen geschlafen. Er konnte sich jedoch nicht erinnern, jemals eine von ihnen so begehrt zu haben wie Amelia.

Für einen kurzen Moment genoss er das Gefühl ihrer nackten Haut auf seiner. Wie weich sie war, wie wunderschön sie sich anfühlte. Er begehrte Amelia mit jeder Faser seines Körpers.

Nathan umfasst ihre Hüfte und drang tief in sie ein – füllte sie aus. Sein Glied pulsierte vor Erregung. Er musste sich konzentrieren, sich zusammenreißen, um nicht auf der Stelle zu kommen.

Nathan spürte ihre Lust und wie Amelia sich ihm hingab. Nichts war erregender als eine Frau, die wusste, was sie wollte und es sich schamlos nahm. Das war begehrenswerter als jeder perfekte Körper. Amelia hatte alles – alles, was ein Mann sich wünschen konnte.

Nathan tauchte tief in ihre Lust ein. Ließ sich von ihr antreiben, von ihr verzehren.

Er war nicht nur in ihr. Für diesen Moment waren sie eins.

Amelia

Sie lagen keuchend nebeneinander. Der Sex hatte nichts Romantisches gehabt. Er war wild und leidenschaftlich und genau das, was Amelia in diesem Moment gebraucht hatte.

Und trotzdem war er mehr als das gewesen. Es fühlte sich an, als wären beide miteinander verschmolzen – nicht nur körperlich. Etwas Vergleichbares hatte Amelia noch nie erlebt. Aber sie hatte einen Mann auch noch nie so lange begehrt, bevor sie mit ihm geschlafen hatte.

Es hatte etwas in ihr gelöst und sie fühlte sich gut, fast schon wieder normal.

Amelia lag auf dem Rücken, während sich Nathan mit einer Hand seitlich aufgestützt hatte. Sanft strich er über ihre Brüste und ihren Bauch. Sie genoss seine Nähe, seine Berührungen und wünschte, sie könnten ewig hier liegen bleiben. Schweigend gaben sich beide noch etwas ihrer Zweisamkeit hin.

Es war Nathan, der den Moment beendete. Er stand auf und holte zwei Flaschen Wasser aus der Minibar. Die eine warf er Amelia zu, die andere öffnete er und trank sie gierig leer.

Da der Moment nun endgültig vorbei war … »Jetzt können wir reden«, sagte Amelia.

Nathan sah sie an. Sein Blick wirkte gequält. »Amelia?«

»Ja?«

»Versprich mir, dass du mich ausreden lässt. Und nicht einfach abhaust oder wütend auf mich wirst.«

Was sollte das denn jetzt? »Ich verspreche, dass ich dich ausreden lasse und nicht einfach abhaue. Dass ich nicht wütend werde, kann ich dir allerdings nicht versprechen. Wer weiß, was du mir zu beichten hast.«

»Damit kann ich leben«, sagte Nathan und legte sich neben Amelia aufs Bett. »Was weißt du über deine Eltern?«

»Was hat denn Erika mit meinen Eltern zu tun?«

»Sag es mir bitte.« Es war ihm ernst. Amelia konnte es sehen und spüren.

»Meinen Vater kenne ich nicht. Meine Mutter hat gesagt, er hat sich aus dem Staub gemacht, als er erfuhr, dass sie schwanger war. Und meine Mutter …« Amelia sah Nathan fragend an. »Was genau willst du eigentlich wissen?« Das Thema war merkwürdig. Was sollte das?

Nathan zögerte. »Ich weiß nicht, wie ich es dir sagen soll, aber deine Mutter Salome ist nicht deine Mutter.«

Was? Das war lächerlich und es war eine Lüge. Wer sollte denn sonst ihre Mutter sein, wenn nicht ihre Mutter? »Was willst du damit sagen?« Wut legte sich auf ihre Stimme.

»Hast du dich nie gewundert, warum sie keine Gaben hat, warum aber deine Pflegefamilie eine Superior-Familie ist? Ziemlich viele Zufälle, oder?«

Als ob das irgendetwas beweisen würde. Es war ja nicht so, als würden alle Kinder hundertprozentig nach ihren Eltern kommen. »Es stimmt. Meine Mutter hat keine Gaben. Aber vielleicht hatte ja mein Vater welche. Wie gesagt, ich kenne ihn nicht und meine Mutter redet nicht gern über ihn. Und die SHS hat mir gesagt, sie haben ein Auge auf Kinder, in Heimen und dergleichen, bei denen Gaben vermutet werden.«

»Amelia, deine Mutter hat dich auf die Welt gebracht, aber biologisch betrachtet ist sie nicht deine Mutter«, sagte Nathan sanft.

Doch es war egal, wie er all das sagte. Was er hier behauptete war ungeheuerlich. »Wer soll denn dann meine Mutter sein?«

»Ich weiß es nicht. Aber deine biologischen Eltern sind beide Superior und du wurdest mittels künstlicher Befruchtung gezeugt.«

»Das ist doch totaler Blödsinn«, fuhr sie Nathan an. Sie wollte nicht so mit ihm reden. Aber das, was er ihr gerade an den Kopf warf, ließ ihr keine andere Wahl. »Meine Mutter und ich, wir sind uns total ähnlich.

Und außerdem, mir hat Catherine mal erzählt, dass sich Superior nicht durch künstliche Befruchtung vermehren lassen. Deshalb ja auch dieser ganze Auswahlquatsch.«

»Das dachte ich auch immer. Aber anscheinend gab es unter all den Versuchen einen, der tatsächlich funktioniert hat.«

»Ich?« Amelia schüttelte energisch den Kopf. Das war nicht möglich. Sie wüsste doch, wenn es so wäre. »Aber Mum und ich ...«

»Amelia, nicht allein die Gene entscheiden darüber, wer wir sind. Auch Erziehung und Umwelt spielen eine entscheidende Rolle. Deshalb hast du so gesehen natürlich auch viel von ihrem Wesen.«

Amelia sprang auf, ging im Zimmer umher. »Ich glaube das einfach nicht.« Sie hätte es doch gespürt, wenn es so wäre. Und ihre Mutter hätte ihr das nie im Leben so lange verheimlicht. Sie hatten immer ein gutes, offenes Verhältnis gehabt. Ausgeschlossen! Was Nathan ihr erzählte, war eine Lüge!

»Sie hat dich aufgezogen und wird allein deshalb immer deine Mutter bleiben. Nur biologisch ist sie das eben nicht.«

Amelia hatte wirklich keine Lust mehr auf dieses Gespräch. »Ich gehe duschen«, sagte sie.

»Lass dir Zeit«, sagte Nathan. »Wir reden später weiter. So viel und so lang du willst.«

Amelia nickte und verschwand ins Bad.

Amelia schlürfte gedankenverloren an ihrem Gin Tonic. Nachdem sie wieder ansprechbar gewesen war, hatte sie unbedingt einen Drink gebraucht. In der hintersten Ecke der Hotelbar saßen Nathan und sie nun schon bei ihrem zweiten Glas.

Nathan hatte ihr alles erzählt, was er von Erika erfahren hatte. Es hörte sich an wie aus einem unheimlichen Science-Fiction-Film. Doch es war kein Film. Es war ihr Leben. Was das nun konkret für sie bedeutete, wusste sie nicht. Nachdem Amelia die Partnerwahl der SHS schon immer fürchterlich gefunden hatte, wollte sie gern auf Erikas Seite sein. In dem, was sie tat, das Gute sehen. In Wahrheit machte es ihr jedoch Angst. Amelia war kein gläubiger Mensch – nie gewesen. Was Erika vorhatte, bedeutete für sie jedoch Gott zu spielen. Sie fröstelte und schlang die Arme um ihren Körper.

»Was hältst du eigentlich von all dem?«, fragte sie.

Nathan seufzte. »Es hört sich so fantastisch an, dass es mir Angst macht. Es ist wie die Büchse der Pandora, die einen magisch anzieht, aber Verderben über alle bringen könnte.« Er hielt inne. »Das Problem ist, ich will die Antworten, unbedingt. Diese Frage, warum sich die Gaben nur über natürliche Fortpflanzung und mit diesem ganzen Hokuspokus vererben, bringt mich seit Jahren um den Verstand. Es entzieht sich meiner Logik. Es widerspricht allem, an das ich glaube. Es lässt mich mit dem Gefühl zurück, nur ein billiger Zaubertrick zu sein. Ich will das nicht glauben. Ich will das nicht hinnehmen. Ich will diese Antworten. Verstehst du das?«

Amelia zuckte mit den Schultern. »Nein. Aber ich kann mir vorstellen, dass es dich beschäftigt.«

Nathan nahm Amelias Hand. »Du musst mir glauben, Amelia. Sosehr mich diese Fragen beschäftigen, sosehr ich eine Antwort darauf möchte – um nichts in der Welt würde ich zulassen, dass sie dir wehtun.«

Amelia verzog ihren Mund zu einem gequälten Lächeln.

»Nicht mehr«, sagte Nathan.

Einen Moment lang herrschte Schweigen zwischen ihnen. Beide nippten an ihren Drinks. Amelia hatte keine Lust, weiter darüber zu reden.

Nathan streckte Amelia sein leeres Glas entgegen. »Also, ich könnte noch einen Drink vertragen. Wie sieht es mit dir aus?«

»Ich dachte schon, du fragst nie«, entgegnete Amelia und leerte ihr Glas.

Nathan ging zur Bar, um Nachschub zu besorgen. Amelia lehnte sich zurück und vergrub sich in ihr Hemd, das so herrlich nach Nathan roch.

»Hallo, Amelia«, sagte eine Frauenstimme, die sie aus ihren Gedanken riss.

Amelia blickte auf. Erika stand vor ihr. »Hallo«, erwiderte sie knapp.

Erika setzte sich auf den freien Platz neben ihr. »Wir müssen reden.«

»Nathan hat mir bereits alles erzählt.«

»Schön, aber du solltest dir auch meine Sicht der Dinge anhören.«

Amelia verschränkte demonstrativ ihre Arme vor der Brust. »Sollte ich das, ja?«

»Amelia, auch wenn ich meine Interessen verfolge, ich bin nicht deine Feindin.«

»Trotzdem. Ich habe heute schon genug gehört.«

»Ich komme wieder«, sagte Erika. Sie holte einen Zettel und einen Stift aus ihrer Tasche und kritzelte etwas darauf. »Hier ist meine Nummer. Ruf mich jederzeit an, wenn du bereit bist zu reden. Du wirst sehen, was ich dir zu bieten habe, ist absolut in deinem Sinne.«

»Du hast mich angelogen.« Amelia bemühte sich, so sachlich wie möglich zu klingen.

»Das habe ich, Amelia, und es tut mir leid. Aber glaube mir, ich hatte vor, dir die Wahrheit zu erzählen.«

»Ach ja?«

»Ja, hatte ich. Aber nach allem, was du durchgemacht hast, wollte ich, dass du erst wieder zu Kräften kommst.«

»Mhm.« Amelia wandte ihren Blick ab.

»Erika, was soll das?«, fragte Nathan wütend, als er an den Tisch zurückkehrte.

Amelia steckte den Zettel in ihre Gesäßtasche. Sie wusste nicht warum, denn sie hatte mit Sicherheit nicht vor, anzurufen.

»Keine Angst«, erwiderte Erika trocken. »Ich wollte eben gehen.« Erika stand auf und strich sich ihr Etuikleid glatt. »Auf Wiedersehen.«

»Tschüss«, sagte Amelia und Nathan nickte.

Amelia nahm einen Schluck von ihrem Drink und sah Erika nach, als sie elegant die Bar verließ. Sie wusste nicht, was sie von ihr halten sollte. Irgendwie konnte Amelia sie verstehen. Aber eben auch nur irgendwie.

»Was wollte sie?«

»Reden.«

Nathan musterte Amelia interessiert.

»Ich aber nicht.«

Nathan schmunzelte und stellte Amelia einen weiteren Gin Tonic hin. »Möchtest du lieber gehen?«

Amelia deutete auf das Glas vor ihr. »Nicht, bevor ich den getrunken habe.«

Lange blieben sie nicht allein an ihrem Tisch. Sky tauchte wie aus dem Nichts auf und wandte sich strahlend an Amelia. »Hey, da ist ja unser verschollenes Sorgenkind.«

Amelia rollte mit den Augen. »Oh, es tut mir echt leid, dass ich es nicht zu würdigen weiß, dass man mich als menschliches Versuchskaninchen missbraucht. Ich sollte dankbar sein. Allen, die mich jagen und entführen. Ist ja nur zu meinem Besten.«

»Bei mir schon«, sagte Sky und nahm Platz.

»Ich habe gar nicht mitbekommen, dass wir dich eingeladen haben.« Nathans Stimme klang nicht direkt unfreundlich, aber begeistert schien er nicht.

Sky machte mit seiner Hand eine wegwischende Bewegung. »Das macht doch nichts. Ich muss sowieso gleich los.«

»Wo treibt es dich denn jetzt noch hin?«, wollte Amelia wissen.

»In einen Club.«

»In einen Club?«, fragte Amelia ungläubig. »Du bist kein Club-Typ. Du bist nicht mal gern unter Menschen.«

»Drogen kaufen«, erklärte Sky wie selbstverständlich.

Amelia sah Nathan begeistert an. »Lass uns mitgehen.«

»Drogen kaufen?«, erwiderte Nathan.

Amelia musste lachen. »Nein. Tanzen und Spaß haben.«

»Ich weiß nicht.« Nathan wiegte seinen Kopf hin und her.

»Ach, komm.« Sky schwang seine Hände in gespielter Freude hoch in die Luft. »Das wird lustig.«

Nathan hob eine Braue. »Du bittest mich das jetzt nicht wirklich, oder?«

»Doch.« Kannte er Amelia etwa so schlecht?

»Ich weiß nicht, ob das eine gute Idee ist.«

Amelia wollte etwas erwidern, doch Nathan hob die Hand und bedeutete ihr damit, ihn ausreden zu lassen. »Es ist nicht so, dass ich es dir nicht gönnen würde, ein wenig Spaß zu haben. Aber wir wurden verfolgt. Wir sollten nicht draußen herumspazieren.«

»Na los«, mischte sich Sky ein. »Wenn die SHS hinter ihr her wäre, hätten sie Amelia schon längst. Und das weißt du auch. Außerdem habe ich mich umgehört. In New York wird morgen Amelias Autopsie stattfinden.«

»Meine Autopsie?«, fragte Amelia.

»Keine Angst«, antwortete Sky prompt. »Der Bericht darüber wird keine Zweifel an einer natürlichen Todesursache lassen. Ich denke nicht, dass irgendwer im Moment Verdacht schöpft.«

Nathan biss sich auf die Lippen. »Ich weiß. Aber irgendjemand – außer Erika – ist hinter dir her, Amelia.«

»Da es nicht die SHS ist, würde ich sagen, mit denen werden wir fertig«, sagte Sky schulterzuckend.

Amelia sah Nathan erwartungsvoll an. »Also?«

»Also gut, wir gehen aus.«

»Juhu«, ertönte es gleichzeitig aus Amelias und Skys Mund, wobei nur Amelias Ausruf echt war.

Sky hatte sie in einen Club am Hafen geführt, der ganz kreativ *Dockside* hieß. Er hatte diesen Industrieschick, der Amelia auf Anhieb gefiel. Die Musik war … Amelia konnte sie gar nicht so genau beschreiben. Sie war einzigartig. Das war nicht nur Elektromusik, darunter waren Klänge und Rhythmen, die sie zu etwas ganz Eigenem machten.

Sky hatte sich direkt in einem Hinterzimmer mit allem, was er an Drogen brauchte, eingedeckt und sich dann wieder zu ihnen gesellt. Da er es in dieser Menschenmenge aushielt, hatte er vermutlich auch schon etwas konsumiert. Der Barkeeper mixte ihnen einen Gin Tonic. Sky lehnte dankend ab und bestellte nur ein Wasser. Er war natürlich schon bedient.

»Die Musik hier ist der Wahnsinn«, rief Amelia ihren beiden Begleitern zu. »Lange werde ich es nicht auf diesem Barhocker aushalten.«

Sky lächelte. »Das liegt an der DJane. Sie hat ein besonderes Talent für Klänge.«

»Mich beeinflusst sie dazu, meine Hüften zu schwingen«, sagte Amelia über die Musik hinweg.

»Ich passe«, meinte Nathan und hob entschuldigend die Arme.

Sky rieb sich die Hände. »Bin dabei.«

Das kam unerwartet. Aber manche Menschen steckten nun einmal voller Überraschungen. Oder voller Drogen.

»Wusste gar nicht, dass du ein Tanzbär bist«, grummelte Nathan.

»Dann warte mal ab, bis du meine *Moves* gesehen hast.« Sky unterstrich das Wort *Moves* mit einer wellenförmigen Handbewegung.

»Deine *Moves*«, wiederholte Nathan und ahmte seine Bewegung nach. »Ich kann dich ja filmen. Wird bestimmt ein YouTube-Hit.«

»Höre ich da etwa Neid?«

»Erwischt.«

»Schluss jetzt«, ging Amelia dazwischen. »Gehen wir.«

Tänzelnd eilte sie voraus, Sky im Schlepptau, Richtung Tanzfläche.

Sie fühlte sich großartig. Ihr Körper kribbelte vor Vorfreude. Sie ließ sich auf den Beat ein und ihn durch sich hindurchfließen. Wie lange hatte sie schon nicht mehr getanzt und gefeiert? So lang war es vermutlich noch gar nicht her, doch ihr kam es vor, als wäre es in einem anderen Leben gewesen. Es war großartig, sich zu bewegen, seinen Körper zu spüren. Das war es auch, was sie beim Sex mit Nathan gebraucht und was sie so berauscht hatte.

Sich selbst wieder zu spüren. Das Gefühl, lebendig zu sein.

Aus dem Sitzungsprotokoll der XLI. Sitzung des Superiorrats im Jahr 1997

Über den Fortbestand und die weitere Entwicklung der Superior-Rasse

Der Rat beschließt mit heutiger Sitzung, die Kreuzungsregeln wieder einzuengen. Da sich der zur Verfügung stehende Genpool in den letzten Jahren stark ausgeweitet hat, werden die im Jahr 1984 beschlossenen Regeln zur Ausweitung teilweise wieder eingeschränkt.

Primär werden wieder Superior und Superia gekreuzt und im Rahmen der Verkündungszeremonie mit einem Blutband aneinandergebunden. Darüber hinaus können Superior mit einem Scoring von höher als 120 Punkte zusätzlich außerehelich mit Hoch- oder Inselbegabten gekreuzt werden.

New York, 11/10/1997

Kapitel 20

Erika

Das Aufeinandertreffen mit Amelia hätte besser laufen können. Allerdings auch wesentlich schlechter. Sie musste sie nur dazu bringen, ihr zuzuhören. Erikas Angebot war gut. Äußerst gut. Und Entscheidungen hingen immer sehr stark von den Umständen ab.

So wie Erika die Lage einschätzte, waren für Amelias Entscheidung die nötigen Umstände Misstrauen, Angst und ein gebrochenes Herz. Erika würde sich darum kümmern. Sie überließ die Dinge generell nicht gern dem Zufall und hatte bereits Pläne. Parker kümmerte sich in New York um alle Formalitäten rund um Amelias angeblichen Tod. Und Erika kümmerte sich hier um die lebende Amelia.

»Hör gut zu«, sagte Erika mit fester Stimme in den Hörer. »Ich habe deine Tochter. Ich habe Amelia.«

»Amelia ist tot.«

»Das ist es, was alle denken sollen«, sagte Erika beschwingt. »Aber es entspricht nicht der Wahrheit.«

»Was willst du von mir? Geld?«

»Nein, nur einen Besuch und ein Gespräch unter vier Augen. Da wir beide ein Geheimnis hüten, brauche ich wohl nicht um Vertraulichkeit bitten.«

»Schön.«

»Baltimore, *Pier Six Pavilion.* In drei Stunden. Komm allein und keine Tricks.«

»In drei Stunden?«

»Ist dir das zu spät?«

»Nein, wunderbar. Ich werde dort sein.«

Erika beendete das Gespräch und verstaute ihr Handy in ihrer Handtasche. Sie lächelte.

Ich liebe es, wenn die Dinge nach Plan laufen.

Amelia

Erstaunt stellte Amelia fest, dass Sky gar nicht so übel tanzte. Sie hatte ihn sich eher ungelenk vorgestellt. Vielleicht lag es an den Drogen oder dieser sehr speziellen Musik. Er schien regelrecht Spaß daran zu haben.

»Ich muss mit dir reden«, flüsterte Sky in ihr Ohr.

Nicht noch einer. »Jetzt? Muss das sein?«

Sky nickte und reichte ihr seine Hand. Sie griff nach ihr und eine Flut an Gefühlen und Bildern stürmte auf sie ein. So viel Traurigkeit und Schmerz, dass sie es nicht ertrug.

Amelia fiel auf die Knie und ließ Skys Hand los. Die Bilder und der Schmerz waren weg, doch ihr war übel. Es war, als würde sie Karussell fahren. Hastig richtete sie sich auf.

»Hinter der Theke links«, war Skys Antwort auf ihre unausgesprochene Frage nach einer Toilette. Natürlich wusste er, dass ihr übel war.

Amelia huschte an ihm vorbei und stürmte auf die Toilette. Alle besetzt. Amelia ging zum Waschbecken, umklammerte den Rand und übergab sich darin. Kurz und heftig. Es war nicht der Alkohol. Nicht dass Amelia Probleme damit hätte, es zuzugeben, wenn es so wäre.

Dieser Schwindel war etwas anderes und es war nicht das erste Mal, dass sie ihn spürte. Konnte das sein? Hatte Bricks Folter am Ende Erfolg gehabt? Natürlich war es möglich, genauso gut konnten es aber auch einfach Symptome der Überlastung sein. Sie wollte sich da jetzt nichts einreden. Und sie wollte diese Spekulationen schon gar nicht mit anderen teilen. Das würde wohl unweigerlich zu neuen Untersuchungen führen. Im Moment wollte sie das alles nicht. Sie wollte einfach wieder leben. Ganz normal leben.

Amelia versuchte, das angewiderte Getuschel um sie herum zu ignorieren. Sie drehte den Wasserhahn auf, bildete mit ihren Händen eine Schale und spülte mit dem Wasser die Kotze den Abfluss hinunter. Dann seifte sie sich die Hände ein, bespritzte ihr Gesicht mit Wasser und wusch sich gründlich den Mund aus.

Als sie die Toilette verließ, stand Sky bereits vor der Tür und wartete auf sie. »Geht es wieder?«, fragte er und klang besorgt.

»Ja, schon okay. Es war nur … ich glaube, es war mein Kreislauf.«

Sky musterte sie und es war offensichtlich, dass er ihre Lüge bemerkte. Immerhin sagte er nichts dazu. Stattdessen nahm er ihre Hand. Amelia zuckte zusammen. Sie hatte Angst, dass es schon wieder losging, doch nichts geschah. Sky führte Amelia nach draußen auf eine Terrasse und sie suchten sich dort eine ruhige Ecke. Beide hatten ihre Oberkörper über das Geländer am Ende der Terrasse gelehnt und blickten in die dunkle Nacht.

»Amelia«, begann Sky. »Ich weiß nicht, was Nathan dir erzählt hat, aber du solltest niemanden trauen. Weder Erika noch ihm.«

»Aber dir schon, was?« Unwillkürlich musste Amelia lachen.

»Um ehrlich zu sein, ja.«

»Warum?«

»Das ist einfach. Erika ist nicht die Lichtbringerin, für die sie sich ausgibt. Sie will sich von der SHS abspalten und eine eigene, noch beängstigendere Organisation gründen. Ein Schisma, wenn man so will. Manche werden ihr folgen, andere nicht. Erikas Motive sind eigennützig, und was sie vorhat, ist gefährlich. Und ich an deiner Stelle würde mich nicht zu ihrem Werkzeug machen lassen. Sie stellt dich ins Zentrum eines Krieges.«

»Eines Krieges? Findest du das nicht etwas überspitzt?«

»Überhaupt nicht. Ich kenne diese Menschen, mehr, als mir lieb ist.«

Amelia löste eine Hand vom Geländer und drehte sich zu Sky. »Und Nathan?«

»Nathan ist ein guter Kerl, aber die SHS ist sein Leben. Die Forschung der Genetik unserer Gaben ist sein Lebensinhalt. Glaubst du, er würde das alles für dich aufgeben?«

»Er würde …« Amelia stockte. *Was würde er?* Die Wahrheit war, sie wusste es nicht. Woher auch? Das alles war noch frisch und ging so schnell. Selbstverständlich hatten sie noch nicht über ihre Zukunft gesprochen. »Er würde mich nicht verraten.« Zumindest das wusste sie sicher.

»Im Sinne von *dich nicht ans Messer liefern*, hast du recht. Das würde er nicht. Dir den Rücken zukehren aber sehr wohl.«

»Wie kannst du so etwas sagen?«, fragte Amelia und das Zittern ihres Körpers erfasste auch ihre Stimme.

Sky ging einen Schritt auf Amelia zu, sah ihr fest in die Augen. »Weil es die Wahrheit ist.«

»Ich scheiß auf deine Wahrheit! Behalte sie für dich. Ich will sie nicht hören.« Amelia ließ Sky draußen stehen und stapfte wütend davon. Zielsicher steuerte sie auf die Bar zu, an der sie Nathan zurückgelassen hatten. Er stand dort, mit seinem Gin Tonic, und wirkte traurig. Amelia lief zu ihm, schlang ihre Arme um seinen Hals und drückte ihm einen Kuss auf den Mund. »Lass uns gehen«, flüsterte sie ihm ins Ohr.

»Wohin du willst«, sagte er.

Sky hatte unrecht.

Nathan

Ryan und Nathan hatten schon den ganzen Tag intensiv über den genetischen Sequenzen gebrütet. Sie hatten nicht einmal eine richtige Mittagspause gemacht, sondern nur schnell ein Sandwich gegessen. Er war aufgeregt wie ein kleiner Junge, dem man eine Schatzkarte in die Hand gedrückt hatte. Und ihre Schatzkarte waren die genetischen Sequenzen der damaligen *Patienten.*

Ryan und Nathan hatten sich auf den Begriff *Patienten* geeinigt, weil ihm selbst jede andere Bezeichnung einen Schauder über den Rücken laufen ließ. Den ganzen Tag schon flimmerten auf diversen Bildschirmen Doppelhelices und DNA-Sequenzen. Stück für Stück verglichen sie Anordnung und Ausprägung und machten sich Notizen. Nathan war mit seiner Gabe wie gemacht für diese Art der Schatzsuche. Er konnte besser und schneller als jedes Computerprogramm Muster und Abweichungen erkennen. Bis man das entsprechende Programm entwickelt hätte, hätte er es schon gefunden. In komplexen Zusammenhängen war der Mensch einer Maschine nach wie vor überlegen. Wenn es ein Muster gab und einen eindeutigen Marker, der dafür verantwortlich war, dass Amelia anders war, dann würde er ihn finden.

Amelia. Es erschien ihm unwirklich, dass die DNA, die sich vor ihm entfaltete, die Frau war, neben deren nacktem warmen Körper er heute Morgen aufgewacht war. Für ihn waren die Gene eines Menschen immer etwas gewesen, das er sehr getrennt von der Person betrachtet hatte. Vielleicht, weil es für ihn nie eine Rolle gespielt hatte, wer dahinter stand. Heute war das anders. Bei jeder Sequenz, die er betrachtete, stellte er sich Amelia vor und versuchte, diese Merkmale wie ein Puzzlestück an ihr unterzubringen.

Das ist nicht gut.

Er musste das dringend abstellen und sich auf seine Aufgabe konzentrieren.

Ryan und er hatten sich die Arbeit gut aufgeteilt. Nathan identifizierte die infrage kommenden Abschnitte und Ryan untersuchte diese weiter. Die Liste wuchs und Nathan war zuversichtlich, dass sie nicht allzu lange brauchen würden, um die Antwort zu finden. Sofern es eine eindeutige Antwort gab.

Nathans Handy piepste. Ein Blick auf das Display verriet ihm, dass es eine Nachricht von Amelia war.

Wann kommst du? Du fehlst mir.

Nathan blickte vom Handy zum Bildschirm. Es gab noch einiges zu tun. Er wollte Amelia aber nur ungern zu lange allein lassen. Wer wusste schon, was ihr alles einfiel. Und natürlich – das musste er sich eingestehen – vermisste er sie auch.

»Jetzt geh schon«, sagte Ryan zu ihm.

»Was?«, fragte Nathan erschrocken.

»Ich sehe doch, wie du gedankenverloren auf dein Handy starrst.«

»Das tue ich nicht.«

»Tust du doch. Und deine Liste«, er wedelte mit einigen Ausdrucken herum, »ist schon recht lang. Ich habe also bis morgen genug zu tun, auch ohne dass du mir weitere Treffer lieferst.«

Bin gleich bei dir, tippte Nathan schnell in sein Handy. »Danke, Ryan. Bis morgen.«

»Bis morgen. Und viel Vergnügen.«

Nathan schmunzelte und verließ das Büro.

Im Fahrstuhl ertappte er sich dabei, wie er einen Sommer-Sonne-Sonnenschein-Song vor sich hin pfiff, dessen Titel ihm entfallen war. Er konnte nicht leugnen, dass er sich darauf freute, Amelia gleich wiederzusehen.

Als er das Gebäude verließ, öffnete sich die Tür einer schwarzen Limousine. »Steigen Sie ein, Dr. Hall«, ertönte eine tiefe Stimme aus dem Inneren.

Nathan ging einen Schritt näher. Ein Mann im schwarzen Anzug stieg aus und stellte sich vor ihn.

»Was wollen Sie von mir?«

Die Hintertür öffnete sich nun ebenfalls und ein weiterer Mann kam zum Vorschein.

»Mr Davis«, sagte Nathan erstaunt. Was machte Catherines Vater und Amelias Pflegevater hier?

»Steigen Sie schon ein. Ich will nur mit Ihnen reden.«

Mr Davis verschwand wieder im Inneren des Wagens und Nathan folgte ihm. Er konnte sich nicht vorstellen, dass er etwas von ihm zu befürchten hatte. Es war keine dieser Protzlimos, die Menschen mit Minderwertigkeitskomplex mieteten. Es war der Typ Limousine, in der Geschäftsleute durch die Stadt gefahren wurden – mit Tischen zum Arbeiten, statt mit einer Bar.

Nathan sah ihm fest in die Augen, sagte jedoch nichts. Er sollte anfangen und erzählen, was er von ihm wollte. Alles andere könnte ihn nur in Schwierigkeiten bringen – Amelia in Schwierigkeiten bringen.

»Was tun Sie hier, Nathan?«, brach Mr Davis schließlich das Schweigen.

»Ich mache Urlaub.«

»Urlaub?« Mr Davis hob die Brauen. »Interessant. Wo Sie doch gerade erst in den Hamptons waren.«

»Baltimore ist die Stadt meiner Alma Mater. Ich komme gern hierher.«

»Besonders in verwirrenden Situationen, nehme ich an.«

»Wollen Sie mir etwas sagen, Mr Davis?«

»Wollen Sie?«

»Nein.«

»Ich will es kurz machen, Nathan: Übermorgen ist die *Verkündungszeremonie.* Und Catherine wird Sie erwählen. Ich erwarte, dass Sie dort sind und sich dem fügen.«

Nathan biss sich auf die Lippen und bemühte sich, Ruhe zu bewahren. »Mr Davis«, begann er, »bei allem nötigen Respekt.«

Er hob seine Hand und unterbrach ihn. »Mr Davis? Ich bitte dich, Nathan. Ich bin dein zukünftiger Schwiegervater. Nenne mich bitte Landon.«

»Gut, Landon.« Nathan sammelte sich, um erneut anzusetzen. »Bei allem nötigen Respekt, ich kann Catherine nicht heiraten.«

»Du bist erwachsen und unverheiratet. Ich sehe da kein Problem.«

»Ich schon, Landon. Ich empfinde nichts für Catherine.«

»Was nicht ist, kann ja noch werden.«

»Landon, Catherine ist eine wundervolle Frau. Findest du nicht, dass sie einen Mann verdient hat, der sie liebt?«

»Wenn das ihre erste Priorität wäre, schon.«

»Ich kann das nicht. Und ich will das auch nicht.«

»Es hätte dich schlimmer treffen können.«

»Ich weiß, darum geht es nicht. Es ist nur so, dass ...«

»Schon klar«, sagte Landon. »Dein Herz gehört einer anderen. Glaube mir – es wird vergehen und du wirst lernen, Catherine zu lieben.« Er legte seine Hand auf Nathans Schulter und sie erschien ihm schwer wie Blei.

Er wollte nicht, dass es vergeht. Dass Amelia vergeht. »Es steht mir frei, es abzulehnen.«

»Theoretisch. Es wäre allerdings ein Präzedenzfall.«

»Irgendwann ist immer das erste Mal«, sagte Nathan und es klang überzeugender, als es sich anfühlte.

»Ich würde dir nicht empfehlen, diesen Weg einzuschlagen. Meine Tochter will dich als ihren Mann und meine Tochter bekommt, was sie will. Ich bin sehr einflussreich, Nathan. Und glaub mir, du willst mich nicht zum Feind haben.«

»Du erpresst mich? Nicht dass ich mich wahnsinnig fürchte. Nur so aus Interesse. Was wäre denn der Preis für meine Freiheit?«

»Ein zu hoher«, sagte Landon und sein Blick wurde eisig. »Ich weiß, dass Amelia nicht tot ist, sondern hier in Baltimore. Wenn du übermorgen in New York auf der Verkündungszeremonie erscheinst, Catherines Wahl annimmst und sie heiratest, bleibt das unser kleines Geheimnis. Wenn nicht, werde ich das meinem guten Freund Elliot erzählen. Und jetzt, wo sich bei Amelia die *Shared-Brain*-Gabe entwickelt und weitere in der Warteschlange stehen ... Ich will ja nichts beschreien, aber sie ist auf dem besten Weg, Elliot in seinem *Scoring* zu überholen. Und das wird ihm gar nicht gefallen. Aber natürlich kannst du das Risiko eingehen. Es ist ja nicht sicher, dass er sie dann tatsächlich umbringen wird. Es ist deine Entscheidung.«

»Amelia ist – war – deine Pflegetochter. Wie kannst du auch nur an so etwas denken?«

»Wenn du glaubst, dass mir das missratene Kind eines Junkies, das wir großzügigerweise bei uns aufgenommen haben, wichtiger ist als das Glück meines Fleischs und Bluts, dann kennst du mich schlecht.«

»Ich werde jetzt gehen«, sagte Nathan und versuchte, möglichst emotionslos zu klingen.

»Niemand hält dich fest. Wir sehen uns dann übermorgen, Nathan.«

»Wir werden sehen.«

»Das werden wir.«

Nathan stieg aus und schlug die Tür der Limousine mit einer Wucht zu, die seine Emotionen nun doch verraten hatten.

Er konnte ihn doch nicht dazu zwingen … Nathan wollte nicht sein Leben an der Seite einer Frau verbringen, die ihm gleichgültig war. Aber er konnte auch nicht Amelias Leben aufs Spiel setzen. Dazu bedeutete sie ihm zu viel.

Aus Wut schlug er gegen die Häuserfassade, vor der er gerade stand. Er musste sie irgendwo rauslassen. Versuchen, einfach nicht durchzudrehen.

Übermorgen.

Er hatte nicht mehr viel Zeit. Der Blick auf seine blutende Hand klärte seine Gedanken und brachte ihn zurück in die grauenvolle Realität. Er konnte gegen Landon ankämpfen wie gegen die Wand. Doch der Versuch würde blutig enden. Für ihn selbst konnte er das in Kauf nehmen, nicht aber für Amelia.

Amelia

Als Amelia aufwachte, war Nathan bereits weg. Arbeiten. Oder wie auch immer man das nannte, was er für Erika tat. Ihr Ärger darüber, dass er sie nicht geweckt hatte, war schnell verflogen, als sie seinen Zettel fand.

Hey Tiger,

musste leider los ins Labor.

Wollte dich nicht wecken, weil du so süß geschlafen hast.

Ruh dich gut aus. Ich will heute Abend nämlich dort weitermachen, wo wir gestern aufgehört haben.

Kuss, Nathan

Amelia fand das sehr süß. Und sie wusste gar nicht, wann ihr zuletzt jemand einen Zettel geschrieben hatte. Vermutlich ihre Mutter. Sie hatte immer Nachrichten hinterlassen, wenn Amelia aus der Schule kam und sie nicht da war. *Lasagne ist im Kühlschrank* – oder so. Die Chance, dass dem tatsächlich so war, hatte jedoch bei 50:50 gestanden. Was mit der Lasagne dann passiert war, ließ sich nur selten rekonstruieren.

Sie vermisste ihre Mutter, den Spaß, den sie immer gehabt hatten. Ein furchtbarer Gedanke stieg in Amelia auf: Ihre Mutter, sie glaubte sicher auch, dass sie tot wäre. Sie musste es ihr sagen. Ihr eine Nachricht zukommen lassen. Die Frage war nur wie? Sie war sich ziemlich sicher, dass ihre Briefe im Gefängnis geöffnet wurden. Die Gefahr, dass ihr Geheimnis gelüftet wurde, war zu groß. Sie würde mit Nathan reden. Vielleicht konnte er ihr helfen – irgendwie.

Amelia ignorierte Nathans Rat und verließ das Hotel. Es drängte sie einfach nach draußen. Sie brauchte das Gefühl von Luft und Freiheit. Immerhin hatte sie sich für ihren Ausflug selbst ein paar Regeln aufgestellt.

1. Tarnung. Natürlich war sie hierfür nicht perfekt mit diversen Perücken oder Ähnlichem ausgerüstet. Die Kappe und die Sonnenbrille aus Nathans Zimmer würden es aber auch tun.

2. Sich nur an belebten Plätzen aufhalten und

3. mit niemandem reden.

Gegen Punkt 3 hatte Amelia zugegebenermaßen verstoßen. Ihre Neugier musste aber endlich befriedigt werden.

Diese merkwürdigen Ereignisse, wenn sie jemanden berührte … War das die neue Gabe, die Brick aus ihr herauskitzeln wollte? Und wenn ja, was war diese Gabe genau? Wie funktionierte sie? Bisher hatte es sich immer nur so angefühlt, als würde sie kurz ihren Körper verlassen, woraufhin ihr schwindelig und übel wurde. Das Bedürfnis, sich erneut zu übergeben, hielt sich in Grenzen, doch ewig konnte sie dem ohnehin nicht aus dem Weg gehen. Und wenn diese neue Gabe wichtig genug war, um sie zu foltern, zu jagen und zu töten, dann wollte Amelia sie wenigstens beherrschen.

Amelia ging die Straße hinunter und hielt nach einer geeigneten Stelle Ausschau. *Just in case.* Sie wollte sich ungern mitten auf der Straße übergeben. Nicht schon wieder. Nach ein paar Meilen erspähte sie ein Gebäude mit einem kleinen Garten davor. Der würde es für den Notfall tun. Amelia sah sich um, auf der Suche nach einem Versuchskaninchen. Eine ältere Frau mit dicker Brille, die aussah, als würde sie täglich *Triple-Chocolate-Cookies* backen und Bridge spielen.

»Entschuldigen Sie«, sagte Amelia freundlich und suchte ihren Blick. »Können Sie mir sagen, wie viel Uhr es ist?«

Die Frau blickte kurz irritiert. *Klar, wer fragt in Zeiten von Smartphones schon nach der Uhrzeit?* Sie beschloss dann aber wohl, dass man das durchaus fragen konnte. »Selbstverständlich.« Mit zusammengekniffenen Augen sah sie auf ihre Armbanduhr.

Amelia deutete auf die Uhr. »Darf ich?«

»Nur zu. Dann brauche ich meine müden Augen nicht selber anstrengen.«

Mit einem Lächeln griff Amelia die Hand der Frau und wollte auf die Uhr sehen. Augenblicklich breitete sich der Schwindel in ihrem Körper aus und sie hatte das Gefühl, aus ihm herausgesogen zu werden. Sie bemühte sich dagegenzuhalten, tief zu atmen. Und plötzlich sah sie wieder sich und fühlte sich elend. *Einsam.* Genau das war es. Amelia konnte den Schwindel und die Übelkeit nicht länger niederkämpfen, ließ los und stürmte zu der kleinen Mauer, hinter der sich der Rasen ausbreitete. Sie beugte sich über die Steine und übergab sich.

Schon wieder. Es war schon wieder passiert. Sie hatte versucht, es auszuhalten, doch sie war machtlos dagegen. Schnaufend richtete sie sich auf und wischte ihren Mund mit dem Handrücken ab.

Die alte Frau sah sie besorgt an und begann, in ihrer Tasche zu wühlen. »Hier«, sagte sie und reichte Amelia ein Taschentuch.

Amelia nahm es entgegen und säuberte damit Mund und Hände. »Danke.«

»Sie armes Ding. Fehlt Ihnen irgendetwas?«

»Danke, es geht schon wieder. Es ist nur mein Kreislauf.«

Die Frau schielte erneut auf ihre Uhr. »Fünfzehn Uhr«, verkündete sie. »Zeit für einen Scotch. Für Sie auch?«

»Nein«, erwiderte Amelia etwas zu prompt. Dieses Gefühl von Einsamkeit kam ihr wieder in den Sinn. Sie hatte Mitleid mit der Frau. Aber sie wollte einfach zurück ins Hotel. Ihr Freiheits- und Abenteuerdrang war für heute gestillt. »Ich würde wirklich gern, aber ich denke, ich gehe jetzt besser heim und lege mich hin.«

»Natürlich«, sagte sie und ihre Augen wirkten traurig.

»Danke noch mal. Auf Wiedersehen.«

»Wiedersehen.«

Amelia ging auf direktem Weg zurück zum Hotel. Sie war froh, als sie endlich wieder im Zimmer war, und warf sich sofort aufs Bett.

Sie hatte schon ein paar Mal mit Nathan hin und her getextet. Als er ihr geschrieben hatte, dass er endlich heimkommen würde, hatte sie sich sofort unter die Dusche gestellt. Nur mit einem Handtuch bekleidet lag sie auf dem Bett und wartete. Die Kraft, sich etwas überzuziehen, hätte sie vermutlich schon gehabt, nur es erschien ihr zwecklos. Wenn sie Nathans Zettel ernst nahm, dann wäre sie ohnehin nicht lange angekleidet.

Als sich die Tür öffnete, räkelte sich Amelia auf dem Bett und legte all das Begehren, das sie für Nathan empfand, in ihren Blick.

»Hey«, begrüßte Nathan sie mit sanfter Stimme. »Du hast ja gar nichts an.«

»Ich dachte, ich erspare dir die Arbeit nach einem anstrengenden Tag.«

Nathan lächelte und drückte ihr einen sanften Kuss auf die Stirn. »So fürsorglich hätte ich dich gar nicht eingeschätzt.«

»Ich stecke voller Überraschungen«, sagte Amelia, setzte sich auf und schlang ihre Arme um seinen Hals. Ihre hungrigen Lippen fanden seine. Nathan erwiderte ihren Kuss zärtlich. Er löste seine Lippen von ihren und suchte ihren Blick. »Was hältst du davon, wenn wir etwas unternehmen?«, fragte er.

»Es gibt eine Menge Dinge«, sagte Amelia, »die ich gern mit dir *unternehmen* würde.«

»Ja, aber das meine ich nicht.«

Amelia zog sich das Handtuch von ihrem Körper, setzte sich rittlings auf seinen Schoß und rieb ihren nackten Körper an ihm. »Ich denke, ich habe da ein paar Argumente, die dich umstimmen könnten.«

»Amelia«, sagte er tadelnd und zog sie sanft, aber bestimmt von seinem Schoß. »Ich meine das ernst.«

»Oh.« Amelia griff nach dem Handtuch, das sie wenige Augenblicke zuvor auf den Boden geworfen hatte, und hüllte sich wieder darin ein.

Hatte er sie gerade tatsächlich abgewiesen? Amelia war noch nie abgewiesen worden. Und es war nicht der verletzte Stolz, der an ihr nagte. Ein wenig vielleicht, aber es war die Unsicherheit. Sie verstand es nicht. Sie hatten zweimal miteinander geschlafen. Und es war jedes Mal gut gewesen – fantastisch, um genau zu sein. Sie waren beide auf ihre Kosten gekommen und an Leidenschaft hatte es ihnen nicht gemangelt. Vermutlich gab es noch Luft nach oben. Sie hatte bisher noch nie das Gefühl gehabt, dass Sex etwas war, bei dem sie schlecht war. Aber nun war sie verunsichert. Hatte sie Nathan enttäuscht? Hatte er sich mehr von ihr versprochen und reagierte deshalb so? Er hatte bestimmt schon viele Frauen gehabt. Unwillkürlich musste Amelia an Marissa denken. Er hatte nicht nur viele, sondern auch tolle Frauen gehabt.

»Wieso?«, fragte Amelia, nicht sicher, ob sie die Antwort wirklich hören wollte.

»Was heißt *wieso?* Ich würde einfach gern etwas mit dir unternehmen.« Er hatte sie dabei nicht angesehen.

Marissa hatte recht. »Du willst mich nicht«, stellte sie fest. »Das ist okay. Du bist mir nichts schuldig. Ich kann gern zu Erika gehen, wenn du lieber allein sein oder andere Frauen hierherbringen möchtest.«

»Was?«, fragte Nathan. »Was redest du da?«

»Ich meine nur, du brauchst mich nicht aus irgendeinem falschen Pflichtgefühl hierbehalten.«

Nathan sah sie stirnrunzelnd an.

»Ernsthaft«, sagte Amelia. »Nur weil wir gefickt haben.«

»Meinst du das ernst?«, fragte Nathan. Er wirkte eher gekränkt als erleichtert, doch nach seiner Abfuhr wusste sie das nicht einzuordnen.

»Absolut. Zweimal mittelmäßiger Sex macht noch keine Beziehung.« Amelia zuckte gleichgültig mit den Schultern und ging erhobenen Hauptes ins Badezimmer.

Sie hoffte, dass er ihr die abgebrühte Nummer abgekauft hatte. Was auch immer er davon hielt, es war besser als dass er wusste, was sie wirklich fühlte.

Aus den Richtlinien der Organisation

Über die Anforderungen an die Bekleidung von Ämtern innerhalb der SHS

Präambel

(1)
Die Postenvergabe innerhalb der SHS ist frei jedweder Korruption.

Kapitel 21

Erika

Erika kam gerade von der Besprechung im Labor mit Ryan. Sie war erstaunt, wie weit die beiden heute schon gekommen waren. Mit Nathans Gabe und Ryans Wissen würden sie das Rätsel schon bald lösen.

Erika ging direkt ins Bad und holte das Röhrchen mit ihrem *Xyto* aus dem Medizinschrank. Sie legte eine Tablette auf den Waschtisch und zerstieß sie mit dem Zahnputzbecher.

Wenn das hier alles vorbei war, würde sie das Zeug nicht mehr brauchen. Dann wäre sie glücklich. Wäre sie niemandem mehr etwas schuldig. Müsste sich an keine bescheuerten Regeln halten oder ihre Gaben für das größere Ganze einsetzen und sich selbst dabei zugrunde richten. Jetzt brauchte sie jedoch die Kraft und die Geistesgegenwart.

Mit einer Puderdose schob sie das Pulver zu einer *Line* zusammen. Erika beugte sich darüber, hielt sich ihr linkes Nasenloch zu und schnupfte alles auf. Mit geschlossenen Augen drückte sie beide Nasenflügel zusammen und wartete, bis das Kribbeln nachließ und die wohltuende Wirkung des *Xytos* einsetzte.

Ihr Handy vibrierte in ihrer Handtasche. Sie fischte es heraus und sah auf das Display.

Was für eine willkommene Überraschung.

Sie nahm den Anruf an. »Amelia«, sagte Erika freundlich und einen Hauch besorgt.

»Hi«, antwortete Amelia. Sie klang sehr abgehackt.

»Möchtest du mit mir reden? Kann ich irgendetwas für dich tun?«

»Kannst du mich abholen?«

»Wo bist du? Was ist passiert?«

»Ich bin bei Nathan im Hotel.«

»Ist etwas passiert?«, fragte Erika erneut.

»Ja. Das heißt nein. Ich will nur einfach … meine Ruhe.«

»Weiß Nathan, dass du mich anrufst?«

»Nein, ich bin im Bad.«

»Gut«, sagte Erika. »Hör mir zu. Du bleibst, wo du bist. Ich rufe Sky an. Er wird in ein paar Minuten kommen und dich abholen. Ansonsten melde ich mich gleich noch einmal.«

»Gut.«

»Amelia, alles wird gut. Es war richtig, dass du mich angerufen hast.«

»Ja?«, fragte Amelia.

»Ja, keine Sorge.« Erika legte auf und lächelte zufrieden.

Es lief nicht nur alles nach Plan, es lief sogar noch viel besser. Und Erika liebte es, wenn ihre Pläne aufgingen.

Amelia

Es hatte tatsächlich nur wenige Minuten gedauert, bis Sky an Nathans Tür geklopft und Amelia abgeholt hatte. Sehr zu Nathans Missfallen, doch das kümmerte Amelia kaum. Sie brauchte einfach ein wenig Abstand, um ihre Gefühle und Gedanken zu sortieren und um zu schmollen.

Auf der Fahrt zu Erikas Apartment hatte sie kaum geredet. Amelia war nicht danach und wenigstens in dieser Situation erwies sich Sky als taktvoll.

Erika hatte sie begrüßt wie die verlorene Tochter, die endlich wieder nach Hause kam. Das hatte direkt dazu geführt, dass Amelia sich wieder übergeben musste. Danach hatte sie dankend alle Unterhaltungs- und Verpflegungsangebote abgelehnt und sich in ihr Zimmer verzogen. Auf dem Bett liegend hatte sie den ganzen Abend die Decke angestarrt, bis sie irgendwann eingeschlafen war.

Als sie am nächsten Morgen aufwachte, war Erika bereits weg. Dafür saß Sky an einem fertig gedeckten Frühstückstisch.

»Guten Morgen«, sagte er gut gelaunt. »Setz dich doch.«

»Morgen.« Amelia war etwas irritiert von diesem gut gelaunten Sky. Sie setzte sich und goss sich einen Becher Kaffee ein.

»Dir geht es besser als gestern«, stellte er fest.

Tut es das? Amelia war immer noch gekränkt. War sich, nachdem sie darüber geschlafen hatte, jedoch nicht mehr ganz sicher, ob sie nun überreagiert hatte oder nicht. »Geht so.«

»Weil ich nicht gut in der Kunst des belanglosen Small Talks bin, komme ich lieber gleich zur Sache«, sagte Sky ernst. »Ich muss mit dir reden, bevor es Erika tut.«

Amelia runzelte die Stirn. »Hast du noch etwas Verletzendes auf Lager, was du dir für diese Situation aufgespart hast?«

Sky ignorierte ihre Bemerkung. »Es geht um deine Zukunft. Um unsere Zukunft.«

Amelia presste ihre Lippen aufeinander, um nicht lachen zu müssen. »Unsere Zukunft? Habe ich etwas nicht mitbekommen, oder ist es mehr so eine *Unsere Welt schwebt in großer Gefahr*-Zukunft?« Sie nahm sich eine Toastwaffel vom Teller vor ihr und biss ab.

»Beides. Dass du und Nathan keine Zukunft habt, habe ich dir ja schon im Club erklärt. Du kannst nicht zurück und er wird nicht sein Leben für dich aufgeben.«

Genau das wollte sie jetzt hören.

»Erika hingegen wird dir ein Angebot machen, das sich bestimmt verlockend anhört«, sagte Sky und fuhr sich durch seine verwuschelten blonden Haare. »Aber du solltest es nicht annehmen.«

Amelia trank einen Schluck Kaffee und spülte damit ihren trockenen Mund. »Was für ein Angebot? Und warum sollte ich es nicht annehmen?«

»Ob es vertretbar ist, seine Embryonen für Versuchszwecke zu verkaufen, ist vielleicht Ansichtssache. Ihr damit den Schlüssel zu unbegrenzter Macht zu geben, ist es aber definitiv nicht. Das darfst du nicht machen, Amelia. Verstehst du?«

»Nein, tue ich nicht. Ich bin leider nicht so klug wie ihr alle«, sagte sie, verschränkte ihre Arme und schmollte. Langsam war sie genervt von all diesen Diskussionen, in denen jeder immer das Beste für sie wollte und wusste, was zu tun war.

Sky beugte sich über den Tisch und sah sie eindringlich an. »Amelia, wenn du Erika hilfst und sie Erfolg hat, kann sie sich über kurz oder lang jede Gabe aneignen. Mir stoßen die Praktiken der SHS schon sauer auf. Aber gegen das, was Erika vorhat, wirkt die SHS wie eine Pfadfindergruppe.«

»Die haben es teilweise faustdick hinter den Ohren, habe ich gehört. Was die heutzutage schon alles in ihre Kekse einbacken.« Amelia zuckte mit den Schultern. Ihr gefiel der erhobene Zeigefinger in Skys Worten nicht. Er hatte leicht reden – er war schließlich nicht in ihrer Situation.

»Amelia«, zischte Sky, »Das ist nicht lustig. Du darfst das nicht tun.«

»Was soll ich denn deiner Meinung nach tun? In einem New Yorker U-Bahn-Schacht hausen, darauf warten, dass du mir gelegentlich ein wenig Essen vorbeibringst, und ansonsten Klebstoff schnüffeln?« Amelia klopfte auf den Tisch und das Geschirr darauf begann zu wackeln. Wenn man Alternativen hatte, war es bestimmt leicht, moralisch zu sein. Aber was verdammt hatte sie schon im Moment?

»Ich verabscheue die SHS zutiefst«, sagte Sky und seine Züge strahlten Entschlossenheit aus.

Same, same.

»Und ich werde sie zerschlagen oder vernichten. Genauso wie das, was Erika tut. Und dafür brauche ich dich, Amelia.«

»Mhm«, sagte sie und seufzte. »Und wie willst du das anstellen? Sie alle in die Luft sprengen?«

»Natürlich nicht.«

»Gut, denn ich tauge nicht als Selbstmordattentäter.«

»Ich will nicht die Menschen vernichten, sondern das System. Zusammen mit dir und anderen abtrünnigen Superior.«

»Abtrünnige Superior?« Zuerst dachte Amelia, das wäre alles nur verrücktes Gequatsche. Nun wurde ihr klar, dass Sky es ernst meinte und anscheinend bereits einen Plan hatte.

»Ja, ich habe schon einige meiner geheilten Patienten rekrutiert.«

Amelia warf Sky einen fragenden Blick zu. Sie hatte keine Ahnung, wovon er da redete.

Sky schien die Fragezeichen in ihren Augen zu sehen und setzte nach: »Du warst nur ein paar Tage in Bricks *Behandlung*.« Das Wort Behandlung setzte er mit seinen Fingern in Anführungszeichen. »Es gibt viele, die das Wochen oder Monate über sich ergehen lassen mussten. Und je nachdem, über was für einen Trigger wir bei ihnen sprechen, dem Brick sie wieder und wieder ausgesetzt hat, sind sie danach seelische Wracks. Mit meiner Fähigkeit, ihre Emotionen genau zu definieren, entwickle ich abgestimmte Neuro-Drogen, um sie von ihrem Trauma zu heilen. Bei den meisten Patienten bin ich damit sehr erfolgreich. Diese Superior sind mir sehr dankbar und sie verabscheuen die SHS.«

Amelia hatte ja keine Ahnung gehabt. Sie war keine tragische Ausnahme, was ihr widerfahren war, hatte System. Betroffen sah sie zu Sky.

Er fing ihren Blick auf. »Schließ dich uns an. Lass uns dem ein Ende setzen.«

»Was soll ich denn da schon groß tun?« Sie fühlte sich überrumpelt und überfordert mit dem, was er da von ihr verlangte.

»Uns unterstützen, indem du lernst, deine neue Gabe zu kontrollieren und gezielt einzusetzen.«

Amelia schürzte die Lippen. »Warum spielen deshalb alle so verrückt?«

»Weil sie ungeheuer machtvoll ist.« Sky sah sie an. In seinem Blick funkelte Hoffnung. Hoffnung, die er in sie setzte.

»Und wenn ihr euch alle damit irrt?«

»Wieso glaubst du das?«

»Weil ich *sich übergeben müssen, nachdem ich jemanden berühre* jetzt nicht so besonders und machtvoll finde.«

»Geistige Gaben«, sagte Sky einfühlsam, »besonders die mit einem hohen *Scoring,* dauern lange, bis man sie beherrscht. Und bis es so weit ist, sind sie meistens eine Qual.«

»Dann beherrscht du deine wohl auch noch nicht. Für mich wirkt es nämlich so, als wäre deine Gabe ebenso eine ständige Qual für dich.«

Sky lachte bitter. »Es war schon viel schlimmer. Glaub mir.«

Er beugte sich vor und umklammerte Amelias Arm. Sie zuckte zurück, wollte verhindern, dass er sie berührte. Da war es schon geschehen – ohne dass sich irgendetwas in ihr regte.

»Amelia, ich kann dir helfen. Und du kannst mir helfen. Uns allen.«

Sie sah zu ihm auf. »Warum habe ich jetzt nichts gespürt?« Und warum war ihr nie übel geworden, wenn Nathan sie berührte?

»Ich weiß es nicht. Noch nicht. Aber wir werden es herausfinden. Versprochen.«

»Können wir jetzt bitte einfach frühstücken?«

Sky sah sie mit großen Augen an. »Sagst du mir, was du davon hältst?«

»Ehrlich gesagt hört sich das total durchgeknallt an. Das kannst du doch nicht ernst meinen.«

»Lass uns frühstücken. Denk darüber nach. Und kein Wort zu niemandem. Auch nicht zu Nathan.«

Amelia biss noch einmal von ihrer Toastwaffel ab. Sie war bereits kalt und enthüllte das künstliche Aroma, das die Wärme sonst überdeckte. »Schon klar. Bin ja nicht doof.« Amelia schnitt sich einen Bagel auf. »Was ist, wenn ich nicht mitmache? Musst du mich dann töten, weil ich zu viel weiß?«

Sky betrachtete sie und wirkte nachdenklich. »Ich denke nicht.«

»Wie beruhigend.«

Sky winkte ab, als wäre die Tatsache, dass er sie höchstwahrscheinlich nicht töten würde, sehr nobel. »Ich hoffe, du hast heute noch nichts vor.«

»Mein Terminplan platzt aus allen Nähten, aber für dich könnte ich etwas Zeit freischaufeln.«

»Gut«, sagte er und lächelte wissend. »Ich will dir nämlich etwas zeigen.«

Amelia biss von ihrem Bagel ab und nickte. *Whatever.*

Nathan

Nathan verstand die Welt nicht mehr. Was war nur falsch gelaufen? Warum war Amelia so ausgeflippt? In zwei Tagen würde er zurück nach New York fahren, um am Samstag bei der Verkündungszeremonie zu sein. Ob er wollte oder nicht. Landon hatte sich in diesem Punkt klar ausgedrückt. Und sosehr es Nathan widerstrebte, er hatte beschlossen, Amelias Leben nicht aufs Spiel zu setzen.

Natürlich würde er vor Ort alles versuchen, um die Erwählung abzuwenden. Mit Landon zu diskutieren, wäre zwecklos. Dazu bräuchte er ein Druckmittel, und er hatte keines. Die einzige Chance, die er sah, war, Catherine davon zu überzeugen, dass sie Henley und nicht ihn wählen sollte.

Falls er scheiterte, blieben ihm und Amelia nur zwei Nächte. Alles, was er wollte, war, sie unvergesslich zu machen. An irgendeinem Punkt war ihm dieser Plan entglitten. Amelia war weg. Und nicht nur weg, sondern stinksauer auf ihn. Für sie war das womöglich sogar das Beste. Sich im Streit zu trennen, würde es ihr leichter machen, wenn er scheiterte. Er hingegen hätte gern diesen Abend und die Nacht gehabt, um Abschied zu nehmen. Ihr Lachen zu hören, sie zu studieren, sich jedes Detail von ihr genau einzuprägen. Und schließlich ihre Lippen zu schmecken, ihren Duft zu konservieren, ihren wunderschönen Körper zu erkunden und ihre glühende Leidenschaft zu kosten.

Nathan wählte erneut Amelias Nummer, aber wie schon die unzähligen Male zuvor ging wieder direkt die Mailbox ran. *Warum müssen Frauen nur so kompliziert sein?*

Von der Enge seines Zimmers erdrückt, verließ Nathan das Hotel. Er ging einfach, plan- und ziellos. Bis er schließlich vor Marissas Apartment stand. Anscheinend hatte sein Unterbewusstsein ein Ziel gehabt. Warum es sich die komplizierteste aller ihm bekannten Frauen als Antwort auf seine Fragen ausgesucht hatte, konnte er nur mit der Macht der Gewohnheit beantworten. Marissa war nicht nur seine erste große Liebe gewesen, sie war auch eine seiner engsten Vertrauten. Und das, obwohl sie nicht zum Kreis der Superior gehörte. Wobei sie das für Nathan auf ihre eigene, spezielle Weise dennoch tat.

»Ja?«, ertönte Marissas Stimme durch den Lautsprecher, nachdem er die Klingel betätigt hatte.

»Ich bin's. Nathan.«

Sie öffnete die Tür und Nathan fuhr mit dem Fahrstuhl nach oben. Marissa hatte sich gegen den Türrahmen gelehnt, die Arme vor der Brust verschränkt, und schüttelte den Kopf. »Ach, kommst du selber auch noch. Ich dachte schon, du schickst nur noch irgendwelche Leute zu mir.«

Nathan gab ihr einen Kuss auf die Wange und seufzte. »Es tut mir leid. In letzter Zeit war alles sehr … turbulent.«

Marissa wandte sich um und ging in ihre Wohnung. Sie brauchte ihn nicht hereinbitten, sie kannten sich lange genug. »Was hast du auf dem Herzen?«

»Wie kommst du darauf, dass ich etwas auf dem Herzen habe?«

Marissa hob eine Augenbraue. »Nathan, ich kenne dich. Ist es wegen deiner Dorfprinzessin?«

»Amelia ist keine Dorfprinzessin.«

»Deiner scharfen Reaktion nach zu urteilen, bedeutet sie dir ja tatsächlich etwas. Dein Geschmack hat stark nachgelassen.«

»War wohl keine gute Idee, hierherzukommen«, sagte Nathan.

»Was redest du denn da?«

»Zumindest ist mir jetzt klar, warum es Amelia nicht lange bei dir ausgehalten hat.« Nathan stand auf und ging zur Tür.

Marissa folgte ihm und hielt ihn zurück, indem sie ihm ihre Hand auf die Schulter legte. »Bitte bleib«, hauchte sie. Nathan drehte sich um und ihr Blick hatte seinen sofort eingefangen. Sie schmiegte sich an ihn und sah nach oben. »Du hast mir so gefehlt.«

Sanft, aber bestimmt stieß er Marissa von sich. »Ich dachte, du würdest mich verstehen und ich könnte mit dir über alles reden. Anscheinend habe ich mich getäuscht.« Er wandte sich von ihr ab und ging zur Tür.

»Nathan, bitte«, flehte sie ihn an. »Geh nicht!«

Er schüttelte den Kopf und ging. »Ich kann nicht.«

Aus den Richtlinien der Organisation

Über die Anforderungen an die Bekleidung von Ämtern innerhalb der SHS

Präambel

(2)
Die Postenvergabe innerhalb der SHS folgt keinen demokratischen Grundsätzen.

Kapitel 22

Amelia

Amelia und Sky hatten ihr Ausflugsziel erreicht. Es war eine minimalistisch eingerichtete Wohnung, in der eine Krankenschwester und ein Pfleger sie willkommen hießen. Sky führte sie zum Wohnzimmer. Auf dem Sofa saß eine junge Frau in Amelias Alter über den Couchtisch gebeugt. Die Frau schien sie und Sky nicht zu bemerken.

Amelia blieb im Türrahmen stehen. Sie wusste nicht warum, aber irgendetwas in ihr verkrampfte sich bei dem Gedanken, den Raum zu betreten.

»Wer ist das?«, fragte Amelia. »Und warum sind wir hier?«

Sky wiegte seinen Kopf hin und her. »Amelia, darf ich dir vorstellen: deine Zwillingsschwester Pandora. Zweieiige Zwillingsschwester, um genau zu sein.«

Amelia spürte einen Druck auf ihrer Brust, der ihr den Atem stocken ließ. Das konnte nicht sein. Sie hatte – abgesehen von Catherine – keine Geschwister. »Zwillingsschwester? Ich habe keine Zwillingsschwester.«

Sky sah sie an und blickte von ihr zu Pandora.

Amelia stand immer noch im Türrahmen. Die Frau auf dem Sofa hatte eine gewisse Ähnlichkeit mit ihr. Aber aus dem Gesicht geschnitten war sie ihr sicher nicht. »Meine Mutter hat mir nie etwas von einer Zwillingsschwester erzählt.« Sie verschränkte die Arme vor der Brust und presste ihre Kiefer aufeinander.

»Deine Mutter hat dir vieles rund um deine Zeugung nicht erzählt. In diesem Fall wollte sie es aber wohl selbst lieber verdrängen.«

»Wieso?«, fragte Amelia und trat ungläubig einen Schritt näher. Die Frau, die angeblich ihre Zwillingsschwester war, nahm immer noch keine Notiz von ihnen.

»Pandora hatte bei ihrer Geburt Wasser in den Lungen und musste auf die Intensivstation. Sie konnte sie also bei ihrer Flucht nicht mitnehmen.«

»Woher ...«, setzte Amelia an, schaffte es aber nicht, die Frage zu beenden. Gab es eigentlich noch irgendetwas in ihrem Leben, das keine Lüge war?

Sky kam auf sie zu und legte ihr etwas unbeholfen eine Hand auf die Schulter. »Erika hat die Krankenakte deiner Mutter. Ein Irrtum ist ausgeschlossen.«

»Aber ich dachte, ich bin die Einzige?« In Amelias Kopf schwirrte alles. Wie passte das nur zusammen?

»Du und Pandora, ihr seid die beiden Einzigen der damaligen Testreihe, die überlebt haben. Aber du bist die Einzige, bei der sich Gaben manifestiert haben. Pandora hat prinzipiell die gleichen Veranlagungen wie du. Nur ihre Schalter wurden nie aktiviert. Und die Versuche, es zu tun, haben großen Schaden bei ihr angerichtet.«

Sie hatte gehört, was Sky gesagt hatte. Es fühlte sich jedoch nicht an, als würde er tatsächlich über sie und ihre Zwillingsschwester reden. »Die Einzigen, die überlebt haben? Wieso?«

Sky zuckte mit den Schultern. »Ich weiß es nicht. Niemand weiß das. Der Anteil der Fehlgeburten war exorbitant hoch. Und die, die auf die Welt kamen – ich war ja nicht dabei –, aber es schien wie verhext.«

Die einzigen Überlebenden. Wie merkwürdig das klang und sich anfühlte. Als hätte man eine Katastrophe überlebt, nicht durch heldenhaften Einsatz, sondern einfach, indem man sie verschlafen hatte. Amelia trat näher an das Sofa. Sie betrachtete das Mädchen, das angeblich ihre Zwillingsschwester war, wie sie akribisch an einem riesigen Puzzle arbeitete. Sie schien weder sie noch Sky wahrzunehmen. »Was hat sie?«

»Sie befindet sich den Großteil der Zeit in diesem apathischen Zustand. Sie lebt in ihrer eigenen Welt, die sie sich irgendwann erschaffen hat.«

Amelia zuckte innerlich zusammen, fragte sich, was sie wohl alles erlebt hatte, um so zu werden. »Kann man dagegen denn nichts machen?«

»Es war schon viel schlimmer, glaub mir. Ich versuche, sie über emotionale Stimulierung zurück zu uns zu holen, aber ganz gelungen ist es mir noch nicht.«

Schlimmer? Amelia konnte sich nur schwer vorstellen, was ein *Schlimmer* bedeutete. Was sie sah, war beunruhigend. Und sie war dankbar, dass es ihr nicht so ergangen war. Dankbar dafür, dass ihre Mutter ihr das – bewusst oder unbewusst – erspart hatte. Dankbar dafür, dass Erika sie aus dem *Medical Center* herausgeholt hatte. »Das ist schrecklich.«

»Eine Sache solltest du vielleicht noch wissen«, sagte Sky. »Pandora ist nicht hier, weil sie deine Schwester ist, sondern weil sie Erikas Geliebte ist.«

»Erikas Geliebte?«, entfuhr es Amelia. »Ich meine nicht, weil sie eine Frau ist, sondern weil sie«, Amelia zeigte auf Pandora, »... eben so ist.«

»Schlimm, oder? Und das eigentlich Schlimme ist, dass viele der Versuche, die zu Pandoras Verfassung geführt haben, auf Erikas Anweisung hin erfolgt sind.«

»Was? Aber warum sollte sie das tun, wenn sie Pandora liebt?«

»Weil Pandora nur so der Schlüssel gewesen wäre.«

»Der Schlüssel?«

»Zur Lösung ihres Problems. Erika wollte immer eine Familie mit Pandora. Aber wie du weißt, können Superior bislang nicht über künstliche Befruchtung gezeugt werden. Pandora hätte die Rolle haben sollen, die du jetzt innehast – wenn es nach Erika ginge. Aber ohne Gaben ist sie per Definition nun einmal keine Superia.«

Es schnürte Amelia die Kehle zu, als sie Pandora dabei beobachtete, wie sie immer noch unbeirrt an ihrem Puzzle arbeitete. Wie konnte man nur so grausam sein? Und das zu dem Menschen, den man angeblich liebte. So sehr liebte, dass man eine Familie mit ihm gründen wollte.

»Können wir bitte gehen?«, fragte Amelia.

»Selbstverständlich«, sagte Sky. Er winkte Pandora, die ihn aber nicht ansah, und beide verließen den Raum.

Amelia wusste selbst nicht, warum sie so reagierte. Sie hätte nicht einfach gehen sollen. Eigentlich hätte sie doch zu ihr hingehen müssen, versuchen müssen, zu ihr durchzudringen. Schließlich war Pandora ihre Zwillingsschwester. Gleichzeitig war sie ihr aber auch fremd. Und sie machte ihr Angst. Ihr Zustand machte ihr Angst. Es war eine Mahnung an das, was hätte sein können.

Was auch jetzt noch sein konnte.

Sky hatte Amelia zurück in Erikas Wohnung gebracht. Noch immer fühlte sie sich erschlagen von allem, was sie heute erfahren hatte. Sie saßen auf der Dachterrasse und Amelia starrte auf das Baugerüst des Gebäudes gegenüber.

»Hast du mich zu ihr geführt, um mich davon zu überzeugen, mich dir anzuschließen?«, fragte Amelia an Sky gewandt.

»Ja«, gab er zu und nahm ihr damit den Wind aus den Segeln.

»Du verschwendest deine Energie.«

»Das glaube ich nicht.«

»Ich schon. Warum sollte ich mich einer Sache anschließen, die mir nicht am Herzen liegt? Einer Sache, die ziemlich gefährlich klingt.« Amelia stellte einen Fuß auf die Sitzfläche ihres Stuhls und begann, mit den Schnürsenkeln ihrer Sneaker zu spielen.

»Weil es das Richtige ist.«

»Ich war noch nie jemand, der das Richtige tut.«

Sky ignorierte Amelias Einwurf. »Lass uns an deinen Kräften arbeiten.«

»Mir ist gerade wirklich nicht danach.« Sie wusste, dass sie klang wie ein trotziges Kind, aber in ihrem Kopf schwirrten immer noch zu viele Gedanken herum. Um an ihrer Gabe zu arbeiten, fehlte ihr gerade der Nerv.

»Nur ein wenig. Ich muss dir ein paar Hausaufgaben geben.«

»Hausaufgaben?«

»Ja. Nathan und ich fahren morgen zurück nach New York. Bis ich wiederkomme, hast du also nicht nur Zeit zum Nachdenken, sondern auch zum Üben.«

Amelia fühlte sich, als hätte er ihr ein Holzbrett auf den Kopf geschlagen.

Nathan und ich fahren … Bis ICH wiederkomme. »Wann kommt ihr wieder?« Das war nicht die eigentliche Frage, dennoch fürchtete sie sich vor der Antwort.

»Ich komme am Sonntagabend wieder. Nathan … Ich weiß es nicht, Amelia. Wir fahren zurück, weil morgen die *Verkündungszeremonie* ist. Ich werde bei der Gelegenheit noch einige Dinge regeln und vorbereiten. Und Nathan – ich denke, Catherine wird ihn erwählen.«

Ihr Magen zog sich zusammen. Sie hätte wissen müssen, dass es so kommen würde. Jetzt damit konfrontiert zu werden, war trotzdem ein Schock. »Aber er muss die Wahl nicht annehmen. Das muss er nicht, das weiß ich.«

Sky sah Amelia traurig an. »Nein, das muss er nicht«, sagte er und es war ihm deutlich an seinem Gesicht abzulesen, dass er selbst nicht daran glaubte.

Amelia biss sich auf die Lippen und nickte, dankbar dafür, dass Sky einmal nicht versuchte, eine Wahrheit auszusprechen, die sie nicht hören wollte.

Sky streckte ihr seinen Arm entgegen. »Berühr meine Hand«, forderte er Amelia auf.

»Nach dem, was du mir eben erzählt hast, ist mir jetzt wirklich nicht danach. Wieso hat er mir denn nichts gesagt?« Amelias Stimme klang zittrig. Doch sie musste ihre Gefühle nicht im Zaum halten. Sky spürte sie ohnehin.

»Amelia, ich werde dich gleich zu Nathan ins Labor bringen, aber zuerst«, sagte er und deutete auf Amelias Hand, »machen wir das hier.«

Widerwillig streckte sie ihm ihre Hand entgegen. Sky nahm sie in seine und Amelia stellte erleichtert fest, dass ihr wieder nicht übel wurde. »Gott sei Dank«, murmelte sie.

»Dir ist nicht übel?«

»Nein.«

»Gut. Schließe deine Augen und folge meinen Anweisungen.«

Folge meinen Anweisungen?

»Hör auf, dich über mich lustig zu machen. Ich spüre das und ich …«

»Du willst mir nur helfen. Schon klar.« Amelia blickte Sky entschuldigend an und schloss ihre Augen.

»Was spürst du?«

»Nichts.«

»Konzentriere dich auf mich. Such dir einen Weg, dich mit mir zu verbinden. Stell dir vor, wie du in meinen Kopf eindringst, ein Band zwischen uns knüpfst.«

Amelia konzentrierte sich, versuchte, wie Sky es genannt hatte, in seinen Kopf einzudringen. »Ich spüre nichts. Und das ist albern.«

»Ist es nicht. Du konzentrierst dich nicht genug. Und dir fehlt der nötige Ernst.«

»Da könntest du recht haben.«

»Versuch es noch mal«, sagte Sky sanft und Amelia schloss die Augen. »Stell dir vor, aus deiner Hand fließt eine Kraft, ein Strahl direkt in meine Hand. Er fließt weiter meinen Arm hoch und in meinen Kopf. Und von dort senden dir die Strahlen Impulse direkt in dein Gehirn. Sie zeigen dir alles, was in mir vorgeht. Lass deine Kraft fließen. Von mir zu dir.«

Amelia war Skys Anweisungen gefolgt. Sie wusste nicht, ob sie sich das nur einbildete, doch etwas geschah. Gefühle strömten auf sie ein. Schmerz, viel Schmerz. Sie ließ Skys Hand los und sah ihn an. »Tut mir leid, ich kann das nicht.«

»Du hast es gespürt, oder? Du hast meinen Schmerz gespürt.« Sky lächelte zufrieden, als wäre es eine schöne Sache gewesen.

»Komm«, sagte er. »Ich bringe dich zu Nathan.«

Irgendwie hatte Amelia sich das Labor anders vorgestellt. Es wirkte wie ein Besprechungszimmer. Auf mehreren Bildschirmen flackerten diverse bunte Bilder von Strängen und Kugeln in rasender Geschwindigkeit. Schon beim Zusehen wurde ihr fast schwindelig. Wie man dabei etwas erkennen oder gar erforschen wollte, war ihr schleierhaft.

Nathan saß mit verschränkten Armen vor einem der Bildschirme. Er hatte sich nicht umgedreht, als sie das Labor betreten hatte, doch Amelia konnte ihn von der Seite sehen. Sein starrer Blick erinnerte sie fast an Pandora.

Endlich schien er sie bemerkt zu haben und drehte sich um. »Amelia«, rief er, sprang von seinem Stuhl auf und schloss sie fest in seine Arme.

»Ich denke, ich bin hier überflüssig«, sagte Sky.

Amelia löste sich von Nathan und sah zu Sky. Sie formte mit ihren Lippen ein stummes *Danke.*

»Danke«, sagte Nathan zu Sky. Von der Bissigkeit, die sonst so oft zwischen den beiden herrschte, war nichts zu spüren.

Sky hob die Hand zum Gruß und verschwand.

Ernst blickte Amelia zu Nathan. »Du fährst morgen zurück nach New York?« Obwohl Amelia bereits wusste, dass es so war, formulierte sie es dennoch als Frage.

Nathan blickte betreten zu Boden. »Ich wollte es dir sagen. Ich wusste nur nicht wie.«

»Seit wann weißt du es?«

»Erst seit gestern.«

War das der Grund? »Hast du mich deshalb zurückgewiesen?«

»Zurückgewiesen? Ich habe dich doch nicht zurückgewiesen«, sagte er und umklammerte ihre Handgelenke. »Ich könnte dich nie zurückweisen.«

Amelia löste sich aus seinem Griff. »Das hast du. Und morgen wirst du …«

Nathan legte ihr einen Finger auf ihren Mund. »Sch, sch.«

Amelia schluckte und versuchte die Tränen, die in ihr aufstiegen, zu unterdrücken.

»Ich wollte dich nicht zurückweisen. Ich war nur selbst so geschockt und das Einzige, was ich wollte, war, einen unvergesslichen Abend mit dir zu verbringen. Für den Fall, dass Catherine …« Er stockte. »Der Abend sollte zwar mit dir, nackt in meinen Armen, enden, aber nicht so beginnen. Ich wollte noch so viel mehr mit dir tun.«

Nathans brüchige Stimme fuhr Amelia mitten ins Herz. Nun war sie es, die ihm den Zeigefinger auf die Lippen legte und ihm ein *Sch* zuhauchte, um ihn anschließend in die Arme zu nehmen und zu küssen. Es war ein sehnsüchtiger, hungriger Kuss. Vermutlich machte sie damit nur alles noch schlimmer. Höchstwahrscheinlich sogar.

Nichts kümmerte sie im Moment weniger.

Die Art, wie Nathan sie küsste, sagte es ihr deutlich. Sie spürte seine Verzweiflung über seine Lippen. Amelia wusste, dass sie ihn verloren hatte – egal, was nun passieren würde. Und eben weil es egal war, war es auch egal.

»Lass uns gehen«, flüsterte Nathan ihr ins Ohr und sprach damit das aus, was Amelia dachte.

Die Fahrt ins Hotel kam ihr endlos vor. Beide wechselten kaum ein Wort miteinander, sondern warfen sich nur sehnsuchtsvolle Blicke zu. Es war nicht so, dass sie sich nichts zu sagen hatten. Doch beide wussten, dass es heute besser war zu schweigen. Sie wussten, dass das, was sie taten, falsch war. Was sie miteinander hatten, war äußerst fragil und keiner von ihnen wollte es zerstören. Mit unbedachten oder verletzenden Worten in tausend Splitter zerschmettern. Sie hatten die stille Übereinkunft getroffen, den Schmerz warten zu lassen. Bis morgen. Heute würden sie sich einfach lieben.

Als sie endlich in Nathans Zimmer angekommen waren, taten sie genau das.

Nathans heiße Küsse bedeckten Amelias willigen Körper. Während er sie entkleidete, ließ er keine Körperstelle ungeküsst. Schauer liefen ihr über den Rücken. Seine Hände und Lippen brannten auf ihrer Haut, die Berührungen durchzuckten ihren Körper wie kleine Blitze.

Sanft fuhr er ihre Wirbelsäule entlang, strich über ihr Tattoo und öffnete mit seinen Fingern den Reißverschluss zu ihrer imaginären zweiten Haut. Für Nathan brauchte Amelia sie nicht.

Nicht heute Nacht.

»Ich will dich«, flüsterte sie ihm ins Ohr.

»Geduld, meine Süße.« Nathan ließ seinen Kopf zwischen ihre Schenkel wandern. »Wir haben noch die ganze Nacht.«

Seine Zunge und Finger massierten ihre Klitoris, rhythmisch, kreisend. Amelias Atem ging schneller, passte sich dem Takt von Nathans Bewegungen an. Amelia wollte ihn, sie konnte nicht mehr warten. Völlig unmöglich. »Hör auf, mich zu quälen«, stöhnte sie.

»Dich quälen?«, fragte Nathan und setzte sein spitzbübisches Lächeln auf. »Für mich sieht es aus, als hättest du Spaß.«

»Ich kann nicht mehr, ich muss dich jetzt spüren. Sonst … Ich halte es keine Sekunde mehr aus.« Amelia platzte fast vor Lust und Obszönitäten lagen ihr auf den Lippen. Sie biss sich auf die Zunge und behielt sie für sich. »Erlöse mich.«

Als Antwort auf ihr Flehen zog sich Nathan ein Kondom über, umklammerte fest ihre Hüfte und drang mit einem harten Stoß in sie ein.

Amelia seufzte zufrieden und ihre Lippen formten nur ein Wort. *Mehr.*

Und Nathan formte mit seinen Lippen ebenfalls eine stumme Antwort. *So viel mehr.*

Aus den Richtlinien der Organisation

Über die Anforderungen an die Bekleidung von Ämtern innerhalb der SHS

Präambel

(3)
Die Postenvergabe innerhalb der SHS
wird ausschließlich beeinflusst
durch Scoring und Leistung.

Kapitel 23

Nathan

Aus dem Fenster zu blicken und zu sehen, wie Amelia winkte, kam Nathan unwirklich vor. Als wäre dieser Zug sein Leben und er falsch eingestiegen. Nathan hielt seine Hand gegen die Scheibe und verfolgte, wie der Zug ihn wegtrug. Wie der Bahnhof, der Bahnsteig und Amelia immer kleiner und kleiner wurden und schließlich aus seinem Blickfeld verschwanden.

Nathan war nie jemand gewesen, der sich mit Abschieden schwertat. Normalerweise war er jemand, der die Möglichkeiten sah und nicht den Verlust.

Diesmal war es anders.

Nathan wollte nicht fahren und er wollte nichts von dem, was ihm bevorstand. Wie gern wäre er geblieben, neben Amelias warmen Körper. Einfach nicht aufgestanden. Der Gedanke war so verlockend, dass er oft mit ihm gespielt hatte. Gerade vergangene Nacht, als sie sich geliebt und Amelia und er sich wechselweise von einem Gipfel der Lust zum nächsten geführt hatten. Mehr als einmal hatte er sich gedacht, er sollte es vielleicht einfach darauf ankommen lassen. Vielleicht bluffte Landon nur.

Er und Amelias Körper, sie waren wie füreinander gemacht. Sie waren wie Zahnräder eines feinmechanischen Uhrwerks, die perfekt aufeinander abgestimmt waren. Er fühlte sich immer noch berauscht. Amelia war so anders als die Frauen, die er sonst kannte. Und wenn er mit ihr zusammen war, wurde er von purem Glück durchströmt. Nie hätte Nathan gedacht, dass man so fühlen konnte. Es war, als hätte er jahrelang auf eine Fototapete gestarrt und würde nun das erste Mal das Meer sehen. Zum ersten Mal die Meeresbrise riechen, den Sand unter seinen Füßen und das Prickeln des Salzes auf seiner Haut spüren.

Unerbittlich ratterte der Zug weiter. Hin in ein Leben, das sich plötzlich so falsch anfühlte. Und mit jeder Meile, die er sich New York näherte, kam er sich fremder in seiner Haut vor.

Sky hatte relativ erfolglos versucht, ihn die gesamte Zugfahrt über mit Gesprächen aufzumuntern. Als sie in New York ankamen, wartete bereits eine Limousine auf sie, die beide zum Haus der Davis' brachte, um die Feierlichkeiten für den Abend durchzusprechen.

Als sie dort eintrafen, waren bereits alle versammelt. Landon ging strahlend auf Nathan zu und begrüßte ihn mit einem freundschaftlichen Klopfen auf die Schulter. »Es ist, wie man es sagt – du bist ein kluger Mann.«

Nathan schürzte seine Lippen und unterdrückte die Worte, die ihm auf der Zunge lagen.

»Schön, dass du gekommen bist, Nathan.«

Nathan erwiderte nichts darauf. Er war schließlich nicht froh, hier zu sein, und er sah auch keinen Grund, zu dem Mann, der ihn dazu gezwungen hatte, freundlich zu sein.

Catherine wirkte weniger aufrecht als sonst. Der Verlust ihrer Schwester schien ihr zuzusetzen. Warum sie die Zeremonie trotzdem abhalten wollte, war Nathan ein Rätsel. Natürlich gab es Vorschriften, aber in solchen Situationen …

Als sich Nathans und Catherines Blicke trafen, begann sich ein Lächeln auf ihren Lippen abzuzeichnen. Mit immer noch hängenden Schultern, dafür aber mit strahlendem Gesicht, lief sie auf ihn zu. »Nathan«, rief sie und wollte ihn umarmen.

»Catherine.« Er machte einen Bogen um sie und nickte ihr mechanisch zu. Schnurstracks ging er auf den Rollwagen mit den Spirituosen zu. Er goss sich fünf Daumen breit Scotch ein und trank ihn in einem Zug. *Das war gut.*

Catherines Mutter war neben ihn getreten. »Wie ich sehe, brauche ich dich nicht mehr nach einem Drink zu fragen.«

»Später wieder, Mrs Davis«, erwiderte Nathan.

»Da ich davon ausgehe, dass du bald zur Familie gehörst, solltest du mich lieber Elizabeth nennen.« Sie deutete auf sein leeres Scotchglas.

»Dir zu sagen, dass du dich wie zu Hause fühlen sollst, ist anscheinend nicht mehr nötig.«

»Nathan«, rief ihm Landon vom Treppenabsatz zu. »Kommst du bitte zu uns?«

Alle waren dort versammelt. Catherine, ihre Eltern, Sky und Henley. Catherine kaute an ihren Fingernägeln und wirkte sehr nervös. Wäre sie nicht diejenige, die gerade im Begriff war, sein Leben zu zerstören, er hätte beinahe Mitleid mit ihr. Er schenkte sich noch ein Glas Scotch ein und ging damit zu den anderen.

Catherine blickte vorwurfsvoll auf sein Glas.

»Ist was?« Nathan sah sie herausfordernd an.

»Bin ich etwa so schlimm, dass du dich betrinken musst?«, fragte sie mit brüchiger Stimme.

»Ich bin zu gut erzogen, um darauf zu antworten. Aber unser guter Sky hier«, sagte er und klopfte ihm auf die Schulter, »kann dir gern über mein Gefühlsleben Auskunft geben.«

Tränen liefen Catherine über die Wangen. »Du bist so ein Arschloch«, rief sie und eilte die Treppen nach oben.

»Es zwingt dich niemand, mich zu heiraten«, brüllte er ihr hinterher.

Wenn schon daneben benehmen, dann richtig.

Landon funkelte ihn an und Elizabeth warf ihm ebenfalls einen echauffierten Blick zu, bevor sie ihrer Tochter die Treppen hinauf folgte. »Was für ein gelungener Auftritt.«

Landon sah ihm fest in die Augen. »Das wird dir nicht helfen. Ich kenne Catherine.«

Nathan zuckte mit den Schultern und versuchte unbeteiligt zu wirken. »Aber viel kann dir nicht an ihr liegen, wenn du ihr ein Leben mit einem Arschloch wie mir wünschst.«

»Spiel nicht mit dem Feuer.«

Die Warnung war klar. Einfach wollte Nathan es Catherine trotzdem nicht machen. Es lag in ihrer Macht, nicht ihn, sondern Henley zu wählen. Die Chance mochte gering sein, aber er war noch nicht bereit, sie aufzugeben.

Er war noch nicht bereit, Amelia aufzugeben.

Als es an der Tür klingelte und die Eltern aller Aspiranten eintraten, verkrampfte sich alles in Nathan. Die herzliche Begrüßung zwischen Landon und seiner Mutter ließ Übelkeit in ihm aufsteigen. Ihre Familien hatten schon miteinander gesprochen, waren sich handelseinig.

Seine Mutter kam auf ihn zu und schloss ihn in die Arme. Es war nicht ihr übliches Begrüßungsritual. Nicht dass Nathan kein gutes Verhältnis zu seinen Eltern hatte, doch körperlich waren sie schon immer etwas distanzierter als andere Familien.

»Nathan, mein Junge.« Die Freude und der Stolz waren ihr deutlich anzuhören.

»Mum«, erwiderte Nathan. Er wusste nicht, ob es ihn wütend machen sollte, dass ihre Freude sein Leid bedeutete, oder ob er sich schlecht fühlen sollte, weil er sie viel lieber wieder enttäuschen würde.

»Dad«, begrüßte Nathan seinen Vater, der nun ebenfalls neben ihn getreten war.

Sein Vater boxte ihn sanft in die Brust. »Wie es scheint, wirst du doch nicht einsam und allein sterben müssen.«

Nathan war sich ziemlich sicher, dass sein Vater wusste, dass er bisher alle potentiellen Kandidatinnen mit verletzenden Kommentaren erfolgreich vergrault hatte. Vermutlich deutete er die Tatsache, dass es diesmal nicht so war, tatsächlich als Zeichen dafür, dass Nathan etwas für Catherine empfand. Dabei war es ihm nur einfach nicht gelungen. Er hatte sich verpokert und die Zeit spielte gegen ihn. »Scheint so«, gab Nathan schwach zurück.

»Das freut mich für dich.«

Elizabeth kam mit Catherine im Schlepptau zurück nach unten. Nathans Eltern gingen sofort auf sie zu. Er folgte ihnen, hielt jedoch ein wenig Abstand. Catherines Augen waren gerötet. Es war ihr deutlich anzusehen, dass sie geweint hatte. Seine Mutter schloss sie in die Arme, und sollte ihr diese Tatsache vorher entgangen sein, so wurde sie spätestens durch Catherines leises Schluchzen darauf gestoßen. Ruckartig drehte sie sich um und sah ihren Sohn wütend an. »Was hast du dem armen Mädchen angetan?«

»Nichts«, sagte Nathan, wurde jedoch von den ungläubigen Blicken aller Versammelten Lügen gestraft. Natürlich fragte sich niemand, was man ihm angetan hatte. Das stand ja hier gar nicht zur Debatte. Um die Männer ging es schließlich nie. Das Privileg der Wahl stand der Frau zu und sorgte nirgends für Empörung. Als hätten Männer bei der Partnerwahl nur ein Kriterium, das es zu erfüllen gab – *Frau*.

Insgeheim glaubte Nathan, dass es bei vielen seiner Altersgenossen tatsächlich so war. Die Superia waren allesamt schön und gebildet. Wäre das anders, hätte sich vermutlich schon Widerstand geregt. Es war nicht so, dass Nathan diese Attribute an einer Frau nicht zu schätzen wusste. Trotzdem – die Bilder der letzten Nacht flammten immer wieder vor seinem geistigen Auge auf.

Vielleicht konnten sich Gefühle im Laufe der Zeit entwickeln.

Vielleicht konnte Wärme entstehen.

Aber für ein Feuer, wie es zwischen Amelia und ihm brannte, würde es nie reichen.

Amelia

Gestern hätte sie noch schwören können, dass sie jetzt und hier weinen würde. Doch als der Zug sich in Bewegung setzte, kamen keine Tränen.

Was auch immer nun passierte, die letzte Nacht konnte ihnen niemand mehr nehmen. Sie würde sie nicht in ihren Erinnerungen begraben. Sie würde sie in sich tragen und nie vergessen.

Einer von Erikas Bodyguards hatte sie zu ihrem Apartment zurückgebracht. Die Tränen blieben tatsächlich aus. Stattdessen war sie von einer merkwürdig nostalgischen Leere erfüllt. Leider kam diese zusammen mit einer inneren Unruhe. Sie wollte nichts machen, nichts essen, nichts hören. Und doch schaffte sie es keine Minute ruhig zu sitzen.

»Ich habe etwas dagegen«, sagte Erika, der ihr eigentümliches Verhalten wohl nicht entgangen war, und hielt ihr ein Röhrchen mit Tabletten hin.

»Nein danke«, sagte Amelia. Sie wollte nicht künstlich ruhiggestellt werden.

Erika steckte das Röhrchen wieder weg und ging auf Amelia zu. »Es tut mir so leid.«

»Ich drehe gleich durch.«

Erika schloss sie in die Arme. »Ich kenne dieses Gefühl so gut. Ich hasse es und ich würde dich gern davon erlösen.«

Amelia wich zurück. Die Situation war ihr plötzlich unheimlich. Schließlich war Pandora ihre Zwillingsschwester. »Ich wollte nicht …«

»Schon gut. Ich auch nicht«, sagte Erika und wirkte glücklicherweise nicht gekränkt. »Ich bin gleich wieder da.«

Als Erika wieder zurückkam, hatte sie zwei Gläser in der Hand. »Hier, trink das.«

Amelia nahm eines der Gläser und betrachtete die braune Flüssigkeit darin. »Was ist das?«

»Single Malt.«

»Ich mag keinen Whisky.«

»Leider habe ich nichts anderes im Haus und ich glaube, du kannst ihn gerade gut gebrauchen.«

Da hatte sie leider nicht unrecht. Amelia stürzte den Whisky hinunter und schüttelte sich, er brannte in Brust und Kehle. Die Wärme, die er hinterließ, tat jedoch gut. »Danke.«

Amelia reichte Erika das leere Glas, ging zur Couch und ließ sich darauf plumpsen. Sie trommelte mit ihren Fingern auf ihren Oberschenkeln, stand auf, setzte sich wieder.

Und dann war sie plötzlich verschwunden, die innere Unruhe.

An ihre Stelle war ein Gefühl von Klarheit getreten, das sie nur schwer in Worte fassen konnte. Als hätte sie bisher durch Milchglas auf die Welt geblickt und nun durch eine hochauflösende Linse.

Wofür es nur einen Grund geben konnte.

Mit einem Satz war Amelia auf den Beinen und baute sich vor Erika auf. »Du hast mir gegen meinen Willen Drogen gegeben.«

»Beruhige dich, Amelia«, versuchte Erika sie zu beschwichtigen.

»Ich will mich aber nicht beruhigen. Ich habe *Nein* gesagt und du hast es trotzdem getan.«

»Ich weiß. Aber glaub mir, es wird dir guttun. Ich habe sie selbst entwickelt. Sie haben weder Nebenwirkungen noch machen sie abhängig. Und du warst so traurig. Ich wollte einfach dein Leid mindern. Wenigstens für eine Weile.«

»Ich bin es so leid«, sagte Amelia. »So leid, dass mich alle belügen und zu wissen glauben, was das Beste für mich ist.«

»Du hast recht. Ich hätte nicht von mir auf andere schließen sollen. Mir hat das *Xyto* geholfen, als die SHS meine große Liebe zerstörte. Ich dachte, dir hilft es genauso.«

Amelia musterte sie und griff nach ihrer Hand. Erstaunlicherweise entzog Erika sie ihr nicht und ließ es zu. Im Stillen rekapitulierte sie Skys Lektion, ließ ihre Energie fließen und verband sich mit Erika. Amelia wusste nicht, ob es an den Drogen lag oder ob sie tatsächlich Fortschritte machte. Sie spürte Erikas Liebe zu Pandora, den Schmerz über ihren Zustand und den unbändigen Hass auf die SHS. Sie sah Bilder von rituellen Geschlechtsakten, *Unities*, denen Erika beiwohnen musste, seit sie ein kleines Kind war. Ihre Zerrissenheit. Der Wunsch, ihrem Vater zu imponieren und es doch nie zu schaffen. Ihre Liebe, die sie nicht leben durfte.

Schon wieder war ihr nicht übel geworden. Schwindelig ja, doch das konnte sie verkraften. Vielleicht passierte das nicht jedes Mal oder nur das erste Mal, wenn sie jemanden berührte.

Amelia öffnete die Augen und löste ihre Hand. Einen Teil der Emotionen, die sie gefühlt hatte, waren ein Spiegel ihres eigenen Innenlebens.

»Du warst in meinem Kopf?«, fragte Erika.

Amelia nickte. »Ja.« Sie hatte nicht vor, sich dafür zu entschuldigen. »Du hast gesagt, du hast ein Angebot für mich.«

Erika lächelte. »Du weißt, was ich vorhabe, oder?«

»Im Großen und Ganzen.«

»Ich biete dir ein neues Leben. Amelia Zephyr ist offiziell tot. Ich besorge dir eine neue Identität, neue Papiere und genug Geld, um dir ein neues Leben aufzubauen. Weit weg von hier, von der SHS. Ich hätte an Europa gedacht. Und im Gegenzug spendest du mir deine Eizellen. Ich werde dich nicht quälen oder foltern. Du musst nur ein paar Hormone nehmen und dir über ein paar Monate hinweg deine Eizellen entnehmen lassen. Es ist ein operativer Eingriff – ich will es gar nicht schönreden. Aber er ist nicht schlimm. Und danach bist du frei. Frei zu leben, neu anzufangen. Und ich bin frei, mit der Frau, die ich liebe, zu leben und mich nicht mehr dem Fortpflanzungsdiktat der SHS unterwerfen zu müssen.« Ihre Augen funkelten erwartungsvoll.

Erikas Angebot hörte sich gut an. Ein paar ihrer Eizellen im Tausch gegen ihr Leben, das sie dann endlich wieder haben würde. Schlecht klang der Deal nicht. Sofort Ja sagen wollte Amelia trotzdem nicht. Eine Sache musste sie außerdem noch klären. »Was ist mit meiner Mutter? Ich kann sie doch nicht in dem Glauben lassen, dass ich tot bin.«

»Du musst, Amelia. Natürlich könnte ich ihr eine Nachricht zukommen lassen. Aber was, wenn sie ihre Strafe abgesessen hat? Glaubst du nicht, man hätte noch ein Auge auf sie? Sie würde die SHS wieder zu dir führen. Dann wäre alles umsonst gewesen.«

Das war nicht die Antwort, die sie hören wollte. Aber es war eine, die ihr Vertrauen in Erika stärkte. Es zeigte, dass sie ihr glauben konnte. Ansonsten hätte sie ihr jetzt alles Mögliche versprechen können. »Ich muss darüber nachdenken«, sagte Amelia.

»Das heißt schon mal nicht nein.«

»Nein, das heißt es nicht.«

Nathan

Nathan betrat sein New Yorker Apartment. Der Geruch, der ihm entgegenschlug, hatte nichts Vertrautes. Merkwürdig. Auch wenn er in den letzten Jahren wenig hier gewesen war, es war sein Apartment. Genau genommen eines der Apartments seiner Eltern, aber er war der Einzige, der es bewohnt hatte. Neben Staub waberte noch etwas durch die Luft, das nicht hier hingehörte. Vielleicht war jemand hier gewesen? Nach allem, was er in den letzten Tagen erfahren hatte, erschien ihm nichts undenkbar. Diese Mühe hätte, wer auch immer es war, sich allerdings schenken können. Abgesehen von alten Schulsachen und seinen Uniformen, für die er nur am Hauptsitz der SHS Verwendung hatte, würde man hier wenig finden.

Nathan ging ins Badezimmer und stellte sich unter die Dusche. Während das warme Wasser auf seinen Körper prasselte, überlegte er fieberhaft, wie er Catherine diesen Irrsinn ausreden konnte. Er würde mit ihr reden, unter vier Augen – keine Frage. Doch er fürchtete, dass ihre inneren Glaubenssätze, die Art und Weise, wie sie erzogen wurde, einfach zu tief in ihr verwurzelt waren, um sie … zu was eigentlich?

Nicht zur Vernunft zu bringen, sondern das genaue Gegenteil. Um sie auf ihr Herz hören zu lassen.

Mit einem Handtuch um die Hüften öffnete Nathan seinen Kleiderschrank. Er nahm seine schwarze Uniformjacke vom Bügel und betrachtete die Stickereien. Die Symbole und Zeichen seiner Gaben, seines *Scorings,* die ihn zu Catherines Objekt der Begierde machten. Die innerhalb der SHS alles bedeuteten. Es waren *ihre* Statussymbole.

Hier fragte niemand, was man beruflich machte, oder wo man wohnte. Bei offiziellen Anlässen begutachtete man lediglich, mit welchen Fähigkeiten man dekoriert war. Der Rest war sekundär. Denn Geld und Macht war unter Superior schon lange kein Abgrenzungssymbol mehr. Es war etwas, das alle innehatten. Es war quasi ein Geburtsprivileg, das man zusammen mit seinen Fähigkeiten vererbt bekam. Und seine Fähigkeiten machten ihn zum Topping eines jeden köstlichen Kuchens. Die *Synapsis* veredelte nahezu jede Gabe und brachte neue hervor. Konnte er Catherine verdenken, dass sie das tat, was sie tat?

Nathan entschied sich für eine ebenfalls schwarze Uniformhose und ein weißes Hemd. Der Klassiker. Natürlich hätte er sich auch auffälliger dekorieren können. Mit einer roten Hose zum Beispiel. Seine Mutter hätte das sicher gern gesehen.

Auf dem Weg zum Haus der Davis' rief er Sky an. »Hey, Nathan hier«, sagte er.

»Hey. Was gibt's?«

»Ich muss mit Catherine sprechen und ihr das Ganze ausreden.«

»Du meinst *dich* ausreden?«

»Ja. Was sagst du? Meinst du, ich kann ihr von Amelia erzählen? Wie fühlt sie ihr gegenüber?«

»Catherine liebt Amelia tatsächlich wie eine Schwester. Allerdings ist sie zutiefst der SHS verbunden. Ihre Freude darüber, dass Amelia noch lebt, wäre sicher groß. Die Tatsache, dass ihre Pflegeschwester einen ihrer Aspiranten gevögelt hat, würde sie aber höchstwahrscheinlich als Verrat einstufen. Schwer zu sagen, wie sie darauf reagiert.«

»Mhm.«

»Nathan«, sagte Sky. »Wenn dir etwas an Amelia liegt, tu es nicht. Sag Catherine nichts. Es ist zu riskant.«

»Okay, danke.« Nathan legte auf. Dann musste er sie eben überzeugen, ohne Amelia ins Spiel zu bringen.

Die Haushälterin öffnete ihm die Tür und Elizabeth, Catherines Mutter, begrüßte ihn.

»Nathan«, sagte sie überrascht. »Du bist ja schon früh da.«

»Ja, ich wollte noch kurz mit Catherine sprechen.«

Elizabeth musterte ihn mit hochgezogenen Brauen. Sie studierte seine Miene, so wie man es bei einem Kind tat, um abzuschätzen, ob es Flausen im Kopf hatte. »Ich weiß nicht, ob das eine gute Idee ist. Deine letzten Worte waren ja nicht besonders taktvoll.«

»Ich weiß und ich will sie nicht verletzen. Aber wenn ich ihr Mann werden soll, möchte ich vorher einfach noch über ein paar Dinge mit ihr reden.«

»Dafür ist für gewöhnlich die *Examination Week* gedacht.«

»Ich weiß«, sagte Nathan. »Ich hatte nur nie damit gerechnet, dass sie mich tatsächlich wählen würde.«

Elizabeth warf ihm einen spöttischen Blick zu.

»Ich war schon öfter Aspirant, wie du vermutlich weißt. Und bisher ist mein Charme nicht wahnsinnig gut angekommen.«

»Schwer vorzustellen«, sagte Elizabeth und ihre Mundwinkel zuckten verräterisch.

»Bitte.«

»Schön.« Elizabeth stemmte ihre Hände in die Hüften. »Aber wenn du ihr wehtun solltest, dann werde ich dir eigenhändig den Hals umdrehen.«

Nathan nickte. »Danke.« Er ging zur Treppe und wandte sich am Absatz noch einmal kurz um.

»Drittes Zimmer links«, sagte Elizabeth.

Nathan ging nach oben und klopfte an der Tür.

»Herein«, ertönte Catherines Stimme.

Nathan trat ein und erblickte Catherine, die in einem weißen Morgenmantel aus Seide flankiert von ihren Freundinnen an einem Frisiertisch saß.

»Nathan«, sagte Catherine erfreut. »Was tust du denn hier?«

»Ich muss mit dir reden.« Nathan blickte auf ihre Freundinnen. »Unter vier Augen.«

Catherine nickte und biss sich auf die Lippen. »Könnt ihr uns bitte kurz allein lassen?«

»Selbstverständlich, Süße«, sagte die Dunkelhaarige der beiden. Nathan hatte den Namen vergessen.

»Aber nichts Unanständiges machen«, fügte die Blonde an Nathan gerichtet hinzu, deren Namen Nathan ebenfalls nicht mehr wusste. »Nicht, dass ich ein Problem damit hätte. Aber ihre Haare und ihr Make-up sind so gut wie fertig und wir haben keine Zeit, noch mal von vorn zu beginnen.«

»Keine Sorge«, erwiderte er freudlos. »Ich will nur mit ihr reden.«

Die beiden verließen den Raum und er war mit Catherine allein. Jetzt kam es darauf an, die richtigen Worte zu wählen. Er musste zu ihr durchdringen, ohne sie vor den Kopf zu stoßen, ohne sie zu verletzen. *Nichts, worin ich gut bin.*

Catherine sah erwartungsvoll zu ihm auf.

»Zuerst einmal: Entschuldigung. Ich habe mich vorhin aufgeführt wie ein Arschloch. Das hast du nicht verdient«, sagte er, seine Stimme betont sanft. »Und außerdem wollte ich dir noch mein herzliches Beileid aussprechen. Amelia – ihr seid keine leiblichen Geschwister gewesen, aber ich weiß, dass ihr euch nahegestanden habt. Ich selbst bin schon geschockt. Aber für dich … es muss schrecklich sein.«

Catherine schluckte und fächerte sich mit ihren Händen Luft zu und versuchte damit offensichtlich die aufsteigenden Tränen zu unterdrücken. Sie stand auf und schlang die Arme um Nathan. Er spürte, wie sie zitterte. »Sie fehlt mir so.«

Nathan drückte Catherine an sich und strich ihr über den Rücken. »Das verstehe ich. Und jeder würde es verstehen, wenn du die Zeremonie unter diesen Umständen verschiebst und dir die Zeit nimmst, die du zum Trauern brauchst.«

Mit einem Ruck löste sich Catherine aus Nathans Armen und schlug mit der flachen Hand gegen seine Brust. »Ich fasse es nicht. Du mimst hier den Verständnisvollen und versuchst meine Trauer dazu zu benutzen, um dich aus der Affäre zu ziehen.« Catherines

Hände waren jetzt zu Fäusten geballt. Er konnte sehen, wie sie vor Wut bebte.

Schweißperlen bildeten sich auf seiner Stirn. Er hielt sich die Brust und spürte deutlich, dass sein Herz viel zu schnell schlug. »Catherine!« Eindringlich sah er sie an.

»Geh mir aus den Augen, bevor ich mich vergesse.«

Nathans Körper kam wieder zur Ruhe. Er ging auf sie zu und packte sie an ihren Handgelenken. »Catherine, bitte. Mein Beileid war aufrichtig.« Er sah zu Boden. »Aber du hast recht damit, dass ich das alles hier nicht möchte. Und es liegt nicht an dir. Überhaupt nicht.«

»Es liegt nicht an dir, es liegt an mir.« Catherine lachte hysterisch. »Bist du originell.«

»Du bist wundervoll und jeder könnte sich glücklich schätzen, von dir erwählt zu werden. Nur ich, ich will noch nicht heiraten und – ich sage das nur ungern, aber ich empfinde nichts für dich, Catherine. Du solltest dir keinen Mann wählen, der deine Liebe nicht verdient. Du solltest jemanden wählen, der dich zu würdigen weiß. Jemanden wie Henley.«

Catherines Augen verengten sich zu Schlitzen. Nathan machte sich innerlich auf das Gewitter gefasst, das gleich über ihn hereinbrechen würde. Er war nicht sehr gut mit Worten. Diesmal war er sich jedoch fast sicher, gute gewählt zu haben. Er sah sie flehentlich an. »Catherine, bitte. Mach keinen Fehler, den du dein Leben lang bereuen wirst.«

»Glaubst du vielleicht, ich mache es mir leicht damit?«, fragte sie und eine Träne rann ihre Wange hinunter. »Glaub mir, das tue ich nicht. Ich liege jede Nacht wach und quäle mich damit. Wieder und wieder spiele ich meine Optionen in Gedanken durch. Und komme zum selben Ergebnis.« Catherine holte tief Luft.

Verständnislos schüttelte Nathan den Kopf.

»Natürlich schlägt mein Herz mehr für Henley. Aber unser *Simulation Scoring* ist durchschnittlich.«

»Ich denke, es ist weit besser als durchschnittlich.«

»Für mich ist es das. Ich bin nicht zu Durchschnittlichkeit erzogen. Und werde mich nie mit dem Durchschnitt zufriedengeben. Und weil es so ist, werde ich Henley nach und nach mit anderen Augen sehen.

Und irgendwann werde ich ihn dafür hassen. Ich will ihn nicht hassen. Und wir – wir werden uns arrangieren. Vielleicht sogar lieben lernen.«

»Und das reicht dir? Jemand, mit dem du dich arrangierst?«

Catherine nickte und blickte ihm fest in die Augen. »Ja, das tut es. Das muss es.«

Nathan wandte sich ab und ging zur Tür. Mit Argumenten war diese Frau nicht zur Vernunft zu bringen. Er hatte die Tür schon geöffnet, wandte sich noch einmal zu ihr um. »Ich glaube, Amelia wäre traurig über diese Entscheidung.«

Ohne Catherines Reaktion abzuwarten, verließ er ihr Zimmer.

Aus den Richtlinien der Organisation

Über die Anforderungen an die Bekleidung von Ämtern innerhalb der SHS

Das Oberhaupt

(1)
Das Oberhaupt der SHS wird weder gewählt noch bestimmt.

(2)
Die Funktion des Oberhauptes steht dem Mitglied mit dem höchsten Scoring offen.

(3)
Hat der Superior/die Superia mit dem höchsten Scoring innerhalb der SHS das 21. Lebensjahr vollendet, kann er seinen/ihren Anspruch auf das Amt verkünden.

Kapitel 24

Amelia

Obwohl Erikas Drogen Amelias innere Unruhe deutlich gebessert hatten, verschwunden war sie nicht und die Ungewissheit nagte von Stunde zu Stunde mehr an ihr. Ein Blick auf die Uhr verriet ihr, dass die Verkündungszeremonie bald beginnen würde. Ohne lange darüber nachzudenken, griff Amelia nach ihrem Handy und wählte.

Mailbox – war ja klar.

Sie ballte ihre Hände zu Fäusten, so fest, dass sich ihre Nägel ins Fleisch gruben. Ein leises Summen ließ sie aufhorchen. Ihr Herz klopfte hart und laut gegen ihre Brust. Amelia fühlte sich wie nach dem Leichtathletiktraining. Der Blick auf das Display brachte die Erleichterung. »Nathan.«

»Hey«, sagte er. »Ich hätte dich auch schon früher angerufen. Aber du hast gesagt, ich soll es nicht tun.«

»Ich weiß und es tut mir leid. Aber ich glaube, ich drehe hier gerade durch.«

»Nicht nur du.«

Amelia wollte nichts fragen, sie hatte Angst vor den Antworten. Sie wollte einfach nur Nathans Stimme hören. »Wie geht es dir?« Eine blödere Frage war ihr nicht eingefallen.

»Ich habe versucht, mit Catherine zu reden«, erwiderte Nathan.

Hoffnungsfunken flammten in Amelia auf, obwohl ihr sein Tonfall keinen Anlass dazu gab. »Und?«, fragte sie zaghaft.

Vom anderen Ende der Leitung war ein tiefer Seufzer zu hören. »Ich …«, Nathan stockte. »Ich würde so gern etwas anderes sagen, aber es sieht nicht gut aus. Catherine ist fest entschlossen, mich zu wählen. Ich hatte gehofft, sie davon abzubringen. Sie dazu zu bringen, nicht nach dem *Scoring*, sondern nach ihrem Herzen zu entscheiden.«

»Aber Catherine ist nun einmal Catherine«, sagte Amelia mehr zu sich selbst als zu Nathan.

»Tut mir leid. Ich fürchte, ich habe versagt.«

Amelia hätte ihn gern dafür gehasst, aber sie konnte es nicht. Selbst Catherine konnte sie deswegen nicht hassen. Ihr war immer klar gewesen, dass sich ihre Pflegeschwester so entscheiden würde. Und das aus tiefster Überzeugung.

»Du hast nicht versagt. Es ist nicht deine Schuld.« Amelia meinte es, wie sie es sagte. Hätte sie lieber etwas anderes von ihm gehört? *Natürlich.* Aber sie konnte auch gut verstehen, dass sich Nathan nicht mit der gesamten SHS anlegen wollte.

Sie hatte am eigenen Leib erlebt, wozu diese Menschen fähig waren. Und vieles deutete darauf hin, dass sie nur einen Vorgeschmack dessen, wozu sie wirklich fähig waren, erfahren hatte. Sie konnte es ihm also nicht verübeln. Zumindest hatte er es versucht.

Es war ein schwacher Trost. Aber es war der einzige, den sie hatte.

»Aus deinem Mund hört es sich beinahe an, als wäre es die Wahrheit.« Verzweiflung klang aus jedem seiner Worte.

»Es ist die Wahrheit.«

»Die Wahrheit ist, dass ich ein verdammter Feigling bin. Nichts weiter. Sonst würde ich ihnen die Stirn bieten und dagegen ankämpfen. Für uns kämpfen.«

Tränen sammelten sich in Amelias Augen, doch sie schluckte sie runter. Sie war es so leid, zu weinen. Sie hatte das Gefühl, in den letzten Wochen mehr Tränen vergossen zu haben als in ihrem gesamten Leben. »Ich hasse sie«, sagte Amelia mit fester Stimme.

»Catherine?«, fragte Nathan.

»Die SHS.«

»Ich bin auch die SHS. Ein Teil davon.«

»Nein, du bist Nathan.«

»Und du bist süß.«

»Gerade bin ich sauer.«

»Ich weiß.«

Der Verlauf des Gespräches machte Amelias Entschluss, nicht mehr zu heulen, immer schwerer. Die Art, wie sie miteinander redeten … Er war ihr so vertraut. Vertrauter, als er ihr nach der kurzen Zeit sein sollte.

»Nathan?«

»Ja.«

»Das ist verdammt schwer für mich. Allein schon deine Stimme zu hören.« Nervös ging Amelia auf und ab und versuchte Kraft zu sammeln für das, was sie sagen wollte. »Wenn Catherine dich wider Erwarten nicht erwählt, oder du es irgendwie schaffst, die Wahl abzulehnen, dann ruf mich sofort an und komm so schnell wie möglich her.«

»Darauf kannst du dich verlassen.«

»Und wenn nicht«, setzte sie an, »ruf mich nicht an. Gar nicht mehr.«

Amelia hörte Nathans Räuspern durch die Leitung.

»Nicht, weil ich nicht will, sondern weil ich zu sehr will. Ich kann das nicht. Es macht mich wahnsinnig. Du machst mich wahnsinnig. Wenn ich dich sehe, wenn ich mit dir rede, dann flattert alles in mir. Ich habe das Gefühl zu hyperventilieren und ich … ich muss mich von dir fernhalten, wenn ich dich nicht für mich haben kann.« Amelia war erschrocken über sich. Hatte sie all das wirklich gesagt? Das waren nicht nur einfach Worte. Das war eine Liebeserklärung.

Was würde er darauf sagen? Selbst wenn die Zeremonie so ausging, dass sich Nathan und Catherine nicht verlobten, mit ihrer Erklärung hatte sie ihn vermutlich verschreckt. Sie könnte sich ohrfeigen! Seit wann war sie so gefühlsduselig?

»Amelia«, sagte Nathan sanft. »Was du gesagt hast …«

Scheiße, er hatte es in den falschen Hals bekommen.

»Es ist, als hättest du all das in Worte gepackt, was mir auf der Seele liegt. Ich bin verrückt nach dir, Amelia. Ich bin dir verfallen. Und der Gedanke, Catherine zu heiraten …«

Entgegen ihrer Vorsätze lösten sich nun doch Tränen, liefen aus ihren brennenden Augen über die Wangen. Sie konnte ihr Schluchzen nicht unterdrücken.

»Dich nicht mehr zu sehen oder zu hören, das hört sich für mich an wie Folter.«

»Das nennt man kalten Entzug«, sagte Amelia, bemüht, ihre Fassung wiederzuerlangen.

Nathan lachte. Amelia auch. Würden sie sich sehen, wäre das der Moment für einen Kuss. Seine Küsse waren wundervoll.

»Wahrscheinlich hilft nur das, gegen eine so harte Droge wie dich.«

»Harte Droge?«

»Ja. Du solltest in den Drogenaufklärungsbroschüren an erster Stelle stehen. In der Rubrik: Macht beim ersten Genuss süchtig.«

Amelia lächelte. Wehmütig, in Erinnerungen schwelgend, aber nicht bitter. Was sollte sie ihm nun zum Abschied sagen? Drei Worte? Nein, eines weniger. »Nathan?«

»Ja?«

»Leb wohl.« Sie musste es tun. Jetzt, bevor der Mut sie verließ.

»Ich …«, setzte Nathan an, brach dann jedoch ab. »Du bedeutest mir viel, Amelia. Sehr viel. Bitte vergiss das nicht.«

Amelia nickte, was Nathan nicht sehen konnte.

»Leb wohl«, sagte er schließlich auch und beendete das Gespräch.

Nun lief die Zeit.

Und Amelia betete, dass sie nicht gegen sie lief.

Nathan

Der Saal hatte sich gefüllt und die Gäste ihre Plätze eingenommen. Nathan saß mit Henley und Sky vorn auf einer Bank vor dem Altar und wartete darauf, dass es losging.

Nathan drehte sich kurz um. Seine Eltern saßen genauso wie Catherines in der ersten Reihe. Seiner Mutter war die Aufregung deutlich ins Gesicht geschrieben. Und ganz gegen seinen Willen würde er sie heute nicht enttäuschen. Er drehte sich wieder zurück, den Blick zum Altar und auf die Treppe gewandt, die Catherine gleich herunterschreiten würde.

Einen letzten Versuch musste er noch wagen. Nathan erhob sich und ging auf Landon zu, der hinter ihm saß. Der Zeremonienmeister war sofort hinter ihm. »Mr Hall, die Zeremonie beginnt jeden Augenblick. Ich muss Sie bitten, Ihren Platz wieder einzunehmen.«

»Gleich«, sagte Nathan.

»Wir müssen gleich beginnen«, fuhr er unbeirrt fort.

Nathan drehte seinen Kopf über die Schulter. »Gleich«, sagte er entschlossen. Der Zeremonienmeister zuckte zusammen und ging wieder zurück zu seinem Platz.

»Landon«, sagte Nathan. »Ich muss mit dir reden. Unter vier Augen.«

»Aber selbstverständlich, mein Sohn«, erwiderte Landon mit einem Lächeln, bei dessen Anblick Nathan übel wurde. »Sofort nach der Zeremonie.«

»Nein. Jetzt.«

»Sieh dich doch einmal um.« Landon zeigte mit einer Hand quer durch den Raum, um auf die wartenden Gäste aufmerksam zu machen.

Nathan blieb ungerührt. »Ich bleibe so lang hier stehen, bis du mit mir redest. Und ich denke nicht, dass die Zeremonie anfangen wird, solange ich noch hier stehe.«

Landon betrachtete ihn neugierig. Vermutlich um zu sehen, ob er bluffte. Doch Nathan bluffte nicht. Er meinte es ernst. Es war ihm egal, dass der ganze Saal ihn anstarrte. Sollten sie doch alle denken, was sie wollten. Er würde nicht von der Stelle weichen, bis Landon mit ihm redete.

Einige Augenblicke sahen sich beide an. Die Spannung im Raum war spürbar, für beide.

»Gehen wir«, sagte Landon an Nathan gewandt. »Wir sind sofort wieder da«, rief er dem Zeremonienmeister zu. Elizabeths fragenden Blick ließ er unbeantwortet.

Ein Teilsieg.

Zusammen gingen sie in Landons Arbeitszimmer. Kaum hatte Landon die Tür hinter ihnen geschlossen, platze es aus Nathan heraus: »Ich kann Catherine nicht heiraten.«

»Hatten wir das nicht schon?«, erwiderte Landon kalt.

»Ich habe Gefühle für Amelia.«

»Ich weiß.«

»Und trotzdem willst du, dass ich Catherine heirate? Amelia kann dir doch nicht ganz egal sein. Sie ist deine Pflegetochter. Hat sie es nicht auch verdient, glücklich zu sein?«

Landons Augen verengten sich. »Sie hat es verdient zu leben. Und wenn du das auch so siehst, dann gehst du jetzt wieder hinaus und nimmst die zeremonielle Wahl an.«

Kälte strömte in Nathans Nacken und durchzuckte ihn. »Du bist ein Monster.«

»Ja, das bin ich. Und du solltest dich nicht mit mir anlegen.« Landon öffnete die Tür und verschwand. Für ihn war die Diskussion damit offensichtlich beendet.

Nathan ließ sich auf den Sessel hinter ihm sacken und raufte sich die Haare. Er hatte verloren.

Der Zeremonienmeister betrat das Arbeitszimmer. »Mr Hall. Kommen Sie mit mir. Sofort«, sagte er ungehalten.

Nathan war kein Freund von Menschen, die ihm Befehle erteilten. Allerdings wollte er seine Energie auch nicht an den Zeremonienmeister verschwenden. Wenn es noch einen Ausweg aus dieser Lage gab, dann brauchte er seine gesamte Kapazität, um ihn zu finden.

Nathan erhob sich, nickte kurz und folgte ihm zurück ins Foyer und zu den wartenden Gästen. Die entrüsteten Blicke ignorierend, ging Nathan zu seinem Platz neben Sky, der ihn tadelnd, aber auch mitfühlend ansah.

Die Zeremonie begann. Orgelmusik erfüllte den Saal und Frauen, in weiße Umhänge gehüllt und die Kapuzen tief ins Gesicht gezogen, traten hinter den Altar.

Nathan schloss die Augen, blendete das Wispern der Priesterinnen aus und überlegte fieberhaft. Er ließ alle Bilder, Gespräche und das Wissen über die Superior-Riten und Regeln in seinem Kopf Revue passieren. Es musste eine Lücke geben, einen Ausweg für ihn.

Für ihn und Amelia.

Die Bilder und Worte liefen in einer Endlosschlaufe in seinem Kopf und seine Augen suchten darin nur ein Wort. *Exit.*

Amelia

Um der Leere und der Grausamkeit des Wartens zu entkommen, zog es Amelia in die Stadt. Erika wollte unbedingt, dass einer ihrer Bodyguards sie begleitete. Amelia wäre es eigentlich lieber gewesen, allein zu sein, darüber mit Erika zu debattieren, war aber mehr als sinnlos. Es war, als würde sie einen Terroristen dazu überreden, *Free Hugs* zu verteilen. Unter der Bedingung, dass er ihr wenigstens ein bisschen Luft ließ, gab sie sich schließlich geschlagen.

Ziellos wanderte sie durch die Straßen Baltimores. Sie wollte einfach nur den Kopf freikriegen und auf den Weg musste sie ja ohnehin nicht achten. Sollte sie sich verlaufen, würde Mr Gorilla, der sich ihr als Dan vorgestellt hatte, sie schon wieder zurück zu Erika bringen.

Sie vermied es bewusst, es als Zuhause zu bezeichnen. Das war es nicht. Amelias Abneigung gegenüber Erika war zwar geschrumpft und stellenweise konnte sie sogar Mitgefühl für sie aufbringen. So kühl und berechnend, wie sie ihr zu Beginn vorgekommen war, war sie vermutlich nicht. Das Zeug zur besten Freundin hatte sie trotzdem nicht.

Es war merkwürdig, dass sie so empfand und Pandora, ihre Zwillingsschwester, Erika liebte. Auch wenn sich Zwillinge nicht zwangsweise in die gleichen Partner verliebten – glücklicherweise –, sollte man doch meinen, dass sie ähnliche Präferenzen hatten. Aber vielleicht war doch wesentlich weniger von den Genen bestimmt, als man einen glauben machen wollte. Und damit schob sich auch schon wieder Nathan in ihre Gedanken.

Er hatte ihr gesagt, dass ein Mensch nicht nur das Produkt seiner Gene, sondern auch seiner Umwelt und Erziehung war. Sie musste ihn aus dem Kopf kriegen. Dringend. Sollte das Telefon in den nächsten Stunden klingeln und er ihr gute Nachrichten überbringen, dann würde sie ihn schon wieder in ihren Kopf hereinlassen. Im Moment hatte er dort jedoch Hausverbot.

Tief in ihre Gedanken versunken wäre Amelia beinahe in eine Werbetafel hineingelaufen. Sie stoppte rechtzeitig vorher und blickte auf das Werbeplakat einer Fluggesellschaft.

Explore Europe: London, Berlin, Rome, Paris.

Sollte der Tag mit schlechten, also keinen Nachrichten zu Ende gehen, wäre das eine gute Option. Sie hatte begonnen, ernsthaft darüber nachzudenken, Erikas Angebot anzunehmen. Mit ihrem Geld woanders neu anzufangen. Und warum nicht wirklich in Europa? Sie hatte schon immer einmal dort hingewollt. Wenn man dem Fernsehen glauben durfte, waren die Menschen dort offener und weniger prüde.

Und all die schnuckeligen Akzente. Das Lächeln, das sie bei diesem Gedanken erwartet hatte, blieb jedoch aus.

Es war eine Idee, eine mögliche Perspektive. Und verdammt, was sollte sie sonst schon tun? Selbst wenn ihr Telefon klingeln würde? Sky hatte ihr gesagt, dass Nathan niemals sein gesamtes Leben für sie aufgeben würde. Vielleicht hatte er recht. Und wenn nicht, was hieß das für sie? Wollte sie mit ihm auf der Flucht leben? Wollte sie ihm wirklich zumuten, sein Leben für sie aufzugeben? Sie war erst zwanzig. Auch wenn ihr Herz für Nathan schlug – was wusste sie schon, wie lange das so bleiben würde? Was, wenn sie nächsten Monat feststellen würde, dass er doch nicht so ihr Typ war? Sollte sie dann zu ihm sagen: *Sorry, dass du deinen Job und deine Zukunft für mich weggeschmissen und mit deiner Familie gebrochen hast. Hab's mir aber anders überlegt. Verstehst du aber bestimmt, oder?*

Und wenn sich seine Gefühle irgendwann änderten? Er würde sie dafür hassen. Zutiefst. Und sie könnte es ihm nicht einmal verdenken.

Amelia schüttelte sich. Ihm ein solches Opfer abzuverlangen, käme schon fast einer Superior-Zwangsbindung gleich.

Verdammt.

Sie hasste Probleme. Und bisher war sie ihnen immer gut aus dem Weg gegangen. Seit man sie ins *Medical Center* abgeführt hatte, funktionierte das nicht mehr. Sie waren zu groß geworden, um sie zu übersehen oder ihnen aus dem Weg zu gehen.

Vielleicht konnte sie vor ihren Problemen davonfliegen. Sie hierlassen, ihnen verbieten, ihr zu folgen.

Europa. War das die Antwort?

Aus den Richtlinien der Organisation
Über die Anforderungen an die Bekleidung von Ämtern innerhalb der SHS

Das Oberhaupt

(4)
Das amtierende Oberhaupt wird daraufhin unverzüglich die Amtsübergabe in die Wege leiten.

(5)
Weder das amtierende Oberhaupt noch der Superior-Rat verfügen über das alleinige Vetorecht.

Kapitel 25

Nathan

Die Zeremonie rauschte an Nathan vorbei, ohne dass er viel davon mitbekam. In seinem Kopf tobte ein Sturm, ein Strudel von Gedanken, dessen Knoten dabei war, sich zu lösen. Landons Reaktionen rieben sich mit dem Geschehenen und seinen Worten. Nathan sah über seine Schulter und suchte Landons Blick.

Plötzlich wurde ihm alles klar.

Genau so musste es sein, das erklärte alles.

Im Augenwinkel sah er Elliot Jensen, das Oberhaupt der SHS. Er trug ein rotes seidenes Gewand und bewegte sich direkt auf ihn zu. »Nathan Hall«, ertönte seine mächtige Stimme. »Erhebe dich.«

Wie in Zeitlupe drehte sich Nathan um. Sky und Henley hatten dem Befehl des Oberhaupts bereits Folge geleistet. Catherine stand in einem roten Kleid neben Elliot Jensen. Es erinnerte ihn an das Kleid, das Amelia beim *Maturity Feast* getragen hatte.

Amelia.

Er konnte kaum einen Gedanken fassen, der nicht zu ihr führte. War das sein synaptisches Gehirn? Oder war es wahr und an der Zeit, es sich einzugestehen?

»Drei Aspiranten, sorgfältig gewählt, euch zu vereinigen. Die Früchte des Göttlichen weiterzutragen. Zum Wohle aller.« Elliot Jensen schritt zum Altar und nahm die Kapuze seines Gewandes ab. »Catherine Mae Davis. Bist du bereit, deine Wahl zu treffen? Heute und für immerdar?«

Catherine kniete vor ihm nieder. »Ja, das bin ich.«

»Mögen die Mächte deine Entscheidung leiten und sie von Weisheit getragen sein«, sagte er, tauchte seinen Zeigefinger in ein Gefäß mit Öl und malte Catherine ein X auf die Stirn. »Aspiranten, seid ihr bereit?« Elliot Jensens Blick streifte Nathan. »Henley Lewis Morgan.«

»Ich bin bereit«, sagte Henley und kniete nieder.

»Sky Morton.«

»Ich bin bereit«, sagte Sky und sank ebenfalls auf seine Knie.

»Nathan Hall.«

Es musste sein. »Ich bin bereit.«

Elliot Jensen trat vor die drei, das Ölgefäß in der Hand. Beginnend bei Henley, zeichnete er jedem Aspiranten ein Y auf die Stirn. »Die Auserwählte, strahlend und schön. Bereit für die Wahl. Bereit, die Früchte des Göttlichen weiterzutragen. Zum Wohle aller.« Er ging zurück zum Altar und tauschte das Ölgefäß gegen eine Athame ein. »Aspiranten, erhebt euch«, gebot er. »Verkünde uns deine Wahl, Maturantin. Küre deinen Erwählten.«

Catherine blickte zu den Dreien. Ganz offensichtlich mied sie Henleys Blick. Traurig, aber entschlossen sah sie Nathan an. »Nathan Hall, ich erwähle dich.«

»Nathan Hall, trete zu uns«, sagte das Oberhaupt.

Nathan ging um den Altar herum. Catherine stand rechts von Elliot Jensen und er nahm den Platz links daneben ein.

Das Oberhaupt hob die Athame über seinen Kopf. »Blut soll euren Bund besiegeln. Blut ihn lösen.« Er reichte Catherine die Athame.

Sie nahm sie entgegen und ritzte sich mit der kleinen, aber scharfen Klinge in den Daumen. Elliot Jensen reichte ihr eine goldene Schale und Catherine träufelte einige Tropfen ihres Blutes hinein. Er reinigte die Athame mit einem roten Seidentuch und reichte sie Nathan. Er betrachtete den Dolch in seinen Händen und wusste, er hatte keine Wahl. Wenn er alles richtig zusammengezählt hatte, dann musste er sich fügen. Dann hatte ihn Landon zu dieser Vereinigung gezwungen, weil er das Beste für seine Tochter wollte. Dabei ging es ihm aber nicht um Catherines Partnerwahl, sondern um das Leben seiner Tochter. Seiner anderen Tochter – Amelia.

Nathan war sich sicher: Landon war Amelias leiblicher Vater.

Ob er sich nun mit Catherine verloben sollte, um den Schein zu wahren und Amelia nicht unnötig in Gefahr zu bringen, oder ob er selbst unter Druck gesetzt wurde, wusste er nicht. Aber er war überzeugt davon, dass es nun essentiell war, das Spiel mitzuspielen. Wenn ihm irgendetwas an Amelia lag, war er es ihr schuldig.

Mit einer schnellen Bewegung ritzte sich Nathan ebenfalls in den Daumen und ließ einige Blutstropfen in dieselbe Schale fließen, die ihm das Oberhaupt hinhielt.

Elliot Jensen segnete das Blut. Während Elizabeth und Nathans Eltern vor Rührung weinten, sah die Träne, die Landon vergoss anders aus. *Eine Träne der Erleichterung*, war sich Nathan sicher.

Die Gäste sprachen die Segnungen nach und Elliot Jensen trat zu ihnen.

Er gratulierte beiden. »Ihr seid nun nach den Gesetzen der Superior Human Society aneinander gebunden. Ich freue mich sehr über eure baldige Vereinigung.«

Danach kamen die Eltern zum Altar, um zu gratulieren. Nathans Eltern zu Catherine, Catherines Eltern zu Nathan.

»Ich heiße dich in unserer Familie willkommen, Nathan«, sagte Elizabeth.

Nathan erwiderte nichts, sondern wandte sich an Landon. »Ich glaube, wir müssen reden.«

Amelia

Es war fast Mittag, als Amelia am nächsten Tag erwachte. Und viel Schlaf hatte sie trotzdem nicht gehabt. Sie hatte die halbe Nacht wach gelegen und auf ihr Handy gestarrt. Immer wieder hatte sie das Display aktiviert, in der Hoffnung, dort eine Nachricht von Nathan zu finden. Kurz vor der Morgendämmerung hatte sie sich damit abgefunden, dass keine Nachricht kommen würde. Damit abgefunden, dass Catherine Nathan erwählt und er *Ja* gesagt hatte.

Sie hatte ihn verloren.

Geweint hatte sie merkwürdigerweise nicht mehr. Vielleicht, weil sie tief in ihr schon wusste, wie es ausgehen würde. Und als sie ihre Augen aufschlug, wusste sie, dass sie Erikas Angebot annehmen würde. Dass sie ihre Eizellen gegen ein neues Leben eintauschen würde. Darüber, ob das nun moralisch verwerflich war oder nicht, wollte sie nicht nachdenken. Sie hatte verdammt noch mal genug gelitten, um sich mit solchen Fragen selbst zu quälen. Nun würde sie das durchziehen. *Ein paar Monate. Ein paar Eizellen.* Und dann: *Hello, Europe.*

Amelia verließ ihr Zimmer. Sie wollte es Erika sagen. Ihren Entschluss besiegeln, bevor sie noch anfing, an ihm zu zweifeln. Sie brauchte diese Perspektive, diese neue Hoffnung, um nicht durchzudrehen.

Zu ihrem großen Erstaunen war es nicht Erika, die sie in der Küche vorfand, sondern Sky. So bald hatte sie ihn nicht zurückerwartet. »Was machst du denn schon wieder hier?«

»Was für eine herzliche Begrüßung«, sagte Sky belustigt.

Amelia rollte mit den Augen. »So war das nicht gemeint.«

»Ich weiß. Aber um deine Frage zu beantworten: Ich hatte dir ja versprochen, dass ich wiederkomme. Und da ich – Überraschung – nicht von Catherine erwählt wurde, ist es bei mir gestern nicht sehr lang geworden und ich bin heute Morgen zurück nach Baltimore gefahren.«

»Bist du allein hier?«, fragte sie.

Sky blickte zerknirscht zu ihr auf. »Ja.«

Amelia sah zu ihm. Eine wichtige Frage lag auf ihren Lippen, spukte durch ihren Kopf. Eine wichtige Frage, vor deren Antwort sic sich fürchtete. »Und?«

»Quäl dich nicht.«

»Dann sind sie verlobt?«

Sky nickte.

»Hat Nathan dir etwas gesagt oder für mich gegeben?«

»Nein, hätte er?«

»Nein.« Natürlich nicht. Amelia hatte ihn schließlich ausdrücklich darum gebeten, es nicht zu tun. Sich nicht mehr zu melden. Trotzdem versetzte es ihr einen Stich. Sie hätte so gern eine Nachricht von ihm gehabt. Ein Zeichen dafür, dass sie ihm nicht egal war. Ein Beweis, dass das, was sie hatten, nicht belanglos war.

»Es tut mir leid«, sagte Sky und wirkte aufrichtig betroffen.

Amelia straffte ihre Schultern. »Es geht schon wieder. Wo ist Erika?«

»Ich glaube, bei Pandora. Sie müsste aber bald wieder hier sein.«

»Gut.«

»Gut?«, fragte Sky und wirkte alarmiert.

Amelia umklammerte den Rand der Arbeitsfläche vor ihr, als bräuchte sie Halt. »Ja, ich nehme ihr Angebot an.«

»Du gibst ihr deine Eizellen?«

»Ja.«

»Du verkaufst deine ungeborenen Babys für Experimente?« Vorwurfsvoll, beinahe angewidert sah Sky sie an.

»Hör auf, mich zu verurteilen. Ich habe meine Gründe. Und ich habe jedes Recht, das zu tun.«

»Hast du wenigstens eine Minute über meinen Vorschlag nachgedacht?«

»Nein.« Das war die erschreckende Wahrheit. Amelia hatte es nicht einmal ansatzweise in Erwägung gezogen.

»Warum nicht?«

»Tut mir leid, Sky. Aber ich bin keine Heldin.«

»Liegt das an der schlechten Bezahlung für Helden?«

Das war nicht fair. »Was du vorhast, ist ein Himmelfahrtskommando. Es ist aussichtslos und ich habe nicht vor, dafür mein Leben zu riskieren. Vielleicht verstehst du das nicht, weil du noch nie so weit am Abgrund gestanden hast wie ich. Aber ich bin froh, dass ich es geschafft habe, lebend aus der Sache rauszukommen.«

»Verstehe«, sagte Sky und wirkte sichtlich verletzt. »Dass andere Menschen für dich etwas riskieren, ist in Ordnung. Dass du etwas riskierst, um andere vor Leid zu bewahren, kommt aber nicht infrage.«

»So wie du das sagst, hört es sich an, als wäre ich selbstsüchtig.«

»Es hört sich nicht nur so an. Du bist es.« Bitterkeit schwang in seinen Worten mit.

Amelia durfte das nicht an sich heranlassen. »Das ist nicht wahr.«

»Beweis es.«

»Ich muss dir gar nichts beweisen.«

»Ich glaube, Nathan hat die richtige Wahl getroffen. Catherine hat wenigstens Überzeugungen.«

Das saß. Aber Amelia würde sich nicht davon in die Ecke drängen lassen. »Lieber keine Überzeugungen als die falschen.«

»Tu das nicht, Amelia. Es wird dich verfolgen, dein Leben lang.«

»Und woher willst du das wissen?«

»Frag doch deine Mutter. Frag sie, ob es einen Tag in ihrem Leben gab, an dem sie nicht an ihr zurückgelassenes Kind gedacht hat. Frag sie, ob sie einen Tag ihres Lebens nicht an Pandora gedacht und sich nicht dafür gehasst hat.«

Wie gern sie das würde.

Amelia ließ ihn stehen und verschwand in ihrem Zimmer. Jetzt auch noch ihre Mutter ins Spiel zu bringen, war nicht fair von ihm.

Nathan

Nathan hatte auf der braunen Ledercouch in Landons Arbeitszimmer Platz genommen, während Landon beiden einen Whisky einschenkte.

»Eis?«, fragte er.

Scheiß auf Eis. »Egal.«

»Gut«, sagte Landon, reichte Nathan ein Glas und nahm neben ihm Platz. Landon schwenkte sein Glas und sah zu Nathan. »Single Malt, 20 Jahre gereift. Es wäre eine Schande, ihn mit Eis zu entweihen.«

»Es ging dir dabei nie um Catherine«, kam Nathan direkt zum Punkt. »Es ging dir die ganze Zeit nur um Amelia. Habe ich recht?«

Landon nickte und biss sich auf die Unterlippe.

»Sie ist deine Tochter? Du warst der Samenspender, oder?«

»Ja«, gestand Landon und nippte an seinem Drink. »Hat Erika es dir erzählt?«

»Nein, niemand.«

»Dann bist du tatsächlich so ein Genie, wie alle sagen.« Landon lachte bitter.

»Landon«, sagte Nathan. »Wenn du Amelia liebst – und ich bin mir sicher, das tust du –, dann lass uns das hier alles rückgängig machen.«

»So einfach ist das nicht. Und du weißt das.«

»Warum lässt du zu, dass deine beiden Töchter unglücklich werden? Was hat Erika gegen dich in der Hand?«

»Hast du das noch nicht selbst herausgefunden?« Herausfordernd sah Landon ihn an.

»Ich habe ein paar Theorien. Aber keine überzeugt mich hundertprozentig.«

»Erika droht, Amelia mit ihren neuen Fähigkeiten zu Elliots Nachfolger auszurufen. Und setzt darauf, dass das ihr Todesurteil wäre, weil Elliot seinen Platz nie freiwillig räumen würde.«

Nathan hielt sich das kühle Glas an die Wange. »Das könnte sie tun. Aber das ist nicht der Grund.«

»Natürlich ist er das.« Landon schnaufte empört.

»Amelia hat bestimmt kein Interesse an der Führung. Und du könntest das mit Elliot Jensen auf Augenhöhe klären, ohne dass ihr etwas passiert. Was hat sie gegen dich in der Hand?«

»Was spielt das für eine Rolle?«

»Es geht hier nicht um die Befriedigung meiner Neugier, sondern um Amelia«, beharrte Nathan.

»Manches Wissen ist gefährlich. Du solltest das nicht wissen. Niemand sollte das wissen.« Landon wirkte abwesend, tief in trüben Gedanken versunken.

»Landon, sag es mir. Lass mich eine Lösung finden. Für dich und für Amelia.«

»Kein Wort verlässt diesen Raum, verstanden?«

Nathan nickte.

»Es ist alles eine große Lüge. Die Geschichte von den Versuchen der künstlichen Befruchtung. Sie ist eine Lüge und ein Verbrechen.« Landon raufte sich die Haare. »Es gab damals großen Widerstand gegen die Versuche. Das damalige Oberhaupt, William D. Clayton, war ein sehr konservativer und traditioneller Mensch. Er wollte alles tun, um die Versuche zu unterbinden. Er war ein Fanatiker, hat behauptet, das wäre das Ende der SHS. Der Superior-Rat hat sich schließlich durchgesetzt und die Testreihe ins Leben gerufen. Und es sah gut aus – im Verhältnis. Die Erfolgsraten bei künstlicher Befruchtung liegen nie bei hundert Prozent. Aber der Großteil der Probandinnen wurde schwanger. Clayton wollte das jedoch nicht auf sich sitzen lassen.«

»Was ist passiert?«

»Es war drei Tage nach Amelias Geburt. Da habe ich ihn erwischt. Er war gerade dabei … Er wollte Amelia umbringen.«

»Was?« Alles in Nathan verkrampfte sich. »Das glaube ich nicht.«

»Doch. Er wollte ihr Luft in die Venen spritzen. Ich konnte es gerade noch verhindern. Er hat mir gesagt, dass sie die Letzte wäre. Pandora war zwar noch nicht tot, aber in der Notaufnahme und auf dem besten Weg dahin. Alle anderen hätte er schon beseitigt. Die vielen Fehlgeburten, die Tode nach den Entbindungen, das war alles er. Clayton war wahnsinnig, wie besessen. Du hättest seine Augen sehen sollen.« Landon schluckte. »Aber Amelia und Pandora. Sie waren so wunderschöne Babys und ich war bei ihrer Geburt dabei. Ich konnte das nicht zulassen. Pandora war in der Notaufnahme, Tag und Nacht beschützt und vor ihm sicher. Amelia habe ich sofort zu Salome gebracht und ihr zur Flucht verholfen. Ich wollte ihn anzeigen, wollte, dass er für seine Taten büßt. Er hat gesagt, er würde dafür sorgen, dass alle Beweise auf mich zurückzuführen wären«, Landon schnaufte. »Er hat mich erpresst. Und ich war jung und feige.« Beschämt sah Landon zu Boden. »Also habe ich geschwiegen.«

»Oh mein Gott«, sagte Nathan, der kaum glauben konnte, was Landon ihm gerade enthüllt hatte. »Er hat sie alle getötet!«

Landon nickte und die Erinnerung daran schien ihn sichtlich zu quälen.

»Und was hat Erika damit zu tun?«

»Sie hat es herausgefunden. Sie hat alle alten Akten und Ergebnisse ausgegraben. Und dabei sind ihr einige Ungereimtheiten ins Auge gestochen. Unter anderem die gefälschten Beweise, die Clayton gegen mich gestreut hat.«

»Dann weiß Erika, dass die Babys getötet wurden? Dass künstliche Befruchtung möglich wäre?«

»Ja, das tut sie.«

»Warum will sie dann so verzweifelt Amelia?« Das ergab doch keinen Sinn.

»Weil Amelia trotzdem anders ist.«

»Inwiefern?«

»Nun ja, wie soll ich es sagen. Weil alle anderen Säuglinge mehr oder weniger die erwarteten Gaben in ihrer DNA aufwiesen, Amelia jedoch nicht. Ihre waren anders.«

»Anders? Wie anders?«

»Es war, als hätte sie das Delta der vorhandenen Gaben aufgefüllt. Deshalb verfügt sie über Gaben beziehungsweise die Veranlagungen dazu, die sonst niemand aufweist.«

»Und was …?« Die Frage blieb Nathan im Hals stecken. Denn die Antwort darauf war erschreckend. »Sie will aus Superior mit niedrigem *Scoring* eine Armee von Hochbegabten züchten?«

»Es ist nicht so, dass Erika mich in ihre Pläne einweiht. Aber für mich sieht es so aus.«

»Wir müssen das verhindern, Landon.«

»Ich habe nichts anderes vor. Aber dazu muss ich Erika in Sicherheit wiegen.«

»Dann ist das alles nur Show?«

»Ich spiele ihr Spiel mit. Das ändert allerdings nichts daran, dass du einen Blutschwur geleistet hast.«

»Darum müssen wir uns auch noch kümmern. Aber zuerst müssen wir Amelia von Erika wegschaffen.«

Die Bürotür öffnete sich und Sky kam herein. »Lasst euch nicht stören«, sagte er und nahm auf einem Sessel gegenüber von Nathan und Landon Platz.

»Was tust du hier?«, fragte Nathan.

»Nur zuhören.«

Landon blickte zu Sky. »Diese Unterhaltung ist privat.«

Sky holte ein silbernes Etui aus seiner Uniformtasche und holte sich einen fertig gedrehten Joint heraus. »Ich hoffe, das stört euch nicht«, sagte er und zündete ihn an.

Landons Gesichtsausdruck wurde ungehalten. Nathan fasste ihn am Unterarm, um ihm zu bedeuten, sich noch ein wenig zu gedulden. »Raus mit der Sprache, Sky. Was willst du?«

»In weiten Teilen vermutlich das Gleiche wie ihr.« Er nahm einen tiefen Zug und inhalierte mit sichtlichem Genuss. »Erika aufhalten.«

»Ich denke, wir kommen ohne deine Hilfe aus«, sagte Landon schroff.

Nathan schürzte die Lippen. »Ich denke schon, dass er uns helfen könnte.«

»Wie weit ist denn unser Plan bisher gediehen?«, fragte Sky.

»Ich sehe immer noch kein *unser*.« Landon erhob sich und ging sich noch einen Whisky einschenken.

»Ich glaube, es gibt einiges, was ihr über den jeweils anderen wissen solltet«, sagte Nathan und begann, jeden auf den Stand des jeweils anderen zu bringen.

Am Ende des Gespräches saßen alle mit weit geöffneten Mündern da. Nicht nur Landon und Sky hatten sich einiges zu erzählen. Auch Nathan erfuhr einiges Neues.

Scoring IST und Prognose
Amelia Zephyr

GABEN DIAGRAMM

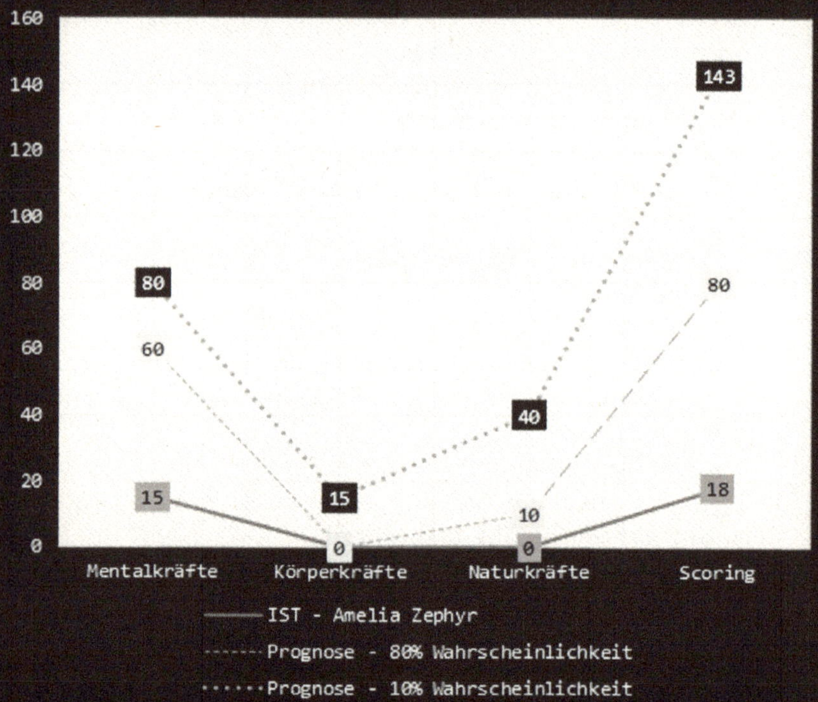

Kategorie	Scoring	Faktor	Ergebnis
Mentalkräfte	15	1,2	**18**
Körperkräfte	0	1,0	**0**
Naturkräfte	0	0,8	**0**
Scoring IST - Amelia Zephyr			**18**
Prognose - 80% Wahrscheinlichkeit			**80**
Prognose - 10% Wahrscheinlichkeit			**143**

Aus der Patientenakte des Superior Medical Center (SMC)

Kapitel 26

Amelia

Als Erika zurückkam, war Sky schon fort. Kaum hatte Amelia die Tür ins Schloss fallen hören, war sie auch schon aus ihrem Zimmer gestürmt. Sie wollte es Erika sofort erzählen. Ihr sagen, dass sie sich entschieden hatte.

»Erika«, setzte sie an. »Ich habe mir dein Angebot durch den Kopf gehen lassen.«

Erwartungsvoll sah Erika zu ihr.

»Und ich will es annehmen.«

Stürmisch nahm Erika Amelia in die Arme. »Ich kann dir gar nicht sagen, wie sehr mich das freut. Das müssen wir feiern. Unbedingt.«

»Wenn es ums Feiern geht, habe ich noch nie *Nein* gesagt.« Erika ging in die Küche und holte eine Flasche Champagner aus dem Kühlschrank. Ob sie damit gerechnet hatte oder zu den Leuten gehörte, die immer eine Flasche Champagner im Kühlschrank hatten, konnte Amelia nicht sagen. Der Korken knallte und Erika füllte zwei Schalen. Amelia nahm sich eine davon.

»Auf deine Entscheidung.« Erika hob ihr Glas.

»Auf mein neues Leben.« Amelia stieß mit ihr darauf an.

»Ich würde die Details unserer Vereinbarung gern noch schriftlich festhalten.«

»Ein Vertrag?«

»Es ist auch zu deiner Sicherheit«, sagte Erika. »Schließlich sollen dort nicht nur deine Pflichten, sondern auch deine Rechte fixiert werden.«

»Schön. Immer her damit.« Amelia nippte an ihrem Champagner und war froh, endlich wieder eine Perspektive für sich und ihr Leben zu haben.

Erika schüttelte den Kopf. »Der Vertrag ist noch nicht fertig. Mein Anwalt erstellt gerade den Entwurf.«

Eine Sache war da noch, die Amelia beschäftigte. »Jetzt, wo ich hier bin und zugesagt habe und von Pandora weiß – wäre es nicht irgendwie schön, wenn sie hier bei uns wohnen würde?«

»Du weißt von Pandora!« Erika starrte sie mit offenem Mund an. Ihr Unbehagen war deutlich zu erkennen.

Amelia nickte schuldbewusst. »Ja, Sky hat mich zu ihr gebracht.«

»Sky«, setzte Erika zischend an.

»Sei ihm nicht böse. Ich bin froh, dass er es getan hat. Für kurze Zeit dachte ich, ich hätte niemanden mehr. Alle, die mir etwas im Leben bedeutet haben, waren plötzlich fort. Und nun … nun habe ich tatsächlich Familie.«

Erika umfasste Amelias Handgelenke. »Du hast so recht. Pandora hier zu haben, das wäre wundervoll. Ich wollte dir natürlich auch schon von ihr erzählen, aber ich hatte Angst davor, wie du darauf reagierst.« Sie griff nach ihrem Handy. »Ich werde gleich alles in die Wege leiten.« Sie wählte und ging telefonierend in ihr Zimmer.

Es fühlte sich gut an, sich entschieden zu haben. Amelia goss sich noch einen Schluck Champagner nach und nippte. *Es fühlte sich verdammt gut an.*

Es hatte nicht lange gedauert. Erika hatte alle Hebel in Bewegung gesetzt, um Pandora nach Hause zu holen. Da sie stabil war, war es auch kein Problem. Es sollte natürlich immer jemand bei ihr sein. Aber das würde sich einrichten lassen.

Das Unbehagen, das Amelia gespürt hatte, als sie Pandora zum ersten Mal gesehen hatte, nagte an ihr. Nicht die Tatsache, plötzlich eine Zwillingsschwester zu haben, quasi aus dem Nichts heraus. Es war – und es war schwer für Amelia, sich das einzugestehen – ihr Zustand. Nicht, dass Amelias Leben immer das reinste Paradies gewesen wäre. Mit Krankheiten oder Behinderungen war sie bis dato jedoch noch nie konfrontiert gewesen. Und als sie mit Sky Pandora besucht hatte, da sah sie nicht den Menschen, sondern nur ihren Zustand. Amelia schämte sich für sich und ihre Reaktion auf Pandora. Jetzt, da sie das für sich sortiert hatte, wuchs ihre Neugier. Auf den Menschen dahinter. *Auf ihre Zwillingsschwester.*

Amelia blickte von Pandora zu Erika. »Erika?«

»Ja, was ist?«

»Ich würde gern etwas allein mit Pandora sein. Versteh mich bitte nicht falsch. Es ist nur …«

»Sie ist deine Schwester. Natürlich willst du das.« Erika wippte zögerlich hin und her. »Ich habe ohnehin noch einiges zu erledigen. Wenn irgendetwas sein sollte, ruf mich sofort an«, sagte sie. »Ich lasse euch ein wenig Zeit, damit ihr euch beschnuppern könnt.«

»Danke«, erwiderte Amelia und sah zu, wie Erika ihre Handtasche packte und zur Tür marschierte.

Langsam ging sie zum Sofa, auf dem Pandora Platz genommen hatte. »Hi«, sagte sie noch etwas unsicher. »Ich bin Amelia. Deine Zwillingsschwester.« Sie zeigte auf sich, kam sich aber im gleichen Moment blöd vor.

Pandora sah kurz zu ihr auf, ließ dann aber ihren Blick weiter durch den Raum schweifen.

»Und«, versuchte es Amelia weiter. »Was willst du tun? Wollen wir etwas essen oder spielen?« Sie hoffte wirklich, dass sie Pandora nicht mit ihrer Art zu sprechen beleidigte. Amelia hatte keine Ahnung, was sie verstand und was nicht. Was zu ihr vordrang und was nicht. »Oder etwas trinken. Kaffee? Also, ich hätte unheimlich große Lust auf einen Kaffee.« *Sag doch bitte etwas. Oder nicke. Blinzele.* »Ich bin ja ein totaler Kaffeejunkie.«

Sie war noch nicht einmal nahe dran, ein Gespräch mit ihr zu führen. Davon entmutigen lassen wollte sie sich jedoch nicht. Sie sah zu Pandora. Obwohl sie keine eineiigen Zwillinge waren, hatte sie das Gefühl, in einen Spiegel zu blicken. Die Ähnlichkeit war verblüffend. Unwillkürlich streckte Amelia ihre Hand nach Pandora aus. Eine Haarsträhne war ihr ins Gesicht gefallen und Amelia wollte sie ihr hinters Ohr schieben.

Plötzlich erwachte Pandora aus ihrer Starre. Mit einer Geschwindigkeit und Kraft, die sie ihr gar nicht zugetraut hätte, packte sie Amelias

Hand und starrte sie an. Ihre Augen waren zu Schlitzen verengt. Ein Speichelfaden tropfte aus ihrem Mund.

Würde sie ihr etwas antun? Sie war ihre Schwester und Amelia hoffte, sie würde das merken. Sicher, ob sie nicht durch ihre Krankheit zu Wut- und Aggressionsausbrüchen neigte, war sie sich aber nicht.

»Es tut mir leid«, sagte sie besänftigend. »Ich wollte dich nicht erschrecken oder dir zu nahe kommen.«

Pandoras Augen weiteten sich etwas. Und die Wut, die kurz vorher darin aufgeflackert war, wich nun Neugier. Sie musterte Amelia intensiv, fast ungläubig.

Amelia nickte eifrig. »Ja, ich bin deine Zwillingsschwester. Amelia.«

Pandora nickte nun ebenfalls. Sie kam mit ihrem Gesicht näher heran. Amelia versuchte, nicht zusammenzuzucken oder sie mit einer plötzlichen Reaktion zu verschrecken. Pandora berührte ihr Gesicht. Beide Hände ruhten an Amelias Wangen. Sie übte leichten Druck auf sie aus und ihre Lippen zogen sich zusammen. Pandora lachte. Ihr Lachen ebbte ab und sie tastete mit ihren Händen über Amelias gesamtes Gesicht. Amelia hatte keine Angst. Es fühlte sich an wie die Hände eines Kindes, das Neues erkundete. Pandora löste ihre Hände, schlug sie sich vor den Mund und erstickte leise Schreie. Auch sie schien keine Angst zu haben. Die Laute hörten sich vielmehr nach Freude oder Erstaunen an.

»Das ist verrückt, oder?«, fragte Amelia ihre Zwillingsschwester. »Das mit uns beiden.«

Plötzlich kam ihr eine Idee. Sie wusste nicht, ob es klappte, und falls ja, hoffte sie, dass sie damit keinen Schaden anrichten würde. Amelia deutete auf Pandoras Hand. »Darf ich?«, fragte sie.

Pandora nickte und reichte sie ihr. Amelia umfasste sie und schloss die Augen, ließ ihre Energie fließen und verband sich mit Pandora. Ihre Gedanken fühlten sich so anders an als Erikas. Es war weniger wie einen Film zu sehen und mehr eine Form der Kommunikation. Amelia fühlte Pandoras stummes Einverständnis, sich in ihren Gedanken umzusehen. Und nicht nur das, es war, als würde ihre Schwester sie bewusst lotsen, ihr eine Zusammenfassung ihres Lebens zeigen. Amelia wurde nicht schlecht. Sie verstand nicht, warum ihre Gabe einmal so und einmal so auf sie wirkte. Für den Moment war sie einfach dankbar, dass sie den Bildern und Gefühlen folgen konnte.

Amelia schauderte es. Man hatte Pandora seit frühester Kindheit behandelt wie eine Missgeburt. Als wäre sie mit zwei Köpfen zur Welt gekommen. Sie wurde kritisch beäugt und permanent mit irgendwelchen Untersuchungen, die durchaus aus Bricks Feder stammen könnten, malträtiert.

Und diese Kälte um sie herum. Sie war bei William D. Clayton, einem ehemaligen Oberhaupt der SHS, in New York aufgewachsen. Als er vor einigen Jahren starb, kam Pandora zu den Jensens. Und dort hatte sie das erste Mal im Leben jemanden gefunden, der sie liebte – *Erika.* Doch bei all den Bildern, die sich vor Amelias geistigem Auge ausbreiteten, fiel es ihr schwer zu glauben, wie Pandora sie auch lieben konnte. Erika hatte Pandora nicht minder gequält. Der einzige Unterschied zwischen ihr und William D. Clayton war, dass Erika nachts zu Pandora unter die Decke gekrochen kam.

War das wirklich Liebe?

Amelia öffnete die Augen und wie als Antwort auf ihre Frage zuckte Pandora mit den Schultern. Fest schlang Amelia ihre Arme um sie, drückte sie an sich und wiegte sie. Und obwohl es ihre Schwester war, die sie trösten wollte, waren es ihre Tränen, die ihre Wangen herunterliefen. Vielleicht gehörten sie auch zu Pandora. Vielleicht weinte sie stellvertretend für sie, weil ihre Schwester es nicht mehr konnte.

Irgendwann löste sie sich von ihr und sah ihr in die Augen. »Lass uns gehen. Weg von hier.« Amelia stand auf und reichte ihr die Hand. »Kommst du mit mir?«

Pandora nickte und griff nach Amelias Hand.

Gründungsbeschluss der Superior Human Society

Die heute anwesenden Funktionäre beschließen, das nationalsozialistische Programm »VAR-Einheit«, kurz für Verbesserte Arische Rasse, in seiner streng militärischen Ausrichtung zu beenden. Die in der Einheit gezüchteten paranormalen Fähigkeiten sollen einer neuen gesellschaftlich wertvollen Bedeutung zugeführt werden.

Hierzu wird mit heutigem Beschluss die Superior Human Society, kurz SHS, gegründet. Sie soll weiterhin Menschen mit paranormalen Fähigkeiten hervorbringen, diese durch Kreuzung fortwährend optimieren und einen wertvollen Beitrag für die sozioökonomische Entwicklung der Vereinigten Staaten von Amerika leisten.

Das Programm unterliegt nach wie vor strengster Geheimhaltung.

Hauptsitz der SHS ist New York.

Die zur Führung und Weiterentwicklung notwendigen Gremien werden binnen der nächsten 14 Tage bestellt.

Nürnberg, 07. April 1946

Kapitel 27

Amelia

Hand in Hand verließen sie das Apartment. Aber noch bevor sie in den Fahrstuhl steigen konnten, schien ihr Plan zu scheitern. Einer von Erikas Gorillas trat aus einer Nische hervor und versperrte ihnen den Weg.

Argwöhnisch betrachtete er sie. »Ein Ausflug?«

»So ähnlich«, erwiderte Amelia schnell.

»Gut, ich begleite euch.«

»Nein«, sagte Amelia schärfer als beabsichtigt. »Ich meine, das ist nicht nötig.«

Sie musste handeln. Jetzt. Und Worte würden nicht reichen, da war sie sich sicher. Sie drückte auf den Aufzugknopf. Fest schloss sie ihre Hand um Pandoras und hoffte, sie würde ihre Botschaft verstehen.

Der Fahrstuhl öffnete sich. Amelia trat dem Bodyguard zuerst auf den Fuß und rammte ihm dann mit aller Kraft ihr Knie in seine Weichteile. Vor Schmerz beugte er sich vornüber, kam jedoch rasch wieder hoch. Amelia setzte zu einem Schlag an, doch der Bodyguard blockte ihn mühelos ab und seine Faust preschte hervor. Viel zu schnell. Amelia konnte nicht mehr ausweichen und ging zu Boden, als seine Faust hart gegen ihre Wange prallte.

Sie wollte die Zähne zusammenbeißen, tapfer sein, für sich und ihre Schwester kämpfen. Doch der brennende Schmerz hielt sie unten. Plötzlich zerrte Pandora an ihr. Sie schob Amelia in den Fahrstuhl, ging auf den Mann zu und schlug ihn mit einer Wucht in seinen Solarplexus, die ihn sofort zum Taumeln brachte. Er sackte zusammen und im selben Moment glitt Pandora in die Kabine. Geistesgegenwärtig schloss Amelia die Tür mit einer der Pfeiltasten und der Aufzug raste los. Raste mit ihrem Herz um die Wette.

Ungläubig betrachtete sie ihre Zwillingsschwester und ein Lächeln stahl sich auf ihre Lippen. Amelia rappelte sich auf, hielt die eine Hand an ihre schmerzende Wange und legte die andere auf Pandoras Schulter.

»Gut gemacht, Schwesterherz«, sagte Amelia.

»Wir«, erwiderte Pandora.

Wir.

Die Tür öffnete sich und erleichtert stellte sie fest, dass der Gorilla sie nicht eingeholt hatte. Amelia schnappte Pandoras Arm und rannte mit ihr am Portier vorbei, der ihnen mit offenem Mund hinterhersah. Verzweifelt hielt sie nach einem Taxi Ausschau und rannte schließlich links die Straße hinunter. Im Laufen wagte sie einen Schulterblick und ihre Befürchtungen bestätigten sich.

Der Bodyguard war ihnen gefolgt. Sie hatten noch etwas Vorsprung, aber wenn sie nicht bald ein Taxi bekamen, würde er sie einholen. Verzweifelt sondierte sie die Lage. Ihre Augen erfassten ein Taxi auf der gegenüberliegenden Straßenseite. Ihre Chance. Amelia sprang, Pandora im Schlepptau, auf die Straße. Ein herannahendes Auto kam einen Fußbreit vor ihr zum Stehen.

»Pass doch auf«, fuhr der aufgebrachte Fahrer sie aus dem geöffneten Fenster an.

Für Entschuldigungen und Höflichkeiten hatte sie jetzt keine Zeit. Den Blickkontakt der anderen Fahrer suchend, rannten beide weiter über die Straße. »Taxi«, rief Amelia und versuchte, den Fahrer wild gestikulierend auf sich aufmerksam zu machen.

Als ein weiteres Auto bremsend und hupend vor ihren Füßen zum Stehen kam, hatten sie ihr Ziel fast erreicht. Sie ignorierte die Beschimpfungen und suchte den Blick des Taxifahrers. »Taxi«, rief sie erneut. Er sah sie an und nickte.

Beide erreichten das Fahrzeug und Amelia öffnete die der Straße zugewandte Hintertür. Sie schob erst Pandora hinein und rutschte schließlich selbst auf die Rückbank.

»Fahren Sie«, fuhr sie den Fahrer an. »Schnell.«

Der Fahrer fragte nicht wohin, sondern tat, was sie verlangt hatte und setzte sich, gefolgt von einem Hupkonzert, in Bewegung.

Beim Blick aus dem Fenster erstarrte Amelia. Links neben ihr stand Erikas Gorilla, die Hände auf der Motorhaube eines Autos. Er drehte sich in ihre Richtung, doch bevor er den Türgriff zu fassen bekam, fuhr das Taxi schon los. Schnell. Schnell genug, um es ihm unmöglich zu machen, ihnen zu folgen. Seufzend ließ sich Amelia in den Sitz sinken. Ihr Blick wanderte zu ihrer Schwester.

Pandora sah sie an. Ein Lächeln umspielte ihre Lippen und sie formten ein Wort.

Wir.

Sie ließen sich zum Bahnhof fahren und wechselten dort in ein anderes Taxi, das sie zur nächsten *Greyhound*-Station brachte. Amelia wollte einfach auf Nummer sicher gehen. Sie konnte immerhin nicht ausschließen, dass Erikas Bodyguard sich das Kennzeichen gemerkt hatte und der Fahrer gegen reichlich Cash verriet, wohin sie gefahren waren.

Am Bahnhof notierte sich Amelia die Nummern von Sky und Nathan, die in ihrem Handy eingespeichert waren, und steckte es einem der Reisenden in die Tasche. Für den Fall, dass man versuchte, sie zu orten.

An der *Greyhound*-Station studierte Amelia die nächsten Busabfahrtszeiten. Sie versuchte alles, was für eine Flucht logisch schien, auszuschließen und entschied sich für die unscheinbarste Route nach Portland. Von hier aus könnte sie weiter Richtung Kanada. Amelia löste ein Ticket für sich und Pandora. Damit war nun fast ihr gesamtes Bargeld aufgebraucht. Sie hatte noch etwa zwanzig Dollar übrig. Weit würden sie damit nicht kommen, doch darüber konnte sie sich auch später Gedanken machen. Zuerst mussten sie weg. Weg aus Baltimore, weg von New York und weg von Boston.

Von Portland aus mussten sie dann irgendwie nach Detroit weiter. Amelia musste ihre Mutter sehen, ihr sagen, dass sie noch lebte, dass es ihr gut ging. Und nicht nur ihr, sondern auch ihrer anderen Tochter – *Pandora.*

Im Bus war es stickig und die restlichen Mitreisenden waren das typische *Greyhound*-Klientel. Menschen, die man nicht unbedingt näher kennenlernen wollte. Als Amelia jünger war, war sie mit ihrer Mutter öfter in diesen Bussen gefahren. Damals war es für sie immer der Inbegriff eines Abenteuers gewesen. Das war es heute auch. Mit dem Unterschied, dass sie nun lieber darauf verzichten würde.

Amelia und Pandora entwickelten tatsächlich so etwas wie Kommunikation. Sie sprach zwar nach wie vor keine vollständigen Sätze, mit Amelias Gabe konnten sie das aber gut überbrücken. *Shared-Brain.* So hatte Brick ihre Gabe genannt. Amelia hatte das Gefühl, mit dieser Fähigkeit nicht nur Bilder und Informationen aus ihrer Schwester herauszulesen, sondern ihr auch etwas damit zurückzugeben. Es fühlte sich an, als wäre sie in eine Sphäre bei ihr vorgedrungen, die allen anderen lange verschlossen war. Als hätte sie eine Tür geöffnet, für die es eigentlich keinen Schlüssel gab.

Nach allem, was Amelia gesehen hatte, war sie froh, bei ihrer Mutter aufgewachsen zu sein. Ihr Leben mochte oft chaotisch gewesen sein, doch ihre Mutter liebte sie und Amelia liebte ihre Mutter. Für sie war es immer etwas Selbstverständliches gewesen. Etwas, das einfach da war, wie die Luft zum Atmen. Pandora hatte jedoch ohne all diese Dinge aufwachsen müssen. Amelia konnte sich gar nicht vorstellen, was das bedeutete, und der Gedanke, was das aus einem Menschen machen konnte, bereitete ihr Angst. Sie hatte keine Angst vor Pandora. Nein, sie hatte Respekt vor ihr. Ihre Seele schien immer noch rein und voller Liebe. Trotz allem.

Amelia war sich sicher, Pandora war der bessere Mensch von ihnen beiden. Doch ihre Mutter war mit ihr geflohen, hatte sie gerettet. Sie hatte die falsche Tochter mitgenommen. Gewissensbisse breiteten sich in ihr aus. Nicht dass sie etwas dafür konnte oder es hätte ändern können. Das Gefühl, sich etwas erschlichen zu haben, was nicht ihr, sondern Pandora zustand, ließ sich aber nicht abschütteln. Sie hatte es nicht verdient, sie hatte einfach nur Glück gehabt.

Manchmal liegt zwischen Leben und Leiden nicht viel mehr als Glück.

Nach einer gefühlten Ewigkeit kamen sie endlich in Portland an. Amelia war hungrig und müde, Pandora ging es sicher nicht anders, und es war Zeit, eine Entscheidung zu treffen. Sie musste unbedingt weiter nach Detroit, aber mit den paar Dollar, die sie noch dabeihatte, würden sie nicht weit kommen. Natürlich würden sie sich durchschlagen können bis dorthin – daran hatte Amelia keine Zweifel. Nur erforderte das Zeit. Und Zeit war ein Luxus, den sie sich gerade nicht leisten konnte. Erst musste sie ihre Mutter sehen, ihr sagen, dass ihre Töchter lebten. Dann würde sie sich und Pandora in Sicherheit bringen. Und dann konnten sie sich weiter nach Kanada durchschlagen.

Natürlich gab es auch eine einfachere Lösung. Und obwohl es die naheliegendste war, hatte sie lange gezögert. Nicht weil sie ihm nicht vertraute – sie hatte Angst, in seiner Schuld zu stehen.

Pandora hatte auf einer Bank Platz genommen. Sie saß aufrecht, ihre Hände im Schoß gefaltet, und ihre Augen leuchteten. Amelia kniete sich vor ihr hin und legte ihre Hände auf ihre Beine. »Warte hier«, sagte sie. »Ich bin gleich wieder da. Ich muss nur schnell telefonieren.«

Pandora nickte und Amelia ging zu der Telefonzelle hinter ihnen. Sie holte den Zettel, den sie sich am Bahnhof in Baltimore geschrieben hatte, aus ihrer Hosentasche, warf einen Quarter ein und wählte.

»Hallo«, ertönte es vom anderen Ende der Leitung.

»Hi, ich bin's, Amelia.«

»Wieso rufst du nicht von deinem Handy an?«

»Sky«, sagte Amelia entschlossen. »Ich brauche deine Hilfe.«

»Okay. Ich komme zu dir. Wo genau bist du?«

»Ich bin nicht mehr in Baltimore«, sagte sie und wollte Skys Reaktion abwarten, bis sie weitere Details preisgab.

»Was ist passiert?«, fragte er. Seine Stimme klang besorgt, nicht verärgert.

»Ich habe jetzt keine Zeit für lange Erklärungen. Aber ich bin in Portland, mit Pandora. Ich muss dringend nach Detroit und ich habe nur noch ein paar Dollar in der Tasche. Hilfst du mir oder muss ich irgendwo meinen Körper verkaufen, um an ein paar Flugtickets zu kommen?«

»Gott, Amelia«, entfuhr es Sky. »Du bist abgehauen? Mit Pandora?«

»Das ist die Kurzversion.« Amelia fuhr mit ihren Fingern das metallene Telefonkabel entlang.

»Auf die Details wäre ich schon noch gespannt. Aber für den Moment – natürlich helfe ich dir.«

»Danke.« Erleichtert atmete Amelia aus und sah hinüber zu Pandora, die in unveränderter Position auf der Bank saß.

»Was ist mit deinem Handy?«

»Habe ich in Baltimore gelassen.«

»Gut. Ich kümmere mich um alles. Ruf mich in einer Stunde noch einmal an.«

»Mach ich. Danke.«

»Bis dann. Und, Amelia?«

»Ja.«

»Pass auf euch auf.«

»Klar.« Sie legte auf und ging zurück zu Pandora. *Das werde ich.*

Eine Stunde später hatte Sky tatsächlich alles organisiert. Als Becky Harris und Laura Tanner checkten sie in die *United Airlines*-Maschine nach Detroit ein. Wie Sky versprochen hatte, hatte man ihnen die Tickets am Infoschalter ohne große Probleme und Rückfragen übergeben. Sie hatten vereinbart, dass sich Amelia wieder melden würde, wenn sie in Detroit war.

Als sie dort gelandet waren, hatte Amelia sich jedoch nicht direkt gemeldet, sondern für ein paar Dollar den Bus in die Stadt genommen. Dort hatte sie sich nach dem *Organic City Market* umgehört. Ihre Mutter war nun seit etwa einem Jahr im teiloffenen Vollzug. Im Gefängnis hatten sie einen Garten, in dem sie Obst und Gemüse biologisch anbauten und auf dem lokalen Bio-Markt verkauften.

Ihre Mutter war jeden Nachmittag dort am Verkaufsstand. Sie hatte es ihr oft erzählt. Wobei es das nicht ganz traf. Sie hatte davon geschwärmt. Es war zu ihrem Plan nach der Entlassung geworden, biologische Waren zu erzeugen und auf dem lokalen Markt zu verkaufen. Für Amelia hatte sich das angehört wie ein Trip. Aber es schien ihre Mutter – genauso wie ihr neu gewonnener Glaube – auszufüllen und ihr Mut zu geben. Nun war sie froh darüber. Es war ihre Chance, mit ihrer Mutter zu sprechen. Und das, ohne sich in ein Besucherprotokoll eintragen zu müssen, was nur Spuren hinterlassen hätte. Bei einer Toten wohl nicht so einfach erklärbar.

Der Markt war ein wildes Sammelsurium von Ständen. Keiner sah aus wie der andere und überall lagen Lebensmittel, die wohl allein schon der Optik wegen in keinem Supermarkt verkauft werden konnten. Genauso wie Kleidung aus Hanf und Pulver zum Selbstanrühren von Zahnpasta.

Amelia schlängelte sich, Pandora im Schlepptau, durch die Reihen und hielt nach dem Gefängnisstand Ausschau. Sie wusste nicht recht, wonach sie suchen sollte. Sie würden das ja wohl kaum bewerben. *Organic Foods – Made in Prison.*

An zentraler Stelle entdeckte sie ihn schließlich. Er sprang ihr sofort ins Auge. Nicht des Slogans wegen, sondern aufgrund der Berufsbekleidung. Die Marktfrauen trugen alle ihre orangefarbenen Gefängnisuniformen. Der Beliebtheit des Standes schien dies keinen Abbruch zu tun. Die Leute kauften in Scharen. Ob es am Preis oder an der Qualität des Gefängnisgemüses lag … oder einfach nur daran, dass dies hier Detroit und nicht Connecticut war?

Eine Gefängnisstrafe war hier nichts Ungewöhnliches. Für Amelia war es allerdings perfekt. Ein leerer Marktstand wäre ihrem Vorhaben gegenüber nicht sehr förderlich. In dem Trubel sollte es aber nicht weiter auffallen.

Amelia spähte durch die Schlange hindurch und erblickte sie schnell. Ihre dunklen, strähnigen Haare und ihre blasse Haut – sie passten so gar nicht zu dem grellen Orange.

Amelia wandte sich Pandora zu. »Bist du bereit, unsere Mutter kennenzulernen?«

Pandora nickte. Amelia fasste ihre Hand und ging zur linken Seite des Standes. Daneben waren je ein Stand mit Käse und einer mit Kleidung. Sie steuerte den Kleidungsstand an, den man ebenfalls betreten und die Kleidung anprobieren konnte.

»Warte hier«, flüsterte sie Pandora zu. »Ich komme gleich wieder.«

Pandoras Blick war ängstlich. Amelia schloss sie in die Arme und strich ihr sanft über den Rücken. »Keine Angst. Ich bin gleich wieder da. Alles wird gut. Versprochen.«

Sie löste sich von ihr, und als sie zur Bestätigung ein Nicken von ihr erhielt, verließ sie den Stand. Sie ging zum Käsestand und spähte hinüber. Wartete darauf, dass sie den Blick ihrer Mutter einfing. Sie war damit beschäftigt, Ware einzupacken und zu kassieren. Amelia überlegte schon, wie sie dezent auf sich aufmerksam machen konnte, als ihre Mutter sie anscheinend aus dem Augenwinkel entdeckt hatte. Sie schlug sich die Hände vor den Mund.

Amelia legte sich einen Zeigefinger an die Lippen, um ihr zu signalisieren, dass sie ruhig sein sollte. Dann nickte sie mit dem Kopf nach links. Eine stumme Bitte, ihr zu folgen. Schnell schlich sie zurück zu dem Kleidungsstand, an dem sie Pandora zurückgelassen hatte.

Amelias Mutter kam um die Ecke und drückte sie an sich. So fest, dass sie fast keine Luft mehr bekam.

»Ich dachte, du wärst tot«, wimmerte sie.

»Nein, bin ich nicht. Aber es ist besser, wenn alle denken, ich sei es.«

Sie drückte sie noch fester an sich. »Mein Schatz. Du hast mir so sehr gefehlt.«

»Du mir auch.«

»Was ist das?«, fragte ihre Mutter und deutete auf das leichte Veilchen, das ihr Erikas Gorilla verpasst hatte.

»Nichts«, sagte Amelia und winkte ab. Sie löste sich von ihrer Mutter, fasste Pandora am Arm und zog sie zu sich. Amelia atmete einmal tief ein und aus. »Mum, das ist …«

»Deine Schwester«, vollendete ihre Mutter den Satz. Mit offenem Mund stand sie da. Tränen flossen ihr über die Wangen. »Das gibt es doch nicht. Mein Baby. Ich dachte, sie wäre …«

Amelia wandte sich an ihre Schwester. »Pandora, das ist unsere Mum.«

Pandora stand da, verlagerte ihr Gewicht von einem Bein auf das andere, wirkte angespannt und überfordert.

Ihre Mutter war gerade dabei, ihre Arme auszubreiten. Amelia schüttelte sanft den Kopf. »Bitte nicht. Lass ihr Zeit.«

Sie nickte schluckend und wischte sich die Tränen aus den Augen. »Warum sollen alle denken, du wärst tot?«

»Das ist eine lange Geschichte, Mum. Ich werde dir alles erzählen. Für den Moment solltest du einfach nur wissen, dass ich lebe – dass wir leben und es uns gut geht.« Sie schloss ihre Mutter noch einmal in die Arme. »Geh, bevor man uns sieht«, sagte sie.

Ihre Mutter nickte. »Mach's gut, mein Schatz.« Erwartungsvoll sah sie zu Pandora.

»Mama«, sagte diese.

»Ja.« Ihre Augen wurden feucht. »Ich bin deine Mama.« Sie breitete ihre Arme aus und Pandora schmiegte sich an sie. »Ich muss los«, sagte Salome leise und drückte Pandora einen Kuss auf die Stirn. Dann verschwand sie wieder um die Ecke, zurück zu ihrem Stand.

Kapitel 28

Amelia

Und nun?

Amelia überlegte, was sie tun sollten. Im Allgemeinen – Kanada schien ihr immer noch eine gute Fluchtoption zu sein. Und im Speziellen – Sky anrufen oder nicht. Sie zweifelte nicht daran, dass er ihr helfen würde. Nur der Preis, den sie dafür zahlen müsste, machte ihr noch Sorgen. Sie hatte genug gesehen und mitgemacht, um die SHS und Erika abgrundtief zu hassen. Aber war sie bereit dafür? War sie bereit dafür, alles aufs Spiel zu setzen? Vielleicht sogar ihr Leben zu opfern?

Amelia sah zu Pandora. Sie war nun auch nicht mehr allein. Was auch immer sie entschied, sie entschied es für sie beide.

Pandora stand immer noch am selben Fleck, an dem sie ihre Mutter aus der Umarmung zurückgelassen hatte. Sie zitterte am ganzen Körper.

»Hey«, sagte Amelia und legte ihr eine Hand auf die Schulter.

Pandora schmiegte sich an sie und begann zu weinen. Es war ein lautes, herzzerreißendes Weinen. Ohne dass Amelia es wollte, drang sie in Pandoras Kopf ein. Es waren Tränen der Rührung. Eine Familie zu haben. Menschen, die sie liebten. Eine Ahnung davon, wie ihr Leben auch hätte sein können.

»Ich bin jetzt für dich da«, sagte Amelia. »Immer. Und Mum ist es auch bald wieder. Wir sind eine Familie. Wir sind deine Familie.«

Erleichtert stellte Amelia fest, dass in Pandoras Kopf keine Bitterkeit herrschte. Sie fühlte keine Wut. Dabei hätte sie es verstanden, wenn Pandora sie hassen würde. Ihre Mutter hassen würde. Sie beide hatten sie verraten und im Stich gelassen.

Eine Hand legte sich von hinten auf ihre Schulter. »Du solltest doch zurückgehen«, sagte Amelia, während sie herumfuhr. Doch vor ihr stand nicht ihre Mutter, sondern Nathan und Landon.

Alles in ihr schrie: *Lauf. Lauf. Lauf.* Der Befehl schien jedoch nicht zu ihren Füßen vorzudringen. Sie war in eine Schockstarre gefallen. Wie konnte das sein? Wie hatte Nathan sie hier gefunden? Hatte Sky ihm gesagt, dass sie hier war? Und warum war Landon bei ihm? Es gab nur eine Erklärung: Sky und Nathan hatten sie verraten.

Während ihre Füße ihr immer noch nicht gehorchen wollten, erwachte ihre Hand zum Leben. Sie holte aus und verpasste Nathan mit voller Wucht eine Ohrfeige. »Du Arschloch.«

Nathan legte die Hand auf seine Wange, die ein großer roter Abdruck zierte. »Du willst wohl, dass wir im Partnerlook herumlaufen«, sagte Nathan als offensichtliche Anspielung auf ihr Veilchen.

»Hat Sky dir gesagt, dass ich hier bin?«

»Sky?« Nathan musterte sie und schien verwirrt zu sein.

»Und da hast du dir gedacht, jetzt, wo ich sie nicht mehr haben kann, können wir sie ja wieder zurück nach New York bringen und sie im *Medical Center* quälen?«

Nathan schüttelte den Kopf. »Ja, genau. Das war mein teuflischer Plan.«

»Spar dir deinen Sarkasmus.«

Nathan packte sie fest an den Schultern, schüttelte sie und zwang sie, ihn anzusehen. »Du hast ja keine Ahnung.« Er presste seinen Kopf an ihre Stirn.

»Was macht Landon hier?«

»Uns helfen?« Nathan formulierte es als Frage, so als wäre es offensichtlich.

Für Amelia war es alles andere als das. »Aber …«

Nathan erstickte ihre Worte mit einem kurzen, sanften Kuss auf den Mund. »Er ist auf unserer Seite.«

»Was machst du denn hier?«, hörte Amelia eine weitere bekannte Stimme.

»Sky?« Noch mehr Überraschungsbesuch.

»Was?«, fragte Sky. »Ich habe dir die Tickets hierher besorgt. Glaubst du etwa, ich lasse euch dann von hier aus allein und mittellos weiter?«

»Ja«, sagte Amelia.

»Nein.« Sky verschränkte die Arme vor der Brust und sah Nathan und Landon an. »Und was macht ihr hier?«

Nathan zuckte mit den Schultern. »Erika hat mich wutentbrannt angerufen und mir gesagt, dass Amelia mit Pandora verschwunden sei. Dich habe ich nicht erreicht. Die logische Schlussfolgerung war, dass sie hier in Detroit ist, um ihre Mutter zu sehen.«

»Und ich«, fügte Landon hinzu, »musste einfach mitkommen. Es gibt so viel, das ich erklären muss, und so viel, das ich geraderücken muss.«

Nichts von alldem erschien Amelia logisch. Wie Nathan sie gefunden hatte, dass Landon hier war … Und doch standen sie alle hier. In Detroit. Umringt von bunt bestickter Hanfkleidung: Menschen, die ihr etwas bedeuteten – denen sie etwas bedeutete. »Und was nun?«

»Zerstören wir die SHS«, sagte Sky, als wäre es das Naheliegendste.

Nathan würde wieder zurückgehen, keine Frage. Aber sie konnte das nicht. Sie musste das tun. Nicht für sich. Aber für Pandora. »Ich bin dabei«, sagte sie zu Sky.

»Wenn ich Pandoras Gefühle richtig deute«, sagte Sky. »Dann ist sie das auch.«

»Hättet ihr bei eurem total übergeschnappten Vorhaben noch Verwendung für einen Synaptiker?«, fragte Nathan. »Könnte nützlich sein.«

Amelia unterdrückte ein Lachen. »Hängt davon ab, wie er aussieht.«

»Verdammt heiß«, gab Nathan zurück.

»Sky, was meinst du?« Hoffnungsvoll sah Amelia ihn an.

»Ist nicht mein Typ, aber für unser Vorhaben könnte er tatsächlich nützlich sein.«

»Willkommen an Bord.« Amelia ging einen Schritt auf Nathan zu und küsste ihn. »Warum tust du das?«

Nathan lächelte so spitzbübisch, wie nur er es konnte. »Irgendwer muss sich ja opfern.« Er zog Amelia zu sich heran und küsste sie erneut. Kurz, aber stürmisch. Der Rest würde warten müssen.

»Ich bin auch dabei«, sagte Landon schließlich. »Aber ich werde für euch vor Ort in New York bleiben. Ich werde euer Auge und Ohr sein. Und euch Türen öffnen, die euch verschlossen sind.«

»Warum tust du das?«, fragte Amelia.

»Weil ich euch liebe.« Es klang so aufrichtig, so einfach.

Amelia runzelte die Stirn und versuchte sich einen Reim darauf zu machen.

Landon ging auf Amelia zu, blieb unmittelbar vor ihr stehen und sah ihr tief in die Augen. »Ich bin euer Vater, Amelia.«

»Das ist ein anderer Film«, presste Amelia selbstsicher hervor, obwohl in ihr alles bröckelte.

Landon senkte seinen Kopf. »Und ich habe versagt. Auf ganzer Linie. Gib mir die Chance, es wiedergutzumachen. Gib mir damit die Chance, eure Liebe zu verdienen.«

Amelia war wie erstarrt. Landon war ihr Vater? Das war verrückt. Total verrückt. »Aber Catherine …«

»Ist meine Tochter, die ich ebenso liebe. Aber ich habe schon zu lange zugesehen und nichts getan. Ich kann das nicht mehr, Amelia. Glaubst du mir?«

Amelia blickte in seine gutmütigen braunen Augen. Es waren ihre Augen. Sie musste sie von ihm haben. »Ja, das tue ich.«

»Bereit, die Welt vor einer supergeheimen Schurkenorganisation zu retten?«, fragte Sky schließlich.

»Bereit«, sagte Pandora.

»Bereit«, sagten alle unisono.

Danksagung

Zunächst einmal möchte ich meiner Familie danken. Als berufstätige Mutter nebenbei zu schreiben, ist eine Challenge und manches bleibt dabei auf der Strecke. Danke an meinen Mann. Du hast dich an die haushohen Wäscheberge gewöhnt und sogar gelernt zu kochen, damit wir nicht verhungern müssen. Danke an meinen Sohn. Wenn ich sehe, wie sehr du dich – trotz deines zarten Alters – für mein Schreiben interessierst, könnte ich manchmal vor Rührung weinen. Und danke meinen Eltern. Es ist so schön, wie ihr mit mir und meinen Projekten mitfiebert und wie ihr – obwohl ihr durch und durch Techniker seid – mit in meine Fantasiewelten abtaucht.

Ich danke Astrid. Danke, dass du mich in die Drachenfamilie aufgenommen hast. Der Drachenmond Verlag ist mehr als nur ein Verlag. Das Gefühl, nun ein Teil davon zu sein, kann ich gar nicht in Worte fassen. Und als wäre das nicht schon großartig genug, erfüllst du mir einen meiner größten Träume – meinen Roman als gedrucktes Buch in den Händen zu halten. Ich kann es immer noch nicht richtig glauben und werde es wohl erst komplett realisieren, wenn es wirklich erschienen ist.

Einen riesengroßen Dank an Kerstin. Ich habe mit der Idee und dem Manuskript zu Superior gerungen, wie ich es nicht für möglich gehalten hätte. Ich dachte immer, die Zweifel verschwinden, nachdem man sein Debüt veröffentlicht hat. Tun sie nicht. In Wahrheit wird es schlimmer. Plötzlich hat man Erwartungen an sich selbst und sein Schreiben, die man vorher nicht hatte. Man will ja nicht auf der Stelle treten, sondern sich steigern. Das hat mich stellenweise ziemlich unter Druck gesetzt und ich war mehr als einmal kurz davor, das Manuskript einfach in die Tonne zu treten.

Kerstin, du hast mich immer ermutigt, es nicht zu tun; mich motiviert, weiterzumachen, wenn ich selbst keine Motivation mehr dafür aufbringen konnte. Und nicht zuletzt hast du mich darin bestärkt (oder sagen wir es, wie es ist – du hast mir in den Arsch getreten), Astrid das Manuskript zu schicken. Du bist nicht nur meine Freundin, mein Writing-Buddy und ein Vorbild, wenn es ums Schreiben geht, sondern nun auch noch meine Lektorin. Du hast meinen Blick geschärft und mir für meine nächsten Projekte ein paar wichtige Werkzeuge für mein Schreibhandwerk mitgegeben. Danke!

Ich danke meinen Testlesern. Michelle und Susanne – ich danke euch, dafür, dass ihr so aktiv dabei wart und den weiteren Prozess so nah verfolgt habt. Mit eurem Feuer für mein Projekt habt ihr mir ganz oft den Tag gerettet.

Melanie – Danke, dass du dich so wunderbar in die Geschichte eingefühlt hast. An deinen Kommentaren merkt man einfach, dass du Lektorin – und bestimmt eine ganz wunderbare – bist.

Danke an Andreas, Corinna, Marina, Lara und Vivien – für eure Zeit, Begeisterung und Kommentare. Ihr wart alle großartig und euer Feedback hat mir sehr geholfen.

Ich danke Marie für dieses absolut geniale Cover. Für mich war es ein klarer Fall von schockverliebt. Mir war klar, dass du etwas Großartiges entwerfen wirst, aber du hast meine Erwartungen noch übertroffen. Sogar Amelias Reißverschluss-Tattoo hast du auf das Cover gezaubert. Ich bin immer noch hin und weg, wenn ich es mir ansehe.

Ich danke allen Drachen. Ihr habt mich so lieb bei euch aufgenommen. Ich fühle mich so unfassbar wohl in eurer Mitte und bin einfach nur glücklich, ein Teil der Drachenfamilie zu sein.

Ich danke allen Bloggern und Lesern, die rezensieren und dazu beitragen, dass das eigene Buch wahrgenommen wird. Es ist so leicht, in der Flut der Neuerscheinungen unterzugehen. Danke für die Sichtbarkeit, die ihr uns Autoren verschafft. Ihr macht wirklich einen großartigen

Job – und das nicht für Geld, sondern aus purer Leidenschaft für Bücher und das Lesen.

Und last but totally not least, danke ich allen meinen Lesern. Für mich ist es immer noch ein Stück surreal, dass es wirklich Menschen gibt, die nicht mit mir verwandt sind und trotzdem meine Bücher kaufen. Und für mich noch wichtiger, dass sie sich die Zeit dafür nehmen, meine Geschichten zu lesen. Bei all den Möglichkeiten, die wir heute haben, um unsere Freizeit zu gestalten, bedeutet mir das unendlich viel. Ich danke dir. Ja, genau dir.

Marion Hübinger

Water Love

ISBN: 978-3-95991-258-7, kartoniert, EUR 12,90

Der neunzehnjährige Bela erwartet nicht mehr viel vom Leben. Nicht, nachdem seine Eltern vor drei Jahren bei einem Flugzeugunglück umgekommen und sein Großvater Laszlo, ein berühmter Maler, aus Ungarn zu ihm gezogen war. Erst recht nicht in einer Zeit, in der jeder die drastischen Bedrohungen des Klimawandels nervös verfolgt und sich fragt, wie er überleben wird. Wer zu den Waters gehört, wird das Glück haben gerettet zu werden. Seit Bela zurückdenken kann, regieren die Waters das Land. Doch Bela ist ein Landers, einer, der dazu verdammt ist, an Land zu bleiben, sollte es zur Katastrophe kommen. Warum muss ausgerechnet er sich in eine Waters verlieben? Warum muss genau in dem Moment die Smogwelle über Kiel Alarmstufe ROT auslösen und ihn und Sintje viel zu schnell wieder trennen? Als Bela im Bunker festsitzt, fragt er sich jeden Tag, ob es eine Hoffnung für ihre Liebe geben wird …

Julia Seuschek

Straßenkötergene

ISBN: 978-3-95991-277-8, kartoniert, EUR 12,90

Lou mutiert mit dreizehn Jahren völlig unerwartet zu einem reinblütigen A-Menschen. Als ihr Vater – wie der Rest ihrer Familie ein einfacher B-Mensch – von der Königsfamilie ermordet wird, schwört Lou Rache. Verkleidet als Junge tritt sie in den Dienst ihrer royalen Gegner. Ausgerechnet Königssohn Jared stiehlt sich in das Herz der Rebellentochter und Lous Welt steht Kopf. Gibt sie Jared auf, um das System zu stürzen oder verrät sie ihre Herkunft für die Liebe ihres Lebens?

D.B. Granzow

Raubzug des Phoenix

ISBN: 978-3-95991-430-7, kartoniert, EUR 14,90

»Wenn der Mensch überleben will, geht er über Leichen. Er ist ein Raubtier. Nichts weiter als ein gefährliches, mordendes Raubtier. Egoistisch. Skrupellos. Unmoralisch. Ich dachte immer meine Familie wäre anders. Ich habe mich geirrt.« Als ihrer Mutter der Fiebertod droht, begibt sich die 15-jährige Hayden entschlossen auf die Reise mit nur einem Ziel vor Augen: die Raubnacht. Viermal jährlich darf das Lagerhaus in der Stadt geplündert werden und genau dort hofft Hayden, die rettende Medizin für ihre Mutter zu finden. Auf ihrem Weg stolpert sie über eine Wahrheit, die ihr von der Familie verschwiegen wurde und sie begreift, dass manche Dinge nicht grundlos unausgesprochen bleiben. Auf einmal gibt es nur noch eine einzige Gewissheit. Dieser Raubzug könnte zugleich ihr letzter sein, denn die gefährlichste Lüge ihrer Familie war das Schweigen.

VIER Nächte.

DREI Städte.

ZWEI Milliarden Menschen.

EIN Ziel: Überleben.

T.F. Sperling

Tiefenwelt – Zwei Leben

ISBN: 978-3-95991-342-3, kartoniert, EUR 14,90

»Tiefenwelt«: Eine Spritze. Zwei Leben.

Der 16-jährige Lenyo verlässt seine in Armut und Unterdrückung lebende Familie, um sich in einem geheimnisumwobenen Bunkerlabyrinth unter der Nordstadt mit den Rebellen auf den Kampf gegen das skrupellose Regime vorzubereiten. Doch Lenyo ahnt nichts von seiner schicksalhaften Gabe, von der wahren Identität der faszinierenden Tiefenwelterin Lielle und von dem tödlichen Virus, das seine Familie auszulöschen droht.